Sunday.
14:30

Sunday

周天两点半

文 / 喜酌

长江出版社
CHANGJIANGPRESS

漫娱图书

Sunday

14:30

● 　赏佩佩不可能知道故事中发着光的女主人公就是她自己。像她这样普通的女孩想破脑袋也不会知道，她万般挣扎的生活中，竟然曾经也有过长久注视的忠实观众。

Sunday.

14:30

原来他的心理医生并不是庸医。他隐藏的意愿在赏佩佩的示好面前根本无所遁形。

目录
Contents

Sunday.

赏佩佩说的话他都有在认真地听，但赏佩佩不知道
的是，他的感情是暗藏许久的地火、是黑白棋盘上小心翼
翼的布局，他的示好不是漂亮的玻璃纸包着
随处可得的工业糖精，而更像是不怕火炼的金子。

14:30

01

口角
Kou
Jiao

Sun.
14:30

周天下午两点半，赏佩佩支着胳膊靠在八楼的护士台，对着面前花瓶里头的假花打哈欠，走廊拐角的 801 房一如既往开始爆发口角。

骂人的话不用听也大概知道是那几样，且一声比一声高，完全不像是一位肝癌晚期的病人会嘶吼出的声音。当然，被骂的家属也不甘示弱，声音不大，但梗着一股劲儿，用一句一句的讽刺回击。

三个月前第一次围观溥家父子骂架时，赏佩佩心惊胆战地犹豫着这种情况是不是得报警。不过连着几周都是如此，她也就习惯了，这是人家父子之间的矛盾，她一个护工拎得清，爱恨情仇跟她没半毛钱关系。只要上班下班，能按时拿到钱，她也不是很在乎其他人的心情。

毕竟工作两年，她经手了这么多癌症晚期来等死的病患，如果每一个都要她感同身受，那她估计也活不长了。

赏佩佩余光瞥一眼左腕上的银色手表，心想这场乱战还得持续十分钟。她不仅困，胃还泛酸，想着干脆趁乱到楼下街角的星巴克买点东西吃，可擅自离岗是有风险的，到时候被护士长抓包，搞不好还要扣钱。

赏佩佩正犹豫着要不要去的时候，801 房突然传来三声巨响。第一声是水杯落地，第二声像凳子翻倒，在第三声途中，赏佩佩已经小跑到 801 房的门口进行叫停干预。她正巧撞见溥老爷子将床下的塑料尿壶直接砸在年轻家属的一张帅脸上。白底红字的尿壶是全新的。虽然这种行为伤害力不强，但侮辱性极重。

果然，赏佩佩再一抬头，家属脸上的表情已经比抹了屎还臭，他似乎是无处发泄，顿了一秒，弯腰捡起尿壶顺手就朝手边的窗户扔下去了。

"哎！你这人，怎么乱扔东西？砸到人怎么办？什么素质？！"赏佩佩皱眉掐腰仰头训斥。

男家属个子高，看她就跟看小鸡崽一样，斜着锋利的眉眼瞪了她一眼，也不接话，继续阴阳怪气地冲老爷子说："不是说养儿子没用？我就纳闷啊，你当年生我干什么？我妈同意了吗？"

赏佩佩今年二十有四，还是名未婚的单身女性，在东城这种落后的五线小城里不算多年轻。之前她在男女这方面不开窍，后来读护理学校时也只谈过几次网络异地恋。

但如今这世道，网络信息发达，涌入年轻人头脑的真理太多，人心难免惶惶。四条腿的青蛙好找，正常的男人不多见，更别说像小说里那种轰轰烈烈的爱情，根本可遇而不可求。和陌生人建立一段长久的亲密关系她没信心，所以她至今还没有遇到适合与自己深入发展感情的异性，此刻听到这种话面色难免有些发红。

万万没想到这家伙长得挺不错的，嘴居然这么狠毒。赏佩佩嗤之以鼻，下意识后退一步，对方昂着头大步流星地走了，老爷子也气得够呛，倒在床上直喘气。

赏佩佩摇摇头，从地下捡起病人的搪瓷缸，拨弄了一下上头摔掉的白瓷，心想也不知道漏没漏水。将搪瓷缸重新搁在床头，她又检查了一下溥老爷子的尿袋，这才拿出旁观者的身份语重心长地劝："您看您，昨天才说想儿子，今天又骂走了，为什么非得闹得这么不愉快呢，大家说说开心事儿多好啊。"

"您也学学隔壁 802 房的李大爷，每次儿子来的时候人家都可和气了，您下次也忍忍吧，您老脾气这么暴躁，他下次不来探视了怎么办？"

"我还有下次吗？半截入土的人，明天就要翘辫子了！"

溥老爷子平常对赏佩佩挺不错的，不像有些病患，成天故意折磨人，具体的赏佩佩也不想说了，因为"人之将死，其言也善"这句话对于他们这些临终陪护工来说，就是一句假话。但溥老爷子做事体面，住进来时已经是肝癌晚期，夜里疼得再翻来覆去，也从来不喊她这个小姑娘帮忙解手，被折磨得犯糊涂的时候，他也只是不停地叫骂自己的儿子。

这次拿尿壶过来，是因为上周老爷子泌尿系统感染，实在没办法，才接了尿管。察觉自己不该跟护工姑娘发火，老头顿了几秒，闭上眼睛长叹一声道："我能跟人家比吗？隔壁房的李大爷，他儿子刚二十就结婚生孩子了，现在都准备生三胎了。李家后继有人啊，死了也不怕见祖先，我有什么？"

"你是没听见溥跃跟我说什么，他说他不准备结婚，就算结婚也不要孩子，他问我，有几个钱给他继承。

"怎么，穷人就不能生孩子了？再说他天天说没钱，可有钱送我到这地方等死。他不孝，说到底就是不孝！他就是想我死！我知道，他恨不得我早死！"

穷途末路时老人经常发出这种灵魂质问。绝症是场恐怖的心理战，每一个人年轻健康时，可能都能将看淡生死挂在嘴边，但真的坐上了"末班车"，面对死亡，除了身体上的病痛外，内心的平静才是最难得的。真正能做到坦然赴死的，又有几个？

赏佩佩对病人一时激动的话不置可否，面上沉默，心里想原来那个没素质的家属叫溥跃，名字倒是挺斯文，但跟本人严重不符。她换了尿袋，重新给溥大爷沏了茶，扶起老爷子把茶递到他嘴边抿一口。

赏佩佩日常工作只负责两个病房，但最近疗养院入住率不高，所以她在白天不仅监管 801 房的溥大爷、802 房的李大爷，还要兼顾查看803 房昏迷不醒超过一周的赵阿姨。

赵阿姨是因脑梗入院的，错过了最佳抢救时间，现在全靠呼吸机和打点滴。至于李大爷，他是三小时要吃一次流食的食管癌患者，只有801 房的溥大爷还算身体稍硬朗，可以吃点清淡的饭菜。

溥老爷子喝了水才瞅见床头柜上放着的油纸包，他看到这油炸糕就想起了自己去世的妻子，以往每次看到这东西时，心中还有些甜蜜，可今日和儿子吵翻了天，尤其是在外人面前，儿子一点儿都不尊重他，老人家被伤透了心，他瞅着东西都犯恶心，干脆全塞给了赏佩佩。

赏佩佩方才就饿着，在她这儿，"嗟来之食"最好吃，有便宜不占是傻子，她把油炸糕捏出来就捧在手里啃。别说，怪不得溥跃每次都带着这东西来，就连嘴刁的赏佩佩都要承认，确实是好吃的。

油炸糕颜色金黄，外酥里嫩，一口下去，满满的红豆沙馅料。不知道溥跃是怎么带来的，窗外逼近零下的温度了，这东西还热腾腾的。在缺少干劲儿的冬日，吞一口油炸糕能甜到心里去，要是能再配一杯燕麦奶拿铁咖啡，又是完美混过当差的一天。

油纸包里满满当当地搁着五块油炸糕。赏佩佩夸了一句好吃，又追问老爷子这是哪家的，她也想去照顾生意。

老爷子这会儿吃了镇痛药，有些昏昏欲睡，摇摇头说还真不知道这混球从哪儿带的，人眼神迷蒙时，话语也松散。

以前他是矿上的职工，下班后在厂门口的街角买，他记得，妻子特别爱吃那家的油炸糕，要是哪次他没带，妻子还会发脾气。可妻子去世后，那家小摊也没了，他这还是生了病想吃那口，溥跃才去给他找来的。

赏佩佩一听还挺不舍得，翻来覆去没找到店铺地址，那也就是吃一个少一个的意思。她一边吃，一边听老人唠叨，慢慢踱步走到窗边去看风景偷懒。没承想看到窗外的人，她着实吓了一跳，半口糯米哽在喉咙。她捂着嘴巴咳嗽两声，豆沙差点儿从鼻孔喷出来。

赏佩佩工作的这家阅湖疗养院面积不大，因为临终关怀在国内不大流行，尤其是在这种经济不怎么发达的地方，但得益于位置较好，楼下就是满目湖色，夏天窗外更是郁郁葱葱，让人心情愉悦。所以疗养院的宣传手册上，才会有"一生所愿"的可笑字样。

因为营销和定位精准，加上大多数前来等死的患者可能都是这辈子也没体验过"面朝大海，春暖花开"的普通人，这里就成了他们了却一生的地方。夏天护工会定时定点带自己照顾的病人到湖边散步，不过现在是初冬，湖边的梧桐树叶子都落光了，光秃秃的没什么看头。但就是在这条没什么景色的路上，有个颀长健硕的身影，正在表演夺人眼球的杂技。

刮着西北风的窗外。

尿壶还是那个尿壶，刚才溥跃扔得有多潇洒，现在就捡得有多狼狈，真后悔啊。

其实刚才照顾他爹的那个小护工叉着腰埋怨他没素质时，溥跃心里头就开始难受了。别看他说话做事似乎糙得不行，但没文化的人不是都没素质，活到这么大，溥跃除了脸冷点儿，嘴毒点儿，不管是同人交往还是做生意，都很不愿意给别人添麻烦。都是普通人，他自觉没比在医院里打扫卫生的人高贵很多，所以也不愿意给环卫工人添堵，一下电梯，就来找他乱丢的垃圾了。

今天的风真大，轻飘飘的塑料制品就像踩了风火轮，滚了好几个地方，眼下正在湖边上摇摇欲坠。位置不佳，溥跃够了半天，可要是一脚踏进灌木丛，保不齐会陷进淤泥掉到水里。

最后溥跃折腾了半天，还是爬到了旁边的树上，学猴子倒挂金钩才勉强抓住了尿壶的边缘。但下来时，他不幸被树枝划伤了手背——骑摩托的手套被他锁在后备厢里没来得及戴。

窗内的赏佩佩被这一幕搞得心惊胆战，看到他受伤，当事人没怎么样，她倒是皱眉"嘶"了一声，心里骂了句笨蛋。

楼下的溥跃将尿壶扔进了分类垃圾桶，手背上的皮肤已经见了红，五厘米长的口子，正在往外渗血。他满不在意地用手指随便搓了搓，就慢悠悠地往八十米开外的停车棚走。

从屁股兜里掏出车钥匙解开锁，溥跃打开后备厢戴上手套，正要取下把手上的头盔。他动作突然顿了一顿，有感应一般抬头，直直望向住院部八楼的某扇窗。他爹的病房靠北边，第三扇挂着绿色窗帘布的就是 801 房。

明明看不到的，但窗户边的赏佩佩在对方抬头的一瞬间，还是本能地迅速蹲下。她在窗子后头刚扎上马步，就觉得自己有病。干吗呀，这么远，玻璃还反光，又看不到。自己就算被看到又怎么样，不就是吃了他几个油炸糕，严格来讲这也不叫收贿赂。

如此想着赏佩佩又理直气壮地站直了，但人还是躲在窗帘后面，像个仓鼠似的用力吞着油炸糕。白净的小脸鼓囊囊的，唇齿间缠绕的都是软软黏黏的甜意。再等她仔细看，801 房的不孝儿子已经骑上摩托车到疗养院的大门了。

赏佩佩不懂摩托车，倒是觉得他的车够快的。饶是她盯得那么用力，那道黑影子还是一溜烟就混入车流找不到了。

九零后是被物质浸润后的一代。当然年轻气盛的少男少女们无一不对这种说法感到愤愤不平，感觉作为人的价值被严重低估与冒犯。但他们内心又必须隐隐承认，多数人脱离了原生家庭后，梦想看起来都是那么遥不可及。

但代沟是真实存在的，他们内心所感受到的焦虑与荒芜，大概也只有他们这一代人会懂。

赏佩佩也不例外，经历了毕业、工作、租房，她的生存现状确实是超前消费后连日"吃土"。周一她被喜欢的生活博主推荐，买了几套从瑞士直邮的中古茶具；周二又美其名曰享受美好生活，拿下几瓶贵价香水；周三家里的水电费贴单；周四同事们又组织聚餐。本周五赏佩佩已经花光了月初定下的购物额度，可她竟然在闲鱼上看到一张想要很久的正版 DVD，预付了定金，卖家答应二十四小时内会用 TST 快递发出。

购物一时爽，可大几千块的信用卡账单要分期时她就欲哭无泪了，工资要二十五号才发，这还是月中，茶具和香水不能当饭吃，她的人生爱好也没法子变现，《美国往事》再好看也不能解决温饱。

所以这周，别说星巴克了，赏佩佩连三餐都要精打细算。本以为能顺利熬过这几天，就当减肥，可屋漏偏逢连夜雨。

周天一早，赏佩佩的摩托车在冷风中行到一半，在没有红绿灯的路口被右拐的汽车抢道。她避让不及一个急刹摔倒在地，可那辆红色的轿车连停都没停，扬长而去。多亏赏佩佩穿得厚，人倒没事，可粉色的小摩托摔坏了。

上班的路上，人坏了还能报工伤，可车坏了没人管。尤其是车子看起来根本没有外伤，只是扶起来之后死活打不着火。赏佩佩苦哈哈地推了一路才停到疗养院楼下。赏佩佩倒不怕累，只是在琢磨这回修车是不是又要花大几百块钱。

这破车是她今年开春从同城交易网站上低价淘来的，可是自打她骑上，就没少为养车花钱。先不说停在路边时头盔丢了多少次，小区的停车棚收费就极贵。上次车胎被扎，常去的修车店倒闭了，她在下班路上临时找了一家店，黑心店主非说她的轮胎不能用了，愣是给她换了两条三百六十块钱的进口轮胎。

三百六十块！能吃多少顿油炸糕啊。

午饭后护工们轮流推着病人上天台晒太阳时，赏佩佩情不自禁地对着空气埋怨，也不怪她今天一见到溥大爷就嘴馋上周的油炸糕，这一周，她基本上没吃过甜口的。

便宜外卖就那些，吃来吃去也腻了，她也想在家做点儿吃的，可是做护工是真的累，干的都是体力活，而且还是透支精神的那种。赏佩佩是护工里年纪最小的，倒数第二小的周姐今年都已经四十二岁了，家里儿子不争气，娶了两个媳妇都给打跑了，只留下三个孩子嗷嗷待哺。但凡有办法，哪个富贵闲人会来干这种工作？

至于赏佩佩这么年轻，为什么做护工？据她和大家讲，以她的学历，这是她在县城里能找到的最高薪的工作了。她虽然是一个人生活，但因为喜好消费，日常开销也不小。

这会儿给病人整理好，赏佩佩数着药片给溥大爷吃，随口抱怨了一句现在修车的都是欺行霸市。小时候县城里所有人都骑自行车，修车的小摊位每个街口都有，修补个车胎都不需要收费。

溥大爷的泌尿系统炎症好了，这周拔了尿管，可身上的疼痛更严重了，吃不下东西。癌细胞这东西就是寄生在人身上的恶鬼，不仅会产生病痛还会消磨精神。刚入院时老爷子还有一百五十斤，可现在脸颊的肉都没了，剩下的重量估计就是一把骨头。

溥大爷听着听着就咧嘴笑了，最近他总说自己眼皮疼，又说后背痒，指甲都给皮肉挠没了。赏佩佩跑前跑后用他的医保卡买了一堆药，其实作用聊胜于无，要说真有病，那最大的病就是整个身体都在衰败。

这会儿吃了药，可能是心理作用，溥大爷觉得自己身体又好些了，精神头挺足地说："那你让我儿子给你修，不要钱。他十六岁就在外头给人修车，他修得保准比那些滑头好。

"手艺肯定是这个！"溥大爷这边正竖起大拇指说道。

没想说曹操曹操就到，801 的房门被推开，"溥曹操"拎着油炸糕走进来了。

不用看表，又是周天下午的两点半。

入冬后的东城是一天比一天冷，今天溥跃穿了件皮毛一体的黑夹克，下半身是沾着汽油的牛仔裤，半长的头发乱糟糟的也没梳理，可能是有急事，手套也没摘，左手还拎着自己的头盔。

他没搭理赏佩佩，但这人从赏佩佩面前走过时，她嗅到一股风和尘的味道。她偷偷往左手腕上一瞧，嗯，挺准时，吵架也不耽误人家探望病人，她还以为上次两个人吵得那么厉害，这混蛋儿子不会再来了。

来是来了，但溥跃跟被人欠了五百万一样，油炸糕被搁在床头，他连凳子也不坐，估计是准备站一会儿就走。溥老爷子嘟嘟囔囔地骂了几句，才主动问他最近店里生意怎么样。

看来他是真的会修车。

虽然最近观察到这位病患家属看起来不是好相处的，但赏佩佩心里打着小算盘，特别客气地张罗让对方坐下，还主动把凳子搬过来给他，让他陪病人说会儿话。临出门前，她还回头扒着门笑眯眯地帮他们打圆场："这次可别吵架了，上次你走了，老爷子可后悔了，这几天一直念叨着想你。"

不等老爷子吹胡子瞪眼地反驳，赏佩佩眼疾手快地将门合上，随后摇头晃脑地回到护士台休息。今天赏佩佩没打瞌睡，她也不敢，一边嚼着抽屉里翻出来的过期口香糖，一边杏眼睁得溜圆，全神贯注地盯着 801 房的动向。

两点五十一分，溥跃一从 801 房走出来，她立刻起身迎上去，主动帮他按了下行的电梯，颇有些狗腿地开口问他："那个，溥跃是吧？我叫赏佩佩。你好你好，以前也没顾得上和你打招呼。"

溥跃本来是盯着面前跳动的数字，听到旁边人讲话，觉得挺可笑的，这才侧了侧脸，眸光瞟了一眼她胸前淡银色的名牌，又撇过头说："知道，我不瞎。"

老头子住进来几个月了，溥跃除了每周探望，来办手续的时候也前前后后路过护士台上百次，几乎每一次他都能碰到她。

可是这一百次里，大概有九十多次，她都坐在护士台后面的椅子上，肆无忌惮地躲在阴影里打瞌睡。至于剩下的几次，她是醒着的，但不是举着手机看电影，就是用购物软件买东西。

不怪溥跃对她先下了奸懒馋猾的定论。这些日子接触下来，没有一次赏佩佩会主动询问病患有什么需要，或者像别的护工一样主动和家属们聊聊病人的起居。赏佩佩那双眼睛是挺大，可大概率属于大而无神的类型，好像总是活在自己的世界里。今天破天荒，这滑头还是头一次主动跟他互通姓名。当然，肯定也不是她想，是因为有求于他。溥跃本来也不是什么善良之辈，上次在她这儿跌了份儿，眼下难免就有戏谑对方的心思，嘴角都有些翘。

赏佩佩自然不清楚，溥老爷子已经跟溥跃说过一嘴，让他帮着护工小姑娘修车，所以这会儿她吃了闭门羹，还在思索怎么开口才合适。思来想去，赏佩佩"哈哈"干笑两声，手指搓了搓鼻尖，想着直接叫人免费修车不合适，于是趁着电梯没来时再度犹豫着开口："那个，就是想问下，你每周给老爷子带的油炸糕是从哪儿买的？味道挺好的。

"还有我看你每次来探视的时间都不长，是不是工作特忙啊？"

电梯门开了，溥跃直接走进去，转头看到赏佩佩站在门口要跟不跟的，拧巴着小嘴，像个尾巴着火的小白狗似的，倒是突然垂着眼眸放低了声音："护士，我们没素质的人都习惯有事说事，想找我修车？东翠路 12 号，免费是不可能，顶多给你打个五折。你要信我就修，不信就算了。"

这话太难听了，非常不客气，说话的人像吃了炸药包，即便当事人此时特别神采奕奕。说着溥跃已经把手按到了关门键上，看样子根本不缺她这一个客户。

赏佩佩头脑思考了两秒，想想自己的信用卡，决定为金钱折腰，打个折也行啊，免费的晚餐给她她也不敢吃。所以就在溥跃面前那扇银色的电梯门即将合上的那一秒，缝隙里伸进来一只胳膊，手掌垂着，颇有些壮士断腕的悲壮。他撩起薄薄的眼皮，就看到赏佩佩那双从口罩上方露出的杏眼正冲他急促地眨，起码这一秒，她眼睛里的光彩像晨露折射着朝阳，声音也似山涧清泉般动听："行，那留个联系方式，我下班之后找你修车。

"不见不散。"

东翠路一带是东城周边镇上锡矿工人的家属区，清一色黄墙红窗的建筑物，像紧凑的积木罗列在废厂区的不远处。

往前数四十年，锡矿厂还是东城经济效益最好的大企业，本地女青年都愿意嫁给锡矿职工，分配一套福利住宅，让小孩读锡矿厂的子弟学校。住在这儿的租户都觉得自己要比城内的工人家庭高上一等。

不过好景不长，随着东城的锡矿资源枯竭，这里衰败的痕迹也尤为明显。厂区彻底停工，学校关闭，有本事的男人都带着家庭另起炉灶去外地找活路了。

大概十年前，这里除了一群得了肺病需要工厂赔偿的职工外，就没什么有钱人了。唯一一处还算有生机的地方就是东翠路 12 号溥跃的店。

赏佩佩猜得不算错，今天溥跃确实忙。

上午刚替一辆摩托车做了发动机保养，店里的维修场地上还停着两辆老客户为了纪念日要改色的铃木 GSX，溥跃下了车刚掀开门帘，店门口又开过来两辆新提的川崎。

修车间里没有暖气片，十几平的空间略显逼仄，除了一堆修车工具和墙上挂着的轮胎配件外，角落里还支了个黑钢色的小火炉，这会儿里头正烧着颗粒木取暖。摘了手套，溥跃连外套都没脱就开始忙活。

门外的几个车主正掀开帘子皱眉打量修车行里头的布局，溥跃没抬头，小徒弟倒是热情，立刻起身迎过来招呼客人。两男一女，穿着打扮都很贵，满身的奢侈品不说，为首的年轻男人左手腕上还挂着一只劳力士绿水鬼，不太像是朴素的东城人。

小徒弟石修杰外号叫石头，刚满十八，因为热衷于网络冲浪，所以对各阶层人士的生活都颇有了解，石头向来表里如一，网上是话痨，现实生活里也特别能聊。一上来，他就把三名顾客从头到脚夸得天花乱坠，一通吹捧，讲人家全身上下都透露着大城市的气息，特别的"Fashion"。

男顾客本来看着这脏乱差的小地方不大顺眼，被夸舒服了干咳了两声，这才撇着嘴角拿起手机问他："就这条视频，说改装车特牛的就是你们这儿吧？"

"太难找了，咋连个门头也没有？你俩别是骗子吧？"

"就是，我们可是专门从蓟城开车过来的，找拖车都花了这个数！"

三个人叽叽喳喳地抱怨，石头点头哈腰地应付，举过手机一看视频就乐了。据他所知，溥跃这店从半年前盘下来时就没有门头。再往三年前算，那时候石头还在上初中呢，这家店是个姓高的老头开的，做的只是修理自行车的生意，门牌是块破木板，上面就写了"修车"两个歪歪扭扭的字。街里街坊都管这地方叫"高老头那儿"。

开了一辈子修车店的高老头在三年前因脑溢血死了，这地方就一直空着。直到半年前溥跃的爸爸查出了癌症二次复发，溥跃这才从越城回到了家乡。他一眼就看中了高老头这间修车铺，干脆用这些年在外打工的积蓄盘下来，接着修车。

"修车"的破牌子被扔了，但他这位沉默寡言的老板也一直没想着做什么亮化和门头。溥跃回来后对赚钱一直都很随性。不过他毕竟是在大城市学了好几年的修车手艺，又懂玩车，很快，他的主营项目就从维修变成了改装，目标客户也从路过的散客，变成了东城附近长期往来的老顾客。

这不，上个月有位老客户倒腾来了一辆濒临报废的 Vespa 踏板车，别的修车行看着都摇头，可这辆车不仅被溥跃修补完善，还被改装得方便遛狗。也就是这次改装，被满意的客户拍成了短视频发布在网上，一下就有了几万的点赞。慕名而来的人多了，面前这三位显然也是。

三个男人在这边沟通改车细节，同行的女孩子则随便在店里转转，走到正在贴膜的溥跃旁边，打眼一瞧才注意到，在廉价的白炽灯下，竟然还有个"颜值天才"躲在阴影里认真工作。

利落的下颚线，精致的鼻形再加上干净的内双，对方一抬眼，五官随着身体的移动从阴影中露出，连带着喉结都被顶射的灯光完全照亮。与这种淡漠的眸光只相接了一秒，女孩儿的脸就开始有些烧，尤其是对方很快又将视线移回了正在贴膜的部件上，看起来好像对女色完全没有任何兴趣。

女孩儿指尖在包臀裙上蹭了蹭，又回到了同伴身边。不过这一次，她的注意力完全不能集中了，嘴上敷衍地附和着，但余光一直落在溥跃身上，顺便问了两嘴店主的事情。她心想认真的男人确实够帅，尤其是店主有这么一张绝色的脸。本来此行之前她还很不愿意为了改车来东城这种落后地区，但上天对因缘巧合自有安排，看来此行她真的不亏。

商谈在女孩儿的敲边鼓下进行得异常顺利，时间很快到了六点半，溥跃这边已经差不多在收尾了，顾客却突然提出让溥跃现场给他们调试下两台车，看过了他的技术，他们才能付定金。旁人不知道，但是关于营业时间这件事，自从石头干学徒时就知道，就算有再怎么加急的工作，老板也从不加班。只要一过七点，溥跃准时关店回家，而调试这种级别的车子，半小时可不够。

石头正在为难地蹾步，没想到溥跃今天大发慈悲，没等石头开口，自己倒是起身隔着几米问他们："真改假改啊？以前玩儿过重机车吗？

你这两辆车，从定制配件到改装发动机，从头到尾改下来，起码要这个数。"

拎起旁边的干毛巾擦了擦手，溥跃也没看这几个人的表情，语气淡淡："要是玩票，劝你们趁早算了，别费钱。

"我也省了那个劲儿。真心喜欢车，再改也来得及。"

"什么意思啊你！上门的生意不想做？你看不起人？"为首的车主正要发火，旁边的女孩儿倒是被勾起兴趣，大着声音问他："嘿，那你说说，什么叫真心喜欢？不就是车嘛，还分这个呢？又不是谈恋爱。"

石头提着一口气还没来得及打圆场，溥跃反倒是笑了，特直白地说："改车就和谈恋爱一样，真喜欢呢就得心甘情愿地花钱。这世道，钱就是爱。没钱靠嘴谈什么爱呢？您说呢？"

溥跃话音刚落，小姑娘就被他逗笑了，无缝衔接了一句："可不是，钱不能代表爱，可没钱那是万万不爱。没想到你这老板还挺新潮的，我还以为你们男的现在就喜欢骂女的拜金呢。"

"哎呀这您几个就不知道了，我们老板可是从越城回来的。以前在越城也是这个！"石头举着大拇指，对面姑娘更惊讶了。

"呦，是吗！越城也算新一线了，要我说跟蓟城也没差什么。小地方还挺藏龙卧虎的。"

姑娘和石头越聊越热络，旁边刚才还龇牙咧嘴的男车主此刻面色一变，像吞了苍蝇。他们来改车，本来就是因为他本人对这位姑娘有意思，追求了很久没进展，找了朋友来打配合。就连这两辆车，也是他听说女孩儿最近迷上了重机车车主，为了吸引她才买来装装样子的。他哪儿懂什么轻骑和重机。

本来被点破心思他就有些气急败坏，此刻一看场面不对劲儿，是不行也得上了，当机立断，他大手一挥就给溥跃转了两万定金，双方口头约定，只要溥跃能改好，他绝不吝啬。当然，溥跃也小露了一手，十分钟就给他拉了个爆改的名目清单。

等到七点多太阳下山，赏佩佩好不容易将她那辆小摩托从医院推过来的时候，正巧碰到这三位蓟城的客户从店门走出来。不过她进门，还没和薄跃搭上话，刚才走掉的女孩儿又从车里跑回来了。

女孩儿身材高挑，逼近零度的天气里还露着大腿，直接越过赏佩佩掀开门帘，走到薄跃身边掏出手机，巧笑着递过去道："小哥哥，加个微信？回头提车我请你吃饭。"

薄跃一抬头，第一眼就注意到了门口正在旁观的赏佩佩。赏佩佩一看到他望过来，还很知趣地往后站了站，一副不想打扰他们好事的"狗腿"样子。就这么两秒钟，薄跃心里又烧起一把邪火，本来已经到嘴边的"手机没电"活活被他咽下去了。他转而收回目光，吊儿郎当地掏出后屁股兜里的手机，打开二维码时嘴里还在假客气："哪儿能让您请我呢，这么大一单生意，要请也是我请您。

"回头啊，常联系。"

应付完这单大生意，时钟已经走到快八点。石头的女朋友今天过生日，所以一小时前他就已经先下班去给女朋友准备惊喜了。

女孩儿已经上车和同伴走远，门帘一合，修车间里只剩下一对男女和不停发出声音的炉子，气氛有些冷场。所以当赏佩佩凑到薄跃旁边没话找话地问他是不是每天都工作这么晚的时候，当场并不会有人拆穿薄跃的谎言。

得到薄跃肯定的答复，她又蹲在地上换了一只脚吃劲儿，捶了捶发麻的小腿笑眯眯地说："那就好，我还以为你们修车都是白天营业呢。我下了班就往这边跑，生怕你等我，耽误你事。"

赏佩佩的这辆小摩托是真的破，光是看一眼薄跃就知道这是辆无良商家出售的翻新车，摔了一下打不着火还是轻的，这种杂牌车质量本来就差，这次是她上班路上一着急蹬坏了轮盘上的链条，电火花坏掉了，下次估计就得整个换，如此反反复复，总也修不到个头。

薄跃这边刚把火花塞给她换了个全新的，一听她说的话，差点没被口水呛死："我等你？怎么可能！你没看刚才顾客才走……"

两人非亲非故，赏佩佩没理由不相信他。不过看他给自己修车修得尽心尽力，所以也不计较他说话难听，还很乖巧地点头咯咯笑："看来我是沾了美女的光。别说,美女腿好细啊,那么长,有一米八了吧!啧啧,羡慕。"

说着赏佩佩嗅着空气中残留的一丝香气如数家珍道:"圣罗兰的黑鸦片,欸,这香水妥妥的'斩男香'。你闻啊,好像你领口都沾上了。别说,你俩还挺配。"

赏佩佩越说和溥跃越近,鼻孔急速翕动着,就跟狗鼻子似的。溥跃默默翻了个白眼,注意力都在她那张碎嘴上,往旁边平移几步,心想哪儿有什么香水味,他鼻息里都是她身上散发的消毒水味。

溥跃迅速修好了车。赏佩佩转了几次钥匙,小摩托点不好火的毛病被彻底修好了,她兴奋地拍了拍车把,嘴里念着"多谢多谢"。她心想,自己终于不用在冬天遭罪和吃着韭菜馅包子的大叔们一起挤公交了。

末了她从自己身后的双肩包里掏出钱包问他:"多少钱啊?说好了打五折对吧!我微信里没钱了,就剩一百三十块现金,应该够吧?我晚上还得买点猫罐头回去,小区的流浪猫最近好像生宝宝啦。"

屋内灯光是冷白的,在小火炉时不时地照耀下还掺杂了一点点红,赏佩佩正好站在炉子的背光区,笑容被这些影影绰绰的光照亮到堪称刺目的程度。下班时间里她没有佩戴口罩,柔和的唇角上扬,更显得明眸善睐,此刻全神贯注地盯着自己的车子,像是在欣赏什么宝贝。

窗外夕阳彻底落下,只剩下一片漆黑的死寂。像是被炉火烫了一下,溥跃喉结滚动,心脏乱蹦,脱口而出就是一句更刺耳的话。

"算了吧,就你那点工资养活自己都够难的,自己都顾不上还喂猫?不收你钱了,你直接走吧。我看你们家要用钱的地方还多着呢。"

一开始,赏佩佩还把重点放在对方不收钱这件事上,可是顿了几秒,细品对方的口气和前半句话,怎么想怎么觉得他是对自己有恶意。再加上今天下午他对自己的态度,从始至终都没什么好气,像是有什么大病,赏佩佩脸上的讨好和笑容也没了,直接将钱包里所有的纸币掏出来塞到他兜里大声道:"我那点儿工资碍着你什么事了?不就是帮忙修个车吗,不打折就不打折,我又没说我不给钱。

"给给给,够了吧!小气鬼!

"我喂不喂猫关你屁事！你以为你是谁啊，我又不认识你。"

用力啐出一声表示自己的不满，赏佩佩头一甩，驾驶着自己的小摩托疯狂逃离修车现场。

等到门帘重新合上，街上彻底没有赏佩佩的声音了，溥跃才松开了刚才一直握紧的手指，低头缓了口气，把兜里的钱拿出来一张张捋平整。他也不知道自己刚才突然抽什么风，其实他今晚是在等她，而且他早就打定主意不收她的钱。再说，换这两样东西也用不了五十块钱。

可是一看到赏佩佩那种无忧无虑的笑容，溥跃的心就被揪起来了，也许是想到了前阵子在医院里碰到赏佩佩父母的事了吧，但他明明不是个爱管别人家闲事的人。总之，溥跃将那一百三十块的纸币夹在自己抽屉的账本里，死活不承认，他之所以生气，是因为赏佩佩的笑容有一瞬间将他拉回了高中。

那时候溥跃还不是大家口中的辍学失足少年，他学习根本不差，只是始终追不上当时的年级第一而已。

回程的路上赏佩佩气得冲着冷风大骂了好几句"神经病"，同时发誓自己再也不会跟这种人搭话了。会修车又怎么了，就能随便瞧不起人？

可是二十分钟后骑到了小区门外的小卖部，她想到自己楼下那几只嗷嗷待哺的小猫咪，又开始后悔自己方才那么冲动了。好歹留下十块钱买几根鸡肉肠，最近天气冷，母猫生育后瘦得不得了，估计再过几天连奶都得断掉。

她工资确实不高，让人说说又怎么了？非得摆出一副自尊心被戳破后恼羞成怒的模样吗？一百三十块钱打了水漂，说到底是便宜了那个神经病。可是流浪猫招谁惹谁了？今晚连晚饭都没了着落。

兜里的手机响了几声，赏佩佩捏了刹车，将车停靠在商店门口的灯光下，本以为是工作群消息，没想到竟然是几条微信好友验证消息。

来人头像是黑白的卡通图案，也没写备注，只显示对方是通过电话号码搜索添加。也许是病人的家属，再不然是经常给她送快递的小哥。但赏佩佩从来不喜欢无效社交，要不是工作需要，她连同事的微信都不想加，想都没想就准备拒绝并拉黑。但也就是屏幕闪一下的工夫，她颦眉点开对方的头像，她鬼使神差地点击了通过对方的好友验证，只因为对方的头像是《元气少女缘结神》里的男主巴卫。

毕业后疲于拼命学习和赚钱的赏佩佩没再看过任何一部漫画，但这一部不同，它不仅仅是赏佩佩高中唯一存钱买过的一套漫画书，而且主人公巴卫还是她少女时代的恋爱幻想对象。每当夜里她饿着肚子后背瘀青地躲在家里的阳台上时，漫画转场的黑白线条和爆笑的对白就成了她暂时逃脱痛苦的天梯。如果运气好，对面楼的人打开吊顶灯，她甚至不用借着月光看，只需要舒舒服服地靠在杂物堆上，就可以轻松阅读两三个小时。

说来不怕人笑话，在买完第十五本后，赏佩佩对这部漫画的迷恋度可以说是到达了顶峰，每天睡觉时她都会偷偷把漫画书藏在自己的枕头下，希望可以梦到一两帧漫画中的情节。就连上学时，她这个老师眼中的好学生都会把漫画书偷偷藏在书包最里一层带去学校。

不过非常可惜，那时赏佩佩还没攒够钱买剩下的十本，她那些珍藏许久的宝贝就被同年级的倒霉鬼举报到班主任那里，最后全都被没收了。

毕业后，她经历变故急匆匆地搬家，毕业证都没领到，更别说向老师讨要自己的那些漫画书了。从那之后，生活推着她让她好像一瞬间急速长大了。现实社会中无依无靠的孤女身边不会出现面冷心软的守护神，只会频现屋漏偏逢连夜雨的惨剧。人总要学着自己面对困境，幻想不能带给她任何好运，所以直到现在，她再也没续看过这部少女漫画。

点开对话框，只需三秒钟，赏佩佩就已经开始后悔自己方才的短暂怀旧了。因为加她的人不是别人，正是她口中不停谩骂的神经病。

说好了给你打五折，本来也没多少钱，剩下的一百二退给你。

还有，你的车有点儿旧，以后再不好点火你先拨离合给点儿油。

本来想立刻把溥跃拉黑的，可是当赏佩佩看到对话框上的橘色转账信息时，心中气消了不少，他还真的只收了她十块钱。她抬头瞅了瞅旁边的商店，自尊心在面对金钱的诱惑时又变成芝麻粒大一点儿的东西。她咬咬牙点了收款，对面的人又紧接着告诉她：如果以后要修车，可以随时直接联系我。

这几句堪称话痨的絮叨在溥跃眼里已经等同于示弱了，可十分钟后关了店门的溥跃仍然没收到赏佩佩的任何回复。下班回家的溥跃心情算是平静，今天回家太晚，只能到超市买菜。刚挑了半只烤鸭扔进购物车，他兜里的电话也响了。

把车子推到角落，溥跃郑重地拿起手机，结果解锁后他脸都僵了，重新把手机扔兜里，临结账前他还拎了一件打折啤酒。结完账将所有东西放进后备厢时，他再次掏出手机确认了一下。是的，没错，他手机里那个腿长一米八的美女给他发送的信息多到被他直接设置免提醒，而他"免费"帮赏佩佩修车的结果是只收到一个"哦"字，不仅如此，她还对他屏蔽了刚才还可见的朋友圈。

真是个没良心的狗东西。

成功用一百二十元度过了体面的一周，挨到二十五号这天，赏佩佩从早上八点开始就守着自己的手机等工资入账的通知。

这半个月她过得实在是太节俭了。最近东城的天气越来越冷，圣诞和元旦都快到了，虽然她不打算和任何人相聚，也不准备买衣服不买包，但等还完信用卡的最低还款额度，总要给自己置办一套大几千的投影仪吧。赏佩佩想想就觉得幸福，她向来很有仪式感，可不想过节的时候委屈自己。

所以下午两点半溥跃来 801 房探视的时候，赏佩佩根本没工夫偷听他们俩到底吵了什么架了，她正在各大平台上搜索投影仪的信息。

溥跃一走出电梯就看了她一眼，她连头都没抬，他也径直将视线移开。虽然加了微信，可两个人瞧着比修车之前更像是陌生人了。溥跃倒是没有赏佩佩那么孩子气，没对她屏蔽朋友圈，也没删除她的微信，但他将她的名字备注成了"没良心的破护工"。

溥跃多带了一份油炸糕扔在床头，今天和老头的架也多吵了十几分钟，可赏佩佩始终没有走进来打扰他们爷俩的亲子时光。溥跃走的时候，赏佩佩刚给803的赵阿姨换了点滴瓶。两个人在走廊里正好打了个照面，赏佩佩眉毛一拧就要将头偏过去。大眼睛里不是无神，是根本盛不下他。

但这一次溥跃没有闹不知名的小情绪了，他身体往她的方向斜了斜，甚至为了照顾她的身高，还将头刻意垂下来，整个人看着就有点儿低眉顺眼的："修车那事儿，我不是假客气。有问题了随时联系我。"

赏佩佩闻言愣了，脚步缓下来，出于礼貌点了点头。她心想：你可别诅咒我的小摩托，哪有那么容易再坏，我还准备再骑五百年。

两人就要错身而过的时候，溥跃突然伸手拉住了她的袖口，指尖触碰到白色布料下的手腕，像是被震了一下，他又急忙放开，手指发烫搓着耳朵，有些别扭地将视线移到远处的瓷砖上，不大硬气地开口道："刚才听老头说之前插尿管是得了泌尿炎症。"

"嗯。"赏佩佩站定了，不知道半个月前的事怎么现在又被他提起来。难道是要教训她护理不周？赏佩佩在口罩下已经狠狠咬住槽牙，准备好跟他唇枪舌剑大战一场。

紧接着，溥跃深吸一口气，鸦黑色的睫毛像片羽毛似的抖了抖："他上卫生间不及时尿了一床，是你半夜值班发现硬是给他把被褥都换洗了。"

"哼。"赏佩佩一听这事儿头顶还在冒火，小胳膊往胸前一抱压低声音凑过去，"还说呢，我半夜过去查房看他就不对劲儿，手往被子里一摸全是湿的，他还不让我掀被，说我是不是要耍流氓。"

"老头倔着呢，最后还是我好说歹说第二天早上带去看了医生。你说那一晚上睡在湿床上能舒服吗？"

迎面走过804房的家属，侧目看了他们一眼。赏佩佩噎了一下，才反应过来自己好像说得太多了，像是在抱怨本职工作。她这会儿也有点儿尴尬了，晃了晃手上的输液瓶，嗫嚅着说："你别多想……我就是随便……"

话没说完，对面溥跃已经打断她的话，无比真诚地道了一句："谢谢你，上次修车那事儿也跟你道个歉，对不起，我这人不会说话，你别介意。"

没想到没素质的人有礼貌起来比谁都会，这下子轮到赏佩佩觉得别扭了。她不仅觉得别扭还觉得很不好意思，平常她很少和病人家属攀谈，刚才也并不是有意要把病人的隐私说出去的，不知道为什么，可能是因为上次在修车行吵的那一架吧，再或许是因为对方的微信头像让她觉得安心。

她对溥跃好像有点说不清楚的熟悉感，真的是太久没和同龄人接触了，就连"神经病"也能被她当作可以倾诉的对象。

磕磕巴巴半天，赏佩佩还是没忍住，讲了一句她工作以来从没有和任何病人家属说过的话。她握了握拳头，眼神飘向远处的瓷砖，轻声说："不用谢，其实我们照顾得再好，比不上你们多来两次。老人嘛，都还是想回家的。"

下午六点半，修车店内的溥跃准时摘了手套，蹲在地上仔细清洗手上的油污。

最近蓟城客户那两辆川崎改了一半，另一半配件都在运输中，所以他这几天零零碎碎接了些别的快活儿，整体上不算太忙。说是不忙，但今天下午从医院回来，他的工作效率显然就不太高。一辆慢撒气的国产奔达，一条胎卸下来他在水里找了半天，最后还是扔给了石头收尾。

石头这会儿补好了胶皮从零件堆里钻出来，看见他那位老板洗了十五分钟的手还在那儿搓指缝呢，石头试探着问他："哥，咋了，是不是下午去医院，叔的身体又不好了？"

晚期的癌症病人说白了就是在一天天等死，病人的身体机能就像慢速播放的雪崩，别怀疑，最终胜利的一定是死亡，这是一场没有悬念的拖延赛。好好想想，健康的活人都会横死，一只脚踏入棺材的病人又有什么理由不死？

三年来四次切除手术，两次癌症转移，溥跃对他爸即将离世的事实早已有了心理准备，所以听到石头这么问的时候也不是太难受。

"还不就是那样，骂我不如护工伺候得尽心，说我把他送到疗养院就是不孝，喊我把他接回家照顾，又说他这病还能手术，怨我不给他做，说都怪我把他活活耽误了。"

这些话太扎心了，外人听着也不会好受。石头叹了口气后想开口，还是闭上了。这种事儿他不知道怎么劝才合适，其实换了哪个明眼人也不能说溥跃是真正不孝顺的那种类型。

溥跃离家出走这些年里，溥叔好赌又酗酒，先不说他先后被几个不正经的女人骗走了多少积蓄，就算手里攒了一点退休金，也会立刻跑到十字路口的彩票店玩博彩，有时候一天就能走五六千的流水。美其名曰反正儿子跟他那个妈一样跑了，他也不需要给任何人攒钱。

生病那年，他除了家属区那套老房子外分文未剩，治疗癌症几次住院，除了职工医疗报销的百分之六十外，剩下的钱都是远在越城的溥跃给他汇来的。

老头嘴硬心也狠，先是两次腹腔微创切除了病变的直肠，后来又是中期胃癌开腔切胃。每一次他都觉得自己能打败医生口中所有的复发率。可是一年前看着医生给他的扩散到全身的癌细胞 CT 片子时，他一下就瘫在地上晕倒了。他是真的没活路了，他的人生已经彻底失去了从头再来的机会。

从那之后，溥叔没精神头了，除了满足基本生存需求的吃饭和上厕所，也不怎么出门。而医生给他的最后期限，是六个月到十二个月不定。每天支持着他睡醒的任务，就是给溥跃打电话让他回东城来照顾自己。

他一天打十几个电话，不是怒骂就是哀号痛哭，走到人生终点的绝症病人不管活着的儿子是不是还有工作要做，总之一句话，他就是要溥跃从越城辞职回来陪他走完这人生的最后一段路。

就这么扛了一个月，已经离开家这么多年没回来过的溥跃最终还是松口了。因为老头在凌晨里的一句哭腔，他说："溥跃啊，爸是真的想你了。"

溥跃决定回来了。

他用了半个月时间交接好自己的工作，辞职外带打包行李。溥叔期盼的那种亲情人伦剧并没有依照他的想法上演，溥跃人是回来了，但不到一周，就给自己搞了个店面接着赚钱。

溥叔给他安排的婚他不结，溥叔让他生孩子冲喜他也不干。他拒绝溥叔一切繁衍后代的要求。甚至因为治不治疗这件事大吵了一架以后，他连伺候病人的事儿也烦了，跑遍了整个东城，选了一家费用最高的临终关怀疗养院，协议一签转头就给老头送进去了。

在疗养院里，有吃有喝有医生，而且没有护工和医生的允许，病人根本不能出院，溥跃乐得清闲，过上了跟越城一样，每天上班下班修车改车的日子。只不过，周天下午的两点半，他出于人道主义，还是要去看看他病重的爹。

对于这么一档子事，不太了解他们家具体过往内幕的石头真没办法评论。毕竟，这世界上还有人为了逃避赡养责任把老母亲背到山里喂老虎，相比来说，他师傅溥跃好像也不算个完全的坏人。

对面的溥跃并不知道石头正在心里琢磨他和他爹的关系，其实下午他从头到尾压根儿也没想他爹的事。石头不说话，溥跃倒是话锋一转，突然装作不经意地问他："你上次不说你对咱们这块儿的事特了解吗？那你知道锡矿厂以前有个老赏家吗？"

"我记得他家以前也是这儿的职工家庭，后来都被厂里除名了？再后来……"

溥跃难得对石头有话讲，搓了搓今天拉过赏佩佩袖口的指尖，等了两口烟的时间，才小心翼翼地问："后来他们家人，嗯，就是说，还在东城住吗？"

溥跃口里的"老赏家"石头可太知道了。换句话说，锡矿子弟谁不知道他们家那些破事。大家都习惯背地里管他们家叫"赏瘸子"。一说起"赏瘸子"一家人的倒霉事，那街坊邻里的闲话是三天三夜都聊不完。

先是妻子被厂里开除，之后又是丈夫因为偷铁坐牢，刑满还未释放，闺女又在上高中前被人贩子拐卖跑了。做母亲的悲痛欲绝，只能从老家领养了一个快上小学的孤儿慰藉伤痛，再后来老赏出狱因为和人在狱中打架成了"赏瘸子"。从那之后，他们一家三口就一直吃低保吃到现在。

"在啊，他家就在我家老房子后面那栋楼，一直住那儿呢。"

说着石头把脏水扬到门外的街上，拎着盆回来的时候突然想起薄叔那房子不就在他家后两栋，掀起帘子就问："哥，薄叔那房子不就在他家西面吗？"都是住顶层五楼，一个朝东一个朝西，说不定薄跃一开小卧室的窗户还能看见赏瘸子挂着拐棍晾衣服呢。

薄跃颔了下首就算是回答了。石头跟在他屁股后收拾工具，头一歪又挤出一句："也是，最近他家老两口全国跑，儿子成天泡在市里的网吧，也不咋回来住，难怪你没碰见。"

"对了，他家闺女被拐的那年不正好是你走的那年吗？怎么问起赏瘸子了，你们熟？"

薄跃眉头皱一下，一想到赏佩佩，开口就是一句："不熟。"可没一会儿，他又主动告诉石头，"就上周去市医院给老头领止痛片，碰巧遇见他们两口子也在那儿填表。"

薄跃说的止痛片指的是医疗计划里免费为癌症患者提供的药物，去申请领药的病患基本都是癌症晚期患者。因为太久没见过面，薄跃一直不太确定他看到的那对老夫妻是不是赏佩佩的父母。如果是，他可以认为赏佩佩的乐观是无脑，可是今天听到她跟自己说的那几句话，他又没办法真的把她和自私这个词画上等号。

石头闻言不怎么惊讶，捏起自己挂在衣架上的棒球帽往脑袋上一扣："那就是了，赏瘸子去年确诊了脑癌，这儿的医院说没有治疗的必要了，但蓟城那边说是有靶向药。"

"儿子才十八岁，高中辍学后就一直啃老，也不咋关心他爸的病，好像家里头因为这事打了他好几次了，没法儿说。"

店门被锁上，石头将钥匙扔进斜挎包里，回头还在喋喋不休："更奇葩的还在后面呢哥。我女朋友不是在户籍科当协警吗，听她说，最近赏瘸子一看儿子没指望了，又跑到派出所说要报警找他闺女。"

"问题是当年那姑娘被拐的时候，他们都没报案，直接偷偷把孩子的户籍注销了，现在都快十年了，哪还能找得着？

"刑警不管这事，他又跑到户籍科闹，说是自己闺女根本没被拐卖，是他们那时候为了给男孩腾上学名额，过继给远房亲戚了。闹了半天那个儿子根本不是孤儿，反倒是闺女让活活说死了，你说搞不搞笑？"

戴上的头盔又摘了，对面听八卦的溥跃表情说不上多热络，清隽的五官被夕阳衬托得分外冷硬。他皱着眉，语气也和脸色一样漠然，当然，漠然之中还带着点儿不可思议："你的意思是，她爸妈现在和她是失联的状态？"

窗外的天空被染成橘色，溥跃从菜市场采购完，赶在太阳彻底落山前回到了他爹的老房子里。等呼吸急促地将两扇门关在身后时，溥跃低下头，发现自己拎菜的手都在抖动。

不过还好，他赶在彻底天黑之前回到了家。

拉上窗帘抵御天空投下的光晕，溥跃赤脚走进浴室，不到十分钟，他就冲了一个不是很顺畅的热水澡。

这里是他们家居住超过三十年的老房子，五十八平方米的两室两厅。狭小的客厅被半堵玻璃墙一分为二，各类旧衣鞋盒堆叠着，客厅内则摆放着洗脸架和被他一脚踢烂的饭桌，理应放在外面的电视因为没有落脚之地被移到了父母的主卧。主卧里夹在双人床和电视机中间的茶几，就成了母亲走后溥跃和父亲吃饭的根据地。一素一汤，配点儿老头从菜市场买回来的油炸花生米和红色的熟食，溥跃记忆中所有的晚饭，都充满浑浊的酒气和刺眼的蓝光。

焯过血水的牛肉与西红柿炖煮至软烂，溥跃另开一灶下一把手工面，等到面条沸煮五分钟后捞出备用。八点整，溥跃将牛肉面和凉拌黄瓜端进客厅。

以前的旧家具和物件被他清理一空，如今客厅里除了一张新餐桌外，墙上还挂着一台五十五寸的超薄电视。溥跃吃着热气腾腾的面，眼睛盯着电视里播放的八点档狗血电视剧，但脸上的紧张似乎没有缓解半分。

好不容易将面前的食物尽数塞进肚子，胃被填满，心情稍微好了一些，他没立刻收拾面前的碗筷，反倒是对着窗上的窗帘发呆。他不敢拉开窗帘，唯恐夕阳还挂在天边，而等待天黑的这会儿工夫，他的心脏狂跳。

手机"叮咚"一声，溥跃回头解锁屏幕。是越城苏医生的例行问诊，苏医生的头像是一只破茧而出的蝴蝶，这很符合他的人设。因为平常看诊时苏医生最爱挂在嘴边的就是，他多么希望自己的病人有朝一日可以像蝴蝶一样，摆脱束缚获得新生。

苏医生：今天感觉怎么样？有在天黑前按时到家吗？

末了他没有忘记加一个微笑的表情。

溥跃：还是那样。

苏林是溥跃三年前在越城定期就诊的心理医生。一开始，他是因为失眠去看的医生，后来失眠的毛病差不多被治好了，苏医生却告诉他，他被确诊为轻度抑郁症，希望他在痊愈前可以继续来诊所治疗。

说实话，溥跃对苏林这个结论一直抱有观望的态度，毕竟黄昏恐惧症和情绪低落的小毛病大家多少都会有，他只是一个不那么容易开心的人而已，偶尔想到过死亡，但真的也只是想想而已，他可没勇气，而且光是想想会给人带来多少麻烦，他就会立刻放弃这个想法。

不过好在溥跃在越城这些年赚了不少辛苦钱，每当他想看心理医生时，高收入支持他可以立马打个电话给诊所的前台预约。八百块一小时的心理干预，三十小时的疗程，能用大半年，即便苏医生想赚他的钱也罢。多数时间，他实在难受了才会过去，说一说自己从来不会跟外人说的心里话。

他和苏医生这些年聊的内容，百分之九十都是有关于他父亲如今的病况。只有少数时候，他在修车行开了大单心情愉快时，才会在对方的刻意引导下，讲一些他小时候的琐事。

心理医生大概都是这样吧，特别喜欢把成年人的一切问题都归结于悲惨的童年。但问题是这种状况就跟神婆猜身世一样，世界上有几个那么好运的人，可以拥有像活神仙一样的父母？他就和需要救赎的信徒一样，满身疮痍和罪恶，但他不信教，神救不了他。

半年前从越城回来时，溥跃没想过自己的情况会恶化得这么严重，尤其是回到童年生活过的家，他的黄昏恐惧症可以说是达到了史无前例的顶峰。每当太阳落山时，他很难做到在外逗留，整个神经驱使着身体迫不及待地回家，还会引发严重的焦虑症。但回到家，他的焦虑在被短暂缓解后又会迅速升级为断崖般的失落感。

溥跃知道这么说没有道理，但非要形容，就好像明明吃饱了，但还是不停地想往嘴里塞东西一样。心里好像破了洞，无论什么需求都没办法被满足，因为明明需求已经被满足了。听起来是不是很不能理解？没关系，其实溥跃自己也不理解自己。

但苏医生没说错，他是真的病了，看样子还不是什么轻度抑郁，大概升级成中度了吧？如果病能像游戏般升级的话。

对面的苏医生还在输入，大概是在寻找宽慰他的话，又或者是劝说他应该每周到越城一次进行面诊。可是溥跃没办法抛开赚钱的生意闭店一天，再说了，如果不赚钱，他才真的会死。没钱的日子，他一分一秒也不想过。指尖在屏幕打下一行字，又在删除间犹豫了几秒钟，溥跃最终选择点击发送。

你还记得我说过的女孩儿吗？当时我们年级的年级第一，其实最近我碰到她了。

那天我和她有约，天黑了才回家，但很奇怪，我没有发病。

远在越城的苏林看到溥跃发来的文字，面对电脑前的对话框不自觉地笑了一下，其实不用注解，他很清楚溥跃口中的女孩儿是谁。溥跃在诊疗室中只讲到过一个女孩儿。高中时他很想在成绩上反超的女孩儿，他准备了礼物却没能送出的女孩儿，对他破口大骂后又恶人先告状的女孩儿，那个会让他手足无措的女孩儿。

很难想象，外貌出类拔萃的成年男性，收入不差，出手阔绰，会在诊疗室里反复描绘一名留在他记忆里的古怪少女。而大多数病人都会有的爱情杂症，他却统统没有。他的人生只有赚钱，他拒绝浪漫，拒绝亲密，甚至拒绝承认感情能够独立于金钱的庇护存在，就好像，他身体里属于少年天真的一部分，被永远困在了中学时代。现在的他，像个没有感情的赚钱机器。

苏林一直都有在看诊过后仔细为病人记录人生节点并归档的习惯，而在他对溥跃长达几十页的备忘录里，"赏佩佩"算得上是重要的一味解药。

记得，你的初恋。

苏林发出这句话时，没忘记在文字后面再次加上一个微笑的表情。果不其然，溥跃看到这句话像是被吹爆的气球，立刻起身将碗筷扔进洗碗池，一边开大热水一边单手迅速打字：我说了几次了，她不是我的初恋！不是的好吧。

再说了，她根本没有认出我来，整整九十多天，她从来没有跟我说过一句话。找我修车那天，竟然还跟我来了个自我介绍，说什么第一次见面。

真的无语，好无语。大医生，您对恋爱这个词是不是有什么误解啊？起码是能牵手拥抱的关系才能算是恋爱吧，拜托，你再讲这个词，我是真的要退费了。你和前台不管有几张嘴，拦都拦不住。

说了很多遍真的，溥跃根本没发现，自己像是掉进了兔子洞。对于心理医生来说，过度分享的病人总好过一言不发的闷葫芦。苏林对溥跃受到刺激后突如其来的怒气全盘接受，等到他一股脑儿地发了十几条消息过来后，才问了一句：那你想要和她成为可以牵手拥抱的关系吗？不是因为别的，是我在想这件事或许对你的病情有所帮助。

我以前和你说过，对于抑郁症患者，可持续的陪伴很重要，即便是精神上的。

厨房被清理得一尘不染，溥跃在夜晚的灯光下举着手机呆滞了几秒钟，随后深呼吸着对苏医生的问题进行了否认。

我只是好奇，好奇她到底是一个什么样的人。

今天下午石头说的"被拐"事件对于溥跃来说其实根本不是秘密，事情发生的那年他就知道，因为那晚赏佩佩背着脏粉色的书包，抱着被子披着凌晨的夜色，被她父母偷偷塞上外地牌照的小货车时，溥跃就躲在一单元楼道的阴影里，把他们一家三口看得真真切切。

盛夏酷暑，因为来回搬运行李，赏佩佩额头的绒毛被汗水打湿，但她一直嘴角上翘，就连天边的月光都没办法将她脸上的光彩比下去。她没有被拐，看样子更像是要去迎接属于她的新人生，这也是溥跃最后一次见到跟他势不两立的年级第一。

从那之后他是真的没想过自己还会遇到赏佩佩，在他的想象中，她在学业上那么优秀，一定能考取名牌大学，穿上名牌高跟鞋过上都市丽人般高人一等的生活，不像他。

他真的不是喜欢她，他只是不明白，赏佩佩为什么没有深造？上大学对她来说难道不是轻而易举的事情？兜兜转转回到曾经的小城镇也就算了，他更加不理解的是：世界上为什么会有她这么善于掩饰和伪装自己的人？

初看那么完美的三好学生其实是败絮其中，就连鄙夷都能被她用脏话演绎得那么彻底。

现在也一样，赏佩佩日常喂养流浪的野猫，以照顾陌生人的余生为职业，看起来关于她的一切都是这么可敬可爱，但背地里，她竟然拒绝和陷入生活困境的父母相见。明明就在一座城，相距不过十六公里，但她好像活得无牵无挂，好像没长心脏一样。

年龄在他们两个人之间只留下了岁月而已，十年了，她还是那么古怪。而溥跃也没什么长进，仍然看不懂她。

近半年来唯一一次，溥跃对苏林倾诉了这么多，但主角都是赏佩佩和赏佩佩的父母。苏林不停地在笔记本上做标注，最终还是在高三那年的事情上重新画下重点。

溥跃，我不能帮你分析其他人的想法，也不能揣测她和她父母之间到底拥有怎么样的关系，但我可以帮你更好地梳理你自己的情绪。

赏佩佩对父母漠不关心这件事，对你触动很大吗？

或许在心底里，你希望她是个善良的人，也希望曾经发生的事情都是一场误会吗？

如果不是误会，你能解释你这种厌恶情绪到底来源于什么吗？我记得你说过，你们上学时并不熟，甚至你连她的父母都不认识。

或许她让你想起了自己，你还从来没有讲过你的母亲。

退出了和苏林的聊天对话框，下意识地，溥跃重新点进了赏佩佩的头像：一只抱着她手腕在眯眼撒娇的小白猫。朋友圈里，原本空荡荡的位置赫然出现了四张照片。戳进去看时，溥跃本来充满防备的眼神再次柔软下来。

三天可见的朋友圈里，有一组新鲜出炉的照片。赏佩佩终究还是把那些小猫咪全都带回家了。不仅带回家，她还自费给母猫做了绝育。小猫咪正在朋友圈找同城免费领养的家庭。也许是领养的意愿不强烈，她在评论区还留言说可以送两斤的幼猫猫粮。

整整一周，溥跃没有再回复心理医生的任何消息，不是他不想，而是他不知道怎么样去回答。他不傻，他知道，心理医生在暗示他，他对于赏佩佩的一切道德审判都来源于他自己内心那些不见天日的秘密。有病的人是他，不是赏佩佩。

他没权力追溯别人的私事，即便再好奇。

在接受了溥跃唐突的道歉后，接连两周，赏佩佩都在周天上班时如愿蹭到了溥大爷的豆沙馅油炸糕。原本的一纸包变成了两提兜，赏佩佩好奇地追问了一次，溥跃就说是小摊主买一送一。

不仅如此，溥跃在护士站多办理了一项特殊加护，每月多缴纳两千八百元，为他爹多聘请了一名夜间男性贴身特护。这种服务在阅湖疗养院内多用于老人弥留之际，届时病人所有的吃喝拉撒都只能在床上进行。疗养院内的特殊护工，不仅要帮病人穿脱纸尿裤，还要频繁翻身擦身防止褥疮。

803 房的赵阿姨在入院时就已经办理了这项服务，但溥老爷子这种状态，在赏佩佩看来，还用不到这种男女有别的特护，她和夜里轮班的周姐完全能照顾得来。

最开始发现溥跃的缴费内容后，赏佩佩给溥跃发微信说过自己的想法，还再三解释自己不是想要推脱照顾 801 房的意思。但溥跃的反应很冷淡，只回了寥寥几句，说他作为病人家属愿意付这个费用。不仅没感谢赏佩佩的好意，还直接来了句如果不是修车相关，那他就不接着聊下去了，跟那天那个拦着她说谢谢和抱歉的人截然不同。

多的话他不想和赏佩佩再说，赏佩佩当然有这个眼色，也注意到对方刻意的疏远。想想也是，相比上次在修车店里问溥跃要微信的大美女，她不过是个腿短的"哈比人"，所以也不是很在意对方人前人后的两张面孔。

对于赏佩佩来说，特殊的照料和关怀本来就不属于她这种在人群中黯淡无光的女孩儿，她的成长经历令她习惯了被人冷淡或忽略。她对自己都没有自信，所以更加不会自作多情地认为溥跃是因为她的关系才多交了这份钱。

受了冷遇，赏佩佩干脆自觉自愿地和他保持距离，退回护工与病人家属的社交距离，乖乖做个爱占便宜的小市民。同时赏佩佩也在心里感叹，看来修车是真的赚钱，先不说每个月三千九百块的基础住院费，再加上这额外的两千多块，零零碎碎算下来那可就是小七千，而且看起来溥跃并没有因为这些钱而捉襟见肘，同样的状况如果换成了她，大概她每个月要去卖血还债吧。

不过幸好，赏佩佩想她是个孤儿，做孤儿的唯一好处大概就是可以专注去过自己的生活。

第三周的周天是个大阴天，阅湖疗养院的外墙瓷砖在云层下泛着蓝光。乍一看，好像栋鬼屋，溥跃上八楼时没在护士站看到赏佩佩。

今天 801 房的爷俩因为互相不知道的小心思都有点儿发蔫，两小包冷掉的油炸糕没人碰，鼓囊囊的两个纸包搁在床头柜上，在这种相对无言的尴尬空间里就显得分外碍眼。

溥跃拉出床下的凳子转头按开了墙上的电视机，顺手把他爹的床铺给摇起来。沉默地坐起来看了一会儿电视节目，溥老爷子又说起给儿子介绍对象的事，先是讲临市有个县城特别穷，又说花两万块钱的彩礼就能娶个特老实的媳妇儿。

"你要真的不愿意领证，那就先生孩子。女人指不上，但孩子是真的！流着自己的血，说什么也比外人强啊。到时候你老了就知道爹说的话是对的了，有个孩子，能给你养老！"

溥跃没回头，眉头慢慢皱起来，心想什么叫能给他养老？上次不还说养个胎盘都比养自己强？

罕见的，今天溥跃没跟他爹顶嘴，也没去抓他说话的逻辑错误，只觉得内心莫名荒凉。这些年他在越城每天工作十二小时赚来的钱，这三年差不多都被他爹的病给耗没了，但是老头从来没问过也没有关心过他的经济状况，哪怕一次。

溥跃打心眼里知道，老头生病了，他又痛又怕，应该是全天下最该被可怜的人，可是溥跃有时候也会觉得这样尽孝的自己很可怜。如果养孩子是为了这样养老，那他真的不愿意养孩子。说难听点，这不是种报应又是什么？

眼神飘忽了几次，溥跃盯着床头的油纸包，心里想的都是半个月前心理医生跟他说的那几句话。喉咙咕噜了一声，自己都没设防，他突然张口冒了一句："我离家出走后你没给我打过生活费。"

"啥？"

"生活费，每个月三百块钱的饭钱，你没给我打过。"

溥老爷子拧着干瘦的脸颊，反应了几分钟才搞懂溥跃在翻什么旧账。

因为十几年前自己的妻子和人私奔后，他一个大男人带孩子不容易，所以从溥跃上高中开始，他就每个月给溥跃三百块的固定零花钱。早点中饭他都不负责，就让孩子自己拿钱出去买着吃，晚上他下班，父子俩才能在家吃一顿凑合的。

但这些都是溥跃没离家出走之前的事情了，他都离家出走了，溥老爷子还到哪儿给他钱去？这不是胡闹吗。

"我欠你的？再说，你赚的钱不比我多？你缺那三百块钱？养你养到十八岁算不错了，我没跟你说过？我十六岁的时候都开始往家里交了！你爷奶连细粮都不舍得给我吃。"

老人的脸因为激动而显得通红，那些充血的皮肤逐渐饱满起来，像是病痛的最佳伪证。也就是吵架的时候，溥跃才会有种错觉，他爹的病是装的，其实他身体根本好好的。

"我是你爹！我生了你你就得管我，法律规定的知不知道？"

法律是怎么规定的溥跃不知道，但溥跃年轻的眉头微微舒展着，整张脸上的五官都显得很执拗，狭长的眼睛里更是带着一种少年般的偏执，因为专注所以眸子像雪豹一样发亮。他还是一字一句地说："生我的人是我妈，当时我问你为什么不拿出钱给她治病，你说你要把钱留给我，你说养我要花不少钱，你没有多余的可以给她。

"但是你之后也没给过我。我的地址你有，银行卡号你有，后来微信也能转账，可是你一次也没给过我。

"所以你没资格教育我今后的路该怎么走。"

在近十年的岁月里，这还是溥跃第一次说出他们两个人决裂那天的事由。他爹眼神中本来还冒着熊熊的火苗，此刻像是被人一盆冷水泼灭了一样。他重新阖上了眼皮，面上的潮红消褪下去，蜡黄的色调重新爬满老头的面颊，他薄薄的两片嘴唇嗫嚅了一阵，才无力地反驳着："我是为了你好，我是你爹。她跟野男人跑了，你倒是念着她的好，我养你到十六，你怎么不念我的好？溥跃，你不孝。"

就为了这微不足道的他都忘了的三百块，他儿子竟然记恨上他了。多荒唐！不要以为言语没有力量，起码在溥跃这里，"不孝"两个字真的很刺耳，就像是针扎进指缝一样让他难以忍受。他一下子站起来碰倒了板凳，今天要吵的架虽然迟到，但还是来了。

溥跃的声音放到之前的两倍之大，还有些嘶哑的成分："我怎么不孝了？我可是花钱了，我花钱让你做手术，又花钱让你住这儿，我没让你死！"

是啊，已经死掉的人可没办法在这里跟溥跃争论他为人子到底是不是孝顺。至于谁死了，两个人心里都跟明镜似的。老爷子梗着脖子还没想好下一句骂他什么，溥跃就风风火火地走掉了。

801房里只剩下老爷子几乎听不到的呼吸声，还夹杂着一点像是哽咽的动静。老头干枯的眼圈还没彻底变红，溥跃又从门外重新快速走进来了，身影直冲着床头柜上他的摩托车钥匙。

他用手指勾起银色的钥匙串，连带也把那包油炸糕拎起来了，虎着一张好脸说："不吃是吧？不吃以后也不用给你带了，我废那劲儿。"

"不带就不带，你以为我爱吃！早吃腻了，要不是佩佩愿意吃，我早给你扔垃圾桶了！"

呦，从小到大，溥跃根本没听过他爹叫一声他的小名，这会儿才来疗养院几个月，就把人护工的叠字都称呼上了，够亲昵的，不知道的还以为赏佩佩才是他爹的亲生女儿呢。赏佩佩连自己的亲爹都不管，要不是因为他溥跃出了钱，她能管他这个臭老头？

溥跃单眉一挑，直接把两包油炸糕扔进生活用品垃圾桶，转头还没完，阴阳怪气地问他："是吗？成，那您通知您那个佩佩，以后想吃啊，回家自己做去！我还不伺候了！"

"你个王八羔子！"

懒得跟他爹掰扯，溥跃临走前又转回半边脸，转着手里的钥匙问："今天你的好护工怎么不在岗啊，别是让你给烦跑了。"

"还真拿自己当香饽饽了，劝你和外人说话放尊重点儿，回头这医院不收你了，我给你送哪儿去啊？"

老头眼圈也不红了，再度生龙活虎地吼道："人家姑娘相亲去了，像你，看你这德行到死也娶不着一个媳妇儿。

"你不能耐吗，我看你还不如我呢。"

溥跃一听说赏佩佩去相亲，气又顶到天灵盖上去了，他耳膜轰隆，再度走回来掏出手机："我娶不着媳妇儿？那是我不想找，追着我跑的姑娘能绕地球一圈儿。

"看见没，这个漂不漂亮，今天还约我出去吃饭呢！专程从蓟城坐飞机过来和我吃饭！

"你还和我比！你算什么啊！"

溥跃手机里的对话框一闪而过，老头激动得鲤鱼打挺，想乐但又要绷着劲儿，直接从床上爬起来诈他话里的虚实："你少吹牛。能有人看上你？还约你吃饭，我怎么不信！"

姜确实是老的辣，坏人老了能成精。溥跃身上一把火烧得眼白都粉了，并没听出来他爹这是在用激将法。他确实是气糊涂了，当机立断给备注为"十一月改川崎"的姑娘回了个"好"，顺便安排了四点半的港式茶餐厅的约会。

不就是吃个饭吗，真当他溥跃是吃素的？人家都能相亲，他四肢健全，也能约会去。

今日外出办事的赏佩佩当然不知道自己被老病患当成了枪使，下午两点多在花店里打了许多个喷嚏。没想到老病患的儿子那张嘴里开了光，"相亲"途中的赏佩佩被自己那辆小摩托又给撂在了半路上。车子死活打不着火，飞轮直接被她踹掉了。她距离目的地很远，但距离东翠路 12 号很近。

站在冷风里咬咬牙犹豫再三，赏佩佩看着腕子上的小手表是真的着急，终究还是推着满载的小摩托往她熟悉的那条路上走。

今天下午溥跃的修车店里只有石头一个人正在归置工具箱，两辆拉风的川崎就立在修理厂的正中央等待主人前来收货，还专门支上了四根落地补光灯全方位展示，乍一看搞得还挺专业。

车子外观大体都是哑光面，一辆鸦黑勾银，另一辆则被改成低饱和度的奶茶粉。单从外表上就足够亮眼。这种车开出去，相信换谁都要多回头看上百十来眼。

赏佩佩撩起门帘，没在修车间里看到溥跃反而松了口气，绕过两辆扎眼的好车，她礼貌地朝着里头的石头打了个招呼。

今天下午老板翘班，石头忙着给成品拍视频。最近他给溥跃的修车店新建了一个短视频号，老板不稀罕网络营销，但他愿意多赚点儿提成。这会儿一听来了生意，他又堆上一副笑脸跟着赏佩佩走到门外。

可一看到店门口那辆小破车他就愣了，"啊"了足足五秒钟，石头才从十几万块的大憧憬重新回到十块钱的小本生意。石头脸上还是笑着，但嘴角僵硬到不行，就差把口水从鼻子里呛出来了。

听完了赏佩佩对车况的叙述，石头伸手从她兜里接了那截断掉的飞轮，对着光拨弄了两下重新冲着赏佩佩确认了一遍："您是说，这车，是我师傅上个月给你修的？两处，十块钱？"

不会吧不会吧，他师傅最近钱赚多了改专项扶贫了？对面赏佩佩龇着白牙点点头，石头眼下的皮肉已经开始痉挛了，还在干巴巴地复述："啊，这。而且，他还跟你说，出了问题，随时找他？"

真的，也别怪赏佩佩多嘴跟石头说这几句前情提要。毕竟咱穷人过日子就是要精打细算，该省省该花花，她是想表达：我对你们这儿的收费标准特熟，休想平白无故坑我的钱。

但石头心里想的根本不是坑不坑钱的事儿，这种快散架的杂牌小摩托，根本没有任何维修的必要。

半年来他也不是没见过这种车主来光顾维修点，但极少数的那两次，他师傅连头都没抬就给人报了整车两三百的价格，直接收来了自己拆配件。

用溥跃的话说，这种车质量差毛病多，根本就是无良商家坑顾客，真要想省钱上下班还不如骑个电动车，环保又省心。

这会儿石头一背过头就给溥跃打了个电话，赏佩佩防着他，他当然也不信任赏佩佩，这问题多到不行的小破车到底是修还是不修，他还得问问师傅的意思。

五点十五，东城中环大厦三楼的润记内，郁子美正在绞尽脑汁地找和对面靓仔可以闲聊的话题，她就是溥跃手机里的那位"十一月改川崎"。

自从上次在东城见了一面之后，她发觉自己回到蓟城，竟然还是会对这位偶然见过的店主朝思暮想。具体形容起来郁子美也不懂怎么描述，总之，这男人身上就是有一种很原生态的东西。

她，很喜欢。所以自从上次跟那两个朋友从东城回到蓟城，郁子美对除了找溥跃聊天外的事情都提不起兴致。现在，郁子美只想追到溥跃，尤其是在溥跃看似根本对她不来电的情况，她的斗志被史无前例地激发出来。

暧昧和推拉，她最在行。可惜除了修车的事情之外，溥跃很少回应她出格的玩笑，这老板甚至连修车的广告都不发，朋友圈非常稳定地保持着一杠横线。当然不是屏蔽了她，她问过，溥跃够特殊，人家根本就没有朋友圈。

譬如这一次吃饭，还是因为溥跃和她朋友约了明天的交车时间，郁子美提早一天飞到东城，叫他履行那天加微信时候的承诺。她等了两个小时，溥跃才勉勉强强地同意了。

今天郁子美磨蹭到五点五分姗姗来迟，一进门，她就看到溥跃已经等在餐位上，正在跟服务员点餐。打过招呼后隔着一桌坐下，郁子美询问溥跃都点了什么。溥跃把菜单递到了她手里，看起来不怎么热络，声音倒是好听："不知道你爱吃什么，就自作主张先点了几样。这边厨师都是越城来的，口味正一点儿，东城菜偏咸辣，我怕你有忌口。"

溥跃心细又有主见，比那些天天追着自己问她到底想吃什么的男人强多了。

五点十四分菜上了一半，郁子美喝着奶茶，几乎已经把自己能想到的话题说了个遍，可对面的溥跃只是礼貌地接起她的话题，却始终不开口分享自己的事情。明明是他自己说要请她吃饭的呀，这人还在装相。

猪肝粥搅了又搅，还未吹凉，对面的溥跃已经道了一声"不好意思"侧身接起电话。溥跃静默半晌没有说话，听到十块钱修车的事唇角抖了抖，本来有种立刻挂断电话的冲动，可胳膊没动，手指也没动，末了还是放低声音开口："是我说的，算了你放着吧，着急的话我现在回去给她修。"

"是吧，我就说她肯定是唬我，这车怎么可能是哥你修的！除非……"店内的石头本来还在捂住话筒小声抱怨，可听清了溥跃的肯定，牙齿咬到舌尖，立刻噤声，"啊，好好，那我跟她说一声。"

除非什么呢？除非溥跃明明知道这车在短时间内会又坏一次，但还是放任这位女顾客把破车骑走了，并且嘱咐了对方如果要修车可以随时联系他。他师傅这是暗戳戳想要再英雄救美一次呢。哎呀，差点坏了老板的好事。回过头拍了拍脸，石头想通了这个细节后再度变出一副笑脸迎到修车间。

还好修车间里的赏佩佩完全被那两辆改完的成品车迷住了，左看看右看看，这会儿正在小心翼翼地用指尖摸人家的油箱盖，回头很没见识地问："这两辆车也是来修的吗？怎么和新的一样！都是你们修的？"

"是新车，来找溥跃哥改装的，咋样，他手艺牛吧！以前这车可不长这样。改车可比修车考验技术呢！"

石头一听赏佩佩对车感兴趣，立刻掏出手机打开刚才自己编辑的短视频递给她。确实，原车远没有现在这么好看，赏佩佩将手机递给石头，笑眯眯地搭话："确实厉害，这车贵吧？"

"哪儿呀姐。"石头有心在这位女顾客面前给他师傅长面子，拉过塑料板凳让她坐，自己语气夸张地踩低捧高："这 Ninja 400 是川崎入门级摩托车，客户买来撑场面用的，入门级，改下来一共也就六七万，要是真爱玩重机，咋不得入个 ZH2 啊是不是。"

看到赏佩佩听得云里雾里，他也不尴尬，恨不得笑得露出后槽牙道："哈哈哈，再说 H2 也没咱们溥跃哥的车好呀。您不是和他熟吗，他没说过？他那辆宝马 S1000 双 R 落地就得三十万吧，再加上七七八八的改动，不得奔四了？"

"啊？"这回是轮到赏佩佩呆住了。赏佩佩是真没想到溥跃那辆摩托车竟然能顶一辆高档轿车。她早就知道他的车速度快，但摩托车在她眼里的上限也就是一万块到头了，她不懂车，也不认识 BMW 的车标，甚至不知道宝马这个牌子还有摩托车。

两人东拉西扯了十分钟，石头差不多都要把他师傅吹成天仙了，赏佩佩才开始有点儿着急了。这石头的嘴是好用，可是他看起来一点儿都不靠谱，不肯上手给她修车。好不容易等他话不那么密的时候，赏佩佩试探着开口："不然你先帮我把车看看吧，我还有事……"

石头眼睛一转，瞧着店里挂的石英钟，这是给他师傅拖延时间呢。他突然又把话题扯到她身上："欸？姐，听你这口音有点咱东城这味儿。我还没问你和我哥咋认识的，你叫啥名儿？我叫石修杰，叫我石头就行，咱们以后常见面也好称呼。"

"赏佩佩"这三字才出口，门外溥跃就直接把车给骑进修车间里来了，门帘外吹进来一股冷风。赏佩佩还没搞懂自己为什么以后会常常和石头见面，就被打断了思绪，本能地从塑料板凳上站起来往后退了退。

今天溥跃穿得一点儿也不像修车的，看着白净得有些陌生。以往去医院探病时充满陈年油渍的牛仔裤被换成了长款的宽松休闲裤，一双白鞋再加一件藏蓝色羊羔绒的外套，如果不是因为才摘掉黑色的头盔，背上双肩包的他真的很像初入职场的大学毕业生。

可溥跃不是涉世未深的人，起码他那双充满故事的眼睛就不像，透露出来的世故太锋芒。此刻他摘了手套，连工作服都不换，就上手去打开装配件的工具箱。

石头一看正主来了，自己也别在这儿当电灯泡，清了清嗓子举着自己根本没亮的手机说："欸，我来电话了，女朋友有急事找我，哥这边你收尾？那我就先下班？"

溥跃头都没抬，哼了一声就算回答。石头嘿嘿笑着拎起自己的外套，还没忘记跟赏佩佩说再见："佩佩姐，那让我哥先给你修着，你别着急，我哥快着呢。"

"啧。"溥跃皱眉斜了他一眼，他马上举起双手做投降状："不快不快，瞧我这嘴。我这不是想夸夸您嘛？"

石头一溜烟跑了，修车间里头只剩下赏佩佩和溥跃了。

这一次，赏佩佩没试图凑过去跟溥跃没话找话，反正人家又不想和她拉近关系。她很老实地闭上嘴巴，将塑料板凳移到修车间里最不占地方的角落，打开音乐插上耳机。可这歌一听就是四首，对面溥跃还没摆弄完那点儿修车配件，整理完了配件他又去捅炉子，火焰旺得恨不得能烧到他眉毛上。

天边的阳光渐渐落下去，赏佩佩实在是忍无可忍，这才拿下左耳的耳机问他："喂！你到底修不修啊？！"

溥跃拎着他那箱工具好不容易走到她车子跟前，垂下来的眼睛了一下她车筐里那只满满当当的手提袋，又望了望她车座上那一大捧鲜花。

看样子他也是忍了又忍，憋得难受，眉梢是平的，但气流从喉管冲出来时充满他自己都意想不到的阴阳怪气："呦，这相亲对象对您还挺满意。"

"什么对象？谁满意了？"

溥跃方才捅炉子的时候就在用余光打量赏佩佩，事先声明，不是他想偷看，是人类的眼睛的角度视觉就是这么广。

东城是典型的内陆城市，海拔高云层少，昼夜温差有十几摄氏度，十二月份时夜晚最低温能到零下二十摄氏度。赏佩佩显然是白天最热的时候出门的，长裙长靴看着都挺单薄的，最厚的就是上半身那件鸦色的短款大衣，骑摩托车里头还套着件长裙，这打扮不是去见异性是干吗呢？还在这儿跟他装耳朵不好用的老太太。

断定了赏佩佩在装傻，溥跃直接拎起她车座上那一大捧铃兰给她搁在一旁地上，一边上手拆油箱盖，一边抑扬顿挫地补充证据："这季节铃兰不好买吧，还送你这么大一捧，挺有心。"

油箱拆了，果然是油浮坏了。石头这小家伙挺聪明的，再学半年可以出师了，回头等他回越城，把这店面盘给他也不错。

赏佩佩皱着眉，是真没听懂溥跃在暗示什么，她把另一只耳机也摘了，挺直了肩膀字正腔圆地说："本来就不好买，我下午找了一圈才买了这么几支，还特别贵！"

赏佩佩站起来抚平了裙摆的褶皱，往前走了两步接着递进自己的诉求："所以说你能稍微快点修吗？这天都快黑了，我一会儿赶不及了。"

溥跃本来是半垂着眼帘，听了她的话，干脆把手里的坏油浮又扔进油箱里了，摘了手套挑高了眉头乐道："听说过男的给女的买花，可没听说过去相亲前有女孩儿给对方准备鲜花的，现在相亲都这么新颖了吗？"

溥跃的笑脸当然不是无害的，相反，虽然好看但带着股匪气，和他身上那件雾霾蓝的衬衫比起来具有百分百的反差感，整个人都透着一股看扁她的意思。

溥跃已经决定告诉她自己修不好这车了，用手套拨弄了一下赏佩佩前车筐里那些五彩斑斓的塑料袋，直接从她车上收回跨坐的长腿，把工具扔回筐里："别告诉我你这里头装的还有相亲礼物呢？干吗呢，他家相亲是七大姑八大姨都来？以为挑菜呢？"

赏佩佩本来还在嘴里吸气，准备好了一筐非常烫嘴的说辞来跟他骂街，可越听她表情就越局促，想起昨天自己跟 801 房的病人的对话了。

昨天下午 803 房的赵阿姨出了那种事，她知道，801 房的病人的心情也不会好，所以当溥大爷听到她打电话和赵阿姨的儿子约时间后问那小伙子是谁时，她不可能告诉他真实的事由，于是本能地嘻嘻哈哈地说自己有点儿私事。

以至于溥大爷猜测她这是要去相亲的时候，赏佩佩并没有否定，干脆顺坡下驴。早上办完公事，她想趁着下午的空闲时间去买点花看看故人更是犯不着和一个老人说。上坟这事本来也不是什么喜事，她干吗要昭告天下？

可是大爷的儿子嘴巴真的太毒了，而且句句好像都在嘲笑她大龄待嫁的身份。赏佩佩倒也不生气，反正她又不是真的想要嫁人。所以等溥跃闭嘴喘口气时，她才冷着脸回击他："我买花呢是去二道沟，二道沟知道吗？不是相亲！我是去上坟！

"你才拖家带口去相亲！满口相亲相亲！你别是羡慕我，其实真正着急相亲的人是你吧？

"你要不修就说不修，别耽误我。我好不容易挤出点儿空闲时间，就听你废话了。"

斗嘴归斗嘴，等到天黑，就算摩托车修好了，饶是赏佩佩胆再大，她怎么敢一个人骑到坟地里去？

溥跃好歹也是在东城土生土长到十六岁，当然知道二道沟是什么地方。相信每个城镇也都有这么一片墓地，是没有围栏也没有管理人员的开放式坟地，是城镇里的穷人们在死后唯一能下葬的地方。只要在这种地方了却身后事，他们的子女和亲戚，就能得到那笔来自政府发放的丧葬费。

一开始，溥跃以为赏佩佩在逗他，因为去二道沟这种话，是当年在他们口中非常流行的恐怖玩笑。可是两人的视线在干燥的空气中一对上，他眼里的玩味就没了，因为他从对方澄明的视线里看得出，赏佩佩说的是实话，他再一次冒犯到人家了。

他不仅冒犯了赏佩佩，还冒犯了某位不知名的死者。瞧他刚才说的那几句酸话，跟狗叫没差别。如果眼下两人之间不眨眼的对视是场拉力赛，那溥跃肯定满盘皆输。

他先是快速撤开了自己的眼神，咳嗽两声，不到十秒钟，他就重新戴上手套，俯身去捞那根坏掉的油浮，像是鸵鸟似的启唇轻声说了一句："对不起。"

晚上六点钟，天色刚被擦黑，从东翠路通往二道沟的路灯还没亮，偶尔从树梢之间投射下的阳光就显得格外亮眼。

赏佩佩闭上眼睛，鼻息中还有汽修店里陈年机油的味道，刺目的夕阳则在她的眼底留下一片绚烂的白。她是真没想到此时此刻自己会在石头口中的这辆天价摩托车上。

本以为是一次简简单单的小维修，可谁知道，半小时之前，溥跃一拆车就给她拆了个彻彻底底。车子的所有毛病都被他列在了账簿上，密密麻麻地写了半页纸，没个三五天，这小摩托是没法儿彻底修好的。

她的车早就过了保养期，骑这种车上路，真的蛮危险的。所以在对方委婉地建议要不要先用自己的车载她去二道沟时，赏佩佩只能勉强同意了。毕竟溥跃虽然嘴坏了点儿，但他好歹是个热乎的大活人，再说，他身高摆在那儿，如果他们在二道沟里不幸遇到了什么，起码她还有个遮挡物可以保护自己。

也许是因为全程是上坡路的关系，今天溥跃的车速不算太快，十五分钟后，溥跃在赏佩佩的人工导航下，将车停靠在了墓地的东北侧。

北数第十二排，东边第二十六列，就长眠着赏佩佩要祭拜的故人。

墓穴与墓穴之间的黄土路上长年杂草丛生，凹凸不平，只能一人通行。

赏佩佩刚抱着花束整理好裙摆，溥跃已经打开后备厢，主动把花花绿绿的塑料袋拎在自己手上。两人一前一后地行走在夕阳西下的墓地中，高矮不一的身体被阳光拉成类似的细长，这两道影子不紧不慢地路过每一块墓碑，直到走至赏双明的墓碑前。

溥跃全程没有讲话，搁下自己手上的物件，就站到三米之外的空地上去抽烟。赏佩佩就在一片寂静中，从容地收拾好墓碑前已经枯萎的铃兰，重新摆好新鲜的花束，随后拿出提兜里成捆的纸钱和香。

"这条裙子好看吗？以前你总说女孩子年纪轻轻的就是要穿裙子，可惜，我总是跟你拧着来。每次回家都故意穿得像个假小子。"

溥跃不信死后人会有灵那一套，他只知道，但凡咽下最后那一口气，一个人的一生就等同于没有了以后。大办丧事不过是为了活人的面子，活时解决不了的问题，死后更解决不了，生前不闻不问，待人死后装模作样地痛哭流涕又是给谁看呢？

所以当赏佩佩熟练地蹲在地上，开始自说自话时，溥跃第一反应是皱了一下眉头，随即将口中的烟取出夹在指尖，转过身重新将目光移到她面前的墓碑上，连带着，他也看到了自己正前方的墓碑上的刻字。像是被雷劈中了，溥跃手里的半截烟似被枪击中的孤鸟一样从指间掉落。猩红的烟丝逐渐熄灭，他的眼尾却开始缓缓变红，不过好在，赏佩佩正在专心致志地进行自己的流程，并没有察觉身后溥跃的不对劲。

赏佩佩正在祭拜的墓上立着的是寿材市场上最廉价的那种标名碑，没有任何花样和雕刻，正中央只有"赏双明之灵"的字样，无任何称呼，一侧是出生年月和死亡日期，但另一侧却没有立碑人的名字。

点燃的檀香散发出幽幽的苦味，好像粘连的蜘蛛丝盘旋在半空中，赏佩佩跪地磕了三个响头后，将叠好的纸钱一扎扎地点燃扔进面前用红砖垒砌的小型焚烧池中。未完全燃烧的黄纸在火焰中发出簌簌的声响，而已经化作灰烬的黄纸则被热气冲上天空。

赏佩佩用手边的树枝搅弄着燃烧的纸钱，声音也好像是被炙烤过一样滚烫："昨天 803 房的赵阿姨去世了。医生下午四点钟下了病危通知，紧急抢救需要家属的签字，可是她儿子和儿媳的电话怎么也打不通。

"就像之前那次一样。赵阿姨一开始是心脏跳停，后来开始抽搐痉挛，护士长掐着她的下巴以防她咬住舌头，我在外面拿着电话拨了一遍又一遍，先是无人接听，接着是拒绝接听，再后来她儿子直接关机了。

"整整一个钟头，直到两串电话号码都被我背熟了。

"803 房也彻底没有了呼吸。"

医生宣告患者死亡后并不意味着赏佩佩工作内容的结束，疗养院仍然需要家属前来带走病人，护士长将白布单盖在赵阿姨的遗体上，并告诉赏佩佩：这一次她可以试着用个人电话去联系患者的家属。

果然，一分钟后，赏佩佩拨通了患者儿媳的手机号码。

赏佩佩能理解患者家属并不愿意为六千多一次的急救费用买单，尤其这是赵阿姨从入院后，第四次需要进行紧急抢救。

第一次、第二次、第三次，病人家属从哭断了气到推脱工作繁忙，没人愿意再掏出钱来为等死的病人一次次续命，但真正说出"拒绝抢救"那四个字，又显得那么罪大恶极。人命由天原来是假的，老人的命是用家属的选择换来的。

"其实我明白病人家属的逃避心理，但还是应该来见病人最后一面。医生说，本来生命体征在十分钟内就该消失的，但她硬是撑了一个小时。"

可惜，803 的赵阿姨没有在活着的时候等来她宠爱的儿子和孙子，在她死后，家属们都没有现身，而是安排了丧葬一条龙的人员打点后事。而那些遗物，还是今早由赏佩佩收拾好，送到了赵阿姨儿子的家中。

在东城地段最好的别墅区，她见到了那位与赵阿姨眉眼相仿的中年男人。花园、洋房、泳池，还有两条活泼可爱的宠物狗在院子里大声吠叫，男人的脸色略显得苍白疲惫，见到赏佩佩后，他第一时间关闭了身后的大门，警惕地将屋内的声音与外界彻底切断。

盒子里其实并没有什么值钱的东西，除了些 CT 片和病历本，就只剩下入院时的随身衣物和项链。金色的心形项链看起来是定制的，男人用指头稍微一搓就露出项链盒中的照片，是一张一家三口的合照，赏佩佩所熟悉的那个满身插着管子的赵阿姨正在照片上笑得一脸慈祥。

男人望着手里的项链讽刺地哼了一声，扭头冲着赏佩佩道："孩子满月时四个人的全家福，她硬是把我老婆从这里剪掉烧了。她一个人抚养我长大不容易，但是我恋爱后的每一分每一秒，她都要提醒我，别人的爱都是图谋，只有她是无私的。光是被她骂跑的未婚妻，就有两个。"

最终婆媳矛盾达到不可调节的情况下，男人在携手共度余生的妻子与日渐衰老的母亲之间选择了前者。

"我知道你们怎么想我，可我有难处，我不想把家里搞得鸡飞狗跳，我不想为了这点事儿离婚，我真的累了。"

或许是太久无人倾诉，又或许是男人真的很在乎赏佩佩对他产生的误解，站在门口对话了将近半小时后，男人才在遗物申领书上签下自己的名字，并爽快地给赏佩佩递来了五百块的往返打车费。赏佩佩平静地接了钱，道了谢，全程没有流露出任何不专业的情绪。

在上了出租车后，她突然发现后视镜里的男人好像在她离开后仍然站在别墅的大门外，这一次，她急切地试图看清楚男人的一举一动。

"他把头埋在赵阿姨的旧毛衣里，不知道是不是在哭。"

赏佩佩并没有误解或者揣测赵阿姨的儿子，她从很久以前，就不太在乎病人和家属之间到底拥有怎么样的关系，她对工作中遇到的家属和病人们几乎没有共情。只是这一次，她控制不住自己，一直在思考一个问题。

"姑奶，你说，她在最后那一个小时里会想些什么呢？"

是会埋怨儿子呢？还是在后悔自己为儿子奉献而辛苦的一生？再或者，她只是单纯想要见一见生前熟悉的人，死之前，她会不会也会感到孤独呢？

夕阳西下，余晖彻底带走了地表的热度。

溥跃蹲在地上，视线与面前的墓碑持平，近四十分钟，他望着面前墓碑上的阳光一点点消散，也知道头顶的天空在慢慢变黑，但是他无暇顾及黄昏和恐惧，因为全身的注意力都集中在了眼前模糊的碑文和听觉上。

赏佩佩的声音像细雨敲击在耳膜上，昏暗中她的声音忽远忽近，有种白噪音般的捉摸不透。很奇怪，即便她在讲着很伤感的事情，悲伤到溥跃都会觉得鼻尖发酸，但是她的声音却一直保持着平缓的节奏，她没有哭，甚至还带着笑，嘴巴开合轻击牙齿，对着墓中已经听不到的尸骨缓缓道来。语调抑扬顿挫，明朗又没有真情实感，就好像当年趁着晚自习前跑到天台大声朗诵课文的少女，明明眼睛在流泪，但嘴角却在上扬，一张脸彻底被拉扯的情绪撕裂。

溥跃一如既往听得很认真，他想解题却不知道从哪里下手。关于赏佩佩的一切，在他看来都是引人入胜的谜团，尽管他再怎么刻意掉头绕开，但走着走着，他发现自己仍然还在这座迷宫里。

直到红砖中成堆的纸钱燃烧殆尽，直到天边的太阳彻底消失，世界撤下了怪诞的幕布，溥跃仍然蹲在那里，专注地盯着面前已经看不清的墓碑，像是在课堂上因为太用功思考反而满脑空白的笨蛋。

完全没想到的是，赏佩佩烧完左边，又突然起身将另一兜纸钱带到了隔壁溥跃正对的墓碑前。她手中剩余的纸钱数量不多，但也恭恭敬敬地点燃，鞠躬，顺便趁着火光将周围的杂草一一拔除，待一切流程结束，赏佩佩才侧身看向被她忘掉的溥跃。

虽然说隔着两人宽的距离，赏佩佩根本看不到他潮湿的眼睫，但像是条件反射一般，溥跃在她转身时突然扭开脸用手蹭了一下脸颊，声音在手掌的遮挡下听起来含糊不清，他问："这两个人你也认识？"

溥跃说的这两人是碑文上的"夫杜江，妻寇菡"。这对夫妻的墓是双人位的，位置就在赏双明的右侧，不是同年同月生，但碑上却刻着同年同月的死期。

赏佩佩歪头看了一眼溥跃说的"两个人"，再次回过头来，声音依旧轻快："不认识，但是做邻居，还是融洽一点好。

"以前还有人偶尔来祭拜，清明过后会看到喝空的酒瓶，我都会顺便收拾一下，不过这一年都没再来过人了。也许是他们的朋友搬走了？

"左边第二十七列一直是空的，应该是很久之前就事先买好的。"

赏佩佩一边往前走，一边回头和溥跃讲话，她步子迈得很随意，裙摆被冷风扬到黄土也不在意："而且你没发现吗？右边他们的碑上也没有立碑人，和我们这边一样，还蛮巧的。

"你可能不懂这些，一般家庭都会写子孙辈的名字，有的家庭人多，会有长长的四五串。把头那家才绝呢，人多得都快刻不下了。有讲究的，好像是说被刻在碑文上的活人会有福报。"

赏佩佩三心二意走得散漫，目光还紧紧黏在后面逐渐离她远去的墓碑上，她有很努力地在佯装愉悦，但就像每次离开墓地那样，她又开始忍不住难过，好像有无形的钢丝缠着她的喉咙逐渐拉紧，阻止她自由畅快地呼吸。

脚下磕绊，话还没说完，赏佩佩就尖叫一声，还好后面的人及时伸手撑住她的肩膀才避免摔倒。长舒一口气，肩膀上的力道被慢慢松开，赏佩佩拍着胸口心有余悸，嘴里还在无意识地嘀咕："哎，破草，差点儿绊倒我，还以为是鬼。你都不知道上次我来时，竟然碰到有人在人家坟前偷吃贡品。幸亏是白天，不然我真要被吓死啦。"

趁着天黑，赏佩佩用力抿起嘴角踢开脚边的枯草，突然亮起一道光束，是跟在她后面的溥跃打开了手机的照明功能。她顺着对方的动作抬头，溥跃的脸一下就从漆黑的夜色中暴露在刺目的光下。

突如其来的光让赏佩佩微微眯起眼睛，可饶是这样，溥跃那双眼睛仍然太亮了，尤其是相比包围着他们的近千座死气沉沉的坟冢来讲，面前的这副五官的组合简直称得上是艺术品。窄窄的内双，柔软的睫毛，甚至在他弧度完美的鼻梁和下巴之间，还有两瓣很适合接吻的唇。

以前赏佩佩从来没有认真观察过溥跃的长相，他于她来说，就是生命中的过客，因为对身边人向来缺乏关心，赏佩佩没有仔细研究陌生人外貌的习惯。总之都是些过一段时间就要重新失去交集的异类，何必用心记住？

这应该是第一次，她被迫近距离地意识到溥跃的长相究竟有多优越，而在这种男色的冲击下，她偷偷屏息愣了两秒。但也就只有两秒，因为在第三秒，溥跃直接伸手拎着她的脖领子转了一百八十度。很奇怪，没素质的溥跃没有讲出讨人嫌的话，他只是强迫自己专注地盯着她脚下的路："不是还有你们吗？"

赏佩佩被他推着，机械性地往前走了两步，不明所以还试图回头："我们？"

溥跃眉心跳了一下，看到她又不准备好好看路，干脆用五根手指托住她的后脑勺，扶正她的视线放柔声线："嗯，你和其他护工还有医生。803 房的赵阿姨在最后的时间里也不能算是完全孤单吧，起码还有你们守着，已经很好了。

"做人不就是这样，自处才是常态，难道和家人在一起就不会孤独了吗？应该……不是吧。"

虽然是在针对她方才讲的事情发表看法，但溥跃的观点没有任何攻击性，甚至他最后一句话中，还带着些许不确定，他是真的想要用心和她交换意见，语调相比以往都柔软了很多。

赏佩佩闻言心口有一瞬间的僵硬，很快，这种胸腔被冻僵的感觉又变成了细细密密的刺痛，好像是她的心脏在零下十几摄氏度的天气里突然结了冰。

一定是太冷了，是夜里的气温太低了，所以赏佩佩才会张着刚才还在聒噪的嘴巴，却找不到任何可以回答溥跃的文字。她已经太久没有和活人聊过这种切肤的话题了，刚才对着"赏双明"的习惯性诉说，更像是一种自我发泄。

而溥跃恰如其分的沉默，给她一种他并不关心这件事的错觉。话语冒失的溥跃没有追问她为什么"赏双明"的立碑人处无字，性格粗糙的溥跃也没有质问她和赏双明到底是什么关系，所以她以为，他根本没有在听。

沉默的墓地上只有两人行进的脚步声，好在只要不把话题继续，就很容易化解尴尬，溥跃并没有执着于她的答案，他缓缓收回了挨着她发丝的手，又放慢脚步，退回了刚才两人之间的安全距离。

还是下午那两道影子，但这一次返程，它们细长的形状重叠在一起晃动，乍一看，像是大怪物一口吃掉了小怪物。

溥跃一直在盯着两人的影子交界处，冷白的灯光照亮赏佩佩走过的脚印，越过玻璃碎片、杂草和果皮，赏佩佩的脚踝在长靴的包裹下依然纤细，一步一步，好像径直踏在他的心上。只是看着赏佩佩在前面走，溥跃内心就有种澎湃而出的情感，此刻像是洪水地震一般剧烈地翻涌，在不停冲击着他的理智与克制。不是发病，没有想家，他跟着赏佩佩，甚至忘了自己该回家了。

白天时的几十步路，在天黑后延长了两倍，空气中的温度骤降，待赏佩佩在后方的照明下重新走回溥跃的摩托车旁时，口鼻中呼出的气已经变成了氤氲的白雾。她吸了吸鼻涕，突然打了一个喷嚏，捂住口鼻再直起腰，她的肩膀上已经多了一份暖融融的重量。

是溥跃的外套。宽大的羊羔绒能把她大半个身体包裹住，亲肤的麂皮内里还带着溥跃身上的热度，赏佩佩像是偷穿大人衣服的小孩，手指彻底被长长的衣服挡住。

她缩着脖子脸一下就红了，还没开始推拒，溥跃已经启动了摩托车，跨坐上去不大耐烦地催："你家远吗？这么冷的天，把你冻感冒也就算了，就怕明天上班再把我爸传染了。

"你倒是能扛，我爹不是泌尿炎症刚好？您再给他传染个肺炎，得，给我省钱呢，下个月我直接不用缴费了。"

有人这么说话吗？拿亲爹的生死开玩笑。亏赏佩佩刚刚还觉得他这人有点儿思想深度，还有一瞬间怕他因为给自己衣服而在这寒冷的冬夜里着凉。

"呸呸呸……你快点呸！"

赏佩佩皱起眉眼厉声训斥，可她着急忙慌的样子在溥跃眼里更像是迷信人士在发癫。

他戴上头盔，头一顿扣下挡风镜，像看傻子一样转过头看着赏佩佩，车子给油绕着她往前开了一截，看到她没跟上来，又掀开镜片若有所思地点头："哦，懂，要是他走了你少份儿提成呗。行行行，我呸，当我没说。

"你坐不坐啊，再不坐我走了，当谁的时间不是金钱呢，我不得回去给你修你的破车?

"你明天不骑了?"

赏佩佩吸溜着冷气,气到直接笑出声音,对于溥跃仅剩的怜悯没了,行啊,她三下五除二将他的衣服穿好,把拉链直接拉到下巴处,小跑着就往他车上跳,嘴里也没闲着:"我倒是想骑,你不是说三五天才能修好吗?奸商,我看你就是想赚我的钱。我的车根本不需要修那么多地方!

"再说了,我干吗感冒,我才不感冒,你大冷天穿个薄衬衣,谁冷呀谁知道!"

不想再抓他的衣角,何况溥跃脱了厚实的外套,她可不想因为去扶油箱盖而碰到他的腰,赏佩佩刚坐稳,还在寻找着可以扶手的地方时,溥跃从后视镜瞧着她乱晃的脑门,直接轻给油门。果然,下一秒赏佩佩立刻抱住他的腰,同时把自己心里最真实的想法给叫出来了:"什么破车四十万!怎么连个扶手都没有?!"

捏了刹车,溥跃低头,没再和她争执,甚至作为摩托车玩家被侮辱了宝贝坐骑他也没生气。

他直接隔着衣料将横在自己腰间的袖口对折系了个结,再度收回腿,刚才那些假装的不耐烦已经烟消云散,只剩下很体贴的嘱咐:"路有点颠簸,你抓紧。风会吹到脸,你头别抬那么高。"

走出二道沟的路面真的很颠簸,但一拐上公路,车子就彻底稳了下来。可能是怕后座上的赏佩佩感冒,溥跃回程时速度不慢。被压缩到二十分钟的车程里,赏佩佩一开始还试图执拗地挺起下巴,不想将自身的力量完全靠向他,可是如溥跃所说风确实很大,吹到额头时让她怀疑自己的头发是不是已经被人连根拔起。

溥跃戴着头盔侧了下头,是真的没想要占她任何便宜,大声问了句:"冷吗?"紧接着腾出一只手拍了拍自己的后颈,示意她可以把头贴上去。

在面子和秃头之间犹豫再三,赏佩佩最终还是没出息地将脸颊贴在了溥跃后颈下方的脊椎处。胸腔依偎着脊背,两道类似的弧度像乐高积木般扣在一起，她耳畔的风声突然小了下来，脸颊也没那么痛了。

赏佩佩躲在溥跃用人形支撑出来的气流保护圈里抱着他，突然觉得浑身都暖和起来了。很奇妙，只是一个因为客观条件而产生的类似拥抱的行为而已，赏佩佩此刻却像是得到了一种说不清楚的慰藉，同时在这种外力的倾注下，她的心脏又开始有力地跳动起来，方才刺痛的胸腔像是融化的冰川，正在变得湿漉漉和柔软。

车子朝着城区的方向越开越快，原本漆黑一片，需要用车灯照亮的世界突然变得越来越拥挤。枯萎的绿化带，列阵的建筑物，还有无数来来往往的汽车和行人都变成残影，飞快地交叠在两人的眼底。

去时天亮，归时天黑。

等到车子停在自己小屋的楼下，一切画面被按下了暂停键，赏佩佩突然有种错觉：溥跃驾驶着这辆机车，带着她穿越了活人与亡者的交接线。他今天在二道沟所说的话，包括恶意的玩笑，在一定程度上，都是为了刻意开解她的情绪。

发动机熄火，耳边彻底安静下来，赏佩佩也不懂自己要怎样解释她接下来的行为。

可能类似于再怎么高傲的野生动物，因为饿得太久见到可怖的人类也会摇尾乞怜。溥跃说得对，这世界上每个人都可以是孤独的，而在这其中的赏佩佩大概比等死前的赵阿姨还要孤独。

她的年轻与健康又何尝不是一种荒芜？她的生命里总是充斥着无法排解的寂寞，这些可怕的情绪令她抓住了一点点对方今晚流露的善意，便贪婪地试图想要占为己有。

赏佩佩扯下拉链，脱下外套，将衣服重新递给溥跃的那一秒，她竟然有了些欣慰而无耻的想法：对方眼下冰冷的体温是对她温柔照料的结果。

她的手没有移开，反而轻轻覆盖在了溥跃搭在车把上的手腕上，紧接着，赏佩佩的耳朵听到了自己的声音。那嗓音清透有力，没有丝毫胆怯，但充满隐晦的邀请，她在向面前的人说："时间还早，要不要上楼坐坐，喝一杯热茶取暖。"

　　成年人的某些邀请注定只有一次，被拒绝后便不存在再来一次的机会。这些有效期短暂的邀请多发生于冲动的情景下，没有深思熟虑。

　　溥跃深知刚才赏佩佩对自己的邀约便是这种状况，但他仍然没有拒绝，不仅没有拒绝，他点头后跟着赏佩佩上楼的行为简直称得上是自觉自愿。他没多余的时间去考虑别的，他只知道自己头脑中有种很强烈的意愿：他不想在这种混沌的夜晚里和面前的人分开，即便是面对面沉默地喝茶也好。

　　赏佩佩住在高层单元的下半部，六层高的旋转通道充斥着近百阶楼梯，依次走过这些充满灰尘的水泥地面，足以让被冲昏头脑的人逐渐清醒。

　　溥跃的外套裹住了赏佩佩一段时间后又重新回到他的身上，这一次上楼时，他没有强迫自己只去看着前面人的脚踝，他微微仰着头，肆无忌惮地用眼神一寸寸描摹着她的轮廓和发梢。如果说赏佩佩的一时冲动是种衰减行为，那他的行为应该归属于爆炸性的递增。

　　原来他的心理医生并不是庸医。他隐藏的意愿在赏佩佩的示好面前根本无所遁形。

　　溥跃推理得没错，赏佩佩等不到电梯，转而选择步行，差不多走到五楼时就开始打退堂鼓了。

　　第一，她有想到今天自己出门之前没有收拾过屋子，对方在开门的间隙就会看到她床上一侧堆积的换洗衣物。

　　第二，她又想到了家里那只绝育过后依然非常敏感的母猫，成年的小白猫一直无人认领，还暂住在她家。赏佩佩不确定家里的猫突然见到陌生人会不会情绪失控。

　　所以，在从五楼爬到六楼的时候，赏佩佩几乎是开启了树懒的行动模式，疯狂为即将出尔反尔的自己寻求完美的借口。说自己生理期来了好像显得有点儿变态，说自己突然头疼又显得不是很真诚，愁眉苦脸的赏佩佩憋了几分钟，最终以一个非常僵硬的姿势站立在家门口，背对着溥跃默默从包中掏出钥匙。

　　赏佩佩哆嗦着手，像个蹩脚的小偷潜入别人家一样，她手中的钥匙久久插不进门锁。赏佩佩的眼睫也在这种节骨眼上颤动，她为了编谎言真的紧张到鼻翼都扩张了几毫米。

最终她反复取舍利弊，心一横张大嘴巴近乎痴呆地说："哈哈，这钥匙好像坏啦……不如……"

她抽手刚准备回头装傻充愣，身后人突然往前走了一步。得益于身高压制，溥跃在门口将她挡住，像野兽把猎物逼入了死角里。两个人的脸贴得极近，溥跃温热的呼吸就喷洒在赏佩佩的眉头，如果男性的荷尔蒙有味道，那她肯定吸了一大口，不然怎么解释面部神经突然被麻痹？

下意识的，赏佩佩立刻掉头面壁，像小学生等升旗一样地摆正身体，不敢再轻举妄动。

贴过来的溥跃倒也没做什么过分的事情，他的身体和赏佩佩还隔着一段距离，略带老茧的手掌直接从肩膀处绕过来握住她的手腕。修长的十指裹住她的指尖，轻轻一捅，再一转，"咔嚓"一声，门锁就被打开了。

当然，溥跃的声音听起来也特别诚恳："咦，好像没坏哦。"

门缝开一线，门后的流浪猫立刻将鼻子凑到门边，发出"嘶"的一声，表示对陌生气味的警告。

在大门被打开那一瞬间，赏佩佩就知道，今天这茶水他俩是非喝不可了，但嘴巴还在垂死挣扎，她做了个拉开门的姿势，但实际手上并没有用力，小范围地用余光盯着自己身后的溥跃："啊，忘记和你说，我家有猫，很凶的，会乱抓。

"你要是对猫毛过……"

"我不过敏。粉尘、香水、动物毛，我这辈子从来没有过敏过。"

溥跃抢答完毕已经再度往前弯了一下腰，这下子，虽然两人的身体没碰到，但他的声音是切切实实地从赏佩佩头顶发出的了，犹如佛光普照非常具有震慑力。

"倒是你这猫，你再不进去我都怕它跑出来。不是才做完绝育？身体恢复好啦？"

五分钟后，赏佩佩火速将脏衣服收进洗衣机内，站在玄关对着面前的烧水壶咬牙切齿，至于刚才被她描述为"很凶"的流浪猫，竟然正在溥跃腿上享受全身按摩。

开水沸腾，赏佩佩从橱柜里翻出那两只今年收来自己都不舍得用的高价瓷器，泡上家里最好的大吉岭红茶，再从冰箱里拿出仅剩的两块美心月饼，一分为二切成四块，摆好鎏金甜品叉，全部放进木质小托盘端到客厅。说是客厅，其实也就是二十平方米的大通间。

赏佩佩租住的这间公寓就在东城商业带的正中心，窗户对面就是万达广场一号门。四十一平方米还不算公摊面积，进门左侧是装着洗衣机、马桶和淋浴器的卫生间，右侧玄关充当了半个厨房，至于她客厅的三面墙上，则布满了零零散散的收纳柜。

她的家真的很小，但风格确是极繁主义。

组装衣柜和开放鞋架就不说了，爱美的年轻女孩多少都有些过剩衣物，但再看看另外两面墙，就到了有些令人惊讶的程度。两米以下的书柜里插满了近千张 DVD，而靠近天花板的置物架上则摆放了少说百瓶的香水。再加上大大小小的地毯绿植和未开封的香氛蜡烛，整个房间看起来就像是精品买手店里的陈列仓库。

所以在这种过分拥挤的环境下，两人一猫共同呼吸同一方空气就显得尤为拥挤。以溥跃的个头，根本没有办法塞进她狭窄的北欧单人小沙发里，何况他脚上还穿着赏佩佩三十七码的毛毛拖鞋，只能退而求其次，脱了外套后盘腿坐在靠近床边的粉色地毯上。

而那只与溥跃素未相识的小白猫，在绕着溥跃谨慎地观察了一圈后，竟然很快主动跳到他膝头，轻声叫着，用头去蹭他的胳膊。溥跃勾唇很自然地摸摸它的头顶，它立刻歪倒在溥跃怀里撒娇地轻叫，乖巧得与在赏佩佩面前判若两猫。

眼下赏佩佩这位正牌救助人端着茶水坐在了他们的正对面，溥跃说了声"谢谢"，可猫连头都不回，圆圆的眼睛一眨不眨地盯着溥跃的脸，像是中蛊一般，整个肚皮都翻过来亮给他摸。溥跃还非常配合，弯着腰和它深情对望，一边用指尖轻轻戳它的肚子一边哄小孩子一样道："哦，这里做手术了？是不是很疼？有没有好一点儿？"

眼下赏佩佩所感受到的背叛已经显而易见，更该死的就是，这臭猫竟然还像能听懂人话一样，张嘴露出雪牙回应溥跃，这场面简直是父慈女孝。

行吧，她白担心一场，谁知道人家猫有自己的想法，根本不想做她的挡箭牌，赏佩佩不是说它凶？它偏偏要跟她对着干，估计溥跃下一句话就要调侃说自己这辈子都没见过这么亲人的猫。

真是脸皮都被这只臭猫丢尽了，赏佩佩干脆也不用假装什么好风度，把茶杯狠狠推过去，赏佩佩表情狰狞先发制人："茶好了，快喝吧。"

"喝完……"赶快滚三个字被打断。

溥跃抬头时唇角还带着逗猫的余温："喝完我替你剪一下猫指甲吧，你这儿有宠物用的指甲钳吗？"

他一手在白色的真皮猫毛上摩挲着，另一手端起热茶吹了吹，目光看向她腿边沙发垫上的刮痕补充道："指甲太尖了，抓坏了挺多地方。家里没有猫抓板吗？"

近两个月的时间里虽然赏佩佩和流浪猫家族算是和平相处，但她本人从来没有成功给这只白猫修理过指甲，每一次，任她怎么用猫条诱惑，对方都不肯就范。

在这种情况下，赏佩佩自然乐得有人为她服务猫大人，刚吞了一块月饼，鼓着双颊就起身跑到玄关找来宠物指甲剪递过来，自己也坐在地毯上有些好奇地观望。

"你养过猫？"

"也不算，就是以前越城店里的老板养了几只，上班没活儿的时候基本上都和它们在一起。"

"怪不得，"赏佩佩讪讪地搓了搓手掌，眼神触到地板上刚才被溥跃穿过的女士拖鞋，闪躲一下又重新回到茶几的托盘上，再度快速吞下一块月饼，"我只喂过流浪猫，没有带回来养过。本来想着做好了手术检查一定很快会有人来认养的，可是领养人说成年猫养不熟，都不肯要。没想到好心办了坏事。"

溥跃从进门后就一直摆出一副很愿意倾听的样子，听到赏佩佩吐露出自己并不打算长期养猫时，并不意外。这就是他所认知的赏佩佩，如果她真的愿意和一只猫相依为命过日子，那才叫奇怪。

溥跃捏着猫爪的小肉垫，轻轻按下去让它伸出尖利的爪子，指甲钳竖起来在血线外发出"咔咔"的声音，不到十秒就搞定一只前爪。

赏佩佩从来不知道像溥跃这种大大咧咧的修车汉也能做这么温柔的精细活，指甲钳在他手里就跟汽修配件一样运用灵活。赏佩佩内心真的大为震撼，忍不住冲他举了个大拇指。

流浪猫刚才被溥跃揉得昏昏欲睡，这会儿被体温偏高的他抱在怀里，舒适得把眼睛都眯起来了，溥跃抓起它的另一只爪子，鼻息里有一股甜甜的奶黄味，不是猫，是赏佩佩不断咀嚼的嘴里散发出来的食物香气。

喉结滚动，溥跃必须承认，他胃中有种饿意，好像不是喝茶能抵御得了的。可能是怕惊醒猫咪，他问询的声音轻得像雪花飘落。

"月饼好吃吗？"

"好吃呀。"

赏佩佩一提到这盒月饼心里就喜滋滋的，这可是她家里最高规格的待客茶点了，她切之前还贴心地用微波炉"叮"了六秒，反正不管别人怎么说，她觉得这味道已经远超四十元一颗的单价了。

况且天知地知你知我知，溥跃也是她家中唯一到访过的客人，所以犹豫都没有犹豫，她就伸手捏着叉子从甜点盘里取了一块流心的月饼。送到溥跃嘴边的时候，她声音也小小的，眼睛眨巴眨巴，像是炫耀自己新衣服的小女孩，就差把月饼在他眼前转个圈儿了："不信你尝。"

弯腰，低头，启唇，在溥跃用牙齿咬住她手里的月饼，连带着唇舌碰到她用过的叉子时，赏佩佩才发觉自己做了什么蠢事——她用自己的餐具给溥跃取了月饼！

而且，对方看也没看，就欣然接受了她的投喂，像是并没有注意到有什么不妥。交换口水，间接接吻，他们眼下一起坐在地毯上给猫修脚，亲密得就像都市传说中的热恋情侣。下一秒只需要她仰头闭眼，溥跃抓住她脑后的发丝，就可以跟她交换一个带有奶香味的湿吻。

指尖像通电般蜷缩着，赏佩佩没发现自己中了对方快速破冰的圈套，脑子里全都是溥跃整洁的牙齿以及口腔内的湿度，这画面暧昧得恰到好处，赏心悦目到让她都觉得自己丰富的联想能力很可怕。

心脏乱跳时，赏佩佩即刻大喊："别怕，我没有幽门螺杆菌！"

"什么菌？"口腔中绵软的月饼来不及咽下，溥跃呛了一口，捂住嘴巴咳嗽，流浪猫被这声音惊醒，一看到溥跃手里的指甲钳，立刻拱起后背蹿上书架。

DVD被扫落一整层，赏佩佩举着甜品又人都傻了，愣了半晌，才转了转生锈的脖子恢复假笑："我是说，要不要看电影，最近我刚给投影仪配了新幕布。观影效果一定很棒！"

爱情片不恰当，又怕恐怖片起反效果，赏佩佩挑挑选选了半天，最终在床头白色幕布上放映的是最适合老少儿童携宠一同观看的《哈利·波特与魔法石》。

全屋的顶灯及辅助光源都被关闭，在空灵的音乐中白猫重新纵身一跳，试探着，慢慢爬回赏佩佩的怀里取暖。

溥跃本来就坐在床边，在一片昏暗中，他眼睛望着画面和赏佩佩的剪影，不自觉地叠起床上晾晒过后的衣服，重复且无聊的动作好像具有解压的效果，让他的内心无比平静。不到半个小时，衣服都被他依次叠好，按照颜色分门别类。

赏佩佩在溥跃站起来关灯时就寻了个舒适的姿势侧躺在床上的。别问，孤男寡女共处一室当然气氛紧张，就像是火山活动期，稍有不慎就会引发地震。而赏佩佩不确定，自己是不是要促成这段轻佻的关系。

从电影开场，赏佩佩就听到身后地毯上细微的声响，但她僵硬着身体没有回头，等溥跃突然出声问她介意不介意自己躺下，她也强迫自己保持着直视电影的姿势，轻飘飘地说了一句："不介意啊。冷的话可以盖上被子。"

不过是强装镇定，实则把全身的神经末梢都集中在了后背，赏佩佩这么喜欢沉浸式观影，却漏掉了无数精彩的镜头。身边的床垫塌下去，应该是溥跃坐在了床上，紧接着，弹簧传来细微的振动，他好像也和她并排躺了下来。再然后，赏佩佩耳后的绒毛微微浮动，是溥跃的口鼻中温热的气流。

溥跃的咕哝略带疲倦，放松警戒的男声变得很柔软，比刚才入口的奶黄流心还要质地上乘。

"好像喝了热茶也没有变得很暖和。今天的天气真的太冷了，是吧？"

虽然是男学生，但是溥跃上学时最好的科目就是语文，尤其是作文这一项，他更是全校瞩目的范文高手，每一次大考后，语文老师都会当众朗读他的作品。

按理说，递进叙事的下一句应该是："要不然我今晚别走了？"

但溥跃在不断闪烁的投影灯下微微垂着眼帘，贪心地问了一句："下一次天冷的时候，我还可以过来喝茶吗？"

还可以吗？只要是天气还冷，可问题是十二月后的东城不是每天都很冷吗？赏佩佩也不知道，不过犹豫答案的瞬间，电影主线变成了毫无意义的悖论。

家庭影院狂热者从没看过这么难挨的电影，不敢下床喝水，不敢咀嚼零食，也不敢肆意活动，等到魔法石被邓布利多销毁时，还是怀中小憩的流浪猫突然冲着窗外喵喵叫，打破了赏佩佩的"定身咒"。

赏佩佩侧目，窗台上不知道何时已经积了薄薄的一层白霜，连带着，双层玻璃上也蒙了一层薄薄的水雾。仔细听，电影的背景乐下，好像还能听到呼啸而过的风将雪花一朵朵地投掷在窗框上。小白猫轻车熟路地跳上窗台晃动着尾巴欣赏雪景，赏佩佩揉了揉被猫压麻的胳膊，准备与溥跃分享窗外的实时天气。

电影还未彻底结束，溥跃却蜷缩在床上不知什么时候已经睡着了，床边的地毯上是她从来没这么整齐过的衣物。而很久都没空出来的那边床上，溥跃呼吸平稳，双臂环抱在胸前，膝盖并拢靠向腹部。他的五官因为放松而显得很柔和，额头还有一丝黑发滑落在眉心处。原来比赏佩佩高出一头的强壮男性，在床上熟睡时也不过这么大一点儿罢了，等同于十几件女性衣物的大小。

赏佩佩没想过自己花了七千块买来的投影仪，竟然有催眠的特效，也没设想过，她第一次配幕布的奢华观影体验会是这么差劲，更没想到是，她和溥跃竟然就这样度过了平静的喝茶夜。

但也就是在这样差劲的夜晚里，赏佩佩露出了卸下防备的表情。

原来寂寞时有人愿意陪伴是这种感觉，不需更多思考，只要知道床边有人，那么无论窗外是什么样的天气，她只要躲进被窝里就会如此心安。她不需要在偌大的世界里握紧拳头呐喊，也不需要担心自己的生命最终会不会留下些许痕迹，现在她唯一要做的事情就是睡觉而已。

睡觉这种事，相信每个人都可以做得一样好。

不知道看了多久溥跃的睡颜，等到电影滚动起演员表，赏佩佩才舍得垂着眉梢，跪坐起来展开床头的羽绒被，轻轻盖在溥跃和自己的身上，又重新躺回了他的身边。

这一次她没有背过身，也完全不需要规避内心的想法。得益于对方的无意识，她可以放松地把自己冷淡的目光靠近他的面部，从眼窝描到下颌再到喉结最终回到他密实的睫毛。

肉眼可见，溥跃的毛发真的很健康，头发茂盛到不见发缝，连睫毛都是浓墨的黑。即便在窗外依稀的月光下，他额头的发丝都映射着光泽。

应该是蛮痒的吧，眉心被男性洗发广告一样的头发盖住？

赏佩佩咬住嘴唇，忍不住上手直接用食指替他把额发拨开，露出下面沉静的眉眼。

心脏怦怦，她马上闭眼道一句："下雪了。"

今年冬天的第一场雪。

算是睡前的梦呓吧，明明溥跃刚才没有问她自己可不可以留宿，但在平复了心情彻底陷入沉眠前，赏佩佩还是告诉他："因为太冷，所以今天晚上你就留下来睡吧。"

成年人的生活是场乏味的车轮战，无论什么样的雪夜都无法阻挡日出东升，睡觉的浪漫哲学不能被打工人当饭吃，早上六点半，赏佩佩一如既往地在自己的床上被闹钟吵醒。好惨，又是新的一天。

翻个身，她没在床头摸到自己的手机，猛地睁开眼睛坐起来才发现自己昨晚是睡在了床尾，而左侧床垫上空无一人，徒留一猫不耐烦地冲她叫了一声以示抗议。

她张大嘴巴打个哈欠，眯着眼睛看了看手机上的时间，简直不敢相信她竟然整整睡了十个小时，睡眠质量罕见的高，连身边的薄跃到底是什么时候从她家走掉的她都不知道。

真的太危险了，她昨晚一定是鬼迷心窍，如果他把自己的DVD都偷走怎么办？没时间思考问题，没有代步车，今天的赏佩佩还要去车站等着挤公交，留给她打卡的时间不多了。

十五分钟起床、洗澡、换衣、吹干头发，拿着钥匙出门后她又拍着脑门重新开门进来在猫食盆里面蓄满猫粮。兵荒马乱的上班日也只有坐电梯下楼那几十秒才有时间拿起手机看一下朋友圈。她象征性地查看了一下微信消息，803的病人走后大概很快就会有新的患者办理入住。

走出电梯路过一楼大厅时赏佩佩在联系人内翻到薄跃，重新戳进自己和他的对话框。习惯性地点进巴卫的头像，赏佩佩再一次感叹御影神社的第一神使果然还是美貌无比，下一秒，她竟然发现薄跃向来一条横线的朋友圈里多了一张照片。

双手捧着手机点进去，赏佩佩已经支起胳膊肘准备推开单元门，角落里物业值班的保安起身突然叫住她："6017室吗？这有你的车钥匙。过来取一下。"

跟赏佩佩的好眠恰恰相反，昨晚薄跃几乎没睡足五个小时。可能是因为在赏佩佩家里待得太过舒服，他的头刚一挨上充当枕头的胳膊，就开始无止境地做梦。不算是幻想中的噩梦，因为在梦里发生的事情，早在他的童年里发生过数次，但潜意识投射的写实场景也不能称之为美梦，因为薄跃最不愿意回忆起的人，悄悄在他的梦境中死而复生了。

应该是在他小学四年级的那个寒假吧，在父母的又一次口角后，薄跃在熟睡中被人用力摇醒。书桌上的电子闹钟闪烁着零点四十八分，窗帘外是黑漆漆的夜色，寇菡抓起溥跃的棉裤和加绒马甲，一件件地往儿子身上套。

溥跃当年九岁，他一开始揉着眼睛不明白发生了什么，但等到被寇菡抓着脚腕拖到床边坐起来时，才明白母亲是在给他穿衣服。寇菡蹲在地上，披肩的长发胡乱在脑后揪成一团，她的动作非常快，轮流把溥跃的两只脚放在自己的膝盖上，快速套上袜子，俯身靠近溥跃，双手用些力气拍他的脸："宝贝，醒醒，自己把鞋子穿好，来不及了，动作快点。"

"哦。"溥跃点点头，从床沿上溜下来，坐在床边的塑料小板凳上系鞋带。

家里静静的，客厅里没有开灯。"砰砰"两声巨响，主卧电视柜下平常上锁的抽屉被寇菡用榔头砸开，溥跃闻声扒着门框冲着里头母亲的影子喊了一声："妈？"

抽屉打开，零散的纸币被寇菡接连不断地塞进皮包，她回头冲溥跃指了指门口的衣架："围巾系好，还有帽子手套。"

脚步急促，寇菡出门前没忘记带上溥跃每天早餐时要喝的鲜牛奶，身后的大门关闭，母子俩像逃难一样地往楼道外面跑。没有出租车，也不是电动车高度普及的年代，寇菡用那一辆破旧的二八自行车载着溥跃在夜风里用力地骑，而溥跃坐在后座，被风吹得呼吸不畅，唯恐跌落，只能紧紧用手臂抱着母亲被黑色棉袄裹住的腰。

明明是时速不超过十五迈的自行车，却让一个小孩子的整个世界都在剧烈地晃动。

那天夜里不知道什么时候下了雪，大概骑行了一个小时，路面上凝结了薄薄的一层冰，负重累累的自行车终于在拐弯的时候不慎倒下。溥跃摔得不重，爬起来的第一时间就是跑去扶被自行车压住的寇菡。

母亲的脸颊被路上的石头擦伤了，左侧额角的位置正在路灯下泛着红痕，溥跃冻得全身打哆嗦，他害怕极了，声音也充满哭腔："妈，我们回家吧。我好冷，我想睡觉。"

寇菡扶着胳膊坐在地上缓了一阵，随后用刘海盖住额头，冲着溥跃挤出一个比哭还难看的笑容："乖，妈也冷，但是再走几步咱们就到车站了，到车站了就暖和了，大巴上有空调。

"你不是说想姥姥吗？咱们去看姥姥好不好，姥姥家里有一窝刚下的小狗。你不是说想养只小狗吗？让姥姥送你一只！

"车站里有商店，妈带钱了，给你买薯片和虾条。"

就这样，扔了自行车，溥跃和寇菡再次手牵着手走在凌晨的街头，天空中飘下的雪花也越来越大。寇菡没有骗他，果然转过路口再走十分钟，他们就看到了汽车站大门口，那里闪着微弱的红光。

买票上车，寇菡把一直揣在怀里的牛奶给溥跃打开，插上吸管，溥跃嚼着嘴里的红豆奶油面包，一把一把从绿色的塑料袋里抓出虾条塞进嘴里，接过牛奶来吸了一大口，像是在冬天里春游的学生。

汽车发动，车站的停车场越来越远，溥跃才突然想起他爸，懵懂地仰头看着母亲裹在围巾里面的那张脸，问她："爸呢？我们这次走他知道吗？"

寇菡扭过头，近乎麻木地看着窗户外面逐渐远去的东城地标，脸上的笑容没有了，眼尾微微颤动，溥跃当年根本读不懂他妈脸上的表情，最后，她像是有点儿不耐烦，用手摸了摸他的头顶敷衍地说："爸爸还要上班，所以先让我们过去，快吃吧，吃完了睡一觉就到了。"

这不是年轻的寇菡第一次带着儿子从家里逃走。

反正溥跃能记住的，他和母亲曾经在深夜里离家出走的次数就超过两只手。

但那一次也是唯一一次他们跑到了距离东城市区三百多公里外的农村里，在乡下的姥姥家里住了一个多月。乡下的物资匮乏，但是姥姥会拿出成堆的红薯干和苹果片给他当零食吃，何况农村的乐趣在城市中找不到，每天一睡醒，溥跃就迫不及待地翻身从床上跳下去，去找院子里的动物们玩。

一开始他很怕院子里的大鹅咬他，只敢在狗窝附近行动，后来几周过去，他的胆子越来越大，不仅承包了小狗们学习指令的训练，还会每天下午自告奋勇地帮着姥姥给鸭鹅换铁盆里的洗澡水。

而他妈就躲在卧室里不分白天黑夜地睡觉，有时候一整天都不一定走出来吃一顿饭，也就是在那一次离家出走时，溥跃发现了母亲心里的秘密。

一天夜里，他半夜被尿憋醒，摸着黑走到屋外去上旱厕，没想到回来时看到姥姥的房间里竟然亮着灯。农村的夜晚没有什么娱乐活动，姥姥年纪大了一个人过日子又特别节省，总是喊着电费贵，所以每到晚上天黑以后，她吃完饭就会上床休息。

溥跃好奇，就躲在门后偷看。床上，母亲正低头喝着一碗八宝粥。姥姥坐在床边，声音被刻意压低，但声音里充满埋怨："你要是离婚了，跃跃怎么办？你怎么舍得孩子小小年纪就没有爹？！小时候就因为你没爹在学校被人打破脑袋，咱娘俩抱头痛哭的事儿你都忘了？家里没个男人，你以为这日子好过吗？

"再说，不就是爱喝点酒，爱骂两句人，从你们结婚到现在十年了，也没动过你一根手指头。你现在连班都不上，就清清闲闲地在家带孩子，这样已经够可以了！好多女人的日子还不如你，你以为离婚是儿戏啊！

"都怪我，给你宠坏了。你怎么这么不听话？！我看你是要把我逼死才高兴。

"你这些年都跑了几次了？换谁能忍你？也就是凤岗，性子敦实。"

说着姥姥的后背佝偻得更厉害了，眼泪从她布满褶皱的脸上流下来，还没到下巴就已经被干枯的手指抹去。全程寇菡都没有说话，只是沉默地一口接一口地喝着粥，就像聋哑人一样。

溥跃内心有惊讶，但更多的是愤怒，他握着小拳头重新走回隔壁的房间，刚一躺到床上，他就用被子蒙住头偷偷地哭了，他也是在那一次才知道，原来寇菡每一次从家里带着他出来，其实都没有想过再回去。她想和他爸离婚，她根本不想再回到他们的三口之家。因为他只有九岁，所以她骗他，她根本不准备让自己有爸爸了。

那个总是按时上下班，会永远在家里等着他们的爸爸。

那一次母子二人离家出走的结局仍然和以前一样，大年初一，他爹拎着三箱年货从东城赶过来求和。

小厢房里溥凤岗百般弯腰道歉，寇菡一开始咬死了说自己不会回去，但当丈夫说孩子的寒假马上就要结束了，她语塞了，而溥跃在外面看准时机直接冲进来用力抱住他爹的大腿，高叫着要跟爸爸回家，他要回去写寒假作业，他不愿意待在姥姥家。

无论寇菡再怎么用姥姥家和小狗们游说他，他都冷着一张小脸拒绝和她沟通，还狠狠地在内心发誓：自己永远不会再和她一起单独出门，丢下可怜的爸爸。

就这样，他们一家三口在两天后重新坐上了大巴回到东城，那也是寇菡人生中最后一次成功带儿子离家出走。因为之后不到一年，她就和一个网络上认识的有钱人发生了婚外情。再然后她彻底移情别恋，她不仅不要丈夫了，连儿子也不要了，她义无反顾地跟着那个男人离开了东城到越城去做大生意。

溥跃他爹没了老婆，他也没了妈。

其实他也不确定，他们那个老房子在那之后是不是还能被叫作"家"。

梦醒时溥跃以为自己会被冻得浑身战栗，但没有，他周身都被柔软的被褥包裹着，只有兜中的手机正在疯狂振动，是下午和他吃了半顿饭的女顾客郁子美拨的。

下午在溥跃道歉离开餐厅时，郁子美还保持着良好的教养，告诉他饭可以下次再吃，还是工作比较重要。但晚些时候，接连发了几条消息给溥跃都没有收到回复后，她心态崩了，开始钻牛角尖似的胡思乱想，这一次她到底哪一步做得不对，竟然被对方给反钓了。

吃夜宵时郁子美一个人干了一整瓶红酒，迷迷糊糊中睡了几个小时后再次醒来的她看着自己那十几句"在干吗？""为什么不理我？"时委屈加丢脸涌上心头，恨不得大叫着满地打滚。自尊心令美女咬着指甲纠结了几十分钟，现阶段唯一能让郁子美释怀的，是承认他其实对自己根本没意思。所以她清了清嗓子斗胆拨通了溥跃的语音通话。响了五六声后，对方选择了拒绝接听。哦，原来他没死。紧接着，溥跃回消息了，在凌晨三点，他打字告诉她：不好意思，不太方便。

车明早就可以提了，看您和您朋友什么时候有空。

两句话，溥跃又将两人的关系打回了从前，不要小看女人，女人在感情上的第六感总是那么准。

你是不是有喜欢的人了？

他是不是有喜欢的人了？溥跃躺在赏佩佩身边，近在咫尺的就是赏佩佩的脸，鼻尖对着鼻尖，大概只有五厘米。

天时地利人和，他只要稍微动一下头，就可以亲到她的脸颊，而那片肌肤看起来是那么温暖和细腻，像是能给予他生机一样的绿洲。但赏佩佩不是待人采撷的红豆，违背他人意愿进行偷亲是很没品的事情。

溥跃的目光从屏幕上的十个字回到赏佩佩的嘴唇上，闭了闭眼，面前柔软的轮廓挥之不去，但他的心意很清明。

嗯，有了，抱歉。

郁子美得到了肯定答案后没有再回复，溥跃握着手机强迫自己重新合上眼睛。梦中迟来的情绪让他很难再入睡，醒了，但完全没办法起床，人在情绪过分低落时，身体会像是因为冬眠而僵直的蛇，久久不能自主活动。大概在赏佩佩身边躺了一个多小时，溥跃才尝试着坐起来。

他刚掀开被子，另一个觊觎羽绒被的小家伙就迅速从床头跳过来，盘踞在他刚才焐热的地方，心满意足地眯着眼睛打呼噜。溥跃用手掌蹭了蹭白猫的后脊，起身帮它和赏佩佩掖好被角，目光移到窗外，没想到梦里梦外都下雪了。

一个不太好的睡眠还不至于令他分不清梦境和现实，昨夜的雪下得不久，路面没有结冰，赏佩佩在这种天气骑车并不会摔倒。但下雪不冷化雪冷，更别提坏天气时公共交通总是人满为患。

虹膜倒映着天边泛起的鱼肚白，溥跃脑海中首先想到的是：赏佩佩的车还在自己店里。临走前，他没忘记清理掉结团的猫砂，把已经见底的猫粮盆续上，还拌了一盒奶糕罐头。

昨天东翠路 12 号修车店的老板没睡好，唯一的店员兼学徒石头也是。

他倒不是因为什么过往和梦魇，恰恰相反，他女友小晨的父母九点多临时出门给办白事的亲戚帮忙，父母前脚刚走，小晨就穿戴整齐化了个全妆偷偷从家里跑出来和男朋友过夜。

俩人都不是学习的料子，九年制义务教育时就是妥妥的差生帮差生——越帮越差。石头初中毕业后自己赚了钱就在外面租房，但小晨硬被家里人逼着上完了三年高中。高考时她的成绩一塌糊涂，复读确实没意义，她想着这下干脆和石头结婚当全职太太也不错，没承想这种打算也被父母严厉否决，夫妻俩商量后直接安排她进了本地的户籍科当协警。

工作单位就在家门口，所以小晨至今还住在家里，吃穿用度都要看父母眼色。他俩都二十岁了，小晨晚上出去和石头约会还有十点的宵禁。长夜漫漫共赴巫山是不可能的，两个有情人要真想做点什么，都跟打游击一样。

在这种情况下，可想而知，石头根本没时间合上眼皮，所以在早上五点，有人敲响他房门的时候，他人都快灵魂出窍了。本来是骂骂咧咧地准备给外头敲门人一点儿颜色看看，可一开门，来人是他的老板。溥跃也没废话，直接问他最近私下里倒腾着卖给修车熟客的那批姜戈摩托车还有现货没。

本来在看到溥跃那张脸的第一时间，石头还是有很大怨气的，心想自己虽然跟着他学手艺之后是赚了些钱，但问题是，溥跃不能平白无故大早上来压榨自己的劳动力。天都没亮呢！除了小晨的父母，谁也不能打断他和女朋友的美好时光。

但这些想法只在石头一团糨糊的脑子里存留了一会儿，等他彻底反应过来面前的溥跃在问他什么问题的时候，他立刻心虚了。溥跃这是抓到他私下利用修车店的便利条件给自己招揽生意了，搞不好今天他的饭碗要丢。

"怎么，没，没有的事儿哥。你听谁乱嚼舌根……"总共两句话，说得磕磕巴巴，溥跃还没摆脸色发脾气，石头就先表演起川剧变脸，主动求饶上了，"对不起哥，我错了。我真知道错了，以后不卖了，没有下次了你千万别开除我。

"我卖车不是要抢您生意，后年我们想结婚，可还没个房子，最近我们家看上一套云锦华庭的婚房，还差点儿首付。我一着急……"

他一着急上个月就从外地搞了一批便宜的标致姜戈 150i，修改好外观的小毛病，就以低于市场价偷偷卖给骑低端摩托车的老顾客，顺便上牌照时找几个熟人收点儿代办费。

石头穿着一条小裤衩在门缝里冲着溥跃叽叽歪歪，溥跃打断了石头："我说不让你卖了吗？我是问你摩托车还有没有现货，我要买你能听懂吗？"

"哦，"石头一听这话眉头又不那么皱了，用屁大点儿的声音和溥跃隔空打口型，"您要买肯定有的，还剩下一辆复古红，本来我都上好牌儿准备送我女朋友了，那肯定先紧着师傅您用呀。"

"现在就能提，提了就能上路。别说，老牌子货就是好啊，两万块，买个壳子也值了。

"嘿，送人也拿得出手。"

溥跃看了看手表，光是他俩说话就浪费了十五分钟，小护士也得准时打卡不是，抬头时溥跃真想拿补胎胶把石头的嘴黏上，嫌弃地拧着眉心就粗声骂："真能说。快点儿吧你，上仓库取车。我大早上专门跑一趟是不着急还是怎么了？"

天上的星星可以证明，为了赶时间，溥跃来时狠拧油门飙了一路，眼下膝盖都被冻透了，石头还死活不接电话，为了找石头家这犄角旮旯里的单元门，溥跃举着手电筒在附近的居民楼绕来绕去差点还被驻地的狼狗当成小偷给咬了。费这么大劲，以为他来闹着玩儿呢？

十分钟后，石头带着溥跃打开他家楼下的小铁皮房，里头除了乱糟糟的杂物外，角落里确实还有一辆上了机动车牌照的复古踏板车。

溥跃用手套往车座上一划，再举到眼前，布料上就蹭了一层白灰。

溥跃一言不发，绕过石头从自己后备厢里翻出几块干净的麂皮蹲下来擦车，石头看他不吭气，唯恐他师傅临时变卦："哥，你看这车还行吗？你能用吗？要不我给你算便宜点儿，不要你两万。给个进货价就行。"

标致这款姜戈造型极具工艺感，车身也偏小巧圆润，溥跃身形健硕，几分钟就将其擦得干干净净。

石头上赶着给他点根烟，溥跃吸了一口，又从墙上挑了个头围小的摩托车头盔："你首付还差多少？"

得知石头还差三万块钱，溥跃掏出手机在微信上把钱给他转过去，推着小摩托就往铁皮房外走。石头瞅着屏幕两眼放光，火速收钱，嘴里没忘了穷客气："哥，你看你，这车哪儿能用得了三万，咱俩这关系摆在这儿，我也不能赚你这么多啊是不是？"

溥跃把自己的车钥匙扔给石头，让他上班时给自己开店里去，自己把姜戈的钥匙插进去打火。女士头盔他戴着有点儿费劲，从头上套进去才哼笑着说："想得还挺美，一万九从老孙那儿拿车，用店里的工具免费修，然后净赚我一万一？六千块是从你下个月的工资里扣，知道吗？"

"赚个五千差不多得了，再说我感觉咱俩关系也没那么好。"

五千块也行啊，总比不赚钱把车砸手里强，收了这三万块钱，石头那套婚房有着落了，他已经打心眼里觉得他师傅是个十全十美的大好人，他亦步亦趋地跟在溥跃屁股后笑嘻嘻地说："哥你真的沉得住气，你都知道我从老孙那儿进车，咋啥都没说呢？你对我太好了，我要是个女的，我非得嫁给你。"

"行了吧你，回头过户给上点儿心。"

"那肯定啊。户就在小晨身上，回头抽空一个上午就能办好。"

踢起脚蹬，溥跃听到小晨的名字又停下来了，语言没走脑子，下意识问了一句："你上次说你女朋友在户籍科？能帮我问个人吗？"

等报出昨天墓地上赏佩佩跪拜过的人名后，他又"啧"了一声摆了摆手，他又不是赏佩佩的谁，打听这些怪不礼貌的，最后改口说还是不用了，就当他没说。

目送溥跃在冷风中骑着小摩托走远了，石头这才搓着棒球外套下冻红的双手往单元楼里走，他一边上楼梯一边乐，不是因为别的，主要是他师傅一米七九的个子骑着姜戈就跟大狗熊驾驶着小红狗似的。

也不知道这车是不是替昨天那个修破车的姐姐买的，他师傅看着挺聪明的，不会是人还没追到手，先送辆两万块的摩托车给人家吧。有钱也不是这么使的，别是被骗了，容易被女人骗这件事是不是也会家族遗传？

一进门，石头跑回卧室，抱住小晨，神神秘秘地在被子里说："欸，晨儿，我把那车卖了！三万块，今天下午你请个假，咱们去售楼处签约？"

"真的？"

本来还蒙着的小晨一下就清醒了，声音里充满惊喜地问道："谁买了？"

"我师傅呗，嘿嘿，就这你还骂了我一个月，嫌我进了个红车不好卖。这不，你不爱骑有人接手呢！"

小晨这辈子没有远大的理想，眼下做梦都想和石头结婚，这会儿心里头特别开心，嘟起嘴巴用力在男友脖子上亲了一口："放屁，我那是心疼钱，能卖了为啥要自己骑？太好了！你师傅可真厉害！"

"你夸谁厉害？明明是你未来老公我厉害！"

当然在完全天亮之前他还是想起了他师傅，石头嘱咐："你有空帮我问问这个人，说叫赏双明，可能也是咱东城人，我师傅这人就假正经，还不好意思麻烦你，这点小忙，我替他做主了。别快三十了，还让人骗了。"

早上赏佩佩用保安给她的车钥匙打开楼下停着的小姜戈时立刻给溥跃去了个电话，七点钟，电话接通时溥跃的声音听起来懒洋洋的，像是冬眠的熊。

赏佩佩简要地询问了一下这辆小摩托是什么情况，溥跃也很利落地告知她：那辆给她送过去的车就是修车店提供的一种代步服务，至于赏佩佩的车，确实问题多，一时半会儿修不好。

这辆红车本来也就是闲置在修车店的二手车，不用白不用。这种便利服务听起来合情合理，赏佩佩这种抠门生活艺术家更不会拒绝，她郑重其事向溥跃道了谢，早上就骑上"二手车"去上班了。别说，溥跃店里的车是真好骑，零下二十摄氏度的天气里，小摩托非但打火迅速，就连时速都很快，骑在路上还很平稳。

赏佩佩一路顺畅，上班打卡肯定是准时的，甚至还比以往早了十分钟。工作时间她先是跟同事们交接班，然后帮病人们量血压、测血糖。八点半，赏佩佩去食堂给溥大爷打早饭，紧接着又马不停蹄地跑去一楼药房取药。

801的李大爷上个星期越来越嗜睡，流食吃不下，身体营养跟不上，肿瘤却仍然在疯狂生长，为了避免休克，这周按医嘱又多加了一项人工白蛋白注射，而802的夜间特护今早走前和赏佩佩特意讲过，昨晚溥大爷半夜又有剧烈呕吐的状况，大概也是要上营养液了。

所以今天赏佩佩特别注意溥大爷的饮食，早饭他以不喜欢葱花为由拒绝食用面点，而中饭清淡的鱼汤和鲍鱼粥他也没有咽下去几口，赏佩佩前脚刚把饭菜端走，他就挣扎着下床吐到了尿盆里。收拾了污秽，给大爷擦了把脸，赏佩佩好说歹说在白瓷缸里冲了一勺溥跃之前带来的蛋白粉让他从喉咙灌下去，又剥了几个猕猴桃给他榨成汁当水喝。

上午天气还不错，可是没等到午间活动，天色骤暗，又开始大强度降雪。没有阳光可以晒，病人们的午间活动就变成了卧床休息看电视，调了一百多个台，找到了两个老头想看的电视节目，赏佩佩才有时间吃自己的冷盒饭，赏佩佩对免费的食物向来不挑嘴。

周一累了一上午不说，护士长还通知，下午803房有新病人要办理住院手续，赏佩佩应该要大口吃饭补充体力的，可勺子盛满了饭菜送到嘴里，她却觉得味同嚼蜡。

她知道，癌症晚期的病人大多吞咽困难，也知道上营养液是为了最大限度地延续他们的生命。但她工作了这么多年也知道，上针剂与呼吸机后，离病重抢救也就更近了，就像前天的803那样。

每一位进入疗养院的患者，无论是自主行走还是坐着轮椅，最终的结果都是被躺着抬走。很遗憾，在临终关怀的行业中，不存在幸运偏差，更没有奇迹可言。

手机响了，赏佩佩放下塑料勺，划开屏幕，没想到是溥大爷家属发来的微信消息。溥跃问她早上有没有看到自己在车把上留下的女士头盔。

赏佩佩见到了，早上骑车时她还戴过了，以前她那辆摩托车时速堪比自行车，所以她从来都不戴头盔，入冬后就套了个连耳的毛球加绒帽，但溥跃这辆闲置车提速超级快，她也就感受到戴头盔在冬天里的好处了。

赏佩佩双手快速打字：有！不好意思，早上有点儿忙，头盔多少钱？我先转给你吧。

修车的费用呢？现在是不是还算不出来？

回复完这两句后，对话框里突然没动静了，赏佩佩打起精神快速将剩饭风卷残云处理干净，随后整理好护士服去给 801 打针剂。

803 这次入住的仍然是位女患者，但情况比较特殊，患者才四十出头就确诊了胰腺癌晚期，没有任何家属跟随，未婚未育，父母又过了花甲之年出行不便，是自己给自己办理的住院手续。免责协议患者签了不少，又预付了整整一年的费用。

安顿好新病患住下再次回到护士台时，赏佩佩肩颈酸痛眼皮还有点儿打架，下单了咖啡外卖后，等到骑手送来她喝完了，手机里仍然没有溥跃的消息。不过溥跃说过修车店的生意好，工作日可能在忙吧，她别耽误人家赚钱。

近几个意图领养的家庭都没有再询问过小白猫的情况，赏佩佩百无聊赖地翻看手机购物软件，考虑了半天，还是按照溥跃建议的，下单了八十八块钱的猫抓板豪华套装。其实她本意是不想买的，但不买会损失更多"光腿神器"。

熬到快下班，最后一次查完房，赏佩佩兜里的手机振动了。

联系列表里的溥跃没告诉她那顶女士头盔的价格是多少，他拍了一张油炸糕的近距离特写照。今天油炸糕炸得色泽刚好，金黄色的外皮被扒开，露出内里糯白色的年糕和湿润的豆沙馅，不知道是不是赏佩佩的错觉，她觉得今天的馅料比以往都多！

对话框上方的文字显示溥跃输入了起码两分钟，那句干巴巴的文字才被他发过来。

今天好像炸得挺好的，是吧？

其实见到照片后赏佩佩是在默默咽口水的，毕竟昨天请假后她完美错过了蹭吃。大冬天里谁能拒绝甜品炸物？不仅如此，她被唤醒的食欲突然很渴望卤味麻辣火锅，但一个人不好意思堂食大锅九宫格，小小的油炸糕她还是可以吃下一整袋的。赏佩佩像个没出息的饿死鬼，立刻奉承说：哇，真的，看起来很好吃。

已经在饿了，炸糕摊在哪儿？我下班立刻跑着去买。

不会突然收摊吧！

赏佩佩发完消息又点开溥跃的朋友圈，试图找到可以和溥跃轻松聊天的内容。天知道她多久没和年龄相仿的男性隔着网络社交了，不过从对方朋友圈里找点儿兴趣爱好这点儿小技巧应该没过时吧？

还是早上那张街道上的日出照，没文案，大广角。昏暗的画面上色度两极分化，树杈是黑色，云层是红色，太阳还没彻底现身，而远距离的早点铺在这种倒置的色彩中，闪动着橘色的门头，像是某种掌管黎明光源的神仙府邸。可能就是溥跃早上随手拍下的简单街景照，除了对方擅长用手机拍摄静态物体外，赏佩佩没抓到其他重点内容。

再次返回对话框，没想到溥跃收到消息后几乎是秒回。他不需要她找话题，反而非常主动地借坡下驴：你还有多久下班？

就在附近，正好买多了，不然我给你带过去吧。

你趁热吃？

早上修车店内交车的进程不太顺利。

追郁子美的男顾客也不是人傻钱多的人，眼见着和美女的距离越拉越远，这两辆车的改车尾款，他就不是很想付了。自己那辆黑的可以带回蓟城，但那辆完全照着郁子美的要求改好的粉车，他看着就恶心，之所以还假装追求者按兵不动，是存心要给郁子美来个大栽面儿。

两个人刚进修车间，男顾客就给这辆粉车批得一文不值，说怎么看怎么不喜庆。

溥跃坐在炉子跟前的板凳上看手机，压根儿不抬头，石头一开始还跟着在前面赔笑，可男顾客被他反驳了几句，愈加变本加厉，扯着嗓门吼，问他们到底会不会改车，活活把他的宝贝给改成废品了。郁子美拉了他袖子几次，他都不肯住口。

可能是巨婴的撒泼行为没能受到所有人的注目礼，男顾客直接冲到溥跃跟前指着他的鼻子问："我问你话呢！你哑巴了？谁让你这么改的？你到底有没有审美？"

溥跃侧脸躲开了戴着大金戒的指头，视线划到了后面郁子美的脸上。只一眼，郁子美的脸颊就已经变得爆红，是恨不得找个地缝钻进去的羞耻。

溥跃走到车跟前近距离看了看，又退后几步远距离瞧了瞧，再回过头来时声音笃定："这还丑？您平时早上起床照镜子吗？咱们沟通归沟通，别上升到人身攻击。再说了，所有改车细节都是再三敲定过的，聊天记录还在呢。实在不行您打个 12315，还是报警？等他们来处理吧。"

"我赖账？"男顾客终于等到溥跃说这句话了，经历了近一个月的冷暴力后，这次郁子美一声不响地就甩开他先订机票来东城了，他怎么想都觉得不对劲。

男顾客把手机掏出来，挑着眉毛把聊天记录怼到溥跃脸上，口水直飞："你跟谁确定了细节，你就管谁要账。你想用我的车追她？你做梦！"

不用看手机，在场四个人都知道，跟溥跃确定粉车细节的人是郁子美，这会儿郁子美也明白这男的啥意思了，就是玩不起恼羞成怒了呗。

不就是个十万块的车，她想要自己也改得起。一声惨叫，是男顾客被踹了下体，第二声尖叫，是郁子美被男顾客扯住发箍下的头发。

石头立刻举起手机记录下两人互殴的视频，同时朝着溥跃喊："哥，快给拉拉架啊。我这儿录着证据呢，回头报警别让他俩再把咱们讹了。"

几人没报警也没找工商局，打完就地协商价格转账解决，一小时后男女顾客分道扬镳。

改装费到手，溥跃看着户头重新丰满起来的数字心情不错，直接给石头放了个假。石头和置业顾问约在下午两点银行上班的时间，签约后就直接和小晨一起去办贷款。石头看到他师傅哼着歌急急忙忙地穿外套，歪头好奇地问："您也有急事儿啊？那我下午走之前把店门关了？"

"嗯，我挂个号去做碳13呼气。"

"啊？"石头一头雾水，关心地凑过去，"你感冒了？肺不好？我给你拿点儿我妈做的枇杷膏？"

溥跃早上在手机上查了一上午，闻言可逮着无知人士科普医学知识了。他回头特认真地拍着石头的肩膀说："幽门螺旋杆菌检查，我觉得你有空也做一个吧，网上说接吻时这东西会传染。"

得亏溥跃早上空着腹，没想到做呼吸检查还挺麻烦。一开始，他坐姿还挺懒散的，可越看那些危害和副作用他就越紧张，最后确信自己和命不久矣的网友一个样。等到时间吹试纸时，他整个人双手举着呼吸袋正襟危坐，就像被老师训话的小学生。不过好在结果出来时他松了一口气，幸亏，他和赏佩佩都是阴性。

午饭他随便在街上吃了碗炒面，回家的路上本来已经停了的雪又渐渐大起来，等到溥跃把车停回锡矿家属区，道路上的积雪已经厚了将近十厘米。这种天气，扫雪车要等明天才能出动，应该也没什么人会去店里修车。

想是这么想，但真正上了楼，在大白天里，溥跃合上门站在寂静无声的家里，盯着四周过分干净的白墙，却有种不知所措的茫然。很难定义，为什么赏佩佩蜗居的住所比他童年长大的家看起来更有人味儿。

也许是因为多了一只猫，也许只是种爱屋及乌的错觉。

人一旦闲下来，支配感情的神经就会变得更加敏感，赏佩佩的猫是软的，赏佩佩的被是软的，而比这些更柔软的是什么，他不敢放任自己想象。明明早上才见过，但因为他这么苦恼地思考着，内心又开始想见到赏佩佩了。

所以他连外套都没脱，鞋也没换，就仰面倒在小卧室的榻榻米上，把手机举在空中，像是蹩脚的销售员，向尊贵的 VIP 顾客发起邀约。

他本来想嘱咐她骑摩托车一定要戴好头盔。但是溥跃的投石问路显然失败了，赏佩佩以为他是找自己来收头盔钱的。

世间的感情流向可能都存在守恒定律，溥跃是真没想到，前一个月自己是怎么跟郁子美打哑谜的，赏佩佩现在就是怎么对自己的。更惨的是，他可能有揣着明白装糊涂的成分，但赏佩佩好像真的看不懂他的小心思。

早上他拍下的那家早点铺，以前就是他们锡矿家属院里的孩子们上学路上必经的炸货店，老板夫妻俩早上六点开门下午两点卖完了就收摊，被油渍沁住的玻璃窗口里不仅有甜口的炸糕和麻花，还有油条、素丸子和肉茄盒。他们初二那年，炸货店意外起火，女老板整张脸都被毁容了，锡矿子弟学校还进行过爱心捐助，后来脸治好了，老板一家也嫌档口不吉利，等老婆出院直接转手带着老人和孩子搬回老家了。

从那之后，溥跃就没在街上见过和当年一模一样的炸糕店。

越城亦是，更别说东城这小地方了。

　　交接班换完衣服，下电梯时赏佩佩拎着头盔还在琢磨：溥跃说的买多了带过来是不是要来探视病人的意思。

　　可疗养院规定的探视时间已经结束，倒不是不能为溥跃走个后门，但考虑到他俩现在微妙的男女关系，赏佩佩不知道，自己是在帮一位普通病患的家属，还是在对有好感的异性多加照料。

　　未成火候的暧昧对于渴望建立亲密关系的人来说是种难得的浪漫，但对于赏佩佩来说，她只会觉得情况棘手。比如，怎样和溥跃称呼801的十四床是个问题，一旦她开始接受十四床成为"溥叔叔"后，以往她所坚守的漠视原则可能都会随之阵亡。就好比昨天只是和溥跃一起看了个电影开头，今天溥大爷还没怎么样，她就在上班时间里狠狠替溥跃担心了。

　　电梯门开了，赏佩佩还在低头看着手机左右为难，让开门口直立的影子，她终于吸了一口气，单臂夹住头盔，利用手套下露出的两根拇指认真打字：十四床刚才吃过饭，可能要休息了。不然明天白天你再来探望他？

　　赏佩佩低头向左，眼前的黑影同样向左，她向右，眼前的黑影同样向右，前前后后在电梯前的空地上走了四五步，溥跃看了一眼赏佩佩手里握紧的屏幕，才忍不住笑出声音。

"护士小姐，我知道十四床休息了，但我是来探视别人的。"

赏佩佩真的是被吓了一跳，没想到前一秒还存在于她手机里的联系人可以闪现到疗养院的大厅，她闻言抬头，眼神触到溥跃低垂的视线，第一时间把手机藏到背后，用力捂住屏幕，唯恐他已经看到了自己给他的微信备注。她尴尬到脚趾抠地，这回不是假装，是真的有点儿反应迟钝："啊，你，你来啦。快，这么快。"

"嗯。"溥跃举起右手的食品保温袋，骨节分明的手在"小结巴"眼前晃一晃，隔温层里的油炸糕们就发出互相碰撞的声音，"不快点儿来怕冷了。"

五米外的绿色门帘外还在下着雪，今天是一年中白昼最短的一天，日落时间为 16:52:46，因为天气太坏，不到下班时间，几乎所有白班同事们都提早翘班了。

以赏佩佩的逻辑，她难以理解溥跃在这么糟糕的天气专门跑一趟，就只是为了给自己送一兜油炸糕。如果说昨晚对方的体贴是她的臆想，那现在，赏佩佩已经确认了溥跃在对她散发求偶的信号。

耳朵应该红了，回应更难坦然，简单说一声谢谢就可以化解的情况被她搞得更加混乱，她笨拙地接过溥跃手里的油炸糕，也学着他的样子摇了两下，再张嘴时像是急于回份子钱的社交蠢材："今天冬至！我请你吃饺子吧！"

真的是顺嘴这么一说，十五分钟后，等赏佩佩站在疗养院西门边的大妈饺子馆外，看着落地窗内座无虚席的盛况，再看看溥跃手里排到的 129 号用餐券时，她才意识到胡乱许诺的危害性。

极端天气里不能骑摩托，公交又停运，铲雪车正在街上加班，站在路边打车的行人能绕地球一圈，方才赏佩佩趁溥跃去取号的时候偷偷用手机搜索了一下，光是步行去最近一家的饺子馆，也有五公里的路程，这还是不能保证那边有座位的情况下。

什么冬至啊冻耳朵的，她一个长到二十多岁，从来没在冬至吃过饺子的女人，耳朵还没冻烂，今天就要因为这点没科学依据的旧习俗在铺满积雪的人行横道上把双腿走断吧。这种鬼天气，好好回家吃包泡面躺在被窝里追剧不好吗？非得穷讲究落个等位吃饭的下场。

大概是透过层层叠叠的围巾看穿了赏佩佩的腹诽，溥跃在她转圈跺脚的时候把嘴里那句"老板说再等四桌就到我们"给咽了下去。用餐券被他塞进外套口袋，他双手插兜，眼神在对面街口的小吃车上停留了一阵，突然出声自问自答："燕饺的话，也算饺吧？"

"应该算的。"

透底的清汤咕嘟咕嘟冒着泡，熟烂的白萝卜被浸染成淡淡的酱油色。除了半透明的燕饺外，两人挤在关东煮的摊位前选了几十支竹签才住手。就着一次性纸盒喝了一大口汤，烫嘴的食物滑入空虚的胃，饥寒交迫的赏佩佩才算是重新活过来了。

路边摊的棚顶是朱红色的，下面靠近店主的方向亮着一只刺目的LED灯，油污，酱渍，还有看起来不太干净的湿抹布都被照得无所遁形。但也就是在由这些俗物组成的扇形空间里，赏佩佩踩在这束光下，专心咀嚼着没有卫生标准的食物，像是进入了人间天堂。

从开始吃东西起，溥跃就遵守着食不言的礼仪没再讲过话，隔着一片氤氲的雾气，赏佩佩偷偷观察他的侧脸，除了注意到他吃相很斯文外，当然也看到他一直举着手机在查看屏幕。他手掌可真大，用的应该是最新款的 Pro max，但他一只手不仅抓得住机身，还能同时用拇指轻松点击屏幕。

也许是在和美女聊天吧，想到上一次在修车店说要请溥跃吃饭的女顾客，赏佩佩心里中了一记冷箭，快速收回了偷看的视线，默默清空食盒。

在疗养院做工比不上坐办公室的文员，她是真的从头发丝到脚趾头都很累，耗费体力使人食量激增，四十块钱的关东煮下肚，赏佩佩还没怎么饱，余光瞄着溥跃还在盯手机，食盒里的签子还剩下一半。

她又将一直套在左手腕的食品保温袋打开，试图不发出任何声音将里面的油纸包拿出来。一份油纸包里还是五个油炸糕，不过个头都不小，稍微用手摸摸酥皮，还是温热的。

赏佩佩一手挡嘴，一手托着纸包，成功把一个油炸糕送到嘴里，还未咬开，对面在看短视频的大姐注意到她鬼鬼祟祟的行为，突然好奇地看过来："姑娘，我看着这东西咋像东翠路以前那家的油炸糕？你从哪儿买的？那店不是早不开了吗？"

热情的大姐声音也洪亮，薄跃闻言扭过头，赏佩佩嘴里正塞着一整个油炸糕，吞也不是，吐也不是，紧闭着嘴巴动了动舌头试图解释，但只能勉强发出了一声含义不明的"呜"。

不是休息日，又是下雪天，赏佩佩今天穿得很厚，宽大的栗棕色羽绒服从肩膀一直裹到脚腕，衣摆下面只露出一双黑色的雪地靴。裹粽子的穿着不属于显高的搭配，尤其是她蓬松的袖口下，小手托着油纸包鼓着双腮，在薄跃看来就跟偷吃榛子的可爱松鼠一样。

只瞧了她一眼，薄跃就把视线收回去了，主动和对面的大姐点头攀谈："您说锡矿家属区着过火，搬走的那家？"

"是呀，你们也是锡矿的？"

"嗯。"薄跃点了点头，手机振动，在基础车费上加价了百分之二十，终于有网约车接了他给赏佩佩点的单，司机师傅距离他们还有两条街的距离，开过来应该不到三分钟。

薄跃收回手机，把两人的纸盒递给大姐数签子，望着面前的食物平铺直叙地说："是不开了，小时候我妈爱吃，我爸下班时隔三岔五就往家里带。吃得多了，就会做了。"

得益于薄跃把话题接下去，旁边的赏佩佩可以再次专心用餐，不过她才开始解决第二个，听到薄跃承认油炸糕是出自他手，她又停止了咀嚼。这次不是偷看，而是把小脸扭过来直愣愣地望着薄跃，像是看到了怪物。

大姐没有赏佩佩那么惊讶，她一听就笑了，上下打量着薄跃赞赏："行啊小伙子，现在的男孩是真不错，我家那口子三十岁前连白糖和盐都分不清，你还会做油炸糕呢！和馅儿可不容易，这炸东西也得掌握火候，不然容易夹生。"

"其实也挺容易的，主要是家里老人病了，一时间也想不到给他做点儿什么吃的解闷。"

"谁说不是呢，以前的东西啊，现在是轻易买不着了，你可真是有心了。"

可是有心却从来没能打动过他想取悦的人，所以陌生人的理解在此刻就显得别样讽刺。

溥跃知道赏佩佩着急回家，颔首随口应付着，在赏佩佩发愣的时候抢着把钱付了，支付成功后手机振动，是司机来电，他很快截断闲聊，笑着和大姐说下回再来，他们打的车到了。

跟着溥跃走到路边时，赏佩佩捏着油炸糕还在震惊中，嗫嚅着问了他好几遍："油炸糕是你给溥叔叔专门做的？你怎么没和他说过？"

她想如果老爷子知道儿子的这份心意，两人的关系无论如何都会比现在更缓和一些。溥跃没有正面回答她的问题，搪塞了一句"不值一说"，紧接着催促她快点儿回家休息。

"天怪冷的，早点儿回家洗个热水澡休息，你也累了一天了。"

一开始，赏佩佩以为溥跃要和自己一起上车，等到溥跃颔首打开后车门让她进去，又跟司机师傅嘱咐麻烦他慢点儿开，准备关上车门时，赏佩佩才反手一把抓住他的胳膊。

不知不觉街上的雪已经停了，柏油马路上充斥着化雪盐的颗粒和泥泞的黑水，溥跃被赏佩佩拉着被迫俯身，两人视线相对，赏佩佩鼻翼快速翕动。

本来是想快点儿甩掉溥跃回家的，可她直觉今天让溥跃走掉，那下次他们又会回到起点，所以语气中有种比昨晚还强烈的急迫："先上来吧，你回去也不好打车，咱们给师傅加点儿钱让他多送你一趟。"

出租车缓慢行驶在拥堵的马路上，广播播报着附近的路况。昏暗的后座上，赏佩佩和溥跃各自占据着三人座的左右两边，中间的空隙大到能再塞下两位乘客。

赏佩佩搓着手，刚吃下去的油炸糕像是定时炸弹，在她肚子里滴答作响。她近两个月以来吃了人家九份手作礼物，还当作量贩产物一样不屑一顾，用一顿饺子都不一定能弥补溥跃的辛苦，刚才那顿六十块钱的关东煮她还没付费。

这行为已经远超爱占便宜这种小污点了，她感觉自己好像第一次相亲就说没带钱包，主动让女孩儿付费的渣男。好在赏佩佩善于反省，她吸了一口气往右侧倾斜凑了凑，表情也无比真诚："不好意思哦，本来说请你吃饺子的，结果在路边摊凑合了一顿，而且还是你付的钱。我看你没吃多少，万达五楼新开了一家火锅店，我们再吃点儿？这次说什么也是我掏钱。"

手机振动，溥跃划开屏幕，一边回消息一边轻声说："不是不合胃口，我只是不怎么饿。没事儿的，不用在意，先送你回家。"

窗外的路灯不停在溥跃的脸上掠过，频闪的光影让溥跃的眉眼看起来无比清冷。

赏佩佩知道他在忙着和别人对话，但她没放弃补救自己道德滑坡的行为，掏出手机点开溥跃的对话框，给他发了个二百块的红包，备注车费和饭钱，心里才算好受一点儿。

溥跃看到红包的时候抿了下嘴，不假思索就点了退回，紧接着，他听到赏佩佩跟他说："其实我去上护校前也住在锡矿家属区，但你们说的事情我好像都没印象了。可能太久了吧，而且我和我爸妈没有什么特别值得记住的回忆。"

赏佩佩在溥跃抬头前又缩回了自己那一侧，溥跃没说话，她扭过头望着玻璃上的光影笑了一下，可能是因为自嘲，一旦想到了一家三口，母亲等在家里，下了班后摆好碗筷，三个人围在电视前吃饭的场景，她心里就酸得要命。

"好羡慕你，刚才能那么自然说起你爸妈的事情。虽然现在你和叔叔是这样，但你们家以前肯定很幸福吧。"

"我小时候最不愿意回的就是家，每次放学了，我都希望回家的路可以被我永远走下去。你应该没见过那种怪人吧！无论春夏秋冬，早上去上学，我每次都是第一个到学校等教室开门的人。

"老师夸我好学，其实我只是不想在家待着。"

这是第一次，赏佩佩主动和溥跃说起自己的事情，虽然她仍然记不起，她的过去里，本身就有他的存在。但这对于解谜的人来说，已经像是莫大的恩赐。

溥跃安静了好长一段时间，没等到她的下文，才"嗯"了一声，随后装作对她一无所知地问："你父母以前对你不好？"

赏佩佩回过头，眨了眨眼睛，努力寻找着形容词："反正，绝对不能算是好吧。没有父母太久了，我也搞不清了。

"哦，忘记和你说，昨天我去祭拜的是我姑奶。我爷爷的妹妹，相比父母，我算是被她养大的。

"昨天真的谢谢你陪我过去。"

话题被赏佩佩轻松绕回去，溥跃再度启唇想聊点儿什么，手机屏幕又亮了，这一次是来电，而屏幕上的苏林看起来那么像是一位女生的名字。赏佩佩也看到了，看到后很自觉地闭上了嘴巴，掩饰着再次黯淡的眼神，做了个请接的动作，没想到溥跃非但没接，反倒把电话翻过来将屏幕亮到她眼前。

可能是很怕她误会自己在广撒网，也可能不想看到她再次为自己的"暧昧"应援，所以溥跃开口解释得有些仓促："苏林是我医生，男的。我回来之前有定期在越城看心理医生，有段时间很难睡觉，后来回来了又有点儿别的问题，刚才也是他在问我最近的情况。"

超过一个月拒绝和苏林联系，让对方有理由认为他的情况已经急速跌落到谷地，需要直接干预，如果再次拒接对方的电话，他不确定苏林会不会直接跑来东城挽救自己这名大客户。

当着赏佩佩的面按下了接听，溥跃告诉苏医生，自己这两天情况不错，只是现在身边有朋友不方便做长时间的问诊，简单寒暄几句便挂断电话。

也许是心有灵犀，几乎是在溥跃说起别的问题时，赏佩佩脑中就冒出了抑郁症和自杀的联想。她知道自己不应该这么直接和武断，但是一想到有人会选择主动结束自己的生命，她就忍不住呼吸急促，姑且把这种冲动当作学医人的本能。

问题就这么脱口而出了，像飞镖一样没有回头路。

"你说的别的问题，是企图自杀吗？"

密闭的车厢内充斥着被过度加热的空气，可因为这一句话，气氛瞬间降至冰点。太唐突了，溥跃应该要感到被冒犯的，但溥跃面容很平静，默许了她的问题后，他声音有点哑，点点头回答着："我想过，没有实施过。"

冷笑话不请自来，他没敢看赏佩佩的表情，扯起嘴角再次看着窗上倒映的自己："其实你也没备注错，需要看心理医生的人是挺符合神经病这个特质的。我是有点儿病。"

没有卖惨的意图，但溥跃也没有向赏佩佩隐藏自己状况的计划，他垂着眼帘，想象中应该会听到赏佩佩非常犀利的点评。他甚至做好了最坏的预想，赏佩佩被他的病情恶心到，会突然叫停车，叫骂着从车上逃走。

他早就从他父母身上见识过这世界上最不堪的爱情，贫穷和疾病的分量差不多，都是最佳的反作用力。但饶是这样，他也不愿在爱情的开端谎报自己的缺点。他就是这么可笑的存在，即便是这样一个普通如尘埃的他，也想在喜欢的人面前袒露真实的模样。

但预想的情况通通没有发生，相反，赏佩佩一句话都没说。

沉默中，整个世界都像被按下了静音键，溥跃突然感觉到手上多了一份重量，像是一只鸟停驻在他手背，带着微凉的温度——是赏佩佩的手轻轻盖住了他的手。

心脏一下就被揪起来了，随后是地动山摇般的震动，溥跃睫毛颤动着翻过手腕，不费吹灰之力，便将她的右手握在自己手心。

指腹摩挲，皮肤升温，十指紧扣原来是这种感觉。

车子还在行进，窗外惨白一片，两个人隔着空位在黑暗中牵手，就像是在乏味的生活中拥有了全新的使命。

而赏佩佩就像以前一样，让人完全琢磨不透。出租车绕过商业街，即将抵达终点，她突然和前面的司机师傅说："您先帮我靠边停一下，我去趟药店，很快回来。"

还是昨天走过的安全梯，可是今晚赏佩佩拉着溥跃跑得比兔子还快。不同于二十四小时之前，急切的是赏佩佩，而脚步迟疑的是溥跃。

六楼走廊末尾，还未开门，赏佩佩已经忍不住要回身拥抱溥跃，踮起脚尖想要给他一个热吻。溥跃很清楚她刚才下车去买了什么，套着一层塑料袋，但也没办法完全掩饰上头显眼的"超薄"字样。

头一偏，柔软的双唇落在他的侧脸上，不知道是不是吃过甜食的关系，还有一丝丝豆沙的香气，不等怀里的人皱眉，溥跃用双手捧住她的脸将她完全拉近自己。鼻尖贴着鼻尖，胸膛压着胸膛，肌肤相触的地方，像是有虫蚁在啃噬，赏佩佩看到他漂亮的眼尾一片绯红，不同于昨天的温暾，此刻两人的眸光里都有种燃起来就难以熄灭的烈火。

那是复杂的欲望也好，是痛苦的欢愉也罢，但在这日复一日的寂寞生活里，唯独不可以掺杂怜悯。

溥跃声音是滚烫的，好像可以将她的耳膜融化，但他语调很坚定，他在进门前向她确认："你可怜我？"

可怜？

赏佩佩雾蒙蒙的眼神里有一瞬间的干裂，很快，她埋在溥跃的颈边笑得上气不接下气，赏佩佩很久没有听过这么好笑的笑话了，只觉得溥跃执拗得冒傻气。笑得太用力，笑过后她原本清丽的五官挂上一层艳丽的粉，将嘴唇嘟起来贴在溥跃的耳后，赏佩佩很像那只昨夜对他撒娇的猫，猫不会说话，但赏佩佩会。

她在用成年女性最确信的声音告诉他："溥跃，你一点儿也不了解我，除了我自己，我从来不会可怜任何人。"

像触电，溥跃紧绷的心弦被她口中的话语一刀剪断。

是，他知道。赏佩佩不会可怜任何人，即便是一个懵懵懂懂的，因为爱慕而在下雨天为她撑伞的少年，只要她不喜欢，就可以扔掉他的伞，打落他的眼镜，并称呼他为"妈都没有的人"。

手掌贴着她腰际取出钥匙，溥跃低头咬住她的唇瓣时向前辖制着她开门。吻像是铺天盖地的急雨，打得赏佩佩只能仰头后退。

围巾掉在玄关，羽绒服扔在茶几，装油炸糕的保温袋被两人踏在脚下。没人开灯，黑暗中防盗门被重新关闭，猫咪刚从双人床上跳下来，赏佩佩就被溥跃托住双腿重重扔了上去。

床边的窗户只拉着一层纱帘。

借着月光，溥跃把赏佩佩身上的衣着看得十分清楚，他推测得没错，赏佩佩是真的在防寒的羽绒服下穿了裤装，她里头这一身衣服就像反时尚人士的标杆，邋遢到就算是给他一个男人穿也毫不违和。

再对比他下午出门时在镜子前精心挑选过的外套和内搭，溥跃的脸色跟吃了苍蝇一样青。溥跃发誓，他人生第一次对女生所谓的穿衣自由感到如此愤怒。怎么，她是吃定他不挑嘴是吧？更可气的还在后面，他对着仰面摔在床上，如此不拿他当颗菜的赏佩佩，竟然还恬不知耻地心跳加速了。

他记得很清楚，那年锡矿子弟学校曾经大力推行过素质教育，当年学校摒弃二十年的蓝白套装，为他们订制了一批非常时髦的男女分款校服。男生穿西裤衬衫，女生则套上了灰色的百褶裙，下面搭配白色的半腿袜。

那时候的赏佩佩没比现在矮多少，她的皮肤一向白得吓人，一双腿又直又细，匆匆略过一眼，都能注意到她裙摆下的大腿露出的青色血管，像是营养不良。

暑假前的最后一节体育课，四班和二班的学生照例一起进行考核，溥跃刚吹完肺活量跟着同学在操场等，就看到二班女生四百米测试结束，拿到中间名次的赏佩佩一瘸一拐地往器材室走，像可怜的白色骷髅。

别人不明所以，但他一眼就发现，今天体育课，赏佩佩穿的却是平日的那双红皮鞋。

向班里的同学借了一圈，溥跃手里握着创可贴，因为着急，想都没想就跟进了器材室。推开虚掩的门，赏佩佩脱掉了一只小腿袜，而她光裸的脚踝上，已经磨出了一道长长的血痕。

器材室很黑，四周无窗，可溥跃靠近她时几乎不能直视，觉得赏佩佩的皮肤像是会在黑暗中发光。

"同学，你需要创可贴吗？要不，要不要先去医务室冲洗一下？"

视线闪躲，但又会重新回到赏佩佩的身上，她的脚趾那么小，足底带着淡淡的粉，溥跃推了推眼镜，完全不敢想赏佩佩是怎么用这种看起来像琉璃一样的脚走路的，况且她刚才还跑得那么拼命。

还没有想出答案，他手里递出去的创可贴就被赏佩佩一把夺走。少女的脸隐藏在黑暗中，他完全看不清，况且她从始至终都没有抬过头，哪怕望他一眼。但溥跃听得到，她的声音非常冷，毫无语调的声音里带着种沙哑的讽刺，她说："看够了没？看够了你可以走了。不用假装关心我，我知道你，四班的？年级第二，可惜了，今年的大排名是不算体育的。我考得再差，你也没机会赢我。"

溥跃忘了他是怎么走出体育器材室的，他只记得自己冲出来后，立刻跑到操场边的水池拧开水龙头大口俯身喝凉水。凉水冰牙，顺着喉咙流进胃里，沾湿了整片白衬衫，他似乎被泡在了岩浆里。可惜喝了再多的自来水也没有用，余下的一年半里，赏佩佩经常光着两只脚走进他的梦里。

十几岁的赏佩佩是羸弱的，这么多年刻在溥跃的印象里都是发育不良的模样。但此刻倒映在他虹膜上的景致，远远超出他以往的所有想象。

赏佩佩的脚踝还是那么纤细，但时间在她身上催生出了女性特有的甜腻和玉润。而在一片细腻之中，她后背上凹凸不平的伤疤又显得那么刺目。

还没看清赏佩佩后背的旧伤，灯就被她急忙关上了。

等赏佩佩重新开灯寻找自己的睡裙，溥跃看到的就是雪白的赏佩佩像是被人痛打了一顿的惨状。溥跃觉得自己还挺温柔细心的，可"温柔细心"的他压根没有感觉到赏佩佩和他一样，也是第一次做这种事。他自己对恋爱有心理阴影，看谁都没有特殊心跳，但他不知道正常的赏佩佩也会等到现在。

再过一个月他们要进入二十五岁了。溥跃是真的傻了，站在原地不知道该说什么，找不到自己的舌头似的。

对不起到底说几次才能表达真心？说得太多，溥跃自己都感觉自己不真诚。不知道是真的，但如果事先知道，难道就会就此收手？恐怕那也是男性善于包装自己的漂亮假话。溥跃最后只剩一句干巴巴的询问："咱们去医院看看吧？"算是最有行动力的建议。

赏佩佩不客气地偷笑出声，刚才还淡着一张脸的她笑得像咕咕叫的鸽子一样，前半夜在溥跃发丝间穿梭的手指又重新回到了他的脸上，赏佩佩的手像是春天的风吹在他面上，那双手托着他的下颌，只要是她说的，他就什么都愿意听。

赏佩佩笑声戏谑，但是动听，就连她口里的医学常识都那么温柔。她并没有把第一次这件事圣洁化，而且她也希望溥跃用平常心来看待他们两相情愿的行为。

她没有叫他负责，溥跃心情称不上轻松，反倒是有些低落，总不能是因为对方没有为他负责吧？他溥跃可是个货真价实的大老爷们儿，溥跃静静呼吸着保持沉默，没什么表情，赏佩佩抿着唇也闭上嘴巴。

双方都试图从对方流动的目光里找到一些对话的线索，两个人就这么足足看了对方超过六十秒，赏佩佩突然皱起小鼻尖儿提高音调："溥跃，什么年代了，你别告诉我你有那种情结，太老土了吧！"

就算他们没受过高等教育，也不等于生活在旧社会。

"我哪有！真是搞笑。"

别过脸只需要一秒，就能轻松地掩饰慌乱，溥跃抹了一把干涩的唇角，起身找到由他亲自整理好的衣物，从中扯出一条白底上印满星黛露的睡裙拎到赏佩佩面前。

"穿这条呗，跟你今天的内衣挺搭的。我老土？您老人家才是真够让我大开眼界的，就这种睡衣和内搭，我以为是童装呢。"

理所当然，下一秒赏佩佩捏起手边的衣服直接砸他脸上，扯过睡裙怒吼道："哎哟喂，就您长得高，怎么我目测也就一米八啊，现在的年轻人长得多高呢，恨不得都两米，你也就在我这儿找找存在感，上次那个美女要是穿上高跟鞋，估计都得跟你一样高了吧！卡通图案怎么啦！真是过河拆桥，你这种人，我呸。"

赏佩佩一边叫一边用力扯着裹在头上的布料，她就是那种永远没办法处理多线进程的傻瓜计算机，忙着组织语言跟溥跃斗嘴，竟然把袖口当作了领口，整个人裹在睡裙里像颗茧蛹，张牙舞爪的，怎么也破不了茧。

溥跃刚才还在冷笑，现在是乐得快岔气了，伸手帮她把领口套正，将她的脸从睡裙里挖出来，没忘记告诉她："我谢谢你哦，脱鞋并没有一米八，只有一米七九呢。你看你，人真好，吵架还没忘记故意奉承我。"

两个人面对面穿衣服，等到赏佩佩站在地毯上时，溥跃已经把她的粉红拖鞋扔过来了，赏佩佩穿上拖鞋就往浴室走，溥跃则套上长裤一屁股坐在她刚才坐过的床边穿自己内搭的白 T 恤。

溥跃的声音从衣服里传出来不太切，听着像是"已经删了"。

赏佩佩身上不爽利，准备去简单冲一下，她拿不准溥跃在讲什么，走到浴室旁边又后退一步，从玄关露出半颗头："什么删了？"

赏佩佩犯的错误溥跃显然不会犯，他的五官很快就从领口冒出来，他没洗澡，却看着跟美男出浴一样清爽："就是修车的女顾客，今天早上提了车，付了尾款，已经互删了。我不喜欢那款，不会有其他后续。"

按照男女暧昧法则，赏佩佩应该补一句："那你喜欢哪一款？为什么没有后续？"这样溥跃就可以顺理成章地告诉她，自己很喜欢她这一款。如果可以，他很想让他和赏佩佩的关系更进一步。

但在暖黄的灯光下，赏佩佩肿胀的粉色眼皮无害地眨了眨，只启唇说了一句"哦"。随后，她的半张脸就彻底从溥跃的视线里消失了。

他拳头硬了，连带着后槽牙都开始痒了。什么意思？除了"哦"，是不会讲点儿别的？

他最烦别人说"哦"，好歹说个"嗯嗯"对不对？

花洒开启，淅淅沥沥的水声响起，过了一会儿，赏佩佩的声音隔着玻璃门传出来，她就像他交了二十年的铁哥们似的特别自然地问他："欸，我说！你饿不饿啊？要不一起拼个外卖再走吧。"

荒唐，真荒唐。溥跃对着空气开口就是一句："我说我要走了？"

觉察到床垫上的两人暂时休战，进入了"和平"的交流期，刚才一直躲在床下的小白猫慢慢从溥跃两脚之间探出脑袋，身体在他的脚踝处蹭了半圈，一下跳到他的膝头轻叫。

书架旁的地板上，今早被蓄满两次的白色食盆果然又空了。

不知道赏佩佩收养的这只流浪猫到底是从哪里学来的这些哄人的手段，溥跃还没主动抱住它，它就自己起来了。搭在大腿上的手掌被猫头用力顶起来，蹭来蹭去，因为不满他的冷淡，连虎口的皮肤都被猫爪按住，被猫的牙齿轻轻咬住。

正经人不可能被一只猫哄好的，但溥跃想到自己现在被猫咬住的手，方才还被赏佩佩叼过，心里就突然妥帖了。

把猫咪搁在食盆旁，溥跃蹲在地上为猫填食。等到小东西没工夫搭理他开始"嘎嘣嘎嘣"地吃猫粮时，他才呼了一口气，站起来去扯赏佩佩的冰箱把手。算了，不跟她计较，做男人就是要心胸宽阔，吃货有什么坏心眼呢，可能赏佩佩就是单纯饿了吧。

至于她为什么又饿了，还不是他身体力行的结果？

溥跃没发觉自己在赏佩佩的事上真的特别会开解自己，他要是能这么看待生活中所有的悲剧，估计也不需要看心理医生了，少说也得省下几万块。

"你冰箱里都有什么菜啊？这天气等外卖估计挺久了，不然我给你做点儿吧，你想吃什么？米还是面？面可能快点儿。"

一个东城人在越城漂泊了这么久，溥跃大部分时间都是自炊自饮。做得多了，拿手的也多。以至于每年在外地过年，因为各种状况留下来的朋友们都会到他家蹭年夜饭。本来想在赏佩佩面前小露一手，等冰箱门彻底敞开，溥跃看着面前的场景再次被冲击到。

八十二升的珠光白冰箱说小不小，应该也装得下几样食材，实在不行做碗猪油素面配榨菜也是可以的，但冰箱内从上到下装满了纯净水和各色气泡饮料，罐装饮品挤得太满，玻璃隔层都变形了，别说瓜果蔬菜，连颗蒜都没有落脚之地。让大厨煮泡面，不是赤裸裸的侮辱吗？

惨白的照明灯在薄跃眼底晃了晃，浴室内的赏佩佩不明所以，还在扯着嗓门问他："你嘀嘀咕咕说什么呢？我一句都没听清。大点声！吃还是不吃？"

合上冰箱门，薄跃掏出手机走到玄关，隔着一扇玻璃门，声音互通应该还会有些障碍，薄跃在思考赏佩佩洗澡前到底是否对他锁上了门，但无论如何，他好像都缺乏了一些勇气去径直推开。

在展露真心这方面，好像无关男女，再诚恳的人都会害怕被当场拒绝。无畏的勇敢可能只属于聚光灯下的完美主角吧，谁让他们一个个天生都是一腔孤勇去爱人呢？薄跃在恋爱这条路上，还是个小垃圾。

蓝色页面上成列的卖家都展示着自己的招牌菜，薄跃的眸光从氤氲的毛玻璃重新回到手机屏幕上，清了清嗓子，他放大声音重新问："我说，你要吃什么，烧烤还是炸鸡？我看这家丽兹汉堡评分挺高的，要不吃这个？"

这一次赏佩佩听清了，她擦干身体，迅速套上睡衣，头发没吹干就急急扯开玻璃门："别别别，刷的，丽兹好评都是刷的！老板抠得要死，说是原切安格斯上脑其实用的就是国产 C 级。"

看到薄跃手机上的画面，赏佩佩立刻踮脚凑过去，自己往下划了划，找到那家她肖想了很久的小龙虾店，像试吃推销员一样抬头诱哄道："咱们吃这家吧，蒜香、咖喱、麻辣、十三香、秘制花雕，你喜欢吃什么口味？我来点！我有超级会员。"

薄跃的目光重新从屏幕移到赏佩佩身后的门把手上，他不是没看到赏佩佩手指下商家五斤起卖的备注，但是被当作饭搭子的沮丧心情不足以放缓他的心跳。

半小时后赏佩佩和薄跃面对面坐在地毯上，消灭着面前装了两大盒的麻辣小龙虾。汽水开了不少，投影仪上正在放着薄跃不懂哪里好笑的娱乐节目。

赏佩佩的头发已经彻底吹干，带一点自然卷的黑棕发用大号的抓夹卷起来立在脑后，零零碎碎的细发从她发际线边缘垂下来，看起来特别温婉。

当然动作就不是那么斯文了，伴随赏佩佩掰掉虾壳咬住虾肉的动作，她频频向着幕布的方向歪头，所以在溥跃的视线里，就能清晰地看到她脖颈后露出的一截伤疤。受过伤的皮肤是淡茶色的，盘踞在她雪白的肩颈上，像是雪水融掉后的污渍。

心不在焉地吃虾，喝水，再吃虾，等到赏佩佩忍不住被辣跑，去冰箱拿啤酒时，溥跃终于在她重新坐下后开口问她："可以问吗？你后背的伤，是几岁时留下的？"

投影仪上几个衣着花哨的男女，正在聒噪地讲着各自约会时的趣事，赏佩佩就跟上节目的嘉宾一样，把手里的菠萝啤递给溥跃一罐，平铺直叙地说："我弟弟出生以后？几乎每周都在挨打吧，小学时可能还好，但是到中学就严重很多了。"

不怪赏佩佩看起来对锡矿家属区的事情一无所知，因为童年对于赏佩佩来说就是一本永无止境的求生指南。在饭桌上多吃一口菜会挨打，被父母喊没有及时回应会挨打，弄脏了衣服会挨打，甚至在挨打时因为疼痛而哭出声也会挨打。

毫不夸张地说，在高中毕业之前，印在赏佩佩脑子里最重要的真理就是赏岳林每次打她时会说的那句："你信不信我今天就让你死？"

每个儿童都曾经是家长的附属品，在成年人的兼容作用下，对世界还没有充分认知的弱小幼童只有深信父母的道理。赏佩佩也不例外，更何况那时候挥舞着皮带和铁棍的父亲看起来那么威猛而恐怖，对于那样邪恶的神，她不得不信。她相信父亲说的只要他想他就可以轻而易举地杀死她，她也相信母亲说的，只要她谨小慎微足够听话，母亲便不会舍得抛弃她。只要她忍下去，她还会有家，她的家就不会被远在老家的弟弟偷走。

相比死亡的威胁来说，再怎么缤纷多彩的校园生活也变得暗淡无光了。普通小孩子会在学校里结交朋友，寻找快乐，课下细致地观察一草一木。

而赏佩佩像只满身脓疮的野猫，缺吃少喝，遭受虐待，心脏总是提在嗓子眼。她没有多余的神经可以去享受儿童的天性，她一直在害怕，生怕稍不注意，就会挨揍，被父母扔回老家变成孤儿。

易拉罐被溥跃捏出几处凹陷，可能是汤汁里的辣椒太辣，溥跃灌下一罐冰镇啤酒后舌根还在发涩："这些事情，其他人不知情？"

如果曾经想过要寻求帮助，是不是可以得到一些干预？

赏佩佩还在接连不断地吐虾壳，她不像溥跃这么多愁善感，这些旧闻对于溥跃而言可能是新鲜而猎奇的，但对于她本人来说可是寻常旧事了。

过去种种，现在对她来说已经不重要了，反正她后来就没再见过他们了，于是可以像说别人的故事一样娓娓道来："是啊，现在想想小孩子真的很傻，你要是说小时候没有思考能力不会求救也就算了，到了青春期时大家基本上什么都懂了，已经明白家暴是不好的事情，可还是不敢和人说。"

说着赏佩佩望着幕布上的烂梗突然笑了，就是不知道她嘴角蜷起的弧度是在笑别人还是笑自己："不仅是不敢，我那时候还特别害怕有外人会发现我在家被打的事情。"

说不好是过强的自尊心，还是极度的自卑感，抑或是这两种东西根本没有清晰的分界线。

需要向外界掩饰家暴的是拥有职场角色的父亲，所以赏佩佩挨打时不可以喊叫被邻居听见，无论春夏秋冬，伤口再重，只会停留在后背和腰，从来不会波及她露在外面的脸和四肢。想要被人发现遭受虐待的痕迹，赏佩佩必须像今天一样完全脱掉上衣。

不过这并不是赏佩佩没有向谁求救的决定性因素，因为渐渐地，赏佩佩也开始主动视自己被打的伤口为耻辱。她根本没想过开口揭发自己受虐的秘密，甚至更愿意学校里的老师和同学们认为她像其他同学一样，拥有一个幸福而美满的家庭。

不用人教，赏佩佩就将母亲经常会对邻居说的那些话术背得滚瓜烂熟："我爸爸对我妈可好了，知道她身体弱上班累，所以主动让她辞职在家享福。"

实际上锡矿厂内部知情人士都清楚，文员陈梦和是被开除的。

"我家每天中午都有三菜一汤，我妈手艺特好，下回你们都到我家来吃饭。"

三菜一汤是真的，但只有在丈夫下班时母亲才会精心准备一桌好菜，其余时间，女儿在家中是透明的。

"寒假我过生日，我爸妈带我旅游庆祝，我们三个人白天在外面看灯展，晚上就下馆子住酒店。真可惜你们不能参加，下次过生日我一定要在学校附近举办生日聚会，邀请所有跟我关系好的同学。"

什么生日聚会？明明是趁着寒假时被母亲带回老家照顾弟弟。赏佩佩的生日从来只有她自己记得，甚至有一年，陈梦和竟然告诉她，户口本上她的生日是当年随手写的，因为拖了太久没有上户口，她的出生证早就弄丢了，所以那个她视为生日的日期根本没有任何意义，既然生日不是生日，蛋糕也不必买了。

谎言多了便不得不接着圆下去，易碎又美丽，虚假又动听。

少女时代的赏佩佩爱上了为自己重新构建模拟人生的谎言。起码在学校里，她还是被人羡慕的年级第一，是老师口中的三好学生，不管大家信不信，起码在她开口的那一瞬间，还是可以得到同龄人短暂的羡慕。

就这样，被施暴者竟然成了施暴者最顺从的帮凶。他们一家三口，都在极力维护他们在外人口中的形象，赏佩佩尤甚。

"可能是觉得我长大了，需要个正当的施暴理由，到了高中，我爸开始特别在意我的学习成绩。我每天放学后，他都会喝着酒检查我的作业。

"其实我挺笨的，你想想又不是基因突变，像我爸妈那种智商，能生出什么天才？每一次我成绩下滑，我爸都会理直气壮地打我。

"所以我真的有在特别努力地学习。别人背一遍的课文，我背十遍，别人做一遍的习题，我做十遍。我就算不睡觉，也要拿到好成绩。"

可施暴人会因为她得到年级第一而手下留情吗？显然不会，赏岳林开始用更高的要求苛刻她，他不仅要求她的成绩不可以下滑，还要她必须甩下第二名五十分以上才算进步。

"他们说，严格要求都是为我好，因为东城是个小地方，想要上大学，我必须有好成绩。不是重点大学，他们没有闲钱供我去读，投资必须有大额回报。"

一集节目结束，赏佩佩又低头摆弄手机投屏播放下一集，抬眼时她看到溥跃正在望着自己，那眼神好像在看一只淋了大雨的小动物，眸光亮晶晶的，让人心房酸软。世界上不是只有溥跃一个人怕被人可怜，赏佩佩也不喜欢被人怜悯的感觉，如果曾经很痛苦也就算了，一切都过去了，现在还在自怜自哀，岂不是主动把痛苦邀请进她现在的生活？

她不需要那种无助的生活，很怕溥跃下一句就说出什么安慰的话。

赏佩佩话锋一转，咧开嘴故作轻松："重点不是这个啦！而且我也不是什么都不记得了！起码上学时我记得非常清楚，我们年级那个万年老二就在隔壁四班，个子也就跟我差不多，还戴着黑框眼镜。"

赏佩佩用右手在自己的头顶比了比："他就是那种不费吹灰之力就能考得很好的天才吧。你也知道这种天赋好的人真的很让普通人讨厌，何况他完全就是我中学的绊脚石。我中学时差不多每一次被打到晕倒，都是因为他的成绩跟我越来越接近！

"一共就那点分数，我怎么可能远超他五十分？

"他不仅成绩上像条狗一样咬在我后面，还有，我跟你说，他这人人品也不行，特别爱跟老师打小报告。

"我那时候喜欢看漫画书，好不容易攒钱买了几本天天塞在书包里带着，有一次早操升旗我肚子痛躲在教室翻漫画，碰巧遇到他也没参加升旗，他打热水路过，在窗外看到我在看闲书，当天下午，年级主任就把我叫到办公室把我的漫画全部收走了！

"欸，还没问过你是哪一届的？咱俩不会还是锡矿高中的同级校友吧？"

如果曾经的少年和少女再度重逢时互通的记忆并不是喜悦，而是埋藏心里许久而绵长的痛苦该怎么办？

父亲住院后，两人以校园外最普通的成人身份相遇。

溥跃曾经无数次幻想过赏佩佩可以记起自己，在她过去一次次漠视自己的清冷目光里找到自己，可现在，从当事人口中听到了故事的完整版，他却急切地希望她可以忘记那个执拗又蠢笨的少年。

如果可以，他不希望自己和她过去经历的苦痛有任何关联。骂他懦弱也好，但遗忘何尝不是一种礼物？被抹掉存在原来是种重新开始的祝福。正因为陌生，赏佩佩才会愿意和他分享这些不为人知的秘密。他好怕现在两人已经建立起来的一点点地基，会轻易被过去的误会毁于一旦。

溥跃频繁抬腕喝酒掩饰下唇发抖，可易拉罐早就空了，他在她讲到漫画时咬着牙起身去开冰箱，人站在冰箱旁边，等不及似的扯开拉环，仰头吞咽。

"校友"两个字刚递进他耳朵里，他"噗"一声就把喉咙里的酒水全都呛出来了。淅淅沥沥的酒水像喷泉，溥跃捂住嘴巴用力咳嗽，赏佩佩和猫同时回头，地板上已经湿了很大一片。

"对不起对不起。太辣了。"溥跃几乎是连滚带爬地跑到浴室找到抹布，再次回到客厅时，他双膝跪在地上收拾着污渍，猫则一脸嫌弃地蹲在他身边给自己舔毛。

赏佩佩没发现溥跃藏在阴影里的古怪面色，相反，桌上这家外卖是她从春天等到冬天一直没舍得下手的餐厅，今天托溥跃的福终于得偿所愿，即便小龙虾的肉质不那么饱满，她也品尝得很仔细。说话是说话，她的嘴一直没停，啤酒一罐接着一罐，这会儿喝得有些上头，跷着二郎腿，灵光一闪道："不过好巧啊，我当时喜欢的漫画就是《元气少女缘结神》，你也看过吧？你的微信头像就是里面的角色。少女漫画也有男孩子看吗？男的应该更喜欢《七龙珠》什么的吧。"

说者无心，听者有意，茶几前的赏佩佩对着啤酒自顾自地瞎嘀咕，溥跃如芒在背，就像是犯罪嫌疑人被扔进了紧急审讯室。

"哈，也没那么巧，"溥跃手指用力攥着湿抹布，都快把抹布抠烂了，手掌来回在地板上打转，思绪纷乱，口不择言，"什么漫画？我都不知道，就是张网图，你搜适合男人用的微信头像，像这种卡通头像有一大堆。

"我随便选的。

"咱俩不可能是校友，小学可能是吧，我压根儿就没在锡矿高中上过学，我妈，我妈跟我爸离婚之后我就跟着她去外地念书了！我只在这边读了小学！"

"哦。"赏佩佩深以为然，撒谎精被老实人骗了还不自知，点点头，颇有点儿老态龙钟的架势，"小学生变化太大了，见到也不可能认识的。

"不过我说的那个年级第二吧，他妈爸上高中时也分开了，但是我听到同学们都在私下传，他妈连婚都没离直接和人跑了，给他找了个特别有钱的后爸。

"其实我也不是讨厌他吧，只是嫉妒。他那么聪明，又有富爸爸，高中毕业之后估计都不用参加高考，直接去外国留学镀金也不一定。"

怎么会，他仰望的女孩曾经也在偷偷羡慕他。

"他和我根本是两个世界的人，我也犯不着记恨人家。"

两个世界的人分明正在共处一室，一间这么寻常的室。

"哎呀，你不感觉我内心还挺阴暗的吗？可能就是什么样的父母养什么样的女儿吧。"

赏佩佩喝多了，说话也变得口齿不清，但自我剖析做得蛮好。

湿掉的抹布被重新冲洗干净，溥跃站在玄关拧干手中的布料，空气中酒精和麻辣的味道混合着，像是逼人流泪的碎洋葱。

昨天是赏佩佩烧水泡茶，今天换他，就是不知道，受过伤的心灵是不是真的能被热茶治愈。溥跃深深吸一口气压下喉咙的酸楚，回到茶几前收拾好垃圾，系紧扔到门口，再打开窗户短暂通风。他知道赏佩佩歪在地毯上把头搭在床边是在说醉话，但是他取下她手中的酒，换上温热的茶水，还是很认真地回答她。

"我不觉得。"

就凭她会加班加点帮素不相识的病人清洗被褥，就凭她在祭拜故人时会帮陌生的邻居带一份纸钱，就连房间里那只被迫留下的流浪猫，都是切实证据。

其实他内心深处早就知道，像个谜的赏佩佩根本没有他认为的那么冷酷。

现在的道听途说和曾经的亲眼所见不过是他一厢情愿的自我欺骗。他不想承认，他一直没忘记她，他不想承认，他到现在还在中意她。

他的初恋是久久不肯熄灭的火，看起来没了热度，赏佩佩稍微翘起唇一吹，便会死灰复燃。他不觉得自己很坏。即便头脑清醒，赏佩佩也不能理解溥跃的想法。

成年人的行事法则虽然不是非黑即白，但她这辈子做过的所有选择，绝对不能被称为良善。何况赏佩佩此刻头脑混沌，思来想去，溥跃会否认这个现实，一定是他还没认清状况。

被搁置在床上，蜷缩在被子里时，赏佩佩眼皮沉沉。

溥跃以为度过了漫长的时间，但广场上的时钟还不到一点，道路上的雪被彻底清扫干净，打车回家不会太困难。在这种夜里，赏佩佩除了睡个好觉外不需要他的陪伴，而他需要一个人冷静处理自己繁多的心绪。

溥跃俯身帮她掖好被角，还未抽身离开，就被羽绒被下的小爪子一把抓住手腕。

不是猫，是赏佩佩。溥跃是被迫坐在床边哄她睡觉的，但这场景怎么看，都是赏佩佩自己在哄自己睡觉。

她双手抓住他的手掌贴在下巴上，蹭了两下，才闭上眼睛："我再告诉你一个秘密。"

是以前从来没有和任何人讲过的。

"针对家暴，我当然也不是什么都没做。高三下半学期，因为老家的弟弟肺炎住院，我爸偷偷从厂里拿铁出来卖，我英语口语不好，想要买辅导光盘，反而被他骂是赔钱货。那天晚上我要钱时他像是真的想要打死我，我睡前在伤口上垫了卫生纸，第二天血痂多得都撕不下来。"

说着，赏佩佩嘴角弯了弯，声音更轻了，像是说书人在酝酿着拍案惊奇的大转折："所以，我那天早上出门前，翻到了电话簿上厂里保卫科的座机号码，午休时花五毛钱在小卖铺给他们打了个举报电话。当天下午，我爸下班时就被门口的保安抓了。那时候锡矿厂还是国企，盗窃几千块都判得很重。"

把家人亲手送进了监狱，赏佩佩安慰着彻夜哭泣的陈梦和，但内心毫无愧疚，反倒是觉得自己终于找到了生路，只要她好好学习，以后可以靠读书改变命运，没有了爱打人的赏岳林，她和妈妈一定会过得更好。只不过，她忘记了世界上流通的必需品，是钱。而最吃钱的，就是家中不被需要的女儿。

记忆回到那年，溥跃用指腹蹭了蹭赏佩佩酒后泛红的面颊，一切按照她叙述的时间点，在他向赏佩佩示好的那个下雨天，赏岳林已经被羁押在看守所等待法院判决，而毕业前夕她坐着货车离开东城时，他所看到的那人也并不是她的父亲。

不是一家三口，更不是和睦的一家三口。

怎么会搞错呢？

溥跃自认为当时每天都在花大量的时间观察赏佩佩的一举一动，就连她夜里偷偷跑到阳台看书，他都会给她留一盏灯，可是实际上，他根本不知道她正在经历的家庭巨变。

每个人关上了门，都在经历着外人根本不可能知道的生活。

他也是一样的。

"后来呢？"溥跃的声音很小，不用心去听，几乎听不到。

但赏佩佩顿了一下，似乎还是被惊扰，从睡意中清醒了一点儿，再开口时她没说实话："后来我毕业，他们两个都死了，我就变成孤儿了。"

被子里突然钻进来一只猫，执着地拱她的小腿，赏佩佩怕压到它，重新在被褥下寻了个舒服的姿势抱起它，她的语调懒洋洋的，听起来不是很真切，但还在尽可能地和溥跃说着她认为很重要的话。

很久没人和她聊天了，可能做心理咨询就是这种感觉，除了心跳和呼吸，通体都很畅快。

"所以说，人和人真的很不同。我小时候唯一的梦想就是活下去，总觉得只要活着，那就是赢了，死掉的话，谁都会啊，每个人最后不是都要死的吗？所以他们都死了我也不会去死的。

"我凭什么死呢？我还没享受够活着，人生对我一点儿也不公平。所以，你也不要死吧。

"既然看医生会好一点儿，那就好好看医生。"

如果知道以后会碰到溥跃，她应该会在上护校时好好学习专业基础课，不过护理心理学真的只是心理学的皮毛，她当然赶不上专业医生。

"起码，我想起码，要治到你连想要实施的想法都没有了，才算真的痊愈了吧？不要拒接心理医生的电话……按时看诊……"

赏佩佩的声音越来越细小，说出最后一句话时已经哈欠连天，床头灯被溥跃按下，房间重新归于黑暗。在一片静谧中，溥跃垂着眼帘，过了很久，等到猫和赏佩佩都进入梦乡，他才微不可闻地"嗯"了一声。

越城，越秀区涉外公寓1034室。

凌晨一点半，苏林还在床上用平板电脑查看SSCI期刊，旁边的女朋友闭着眼睛翻了个身抱住他的腰，感觉到房间里还有光源，埋头下意识问他："几点了？"

听到苏林报出的时间，短发女孩儿立刻眯着眼睛将他的电脑没收，压在自己的身体下埋怨道："苏医生，说好了看一会儿就睡，这都几点了，说了几次我们做这行没必要这么医者仁心，你看这些就是浪费时间，你有这工夫还不如和我一起读博呢。"

苏林的女朋友是他读研时的学姐，不同于他选择了从事心理咨询师的工作，学姐在毕业后就顺利拿到了高校的录取通知书，继续在职深造。两个人学的是一样的学科，但对心理学到底是不是一种社会教化的见解向来不同。

苏林习惯女友关心他的强硬态度了，伸手摘掉鼻梁上的金丝眼镜，他揉了揉攒竹穴和睛明穴，回手把自己一侧的阅读灯关掉，声音里带着宠溺："只看了今年Q1区实践心理学领域的论文，没有多少，要赚钱，总要提高业务能力吧，顾客的钱付得可不少。"

"哼。"女友从鼻子里"嗤"了一声，抱着他的肩膀往他怀里靠，"你骗鬼。苏林，对病人过分关心也是病，要我说你还是找个人看看。"

女友说的话不无道理，心理医生看心理医生也一直是他们这行的趋势，每天以超负荷时间倾听他人痛苦为工作内容的人，自己确实也很容易出现极端的心理问题。

再高明的医生，也很难治疗自己，但苏林了解自己的状况，女友夸张了，他只是相对比较负责，他不想看半途而废的病患。就像外科医生不可能留着开腹患者走出手术室一样，心里受的伤也是伤，只是更难被肉眼看到罢了。

他刚抱着女友躺下，床头的手机振动。闭上眼睛，手机仍然没有停止，苏林松开女友，再度戴上眼镜划开屏幕。一片白光中他看到了溥跃的消息，想都没想，他拍了拍女友的肩膀，抱歉道："宝贝，是我的病人，我先下床接个电话，可能是需要紧急干预。"

溥跃家的老房子很小，处于阴面的小卧室更小。溥跃还穿着昨晚去见赏佩佩的那套行头，赏佩佩说的话他听进去了。

本来他是打算在第二天工作时间再联系苏医生的，但是一回到家，躺在这张床上，他就瞥到窗户对面，赏佩佩父母家的灯突然亮了。这几个月原本空荡荡的阳台上，多了几件男士的晾洗衣服。

溥跃鲤鱼打挺，坐在书桌前的椅子上，撑着头尽量靠近窗户窥探。

石头说过，赏佩佩的父母最近频繁往返蓟城求医，也许他们把空置的房租给了租客？溥跃还没看出什么，很快，对面客厅内的灯光重新熄灭，他只好按亮自己书桌前的台灯去照亮对面的阳台。

就在高瓦数的台灯亮起的一瞬间，溥跃想起了赏佩佩后背的伤疤。就在这一刻他意识到，以往高中时每一次赏佩佩躲在阳台看漫画，都是因为要躲避来自家人的殴打。

不是黄昏日落，夜色已经十分浓稠，溥跃看着反光玻璃上自己的影子却突然感到一阵强烈的心慌，他按下台灯，不仅很想"回家"，这种强烈的恐惧还驱使他一个成年人躲到床上，用被子用力盖住自己的头直到缺氧。

但这里不是赏佩佩的床，这里冷硬得像棺材板，他一闭上眼睛，就立刻回到了童年的梦里。耳边是无止境的争吵，酒瓶被打破，电视在唱歌，小溥跃也是像这样，用力拿被子捂住自己的脸，但那些声音还是争先恐后地钻进他头脑里。

想起身让父母的声音小一点儿，但是他下床，赤脚走在地板上时，却发现小卧室的门被人从外面反锁了。外面父母的叫骂声越来越大，可伴随着一声女人刺耳的尖叫，声音又全部停止了，连电视节目声都没了，像是恐怖片里的场景。

溥跃不怕鬼怪，唯恐寇菡受伤或死掉，他眼泪糊了一脸，他两只稚嫩的手被门上的倒刺划烂，脚掌踢肿。在他尽全力哭喊了几分钟后，门外的锁头终于被打开了。

寇菡没有受伤，她只是被剪断了今天新烫的长头发。她没哭，但是眼睛里充满猩红的血丝，她一边往里推搡溥跃，一边急促道："听话，进去睡觉，妈妈没事，你睡一觉起来都会好的。"

溥跃伸着短短的胳膊用力去拥抱母亲的大腿，不停喊着不要，一遍遍冲着客厅方向祈求："爸爸别打妈妈。爸爸别打我。"

可溥凤岗拎着新开的白酒晃晃悠悠地走过来，抖着手臂冲他们娘俩一指，反而咧开嘴笑了，他说："寇菡，我警告你，不要离间我和我儿子的关系，虎毒还不食子呢，我连你都没打过，我可能舍得打我儿子吗？

"倒是你，你哪来的钱去烫头？你上班时勾引男人不够，现在生了孩子还不安分，我迟早有一天带着儿子离开你。

"你不是爱儿子吗？等儿子长大叫他评评理，我看你到底是怎么爱他的？你这么爱他为什么在大街上和别的男人说笑？你以为我没看到？"

说着，溥凤岗似乎找到了妻子出轨的证据，激动地将酒杯直接朝娘俩掷过去，酒杯碎裂，玻璃碴擦着寇菡的脖子划出一道极细的血痕，寇菡全身哆嗦着闭上眼睛，立刻抱起溥跃扔进房间："溥跃！进去，听话！妈没事！睡不着你就数数，盖上被子数数！数到一百，爸妈就和好了！"

小卧室的门被重新关上，溥跃听他妈的话，重新跑到床上钻进被子，瑟瑟发抖地从一数到了一百，年幼的他再次睡着了。

第二天他醒来时，一切真的恢复了正常，父母的行为举止比以往更亲热，好似蜜里调油的新婚燕尔。至于前一天晚上的事情，寇菡总是搪塞溥跃，说他做了个噩梦。电视屏幕上的大洞是噩梦，被褥里的酒味是噩梦，就连只会在夜晚出现的醉酒爸爸，也是噩梦的一部分。就这样，他做了很多年的噩梦，直到噩梦照进现实，寇菡终于离开了这个家。

苏林不知道溥跃今晚开口谈到母亲的契机到底是什么。

但在溥跃对着电话叙述了整整一个小时后，电话那边始终保持沉默的苏医生说话了，他语气中有试探的成分，但同时带着确诊般的笃定："溥跃，你不是回到家后还想要'回家'对吧，而是家的概念对于你来说根本是恐怖的。你的情况更像是慢性化的 PTSD（具有一定周期性的创伤后压力心理障碍症）。"

溥跃想努力记住他们一家三口曾经幸福的日子，但那种记忆真的非常寥寥，更多被他潜意识隐藏起来的，都是他和母亲频繁离家出走的理由。

一个缺失家庭温暖的小孩儿当然找不到回家的感觉。

家，从来不是一间房子。

苏林不是激进派的心理医生，并没有建议溥跃进行暴露疗法，相反，他希望溥跃可以搬离以前的老房子，尽量避免回到发生心理创伤的熟悉场景。虽然清创后伤口才能愈合算是常识，但溥跃的人生还有大把的时间，不必急于一时。

曾经的加害者变成了身患绝症的弱者，恨意在怜悯的裹挟下已然无处安放，本身就患有抑郁症的病人要处理这种粘连的亲情关系，就像是行走在万丈钢丝上，每一步都瞻前顾后，稍有不慎，就会全线崩盘。

苏林最不建议的，就是溥跃在这个时间点，选择和父亲进行关于过往感受的对峙。

逝者已逝，而活人的记忆会由着主观心情几番更改，拔苗助长只会适得其反。旧思想已经根深蒂固，是没办法被年轻人轻易改变的。

周二，溥跃清理了冰箱里容易腐败的食物，收拾了两套宽松衣物搬到了修车店。

吃饭就在店里简单解决，洗澡就在隔壁街上的大众浴池，过得虽然没有在家里方便，但是溥跃必须承认，苏林给他开了一剂好药。搬出来后他的心理状况得到了极大的改善。

日落时分他还可以做到不急不慢地再帮客人加个免费擦车的项目，整个人从内到外都平和了不少。遵循万事不能急躁的态度，关于赏佩佩，溥跃也非常不希望两个人进入一脚油门就能快速取餐的通道里，为了展现自己不想吃快餐的形象，第一个夜晚过去整整一周，溥跃都非常遵德守礼。

看电影约在商场里，爆米花人手一份，杜绝指尖混着焦糖碰到一处的暧昧；吃夜宵约在夜市里，周围人头攒动，两人连说话都要用吼的；就连他给赏佩佩的猫咪买罐头，都是直接用快递送货上门。

十二月过半，东城的天气越来越冷，呼吸都像刀割，每一次见面结束后，溥跃都非常绅士地原地立正，像哨兵般目送赏佩佩回家，不管北风再怎么呼啸刺骨，他紧闭嘴巴也绝口不提"喝茶"二字。

相信赏佩佩一定能感受到他的认真，他真的不是那种好色之徒。他想要的，是走心。

就这样熬到了周末，溥跃像棵急需开花的铁树，整个人都处于灿烂的边缘，大概绞尽了所有脑汁，他终于想到了自己要在圣诞节告白时送给赏佩佩什么礼物最合适。由于溥跃确实没有太多随身的杂物，在沙发上活活睡到了周六，石头都没发现自己的老板处于无家可归的现状。

天气使然，冬至后，店里修车的生意正式进入淡季，除了月前那两辆爆改川崎外，本周店里只开了两单旧摩托车的普通保养。

大街上只有真正的勇士还敢于骑摩托，毕竟也不是人人的摩托车都能熬得过这个寒冬。例如赏佩佩的那辆车，懂行的人都知道修了也没意义，已经被溥跃停到角落用塑料布盖起来了。

石头和小晨的婚房已经办好了贷款手续，心心念念的房本还没捂热，从下个月十五号开始，石头就要开始还房贷了，一旦多了房贷，两人的日子立马捉襟见肘起来。

石头和小晨已经以省钱为由好几天没出去消费了，今天按时下班后，石头买了个夹菜饼蹲在小晨父母家楼下啃。

"石修杰，我们到底什么时候才能结婚啊？你是不是有了房子就不想要我了？"

石头咬了咬牙，他当然也想结婚，但是看小晨父母对他爱搭不理的态度，说什么第一次上门提亲，他也得攒两瓶茅台和几条软中华给自己家里撑面子。

石头弹了一下小晨的头顶，着重解决眼前的事情："乖，我不要你要谁？别一天就知道瞎想，没事，下个月我给你买早点，你老公还能让你饿着？

"咱们今天不花钱，去我店里。这周我师傅连了宽带，咱们过去拿他电脑玩儿呗。我上个月还在店里藏了一箱零食，跟去网吧没啥区别……"

等到月黑风高夜，石头用备用钥匙打开了东翠路 12 号的店门。小晨一钻进店里红脸就憋成了青脸,她回头准备往外钻,可是石头人已经撅着屁股拱进来了,不仅进来了,还又把卷帘门拉上了,声音震耳欲聋:"这屋里还挺暖和的,估计我师傅加班刚走。"

"你说他也挺奇怪的,以前从来不加班,是不是最近也手头紧啊?不会赚的钱都……"

石头话没说完,脚就被小晨的粗跟鞋踩住了,他吃痛,住嘴再一回头。得,他"加班"的师傅根本没走,俨然是晚上住在店里了,正光着膀子系着卡通围裙坐在炉子跟前熬红豆呢。

白天,赏佩佩有在微信上联系过溥跃,说她今晚下班后要回家蹲直播间的购物折扣。她说的那些带货主播溥跃一个也不认识,当季限量的口红色号和小样很多的护肤套盒溥跃统统不懂,但是他知道就算今天不见面,明天自己去医院也能看到她。

不到四十个小时而已,他又不是思春期的少女,自然应对得沉着冷静。下午石头下班,溥跃送走最后一位顾客关了店门,就拎着洗澡筐去了大众浴池。

东城这种小地方,爱好去泡池子搓澡的顾客多为本地中年男性,一年到头即便是最冷的时候,也鲜见溥跃这种年轻人光顾。所以光溥跃轻车熟路地买澡票、拿手环后走进男宾的挺拔背影,都足以引人注目。

这个星期溥跃每天都来洗澡,前几次搓澡师傅狐疑着还不敢上前搭话,但是今天顾客少得可怜,他还在更衣室脱衣服,就被给旁边搓澡床更换一次性塑料布的师傅给认出来了。

"小伙子,来好几天了吧,不然今天泡好了搓个澡再走?"

溥跃一听挑眉,闲着也是闲着,反正洗完澡他也没约,泡蒸搓洗,可等到他洗完撩开浴池的棉门帘去结账时,墙上的时钟才刚过了半个小时。兜里的手机很安静,没想到,赏佩佩没和他在一起的下班时间会这么难熬。

溥跃都忘了自己回到东城前三个月的休息时间都在做什么了,可能就是忙着抑郁吧。

回程的路上湿热的头发冒着白气,没一会儿就结成了冰,大冷天里溥跃还嫌热，路过小卖部又进去挑了根售价最贵的冰激凌搁在嘴里嚼。

洗了个澡身上是热腾了，但是他胃里空落落的，可是想到这顿饭没人跟他吃，又挺没滋味的。去粮油副食店里买了半斤红豆和糯米粉，白糖蜂蜜各来一兜，临走时溥跃还没忘记拎了口炸锅，虽然他最近不打算回老房子，但是明天的油炸糕还是得做双份。

就这么在逐渐冷清的大街上又晃了半小时，眼看街尾最后一家面馆也要收拾着关门了，他拎着自己手里那些物件进去要了一碗炸酱面。

透明玻璃后面男老板正在焯面条，老板娘站在一旁切配菜，大铁锅一烧热，带皮的猪肉丁下锅煸炒还没炖酱，锅气已经顺着后厨门帘飘到了溥跃的鼻尖下。

发梢解冻还在滴水，溥跃看了两眼玻璃后面配合默契的夫妻俩，手里的草莓白巧怎么吃怎么寡淡。破雪糕，好意思卖这么贵，还不如他的油炸糕。

溥跃"啧"了一声又把倒扣在桌面的手机翻转过来，赏佩佩不找他，他可以主动找赏佩佩吧？点开微信对话框发了一张照片，是他手里吃了半根的夹心雪糕，得益于他牙齿整洁，吃了一半的雪糕卖相看起来依然酸甜可口。

打字交流是门欺骗艺术，溥跃问她：

炸糕是不是吃腻了？我明天去医院给你带箱雪糕吧。

我刚才看这牌子还有可可丝绒味的。特甜！真的！

啊？赏佩佩。吃不吃，给句话。

炸酱面被老板端上了桌子，连带两头紫皮蒜，溥跃点头道谢用筷子把杂酱和菜码搅拌均匀，把蒜尾巴咬掉，等到每一根手擀面都裹上了酱汁和鸡蛋碎，都没有收到赏佩佩的消息，尽管消息栏显示的是正在输入中。

她一点儿都不领情，不领情就算了还嫌弃他。

你有完没完？你发发发。

我第七代精华液没抢上，眼霜也没了。

话不能一次说完？

紧接着，可能是买东西没抢着还把她累着了，赏佩佩连打字的力气都没有，直接一条语音发过来。溥跃忘记关闭扬声器模式，拇指一点，赏佩佩的嗓音中气十足，在整个面馆全方位无死角地回荡："溥跃，你有病？大冷天在外面吃什么雪糕？你不怕回家拉稀？"

老板夫妻对望一眼，都傻了，还是胖老板先绷不住劲儿，想笑又憋住，愣是捂住嘴巴用力咳嗽了两声。

三个人大眼瞪小眼，溥跃跟着清了清嗓子，被骂后老实了，没有再玩手机，可再低头时，这碗里的炸酱面也不香了，这面条上的酱汁怎么看怎么感觉黑中还带点儿黄，怪恶心的。

他被赏佩佩堵得下不了口。剩下的半只雪糕被扔进了垃圾桶，面条和蒜都用打包盒带走，溥跃真是面没吃上一口，还咬了一嘴大蒜味儿。

怪就怪他咯，在女人忙着购物的时候自找没趣。他和那个精华液，那肯定是精华液更重要呗，真是先动心的人不如狗。

溥跃拎着大包小包拐回修车店，拉下卷帘门时，溥跃的头发也干得差不多了，环顾修车店的四周，没事也要找事做，他必须营造出一种自己并没有上赶着和赏佩佩做买卖的假象。他先是好好把店里的卫生打扫了一遍，然后又做了一小时无器械训练。

好不容易找回胃口把软塌塌的面条塞进肚子里，他刷牙漱口后又去倒腾炉子。颗粒木一不小心就加多了，炉子烧得发红，整个店面热得像盛夏酷暑，溥跃脱了短袖直接系上前天从网上新买的围裙开始准备明天油炸糕的馅料。

红豆距离软烂只差五分钟，溥跃万分无聊，马上要再次发信息给赏佩佩自取其辱时，石头带着女朋友从店外偷偷潜进来了。

眼下密谋作案变成了公开处刑，溥跃刚把眼锋扫过来，石头就先发制人指着他："哥，你咋穿个女孩儿的围裙？"

溥跃皱眉，嘴里倒抽凉气，锅铲先是指着自己的围裙，然后又指着石头怒斥："你懂什么，达菲熊不认识？你男女不分？你眼睛干吗用的？"

可能是动画片的魅力太大，受众并不局限于小朋友，小晨也立刻加入溥跃的阵营，回过头叉腰："我跟你说多少次了，头上戴蝴蝶结的是雪莉玫，再说了，他俩毛的颜色也不一样啊。"

"哦哦。想起来了。"石头余光看到自己师傅那身漂亮的男性肌肉，有些心虚，不动声色地走到女友和师傅中间，试图用自己干瘦的小身板挡住小晨乱瞄的目光。

"达菲熊是吧！雪莉玫的男朋友。我没忘！我师傅这可能是和佩佩姐穿情侣装呢。"

一开始，溥跃听着俩小孩儿吵架还觉得解闷，可是越往后听，他眉头就越紧，等到石头走到他眼前晃悠，他干脆站起来问："这熊不是和星黛露一对儿的吗？"

小晨一听有人关心这些玩偶之间的八卦关系就来劲了，推开石头挤过去站在炉子旁边和溥跃解释："虽然说大家都是好朋友，但是这不是很明显吗？星黛露是渴望成为舞蹈家的小兔子，杰拉多尼是生活在意大利的画家猫，艺术家在一起才更般配吧！"

小晨是真正进入了自己的幻想世界，完全没注意到溥跃的脸色变得多快。

无良店家，他买之前客服还信誓旦旦地告诉他这款印花和星黛露是情侣款，刚才还被他视为宝贝的围裙直接被扔在工具箱上，小晨话没说完，他已经背身走到了沙发旁，龙卷风一样把自己脱掉的卫衣重新套在身上。

石头看见他师傅终于把上半身的衣服穿好，赶紧跑到储衣柜下面把自己那箱零食大礼包拿出来，抱在怀里跟溥跃打招呼。

"哥，那你待着，我们先走了？我俩就是来取点儿东西，没啥事。"

小晨被男友打断了长篇大论，心里不大痛快，正要不情不愿地跟着他走，又被炉子上熬煮的东西的香味吸引了注意力。她好奇地探头："这是红豆粥？还挺香的。"

溥跃接着用锅铲搅豆子，这会儿颗颗红豆几乎都破了皮，已经彻底绵软了，溥跃心里有点儿小算计，所以就客气了一句："饿了？那我兑点儿水给你们煮两碗？不着急你们喝了再走？"

"谢谢溥跃哥,我们回去也没意思,就是看电视,吃零食还长胖,哪有自己做得好。

"石修杰可懒了,别说晚上煮夜宵了,我生病住院都没见他给我下一次厨,天天给我送外卖,吃得我都胖了!"

小晨脱了羽绒服一屁股坐在沙发上开始玩手机,石头没办法,也脱了外套跟过去凑到她耳边说悄悄话。两个人腻歪了一会儿,溥跃已经把红豆粥倒在一次性纸杯里给他俩端到了茶几上。

"没餐具,你俩凑合喝吧,喝完锅里还有。"

石头没哄好女朋友,苦着脸跟溥跃道了谢,跟狗腿子一样帮小晨吹粥。溥跃在对面凳子坐了一会儿,抽着烟瞧他俩,心想谈恋爱可能就是得哄着女朋友吧,反正他看石头处对象就挺没脸没皮的。怎么想怎么觉得还是女生更懂女生的东西,溥跃往身后吹了口烟,真诚对小晨发问:"小晨,七代精华液真那么好吗?"

比他溥跃还好?当然,后一句没问出口。

小晨接过石头递过来的粥,喝了一口,品了品挺满意,这才重新开口说话:"好呀,反正比六代好,贵就贵了不少,人家公司不是说自己的实验室又攻破信号分子中的衰老源了吗?以前主打修复皮肤,现在还能抗老呢。"

石头当然知道这精华液是什么价格了,立刻问她:"说得好像你很懂一样,你用过吗?别拿消费主义那套忽悠我师傅。"

可能男人在喜欢的人面前天生不会说话,小晨也要面子的,她一听石头这话,立刻又板起脸了,粥也不喝了,直接起身穿衣服就往店外走。走到大门口,拧着嘴角说:"是啊,我没用过,可有人给我买吗?天天就知道说商家虚假宣传,你多聪明,大聪明,谁也骗不了你的钱。"

小晨和石头从店里吵吵闹闹地走了,房间里重新变得安安静静。

溥跃摇了摇头收拾了两人的纸杯,这才掏出手机在地图上搜这款精华液在东城的专柜。网上抢不到便宜的,线下买就是了,大冷天不吃雪糕,赏佩佩总要往脸上抹抗老精华液吧?小晨也没说这东西冬天不能上脸。

想到石头刚才在店里演的这出，溥跃心里挺不忍的，小孩儿刚进社会时都穷，他也是从这条路上走过来的。但作为店主，告诉打工的店员，别着急，你以后也会有钱的，又显得那么虚伪和说教，溥跃直接给石头转了九百块钱，说是快过节了，给他发点儿奖金。

没多想，溥跃撂下手机又开始忙活自己明天要带给赏佩佩的油炸糕，揉面醒面，红豆馅搓成圆球备用，等到溥跃擀完皮把油炸糕一个个包好搁在室外冻上，已经到了可以睡觉的点。

关了灯躺在沙发上，炉子还烧得火热，时不时能听到木头崩裂的声音。溥跃身上就盖了一件外套，睡前想到恋爱中的石头，溥跃觉得自己还是没必要这么端着，于是又给赏佩佩发了条消息。

这次，他要一次性把想说的话说完了。虽然这句话只有四个字。

赏佩佩整晚都在主播与商家的直播间内反复横跳购物。

她举着计算器捏着小账本，经过缜密地计算，最终以连下五单超过两千块的成交额完成了今晚的消费任务。即便这两千块的信用卡账单内，好像并没有她最初想要购买的物品，但购物对她来说不就是这样，买个开心就好。

电商购物节这几年的花样越来越多，赏佩佩这个月在严格进行记账，所以买到规定的数额后，她不得不提前退出直播间。

她是在洗澡时收到的溥跃的睡前信息。平常在家里总是被任意丢弃的手机最近被主人随身携带，花洒没关，赏佩佩就顶着满头泡泡把搁在置物架上的手机划开。

"你关心我？"这四个字不难理解，应该是针对她今晚最后一条语音的回复。但潮湿的手指在充满雾气的屏幕上输入了许久，也营造不出恰如其分的语境。

暧昧的推拉最难捉摸，赏佩佩不适合这种游戏。

本周溥跃没有再到她的小屋喝茶，应该是间接地说明了他不想继续和她共同排解寂寞的立场，都是成年人，赏佩佩可以接受这种行为，但她不能接受溥跃不停地试探她内心情感的深度。

她的情感是干枯的池塘，真的没有容量可言。

赏佩佩羡慕虚拟世界内的罗曼蒂克是一回事，可是轮到自己，她懂得建立亲密关系不只是肤浅的心动而已，人生的道路这么崎岖，恋爱更是两个人握着自己心门的钥匙做交换，一个人的过往和现在，都要放在聚光灯下给对方查验剖析。

先不说溥跃从头到脚透露出的，那种对钱的从容的态度与她本人格格不入，而且说句难听的，溥跃这种人始终是会回到大城市重新发展的。等到没有了留在东城赡养父亲的先决条件，她和他根本没有未来可谈。

赏佩佩对两个人的定位很清晰，他是她人老珠黄时的一段谈资，她是他曾经低谷时的一段意外。

两个人注定要走不同的路。热水不停冲刷着后背，赏佩佩的眼睛被洗发水刺激得生疼，掬了一捧水冲掉睫毛上的泡沫，她最终还是放弃了正面回复，只是回了句"早点儿睡吧"。

手背抹掉脸上的泡沫，她没忘记调整心情，询问溥跃自己记挂了好几天的正事，在彻底冲洗头发前，赏佩佩打字问他："我的摩托车修好了吗？后天上午我有调休，想去换车。"

翌日一早，赏佩佩比往日提前半小时到达疗养院打卡。

不是因为她像石头一样可以有节日奖金可以拿，而是溥跃昨晚那句简单的疑问句化作梦魇，让她几乎彻夜未眠。明明理智告诉自己不在意，但情感持反对意见。

睡前赏佩佩翻来覆去地在床上"烙大饼"，断然不会承认自己是因为在想谁，反复勒令自己不要胡思乱想，可每当她快睡着时，黑暗中的溥跃就像条穷追不舍的恶犬，从各种意料之外的场景钻出来，摇着她的肩膀问她："赏佩佩，你说话，你是不是关心我？

"说话啊，你为什么不敢答？"

就在这种高强度的骚扰下，赏佩佩恍惚进入睡眠，可噩梦变本加厉，溥跃竟然勒住她的脖子不肯让她畅快地呼吸，那张淡色的唇凑到她耳边贴着她，像小说里的"病娇"男主辖制着她必须给个说法。

猛地睁开眼睛，一切当然是梦，赏佩佩的房间内没有黑化的溥跃，反倒是她的胸口上趴着一只正在假寐的猫咪。

醒来时赏佩佩抬手把猫拎到一旁，小白猫看到她醒了立刻伸了个懒腰跳下床铺，走到食盆旁声嘶力竭地叫着。赏佩佩顶着鸡窝头给猫加了猫粮，开了罐头，再穿着拖鞋上了个卫生间。

等到赏佩佩像丧尸般立在洗手池前，人也彻底睡不着了。一早就在家猛灌了两杯速溶咖啡，简单吃了点面包顶着黑眼圈到岗上班。

803本周新入住的张阿姨是近期八楼病情恶化最快的一位病人，胰腺癌晚期引发全身衰竭，从入住当天到彻底卧床不起，只用了六天。

赏佩佩也眼睁睁地看着谈吐优雅、性格温柔的张阿姨，变成了病床上的"皮包骨头"。

应该是预料到自己会有这样迅速的恶性发展，入院时，张阿姨就为自己勾选了特殊护理，因为夜间疼痛剧烈，每天夜里服用大量止痛药后，张阿姨依然痛苦到无法入睡。

护士台值班的同事也提到，夜里紧闭的房门外经常能听到她凄惨的呻吟。但即便是这样，张阿姨也没有表现出任何常见的情绪障碍。

临床晚期癌症患者多见的狂躁、抑郁、焦虑在她身上好像统统失效，每当赏佩佩换班为她注射降糖药物和营养液时，她还能做到目光平静地冲着赏佩佩微笑示意。

得益于今早赏佩佩提前到岗，八楼的两个夜间特护可以提前下班。

三个人聚在休息室内交接班，赏佩佩还在翻看着两位病患的夜间病情记录表，坐在旁边椅子上喝热水的男特护突然和立在衣架旁边戴帽子的周姐搭话。

"你那个二十一床，以前是大学老师？文化人看着是不一样，说话都文质彬彬的，肯定比我这边的老头好伺候。他最近夜里疼得也开始闹腾了，我根本闭不了眼。

"一到凌晨就说自己要疼死了，让我给他儿子打电话，我好心劝他别折腾孩子了，他还往死里骂我，骂得那叫一个难听。一点儿也不懂尊重人。

"护士，他平常也这么骂他儿子？怪不得早跟老婆离婚了，这种人谁能跟他过下去啊？"

赏佩佩没有参与背后辱骂病人的习惯，不置可否地眨眨眼，周姐反倒接过话头冷哼了一声，可能是被文化水平这个论点刺激到，也可能是快要过年了为了生计发愁，抑或是因为自己的儿子也是个离过婚的，周姐满脸不屑："大学老师有啥了不起啊，你看她可怜得要死，年纪轻轻得这个病也就算了，身边连个可心的人都没有。

"人家 801 离婚又咋了，好歹还有个儿子，做家长的，死的时候总归有个盼头。人活一辈子没有后代不就是白活吗？

"我看这读书对人也没好处，二十一床就是读书读傻了，但凡她年轻时结婚生下一男半女，现在至于花光自己的积蓄一个人在这儿等死吗？

"女人啊，啥别的都没用。没孩子的女人最后结局有多惨，她们自己心里知道。我猜着啊，她肯定后悔。"

握着笔的手指一瞬间收紧了，在两位特护看不到的阴影里，赏佩佩手里的圆珠笔的尖端瞬间在白纸上戳下一道深深的伤痕。

男护工听到周姐这么说一点儿也不赞同，反而捂着肚子突然哈哈笑着问她："你咋知道人家后不后悔，我看你就是嫉妒别人有文化样貌好吧。你俩不是同岁吗？我看着她入院时可比你年轻多了。像你，都当了几回奶奶了。"

"啥样貌好，你瞧她现在全身黄疸，黑得跟鬼一样，都能给人吓死，我嫉妒她啥？"

两人说话越来越不着边际，赏佩佩"啪"一声合上记录本，重重搁在桌上。面对同事们说的这番话，她真的挤不出什么好脸色，于是她表情紧绷、语气生硬道："好了好了，能不能别在休息室里讨论病人的隐私，还嫌护士长骂得不够多？要走就赶快走。别耽误我取药。"

说着，赏佩佩风火轮般挤到两人中间，推上护理换药车还不解气，走路横冲直撞，带上门的时候还踢到了护士站里的旋转椅。

　　转椅歪歪扭扭，扫落一片棉签，赏佩佩蹲在地上捡，还未关严的门缝里，周姐用力"哼"了一声，随后压低了声音埋怨："小丫头片子，装什么装？这才几点，护士长还没上班呢，拿她来压我们。

　　"不就是多了个护士证吗，都是做护工的，比咱强在哪儿啊？

　　"真以为自己是正经护士了，也不问问三甲医院要她吗？"

　　男护工还是乐呵呵的；低声不知道讲了什么，周姐又喜笑颜开地嘎嘎直乐。

　　把被污染的耗材扔到垃圾桶，赏佩佩重新推着护理车慢慢往病房里走，心脏就像她还在维修中的小摩托，盘旋着一股无法消解的废气。赏佩佩一点儿也不气同事们背地里怎么念她，对于周姐口中那种传统的人伦观，她也没有强烈的反驳意识。

　　这世上人人都爱造口业，她要是真的生活在别人的一张嘴里，那这辈子估摸会被嚼碎了吐出来连渣滓都不剩。她要是在意，那就白活了，但是周姐说的那句"没孩子的女人最后结局有多惨"还是刺到了她的软肋，这里的护工不知道，她不仅是在为803的病人愤慨，也是真心为一直资助她长大的赏双明不值。

　　这世界上终生没有结过婚的女人分明不偷不抢，过着小心谨慎的生活，可在世人的嘴里，她们的一生像是老鼠过街，就因为缺失丈夫和孩子而变成千古罪人，死了也要遭人诟病，没有半点儿公平可言。

　　男人就算了，性别不同，不能感同身受，可女人又何苦讨伐女人？好像这样的辱骂就能给自己带来多大荣誉似的。

　　因为这份不公，今天赏佩佩的工作从803开始向着801倒数，推开803虚掩的房门，赏佩佩还没挤出和煦的笑颜，就看到二十一床上的位置是空的。

　　第一时间，赏佩佩注意到床边原本紧闭的窗户此刻正开着，冷风吹着米黄色的窗帘，正在上下翻飞。再瘦弱的病人也不可能从只有二十厘米的缝隙跳楼轻生，这些窗子的设计师早就考虑过这一点，但赏佩佩好像丧失了理智，马上张大嘴巴急促呼吸，跑到窗边用力将头探出去往下看。

因为呼吸过度，她脸颊充血，目光晕眩。还好，她害怕的事情并没有发生。

"吱"一声，身后的病房门被人推开。赏佩佩急着把脑袋从窗缝里拔出来，护士帽不慎从八楼跌落，只见昨天还无法从床上直起腰喝水的张阿姨，竟然抱着自己的保温杯从热水房冲了茶饮回来。

赏佩佩没有考虑对方的举动是不是回光返照，相反，她在意的是，热水房的位置，就在距离护士台直线距离不过几米的左侧，面前的张阿姨，会不会已经听到了周姐刚才那些尖酸的闲话？

每一位患者，都是花了对等的价钱来到这里，寻求谢幕时的人生安宁，无论如何，他们的尊严理所应当被员工们悉心维护。如果面前的二十一床突然情绪崩溃，她该怎么安慰一个死期将近的人？

没人知道，除了无偿加班以外，赏佩佩在这一行从业以来最不愿意做的事，就是按照入职培训时的话术课程，给病人构建虚假又渺茫的心理希望。

因为即便这些病房面朝美景，但也没有几个病患可以真的看到春天的花开。日复一日度过春夏，接连送走病人的，只有她们这些已经对他人的病痛熟视无睹的员工。相比医治身体的医学场所来说，这里更像是心病滋生的温床。

再怎么健康的人，到了这里，好像也不怎么健康了。

"不好意思，吓到你了。今天查房很早。"

应该是下床后感到冷，张阿姨的病号服外披着一件藕荷色的羊绒衫，她像是婴儿学步，一脚深一脚浅地走回自己的床边。从门口到病床的距离只有正常人的七八步，但她在赏佩佩的搀扶下气喘吁吁，硬是走了十三步。

很难想象，她刚才去打水时，拄着不熟悉的拐棍，又花了多大的力气挪动自己。

扶着病患靠在摇起的床头，赏佩佩开始为她测量血压和血糖，周姐说得没错，二十一床因为黄疸严重，所以皮肤格外蜡黄黢黑，但赏佩佩不认为她丑，藕荷色的开衫和蓝色的病号服在她身上显得那么得体和自然。

如果没有生病，面前的张阿姨一定是很注重自己形象那种女教授吧，几十年如一日都穿着低跟鞋和花呢套装。

张阿姨一早空腹，血糖指数依然偏高，赏佩佩用棉签帮她按压止血后，熟练地为病患进行止痛药的注射，斟酌词语垂眸开口："您刚才接水，怎么没按铃？是不是我们交接工作时吵到您休息了？"

张阿姨今天看起来很有活力，也愿意多说些话，她表情温和，目光恍惚着划过左侧紧闭的窗户，又重新回到赏佩佩凌乱的发丝上。

她摇了摇头："我感觉今天身体状况不错，也想下床走走，就不劳烦你们。

"我知道咖啡因不好，但就是突然想喝点儿玫瑰红茶。

"人老了，事情就多。"

"喝些也不碍事儿，发酵茶里咖啡因含量少，您有需要就按铃，外面二十四小时都有人。咱们在这方面也没有特殊的规定，801 房的病人还特爱喝龙井呢。"

病患应该没有听到他们在休息间内的对话。

赏佩佩高度紧张的神经松弛下来，将止痛药的按钮搁在她的右手边后，转身将保温杯内的红茶倒出来，看张阿姨一点点喝下去。

完成了 803 房的例行工作，推车出门时赏佩佩注意到张阿姨还在仰着脸看她，于是停下脚步问她还有什么需求。四目相对，张阿姨羞涩地笑了一下，然后说出了自己的不情之请。

她说自己住院前不知道还会有这么多需要等待的时间，如果方便，想请赏佩佩下班后帮她在书店买几本英文书，供她无聊时打发时间。帮忙自然是有偿的，她愿意付费请赏佩佩代劳。

又是一个周天的下午，赏佩佩依然支着胳膊靠在八楼的护士台偷懒。只不过这一次她不是昏昏欲睡，而是已经闭上眼睛彻底藏在花束后面打起了悠长的呼噜。

本来摆放在护士台前的假花这一周被收进了储藏柜，几只水晶花瓶被冲洗得异常透亮，里头插着近百只高低错落的鲜花。

花束是从这周开始出现的，每天中午十二点，都有一大束新鲜的花被指定送达。市中心花店跑腿的小哥说买花人未曾指明赠送人，卡片上只是写着阅湖疗养院八楼签收，但根据今早听来的小道消息，赏佩佩猜测，这些寓意美好的植物，应该是学生们想送给自己老师的。

因为每天送来的花束包装各异，看起来都不是出自同一人，但是，每一天的花束没有例外，正中央都会有几朵争相盛放的康乃馨。康乃馨的寓意美好，而一位优秀的老师在学生们的人生道路上，可以和母亲媲美。

所以当两点半溥跃准时拎着两兜油炸糕，揣着护肤品从电梯里走出来时，赏佩佩趴睡的姿态已经彻底被护士台的花海淹没了，溥跃一眼没看到她，眉宇间强装的镇定就像被火烧着了。

逃避虽然听起来不甚光彩，但在面对压力时，世界上没有比延缓决策更上乘的万金油。

昨天晚上溥跃收到赏佩佩的消息时就觉得不对劲儿，他双手举着手机，把屏幕上那两句话拆开来读了又读，想了又想，怎么看怎么觉得赏佩佩是在对他的试探进行百分之一百的婉转拒绝。他心里七上八下打着鼓，不敢再莽撞地凑上去，只能是假装睡着不回她这条消息。

今早赏佩佩忙得没空想起他，但他在店里一直在想着她。

恋爱新手不懂自己哪一步做错了，连自信都变成了小孩子手里即将断线的风筝。赏佩佩很好，他很喜欢，所以很想她成为自己的女朋友，但问题是，他好像从来没有问过她想不想要自己成为她的男朋友。

如果她不想呢？他本以为今天两人碰面后会有新的转机，但眼睛扫了一圈没找到赏佩佩。

拐进 801 房去看他爹之前，溥跃没办法，不得不拿出手机，再次老老实实接着回复昨晚那条被他刻意忽略的问句："可是，你的车好像有点儿难修。"

最近天气这么冷，先不说她的车根本抗不住，再者她那车还无牌照，到底哪里比他新买的好，至于让她这么念念不忘？

溥跃真没见过专挑便宜货使的人，再说，进过她家就知道赏佩佩也不是不懂享受物质的人，但就跟上次俩人睡觉时她穿的那身一样，赏佩佩就是不在意他，不想要他，连带着认为他的车都不是好货。

真的，越想他越来气，两万块钱的包子砸狗，狗好歹还知道拿包子填肚子，可赏佩佩呢？把包子原封不动给他叼回来了，大周天，明知道他要来，她还躲着他！

委屈，溥跃太委屈了。

油炸糕搁在床头柜，还没弯腰拉凳子，他又手快地发了一条：我车怎么不如你意了？

来，你说说呗。

就非得换是吧？

你有种你别跑，你来当着我的面说。

今天不只是 803 的患者状态不错，801 十四床的患者也异常兴奋。

好心情能带动好食欲，溥老爷子早餐就吃了不少，午饭时刻意留了三分胃口等着吃他儿子给他买的油炸糕。从午休结束，老爷子就盼星星盼月亮地盯着楼道外的一抹绿油漆，这会儿可算看到他儿子了，恨不得把脸贴过去和他说话，寒暄是必须的："最近店里生意挺好？"

溥跃忙着发信息压根没理他，他也没生气，反倒嘿嘿笑着凑过去瞅他的屏幕："小子，战况不错啊，一周了，怎么着也拿下了吧？你爹时间可不多了，还能在活着的时候抱上孙子不？"

溥跃一听他爹前半截话吓了一机灵，立刻把手机屏幕捂住了，不过转念一想，他爹怎么可能知道他和赏佩佩的事情，老头说的应该是一周前和他一起吃下午茶的郁子美。

溥跃垂着头把油炸糕递他爹手里，语气不太爽快："还没呢，不合适。我生意能好吗？你还问两遍，故意气我呢，这破地方冬天恨不得零下

30 摄氏度，谁还天天骑摩托？"

溥凤岗咬了一口热乎的油炸糕，本来张口就想跟他呛声，零下30摄氏度，也没见他少骑，这会儿腰间不还别着骑行手套吗？

但是老头还做着他儿子传宗接代的美梦呢，所以嚼了两口咽下这口气主动给他出主意："因为啥不合适？人家嫌你没有钱？我看你就是死脑筋，女人都是嘴硬心软，你多说点儿好话，烈女怕缠郎知不知道？如果生米煮成熟饭，以后她还不都得听你的？"

父子俩整整一周没见面，溥跃一坐下就发现他爸的脸比上周更瘦了，不仅仅是瘦，老头现在看起来还特别虚弱干瘪，就连他引以为豪的茂密黑发都变白变稀了。干燥反光的头皮上，不知道什么时候开始布满黑灰色的老年斑。从这个月开始，溥跃每周来见溥凤岗时，都能强烈地感知到：他的父亲就像深冬凋零的树，正在老去死去。

可是年迈的大树到来年春天还会再发新芽，溥凤岗只会被埋进土里。绝望和怜悯混合着怒气就像难以入喉的酒，溥跃本来听着他爹这些不入流的话起身就想走，但是毕竟七天没见了，他不想和他再次不欢而散。

喉咙里咕噜了半天，溥跃才挤出了一句："不是，你说的这些是咱爷俩该聊的天吗？"

自认为稍微缓和了一下二人之间的情绪，溥跃又抓了个苹果用水果刀给他爸削。红色的果皮像螺旋阶梯，一寸寸向下蔓延，青白色的果肉暴露在空气中，散发出淡淡的酸甜，溥跃还算是好声好气："人家看不上就是看不上，哪有那么多弯弯绕绕，生育是俩人的事儿，你尊重点儿女性的意愿行不行？

"一天尽说那些老掉牙的三俗观念。你以为搁以前呢？

"再说，跟你说了多少遍了，我没打算为了你生孩子。我劝你趁早死了这条心。你要是真想要孙子，还不如趁早换个儿子呢。"

应该是溥跃的语气太平淡，平淡到溥凤岗意识到，溥跃和上周那个一起约会的女孩儿是彻底没戏了，三年抱俩的憧憬又失败了，白白胖胖的大孙子从他怀里消失了。

老头眼睛眯着，下巴动了动，声音像是秋天麦田上的切割机："你说实话，到底是你不想找，还是人家没看上你？"

溥跃削皮的手一顿，果皮顺势就掉了一地，他知道他爸问的是无关人士，但是他心里想的是另外一个事关紧要的人。

前者是他不想找，后者可能是没看上他。

弯腰把断掉的苹果皮捡起来，溥跃被他爸逼得也烦了，他自己都弄不清的事，还得给他爹一个交代？这到底是他谈恋爱还是自己爹谈恋爱？他们的父子关系什么时候变得这么亲密了？上一次溥风岗不是还要和自己断绝关系吗？

"有什么区别啊！反正就是没找，找了也不一定结，结了也不一定生。你管得了那么多吗？

"心理医生都说了，你这种控制欲就是种病，孩子的人生不属于父母。想把父母做好，就是要为孩子的独立和远离开心！"

溥跃一说到开明父母和子女的大道理就头头是道。

溥风岗最听不得他顶撞自己做父亲的威严，他只顾着宣泄怒气，一把将手里的纸包扬在溥跃身上，指着他的鼻子就骂："我控制你是病？我这是关心你。

"来，你不是有学问吗？你懂心理学，那你来给我讲讲，你那个妈有没有病？她这辈子就爱勾三搭四，她到死之前都跟那个男人爱得死去活来，她考虑过你的将来吗，她是个正常人？她是好母亲？

"这还有天理？"

耗时两天，精心制作的油炸糕们在溥跃头上滚了一圈，顺着他的衣服裤子砸到了地上。一枚"横尸"在他脚边，另外两枚苟延残喘，顺着瓷砖一溜烟滚到了墙边。

今天溥跃特意在油炸糕外面滚了一层黄豆面，眼下油渍豆粉混合着黏在他身上，看起来就像是小丑涂抹剩下的颜料垃圾，他对他爸的心意，看起来也像是垃圾。

烈酒蒸发，带走了怜悯和亲情，灼烧的疼痛下只剩下单纯的绝望。

是溥跃太天真，以为只要自己的精神状态好了，就可以心平气和地面对他爹，无论溥凤岗对他发出什么诘难，他都可以应对自如。但谁知道，嘴长在溥凤岗身上，溥跃根本控制不了他爸去怨恨和诋毁一个已经过世的人。

弯腰捡起油炸糕，溥跃用他仅存的一点点耐心，低声说了一句："别说了。"

但他的话没用，等到他起身走到墙角去捡另外两枚脏掉的油炸糕时，他爸还是没有住嘴。离异夫妻很难和平共处，在溥凤岗的嘴里，溥跃的母亲寇菡更加不像个人。

他妈是怎么从结婚初期，就千方百计地想要出轨的，他妈在意外怀孕之前，根本就没有想要生下孩子的意愿。寇菡不是个好妈妈，也不是个好妻子，她之所以会死，都是老天在惩罚她的罪孽深重。

右手紧紧攥着的苹果生了锈，溥跃喉结滚动一下，再抬头时，不知道什么时候，他从昨晚就想见到的赏佩佩正拎着一壶热水站在病房门口，在午后的阳光下面露难色，进也不是，退也不是。

原来溥跃多心了，赏佩佩没有躲他。

门内门外只有一道斜长的光影而已，但在最糟糕的情况下，两人却像隔着千山和万水。

溥跃眨了下眼，嘴角有千斤那么重。还没等到溥跃找到最适合自己现下的表情，病床上的溥凤岗又开始大叫了，几乎带着狞笑："说话啊！你不是能说吗？怎么哑巴了？"

刚才大约在溥跃发送第一条信息的时候，赏佩佩就醒了，可打着哈欠看着手机内接连涌入的信息，她很快就露出了看傻子的表情。

老天有眼，她从来也没说他的小红车哪里不好，但总归是他店里闲置的车，她的车再难搞，修起来总要有个期限吧？又不是说他俩当初的修车行为是以物换物。正经付钱修车，顾客问问交车日期，店主怎么还急眼了呢？他平常就这么做生意啊？

手表上的时间直指两点三十二，想来溥跃应该是已经进了病房，赏佩佩伸了个懒腰打开保温杯喝了口水，想着一会儿溥跃大概就能冷静下来，谁知道他非但没冷静，竟然发来了最终通牒。

"你有种你别跑，你来当着我的面说。"

赏佩佩眉头拧成麻绳，她握着手机反复看了看自己在桌子下面的两条腿，哪里跑了？连走都没走，明明在过去的一小时内都处于静止状态。

她睡得太熟，等同于暂时性瘫痪，连神经反射都没有。

犹豫了几秒钟，赏佩佩判断这种话不是头脑清醒的人能打得出来的，想到那天两个人在她家吃小龙虾，溥跃好像也是没喝两罐就吐了一地，于是给他回了条信息："你喝酒了？"

拎着暖壶去热水房打水时赏佩佩还在默默吐槽。

肯定是喝了，还是喝的假酒，无语，真的很无语，赏佩佩打完水从护士台经过，听到 801 房里头的声音越来越大，她还从嗓子里发出一声类似吐痰的冷哼。真让她猜对了，门都没关，这爷俩又吵上了，真不把大家当外人。

本来赏佩佩绕过去是要替他们关门的，毕竟家丑不可外扬，可是等到她走近听清了溥大爷在骂什么的时候，赏佩佩脚步一下就顿了。

相信没有一个孩子愿意看到父母吵架，更没有一个孩子乐于听到一方在自己面前辱骂和诋毁另一方。夫妻本是陌生人，也许可以轻易地因爱生恨，但父亲和母亲对于孩子来说，总是有一种特殊的情感纽带。

但婚姻失败的父母似乎不懂这种道理，总是倾向于在孩子面前加重自己的砝码，而见效最快的方式，就是去割裂孩子和对方的亲情。被撕扯的孩子绝对不会好受，即便孩子已经长大成人。

赏佩佩知道，自己不该听到这些，隐私是成年人的壁垒和边界，溥跃不愿意展现给她的原生家庭，她不应该走这种捷径去了解。可是转身离开，避开危险现场又是她完全做不到的，尤其是她此刻第一次知晓，溥跃的母亲竟然已经在多年前去世了。

不像她的假装，溥跃是真的在还未成年时就成了半个孤儿。

腿像是浇灌了水泥的钢筋，赏佩佩就这样被钉在原地，眼睁睁地看到溥跃抬头跟她四目相对。大概是破罐子破摔吧，两人互相注视了几秒钟，溥跃没有选择像以往一样离开，他慢慢转过身，就当着门外赏佩佩的面，用冷到骨子里的声音回答他爸。

"我以前真不知道，假话说多了，人竟然连自己都骗得过去。

"还是说，你以为死无对证，你说的谎话就可以伸张正义了？

"她和你过了十四年，你是怎么对她的你心里清楚，她工作外调时你劝她先把孩子生了，怀孕时你又劝她干脆从单位辞职，等到她辞职了，除了这个家什么依靠都没有了，你又说她花钱多，不赚钱还没妇道，连穿破衣烂衫出门买菜都是去勾引男人。

"再后来你不是连生活费都不给她交了吗？你以为我都忘了，从我上小学起，咱家的钱一直都是用只有你有钥匙的大锁头锁在电视下面的抽屉里。

"她一分钱都没有，全靠你恩赐，连给自己买双袜子都要写在账本上给你过目。每天晚上你俩都吵，吵多了她就带着我跑，可是我俩没钱啊，能跑到哪儿去？

"如果她像你说的那么恶心，你为什么一次次去找她？一次次道歉把她带回家？就这种日子，她会出轨你赖谁啊？做男人你得有点儿担当！怎么错全是别人的？要我说她等了十四年都算晚的！"溥跃越说眼圈越红，睫毛颤得不像话。

对面病床上的溥凤岗先是用受到惊吓的眼神盯着他，很快反应过来梗着脖子涨红脸色问他："你听谁说的？这都是你妈告诉你的？她说的你信吗？我去找她，你以为我多稀罕她？我还不是为了你能有个家！我都是为了你！是她！是她偷人！"

"家？"溥跃说到这儿都快笑了，他一张脸惨白，唯独上挑的嘴角和眼眶红得邪气逼人，他拿着水果刀的手一伸就指着他爸，"我有过家吗？你要是真的为了我，你还不如……"

唯恐状况升级，十四床的病人身体撑不住，更怕溥跃手里的水果刀会伤到他自己，赏佩佩在他嘴里大逆不道的字还没出口前，顾不得水壶，冲过去一把夺掉溥跃手里的刀扔到床头柜上，她回头捂着他的嘴就跟老爷子赔笑："您消消气吧，注意点儿血压，他这不喝酒了撒酒疯呢。喝酒说的都是胡话，哪有什么真心的，您还跟着起哄，快都别说了，好好吃着苹果，这是干吗呀。"

有外人在，太丢人，溥凤岗沉吟一声闭上眼睛，赏佩佩的手指还贴着溥跃的下巴，完全没反应过来自己和他的状态有多亲密，转过头，她踮着脚又换了一副脸色，可怜巴巴地挤着小鼻子跟溥跃小声念。

"求你了，别吵了。好不好？"

溥凤岗的状态大抵撑不过新年，嘴上痛快了有用吗？如果病人今晚真的走了，溥跃的抑郁症就能痊愈了？她想只会更糟糕吧。

赏佩佩的手掌相比溥跃来说真的很小，小到其实她再怎么用力，也不可能捂住他要喊出的话。但溥跃没再说了，他像是冻伤的人暂借到了一点儿温暖，皮肤缓慢解冻，连带着胸腔都在发痛。

看到溥跃镇静下来垂着手臂，赏佩佩才敢松开自己的手，她抿了抿唇，还没想好要怎么在不伤害父子俩自尊心的情况下将溥跃送出病房，他一言不发掉头就走。

赏佩佩面前空了，"欸"了一声，脚步跟着往病房外面跑了两下，可就是这么凑巧，走廊上电梯刚刚上来，人影交错，溥跃无须停留就坐上了下行的电梯，彻底消失在了八楼。

溥跃走了，病房里只剩下赏佩佩可以作为裁判和观众。应该是也觉得方才这一出太荒诞，溥凤岗睁开眼睛望着面前虚空的一处，突然对着赏佩佩哑声道："我不怕死，你叫他尽管说。

"死了我也要到下面问问寇菡，我到底哪里对不起她？我没有担当，那个姓杜的就有？我比他差在哪儿？不就是钱吗，他和他那个妈一样，嫌贫爱富！

"我现在要是有钱，他会这么对我？我要是有钱，我自己给我自己治。我能指望上他？"

毕竟吵架也是体力活，没说几句，溥凤岗就开始眼下抽搐，止不住地咳嗽。"寇菡"这个名字对于赏佩佩来说听起来很熟悉，但一时又想不起在哪里见过。

赏佩佩顾不上思考，急忙放下床垫推来吸氧机，将面罩遮盖于病人的口鼻处，等到十四床病人呼吸逐渐顺畅冲她摆摆手后，赏佩佩才松了口气去收拾散落一地的苹果皮。

等整理好一切，再回到病房前查看病人状况时，赏佩佩才发现自己脚背有些灼痛，原来是被热水烫出了两只小水泡。不偏不倚，就在洞洞鞋的洞口处，直径不超过五毫米，应该不需要挑破。

将脚重新塞进鞋内，赏佩佩瞥见床头柜上的油炸糕，有心帮父子两人化解不停加深的隔阂，所以她也像溥跃一样，捏起了水果刀和苹果，削皮时温声道："过去的事情都过去了，重要的是现在，您也不要这么说他，其实他对您也挺有心的。

"这油炸糕哪是买来的，我都问了，以前的炸货店早就倒闭了，明明是您儿子自己做的。"

溥凤岗嗓子里咕哝了一声，眼神暗了几分，显出不少落寞，他明明松动了，但布满干皮的嘴还是嘴硬，带着不屑告诉赏佩佩："那是寇菡爱吃，说到底他还想着他妈。那种女的，不要孩子，不配给人当妈。"

今天的苹果皮注定不能一刀连到尾，后半句赏佩佩根本没听清，因为当溥凤岗将"寇菡"和"油炸糕"放进同一语句下，她立刻想起自己到底是在哪里见过这个名字了。

"夫杜江，妻寇菡"，这是她每一次去二道沟给赏双明上坟，都会帮忙烧一捆纸的那对夫妻。

十分钟前，溥跃刚从病房逃进电梯，看着自己在不锈钢墙面上的倒影就后悔了。他分明才是有理有据的一方，无论如何，应该在冲突现场一战到底。

谁知道他匆忙逃走后，有多像狼狈的败寇，他爹又会在赏佩佩面前添油加醋说些他的什么坏话，想想也知道。他不仅不忠不孝无情无义，保不齐连他当初离家出走时暴力砸坏家具这件事，都可以成为他的人格污点。

偏偏，溥跃现在非常在意自己在赏佩佩心目中的形象，所以才会更加害怕面对赏佩佩的评头论足。

如果，她真的在他和他爹之间，选择相信溥凤岗呢？

溥跃没有那份自信，在赏佩佩的质疑下还能高歌猛进。电梯上上下下好几趟，溥跃就跟电梯服务生一样站在按钮旁的位置发呆。心烦意乱不足以描述他的心情，他甚至又忍不住开始自省：他不该在他爹激怒他之前选择迎难而上。

连心理医生都说过，寇菡数次离家出走又重新回到施虐者身边的行为，是习得性无助，世界上遭受各种程度家暴的女性，要反复经历几十次被害才会踏出求助的第一步。他也应该适当对自己放宽期限，总有一天，他可以轻松地走出父母为他建造的悲伤牢笼。他得给自己一个慢慢来的机会。

电梯最后一次下行，溥跃踏出了电梯门，因为他找到了自己可以暂时留下来的理由。

站在大厅掏出手机，他记起自己的怀里还踹着要送给赏佩佩的护肤品。解锁屏幕，没想到赏佩佩的信息比他想象中来得早。一开始，她问他是不是喝多了。后来，她又问他晚上要不要一起去书店，顺便吃个饭。

没得到他的回复，赏佩佩显得有些出奇地急躁，短短几分钟里，她竟然破天荒地拍了拍他的头像，问他喝酒后有没有安全到家。

溥跃打字键还没敲下去，赏佩佩的信息像是终锤定音，将他内心所有的阴霾都彻底驱散。

她说："不要难过，我相信你。"末了还学着他的语气补充了一句，"真的，骗你是狗。"

天平以压制性的角度彻底倾斜，挺可笑的，原来他和老头耗费几十年的爱恨情仇，竟然只需要赏佩佩一个人的站队就能令他完胜。

苏医生没能百分百地说服他，父母失败的婚姻，并不是他的错。

但赏佩佩的一句"相信"真的能让他不在乎自己刚才吵架有没有赢。即便输了又怎么样？反正他赢到赏佩佩了。心里大概已经冒出了一万家今晚可以请赏佩佩吃的高档餐厅，要不是成年人在公共场合需要自尊自爱，溥跃打字时恨不得在地上转圈。

但他总不能像之前说话那么冲，所以万分斟酌。

还没走。在等你。有东西顺便带给你。

他昨晚做了攻略，东西是早上特意绕路去买的。

你方便下来一趟吗？要是不方便就算了。

如果不方便，他愿意一直等到她下班。

还好他的规范用语得到了肯定，赏佩佩答应后，乘坐电梯很快到达一层西侧的落地窗前和他碰头。

工作时间内，赏佩佩穿着成套的制服，因为疗养院内的暖气开得很足，她临时脱岗走得又急，护士帽下的耳朵微微泛红，连带着一张雪白的面孔，都像是涂上了浅浅的水粉颜料。尤其她还踏着一双浅色的洞洞鞋，全身几乎毫无重点，更显得四肢短小，迎着阳光碎步跑到溥跃身边，像只气喘吁吁的博美犬。溥跃还未开口，赏佩佩就踮脚往他脸上凑，鼻子像狗一样急速吸气，低声问他："你喝了多少？怎么来的？酒后还能骑摩托车吗？你不怕出事故？好像也没闻到酒味儿啊，那你发什么疯？"

问题太多，溥跃被她打了个猝不及防，身体很诚实，没后退，迎着赏佩佩的扑咬行为，但是手臂抬高立刻捂住自己的嘴巴，像是在遮挡酒气。

声音隔着手指本来就含糊不清，所以他显得不是那么可疑，被心上人担心的感觉特别痛快。善意的谎言无罪，他只是顺坡下驴："啊，没，没喝多少。酒，酒量不好。"

"啧。"赏佩佩摇了摇头，哪想得到面前站着的人千杯不醉，对于"弱者"溥跃，她表情嫌弃，但是语气很关怀，"那你怎么回去？不然我载你？"

抬腕看了看表，还有一个半小时下班，赏佩佩计划着怎么找借口和护士长请假，溥跃已经把黑色的纸袋从外套内兜掏出来塞到她手里。

昨天赏佩佩没抢到的精华液还有眼霜老老实实地躺在红色的圣诞礼盒里，应该是觉得收礼有负担，眼看赏佩佩皱眉，溥跃借着"酒劲儿"大着舌头说："别客气，不是特意送你，就是给店里发年终奖，我多买了一套。"

　　赏佩佩本来是想拒绝他的，价值千元的礼物明显超出了他们现在的关系，可听完溥跃的话，她实在憋不住笑，把纸袋拎到与溥跃眼睛齐平的位置，八颗小白牙在阳光的照耀下像闪闪发光的陶瓷制品。

　　"你确定，你给店里的弟弟买这个当年终奖？"

　　疗养院西侧将近二百平方米的空间只有他们两个人独处，午后的阳光甚好，点亮了赏佩佩皮肤上每一根细小可爱的绒毛，溥跃脊椎笔直，从这个背光的角度正好可以把她整张脸上的生动表情都记录下来。

　　她在对着他笑，眼如新月，里头藏着浩瀚星辰。

　　心悸、口干，溥跃垂着面庞只知道点头，他感觉自己的身体好像也病了，需要赏佩佩替他检查一下。眼睛眨也舍不得眨，他也跟着赏佩佩笑，但他笑的原因当然不是因为发现了自己的借口有多蹩脚，他看到了赏佩佩的五官比以往有了些许不同。

　　唇膏是茶粉色的，腮红像是玫瑰烤奶，而她薄薄的眼皮上晕染着雾棕色的光影。她的每一根睫毛，都卷成恰到好处的弧度，像是橱窗里的洋娃娃。因为是周天，所以她化了妆。

　　三生有幸，他在怀疑，自己说不定就是那个传说中的"悦己者"。

发酵
Sun.
14:30

整一周，溥跃都在抑制自己发酵的感情。

但就在这一小会儿的独处时间里，他就有点儿绷不住劲儿了，背脊很难挺直，眼神也变得飘忽，他俯身配合赏佩佩的身高，除了嘴甜地夸她今天很漂亮之外，还煞有介事地隔着两指的距离告知她。

"忘了跟你说，我也没有感染幽门螺杆菌。你说巧不巧？"

以其人之道还治其人之身，这种意指自己想要亲吻的含义太明显，足以让赏佩佩立刻紧闭牙关。只要是她说过的，无论是否重要，他竟然一直记在心上，这点足以让她内心的小鹿乱撞。舌头捋不直，赏佩佩睁大眼睛虚张声势："巧你个头。很，很注意卫生的人都不会有吧！"

"分餐制！很重要！

"得了也不怕，可以用药治。"

"哦。"溥跃听着她的科普唇角翘起，一双狭长的眼睛彻底笑起来，像是冬日里的暖阳，只有眼尾还带了点平常经常挂着的冷冽，他的眼神下移半寸，故意从她的鼻尖描到唇珠。

溥跃嗓音压低，听起来像是正在经历青春期叛逆的中学生："那爱讲卫生的病人家属会有什么特殊奖励吗？"

怪他鼻梁太优秀，稍微侧一下头，鼻尖就已经蹭到了赏佩佩的脸颊。肌肤相贴，全身所有神经末梢都被激活了，中枢神经得到反馈，已经开始在她的脑子播放一些少儿不宜的片段，赏佩佩脸颊上的腮红变色了，她一把捂住自己的嘴巴，口不择言，小声嗔道："喂，你别胡来，这可是在医院！"

赏佩佩话音刚落，溥跃笑得更厉害了，他视线重新看过来，乖巧地直起腰，几乎是双手交叠作外交礼仪状："嗯嗯，明白，出了医院就可以胡来啦。"

话语被刻意误解了，咬牙不足以泄愤，赏佩佩伸手就去拧他的腰。但她的胳膊短是先天劣势，还没拧到他的衣服就被溥跃一把拉住将五指团在手心。

右手手掌固定赏佩佩的下颌，拇指轻轻从唇角抚过，立刻蹭下一抹脂色，没有多做停留，溥跃松开她的脸和手，举到胸前给她过目。布满薄茧的掌心比他手背的肤色还要暗一个色号，充满纹路的拇指边缘，沾染着一抹伤口似的口脂，是她刚才捂嘴时把自己的口红蹭花了。

粗糙的是他修车的手，细腻的，是她抹在双唇的色彩。

眼前的画面并不违和，又太过违和，赏佩佩还像只呆头鹅，在品味这种反差感到底是从哪里来的。溥跃已经主动退后几步坐在了长椅上，掏出手机作势给石头发信息："喝了酒是不好开车的，太危险了，那我在这儿等你下班。我得跟石头说一声让他晚上自己下班关店。"

"是石头。不是弟弟！"找出石头的微信时，溥跃没忘记冲着还未走远的赏佩佩嘱咐。

赏佩佩回头，指了指远处"保持安静"的标识，他又闭上嘴巴，给她迅速打字：你别叫他弟弟，你就叫他石头。你俩统共见了一面，他怎么会是你弟弟？咱们见了这么多面，我还不是你的谁呢。

赏佩佩回到八楼，安排好工作，跟护士长请假，站在休息室里换衣服时，她对着柜门内的镜子快速补妆。平时工作日，赏佩佩实属踩点打卡的惯犯，为了多睡那十几分钟，她绝对不会早起化妆，经常爬起来快速冲澡然后一只防晒走天下。

但今天，她用蜜粉饼按压了一下鼻翼和额头的暗沉，还从包里掏出了电动睫毛卷烫器，整理好睫毛，她望着自己的嘴巴犹豫了片刻，随后手指效仿溥跃今天蹭上来的姿态，用指尖轻轻碰了一下，果然，中看不中用的颜色又糊了一手。

纠结了几秒，赏佩佩不会承认自己今天化妆是为了见谁，女孩子取悦自己，天经地义。

总之她只是恰好睡不着，时间很多，睡不着的同时，出门前还在包里放了很多补妆用品，光是口红就带了三只。临下楼前，赏佩佩做贼心虚，快速用纸巾将嘴上的保湿唇膏擦掉，换上了一只号称"亲吻不掉色"的双头唇釉。

冬日的书店是咖啡味儿的，椰子鸡的汤底是奶香味儿的。临近圣诞，商场不只换上了红绿黄的配色，服务台的上方还浮动着肉桂姜糖的辛辣气息。

话梅味儿的瓜子两个人磕了不少，半糖奶茶也喝了两杯。

但这些似乎都不是赏佩佩身上散发着馥郁芬芳的原因，回程的路上，溥跃抱着赏佩佩的腰挤在红色小姜戈的后座上，虽然身高差异看起来像女儿骑车带爸爸一样滑稽，但他还是像只温顺的大型犬，弯腰把头搭在赏佩佩的肩膀上，鼻子一直往她头盔边缘露出的头发丝去嗅。

他的嘴巴喋喋不休，迎着冷风也不肯闭上。今晚的"约会"，他们全程都在"吵架"。

从溥跃说石头不算赏佩佩的弟弟开始，针对那谁可以是赏佩佩的弟弟，溥跃是不是也可以是赏佩佩的哥哥，到底谁的生日更大，两个户口本上同年不同月生的"小学生"又开始了新一轮的辩论。

头盔镜片被抬起来，溥跃的睫毛已经被哈气冻上了白霜，就像挂霜的海藻一样卷翘。

"你这不就是耍赖？那生日不按身份证上的算该怎么算啊？你十一

月二十三，我六月二十八，又不是说大你一天两天，这可隔着半年呢。四舍五入，那你也管我叫哥哥呗？"

想了想溥跃觉得不行，单纯叫哥没有拉近男女关系的作用，又改了一遍口："不对不对，你要叫我溥跃哥哥。"

要不是因为真的很冷，赏佩佩很想立刻停车摘掉头盔问问溥跃他的小学数学是不是体育老师教的，不足五个月而已，哪有半年？再说了，她有那么无聊吗？为了赚他一声姐姐，连自己的生日都要作假？

一条街的距离，赏佩佩把摩托车停在固定车位上，后面的溥跃还在叽叽喳喳，赏佩佩一仰头用力拿头盔撞上他的，恶声恶气地讲："少啰唆，到了还不下车！"

"你想得美，我看你这不太聪明的样子也就是个弟弟。你叫我姐姐还差不多！"

"下车就下车，你还凶我？这世界没天理，一天是哥哥，一辈子是哥哥，老幼尊卑，懂？不叫我可以，那也别叫别人。"

摘下头盔，赏佩佩锁好车，溥跃已经把后备厢里那几本书拎了出来，递到她的手心。自己摘了头盔搓了搓眼睛上发痒的冰碴，用骨节分明的手指点手机屏幕叫出租回店里。

右手拎着礼物和书籍，赏佩佩站在自家楼下目送溥跃离开，酝酿了一晚的话终于得到了出口："明天我调休，车难修的话，你慢慢修。反正还有时间，我也不是很着急。"

不知道为什么赏佩佩又主动说起修车的事情，在溥跃心里，修车的时效性等同于他们之间的可能性，今晚他一直都在刻意规避这个话题。

没抬头，但他眼睛没再眨了，单纯垂眸竖着耳朵等她的下文。

也许是要再次划清界限，也许是要给他的热情泼上一盆冷水。总之赏佩佩不会让他好过，他的世界里根本没有"幸运"一说。

溥跃咬着牙，差点儿就想要打破砂锅问到底，叫她给自己个痛快。

赏佩佩却放缓了声音很小心地问他："明早我准备去上坟，你要不要和我一起去？

"不会占用你太长时间，你店里一般十点开门吧？我们早点出发，来回打车，估计用不了四十分钟。我自己去还是有点害怕。"

不是让他留宿的借口，赏佩佩是真心想要和他一起去给死人烧纸。薄跃太懂结合上下文去阅读理解，只需要一秒钟，他就破解了赏佩佩的表情和语言。青天白日，怕是假的，赏佩佩可不是精神孱弱的女子，唯一合理的解释就是她知道了。

她知道赏双明旁边的墓碑是为谁立的，也知道了那两个人和自己的关系。如果不是因为关心，赏佩佩无须照顾他的感受，如果不是因为担忧，赏佩佩不会呵护他的脆弱。就连让他去亲自给他妈烧纸祭拜，都被她说得像是一个受累的请求。

这世界上还有什么，是比想要呵护一个人的精神世界更好的情感证据？就好像，他也可以是这茫茫宇宙中很珍贵的存在，值得另一个人去悉心守护。心口被烫了一下，薄跃忘了自己那套严防死守的关系理论，他拇指下本来已经支付的订单被他点击取消。

赏佩佩何止是关心他而已。

抬头时，薄跃直接到自己都害怕。可唐突的话被他说出来时却字正腔圆，普通话一级甲等的新闻男播音员也就是这样了吧？

句式是疑问句，但语调是肯定句，薄跃深深吸了一大口冷气用来在心口慢慢焐热，就是为了让自己没有机会退缩断句。

"赏佩佩你是不是喜欢我？"

十几米外，万达广场的一号门前，安装工人正在用吊车布置着下周将要投入使用的巨型圣诞树，红色的缎带蝴蝶结和金色的铃铛装饰挂满了飘着假雪的冬青枝条，成捆的灯带一层叠一层，工作人员一声令下，电源被整体接通调试。

不只是需要仰视的圣诞树被彻底点亮，还有入冬后被废弃的儿童旋转木马，刹那间，冰冷暗淡的广场成了梦幻剧场的取景地。

灯光不能驱散寒冷，却能给人足够温暖的假象。

不少行人驻足掏出手机与广场大门合影留念，但赏佩佩在薄跃被照亮时心跳停摆，眼睛都没敢从他脸上移走半分。因为就算是在这种临时搭建的背景下，溥跃的笑容仍然要比近千颗灯珠还令她目炫。他口中发出的提问，也比虔诚的祷告词更令她震撼。

他一开始是问她："赏佩佩，你是不是喜欢我？"紧接着，不需要她否认，他歪了一下头，清澈的目光彻底绕过眼前的雾气，给了她双重的肯定："我也很喜欢你。"

木马、铃铛、蝴蝶结和圣诞树、手里罗素与尼采的作品集，还有眼前的溥跃。此情此景之下，没有人可以对意外堆叠的浪漫说"不"，赏佩佩思想中唯一的诉求，就是很想试一试嘴上的唇釉是不是真的有广告里吹嘘得那么持久。

向前一步，她牵住溥跃的手，向后一步，她依靠牛顿第二定律测试溥跃的加速度。只要作用力够大，两个人真的可以飞进电梯。

一个吻像是一万年那么久，相对论可能是错的，爱情才应该是时空扭曲的表现。

只要心心相印的男女抱在一起，所到之处都可以是无人之境，灯光消失了，墙壁消失了，只要闭上眼睛继续吻下去，直到溥跃被赏佩佩撞到 6017 室的大门上，耳边才响起方才路过住户们的咂舌声。

不愿意给任何人看到赏佩佩现在的模样，刚摘下的酸涩梅子腌制泡酒就该避光封存。可是溥跃贪杯，他捧着赏佩佩的粉面，很想就着夜色偷喝一口。

开门解锁关门一气呵成，两只头盔碰撞着并排搁在玄关，外套被赏佩佩扯落肩膀，溥跃一边低头接受她的索吻，一边看着头盔镜片上双份的自己和赏佩佩，小小的玄关里，有六个他们在拥吻，即便有四个人都是倒影，但也像是时空错乱。

等到赏佩佩像只小考拉挂在他的脖子上时，溥跃拖着她的双腿将她彻底抱起，声音从脖颈慢慢融入她的身体："我们两个真般配啊。是吧？"

作为男女朋友来说。

即便再心动，赏佩佩也不上他这个当，她唇上的颜色湿漉漉的，全妆还在，但整张小圆脸上都沁了水，雾面感妆容彻底沦为了水光感。她埋进溥跃的颈窝，轻轻挨着他的耳郭，一脚踏进陷阱可另一脚却迟迟犹豫，声音又轻又嗲，像湿羽毛扫在溥跃的耳膜上，让他掌心发烫。

赏佩佩根本不认输，在他怀里还争辩着之前的话题。

"是吗？作为姐姐和弟弟？"

一声"姐姐"换一个吻也不亏。光是这么想着，溥跃就张嘴叫了。他试探着拨开她耳畔的黑发，贴过去叫了一声："姐姐？"

果然，赏佩佩被拿捏住了。

赏佩佩刚才还在聒噪，嘴巴要多硬有多硬，眼下被比她强壮不知道多少倍的男人轻轻叫着姐姐，连话都没了，贝齿咬在嘴唇上，低垂眉眼。赏佩佩脑中总算知道自己为什么会次次为面前的溥跃心动了。

莽夫穿上西装打领带，无人月下野兽细嗅蔷薇，一手能把她扛上肩膀的壮汉却总是在她面前，展露着少年般的纯真，极具反差感。她很难不为这种烟花般浪漫的相遇而心跳。

她骨子里有着那么强的胜负欲，可她在人生里却从来没赢过谁，但溥跃似乎很愿意输给她。怎么会呢？仅仅是因为他口里的"很喜欢"？唾手可得的偏爱向来是回避性人格的助燃剂，可以让情动烧到干锅，不仅想接吻，这一刹那，她没有伸手驱散眼前的海市蜃楼，更有甚者，她还想和他做更亲密更出格的事。如果可以，她今晚不想拒绝溥跃的任何要求。

这么想着，赏佩佩也这样做了。

长夜漫漫，待整栋公寓的灯只剩下她一户还亮着，赏佩佩缩在被子里，连下床去洗澡都不能。赏佩佩已经累得抬不动眼皮，但溥跃像是精神奕奕的野兽，不必冬眠，光是打个响指收拾战场就能像超人般恢复体力。

这回合换溥跃哼着歌，得心应手地给猫填粮，然后走进卫生间内冲澡，途中溥跃不关门也不关灯，潮气像是地面升起的雾，不停地从玄关蔓延至客厅。

赏佩佩整颗头都躲在被褥下面，仅从两指宽的缝隙里，汲取着空气中属于她的沐浴液香气。拜托，那可是很贵的，这沐浴油连她节省地使用都要一次五泵以上，换成溥跃那种大块头，岂不是洗完半瓶都要没了？

想是这样想，但齐齿的赏佩佩敢怒而不敢言，毕竟今晚她拿人礼物手很短，而且现在以她掉了半条命的战斗力，根本没有叫嚣着让溥跃回自己家睡的资本。

溥跃是个好学生，很懂举一反三，她那点儿始于书本的医学知识已经没办法糊弄到他了。她蜷缩再蜷缩，恨不得原地隐身，眼皮假装黏在一起，被子外面的水声渐止，溥跃重新走出来时，赏佩佩已经遁入空门了，脑子里只有一个想法，就是希望他现在可以放过自己好好睡觉。

装睡确实管用，溥跃大概对死鱼没有兴趣，走到床边时先帮她关了床头灯，随后掀开被子轻轻地把她的头挪出来，再将身体摆正，小声讲了一句："躺好再睡。"

重新在玄关往返一次，第二次掀开她的被子时，溥跃右手捏着一块热乎乎的毛巾。吻痕所到之处都被擦拭干净，赏佩佩舒服得伸了个懒腰。毛巾回到原位，溥跃也侧身挤进了赏佩佩柔软的被褥里。

黑暗中一片安宁，似乎方才的疾风暴雨和唇枪舌剑只是荒诞的幻象。猫咪在他们两人之间寻了个好去处。

溥跃双手枕在颈后闭上眼睛，他知道，身旁背对着他，呼吸均匀的赏佩佩并没有真的入睡，因为她的睫毛和枕头摩擦也产生了类似的响动。

尝试着从一数到五十，溥跃仍然没有困意。快感中枢的余震太强，终于从云端落地后，没想到痛苦中枢也遭到了共振，凌晨两点，溥跃明白正常人现在应该感到餍足，但他躺在一片沉默中，却被独自流放了。

也许获取幸福对于善于沟通的人来说真的很简单，他们在人与人交往的大海中，有各式各样得心应手的工具去贴近对方。但抑郁症患者不一样，他们更像是坐在没有原动力的独木舟上，在茫茫湍急的大河中利用自己的两只双手逆流而上，稍不注意，可怕的消极情绪就会彻底占了上风，绑住他们试图划桨的手。

只是动一下手指而已，溥跃就可以越过空气，抱住身边的赏佩佩，和她说一说自己的心里话。可就是这五厘米的距离，在他的感知中，突然变成一条疾风大浪的河，恐怖到他不敢轻举妄动。

他忍不住要难过：因为在这间屋里，同一个坑，他竟然栽了两次。

一整周处心积虑递进关系的努力全部像多米诺骨牌一样坍塌了，心理医生建议他先在寻求激情前，诉求亲密和承诺的前提也失败了，就只是因为，今晚两个人再次因为冲动而仓促地选择抱在一处点火取暖。

完美的爱情需要三角关系的稳固性，而他和赏佩佩只有一样。这仅剩的一样现在烧得有多热，他就有多害怕烈焰过后的热度殆尽。身体好像石化了，溥跃一动不动，试探着开了几次口，终于在嘴巴被冻僵之前把想说的话从舌下吐了出来。

"赏佩佩，你觉得，我们现在是什么关系？"

又或者说，未来我们可以成为什么关系？不想要可以随手抛弃的欢喜，他想要比这更真诚的热爱。英国诗人 John Donne 写下过这样一句话："没人能够自全，没人是座孤岛。"

几个世纪前的来自异国他乡的古老布道词，对于走在时代浪潮尖端的青年们仍然适用。人既然是社会性动物，"关系亲疏"就是永久性的难题。

即便是对亲密关系感到刺骨恐惧的赏佩佩，也会渴望爱情像奇迹般降临，但同时，将所有情绪的起伏寄希望于难以捉摸的大海和天空，无异于交出对自己的掌控权。

亲密关系带来的后果，也可能是终生的心理创伤，看看她自己和溥跃不就知道？

小孩出生后就拥有的亲密关系是长达十几年的单选题，爱情则不同，每个成年人都有自由选择的权力。每一步都有很多备选，眼花缭乱的答案满天飞，看似简单，可爱情只会在双方的答案都统一时，才能得到结果。

而现在，一再延迟选择的赏佩佩，被溥跃彻底逼到了墙角。

他想知道她的答案，他想和她在精神上更加亲密起来。

回身躺平，赏佩佩没有办法再一次假装听不懂，她亏欠溥跃一个自我剖析，即便她自己也没有准确的答案。

许久后，她坦白讲："因为小时候的事，我好像从来都没有真正幻想过结婚和组建家庭。"

她没做过当妈妈的梦，也没憧憬过和世界上另外一陌生人成为童话里的主角永远幸福。她总在反问自己，如果一个人连和父母亲密都做不到的话，怎么可以去奢望找到另外一个懂得她的伴侣？

好的爱情是属于精神健全的人的，他们从小就熟知爱，所以也能大方地接受爱。

"所以，我的答案是我也不知道我们现在是什么关系，比病患家属更近一点儿，又要比男女朋友更远一点儿。感觉我像是和你熟识了很多年，但实际上，关于你的一切，我并不是真的了解。

"相信你对我也是同一种感觉吧？"

不然那天在墓地看到自己母亲的墓碑时，他不会在她的面前保持缄默。

感情是种投射，具有廉价的依赖性，如果今天他们就此别过，赏佩佩当然会很难挨，但短短十几天的相遇，就认定这辈子会携手走下去又太过荒谬。不是每一段乍见之欢都能细水长流，新鲜感会造就声势浩大的自我感动，他们可能还需要一点儿时间去分辨自我感受的真伪。

爱情是魔法中最坏的一种。

当赏佩佩转过身来躺平时，感官重新回到正确的位置，溥跃心底的慌乱就平稳了一些。

赏佩佩说的话他都有认真地听，但赏佩佩不知道的是，他的感情是暗藏许久的地火，是黑白棋盘上小心翼翼地布局，他的示好不是漂亮的玻璃纸包着随处可得的工业糖精，而更像是不怕火炼的金子。

唯一可以否定他原命题的结论就是她的拒绝。而现在，她口中的不知道，就是不拒绝。

侧了个身，溥跃的双眼在黑暗中像发光的宝石，他往两人之间的空隙挤了挤，身上的香气立刻和她皮肤的温度缠在一起。

赏佩佩总有这种本事，让他一天二十四小时内，多次乘坐情绪的过山车，溥跃的心脏刚才还处于低谷，现在就被彻底地抛向了空中："那我身上还有什么你想了解的？我都愿意告诉你。"

一手揽着猫，另一只手撑着脑袋，溥跃满眼真诚地望着赏佩佩，嘴角勾起，笑得像个笨蛋。还是那张让他被放逐边际的床，眼下却变成了春日芳草地，他想在这里铺满所有赏佩佩会喜欢的鲜花，只是为了和她简简单单地聊聊天。

"几岁近视？几岁变声？几岁父母离异？几岁第一次暗恋女生？文化水平，储蓄情况，要不然我按时间顺序写本准男友使用指南，方便您随时查阅？"

"原地待命，我肯。只要你别嫌我烦。"

赏佩佩是天上蒙尘的星，海底遗落的珠，从少年时溥跃就隔着遥远的距离妄念了这么久，等待了这么久，他最不怕的就是她开口讨要时间，他完全有信心向对方证明自己的感情。

赏佩佩走得慢没关系。他精神不佳但身体好啊，跑得双份快就行了，俗话不是说笨鸟先飞？

保守地讲，每一对陷入热恋的情侣至少都经历过一次畅谈人生的彻夜未眠。今晚对于赏佩佩和溥跃来说，就是那种令人心动神往的夜。

床头的蘑菇小夜灯被重新点亮，光晕同时在两人的眼底留下扇形的光斑，赏佩佩的好奇心被充分调动起来，人不困了，也侧过身，面对着面，学着溥跃的样子用胳膊枕着脑袋，眨眨眼睛兴奋道："真的？"

"当然。骗你是这个。"溥跃比划着小手指的指甲盖，笑得开花。

"那讲讲初恋？"

不愧是特立独行的赏佩佩，在一众男女交往的检索信息中，她竟然挑选了最不重要的一项，并且满心满眼都是热切，乍看起来像是渴望被老师充分开解的用功学生。

可就是这一声初恋，让溥跃心口酸胀。如果《初恋》是大考中的命题作文，那他应该可以利用叙事体轻轻松松地拿下满分。

忽略掉器材室内让他刺目的百褶裙，也暂时忘却夕阳下的天台和课文，还有书桌前时不时会播放着赏佩佩剪影的那扇旧窗。

溥跃和赏佩佩的第一次正式相遇，是在溥跃父母婚姻宣告破裂的那年。

少男少女，经历了短暂的暑假，重新被打乱分班。

那些日子正是东城重工业蓬勃发展的年头，锡矿厂效益极佳，需要再创辉煌，一时间迁徙人口急剧增加，锡矿子弟学校入学指标翻了三成。这些突然涌入锡矿子弟学校的转学生们，带来了不小的动荡。

男生之间的拉帮结派表现在成立了各自的球队，大家在竞技场上冲突不断，但好在他们四肢发达头脑简单，打一架总能分出胜负，意气用事之后多数时间都会重新握手言和。可女生之间精心谋划的小团体，表面上如平静的湖，但内里却翻涌着能够将人吞噬的力量。

赏佩佩也曾经被迫牵连其中。

期中考试之后，作为年级学习标兵，赏佩佩是老师口中的好榜样，也是女同学们争相拉拢的对象，光是她所在的二班，就有两位"大姐大"想要将她纳入麾下。

难就难在，无论是什么都没办法打动赏佩佩加入她们。她总是以自己学习很忙为由，拒绝参加任何放学后的校外活动。

临近期末，在又一次课上传递的纸条被赏佩佩无视后，两名女生隔着对角线的视线交汇，她们的队伍就变换了阵营。敌人的敌人可以是同盟军，而"自恃清高"的赏佩佩，成了小团体们打击的终极目标。

让她厌烦的小纸条消失了，取而代之的是被疯狂踢踹的椅背、铺满脚印的书本、水壶里洗抹布的脏水、布满污渍的白校服。可是这些恶作剧就和之前的拉拢行为一样，都不能激起赏佩佩的任何情绪。

因为影响听讲，赏佩佩以近视为由向老师申请将座位挪到讲台旁边，在老师眼皮子下面，不管班里的暖气有多热，她都在校服外面罩着黑色的棉服。至于被偷换水杯，她干脆把水杯扔到了家里，每次觉得口渴就直接就着水龙头喝冰牙的凉水。

除了学习，她好像什么都不在意，可就是她的不在意，令小团体内的女生们更加愤怒。

就这样安全地度过了下半学期，在期末考试之后的返校日，她还是遭到了暗算。

那天碰巧，在所有同学都领着卷子逃离学校之后，溥跃也被四班的班主任点名留下打扫班级卫生。因为距离期末大扫除不过短短一周，需要干的活并不多，三名学生，一名扫地倒垃圾擦黑板，一名摞板凳，另一名则负责拖地和洗拖布，半小时就可以完成。

而不同于在四班拖地的溥跃，二班的赏佩佩一个人做了所有的卫生，剩下的两名女生拒绝帮忙，就靠在窗边有说有笑地聊天。

等到午饭时间，教师办公室里空无一人，所有班级都上锁之后，本来被留下的两名女生也不知所踪，赏佩佩额头冒汗，终于拎着拖布走到洗手间进行最后一次的清洗。

大门一开，刚才的值日生竟然和两名"大姐大"一起抱着手臂站在洗手间里等她。等赏佩佩觉察不对，转身要走，门已经被一名女生率先堵上，再回头，一直对着镜子打理刘海的高马尾冲着她冷笑了一声。

可能所有青春期男生都改不了马虎的习惯，本来在十分钟前已经背着书包走出校门的溥跃突然想起自己洗拖布时把 MP3 落在了男厕外的窗框上。

一路疾跑，等他顺着干枯的绿化带到达一楼走廊时，突然听到尽头所在的卫生间里传出几个女生接连不断的叫骂。

"喂，你是不是觉得你很厉害啊？"

"大家都捧着你，就真拿自己当公主了？"

"没什么为什么，讨厌你还需要理由？我们就是看你不爽！"

几个女声音色各异，溥跃拧着眉头，放慢了脚步，还在试图分辨是不是自己搞错了状况。声源来自女卫生间，并不是男生可以进入的公共区域，即便是四下无人的放学后，他也不确定，自己是不是应该贸然闯入。如果一切只是误会呢？

溥跃距离女厕门口越来越近，言语围攻的声音也越来越响，待他走到乳白色的门前，空气中突然传来了混乱的声音。

有人在喊：“按住她啊！”

还有人在嚷：“我的头发！”

但更多频繁出现的词语是“赏佩佩”三个字。

那一年的溥跃，他属于男孩中发育很晚的类型，个子不高，身材偏弱，不仅外形不突出，还因为成天放学后近距离盯着电视患上了假性近视。这种男孩子在锡矿中学有近千名，把他扔在人群里就再也找不出来了。

对于东城点播台的动画片他如数家珍，甚至也很了解父亲对于烟酒品牌的喜好，但对于女生的事情，他一窍不通，本能地想要进去阻止，但又不知道打开门后自己要对她们说些什么。

“停下来。”听起来很无力。

“我要告诉老师。”又显得自己像个告状精。

未成熟的少年也有自己的心事，尤其是他真的很怕麻烦。因为不可预见内里的状况和女生们的反应，溥跃紧张得不行，额头冒出青筋，心脏突突直跳。

就在他一鼓作气准备拧开门锁时，门后传来一阵很轻的声音。不同于刚才几个女生的大喊大叫，这道声音听起来异常冷静，因为完全没有任何情绪，所以即便声线仍然稚嫩，也显出异常的成熟与世故。

“你们可以在背后尽情地讨厌我，做恶心的小动作，我根本不在乎，但你们不该主动来惹我。

“我根本不怕，而且这样一来我到老师和你们的家长面前就可以更好地告诉他们，你们是怎么欺负我，怎么品学不端，怎么应该被记大过勒令转学的。

“会忍你们不是因为我傻，是在等一次钉死你们的机会，懂吗？”

应该是赏佩佩不哭不笑的样子太过吓人，又或者是四个女生真被她刚才反击的样子震惊到了，被扯乱马尾的女生哆嗦着嘴唇，还在嘴硬：“是你先向我们挑衅的，你以为你说的话，老师就会听？”

“对，记过也有你一个！”

“真以为我们害怕？！”

在几个人发紧的声音里，赏佩佩笑得像朵盛开的夹竹桃，漂亮却带着毒，她咧开嘴露出八颗整齐的牙齿，对着女生们指了指自己胸口的名牌："对呀，就凭我是年级第一的赏佩佩，而你们？是老师最讨厌的差生。

"你们嘛，品质败坏，做任何坏事，都很正常。上次班费少了五十块，老师一直在查小偷是谁，我稍微讲一讲谁在教师会议的自习课上缺席，你们几个人说也说不清的。"

话锋一转，赏佩佩把刚才作为保护自己武器的拖布扔到四个人面前："但我不一定真的去举报你们，还是看你们表现。"

"用点儿脑子，好好想想。针对我到底对你们有什么好处。

"我要是你们，就离我远远的。反正我们也不是一个世界的人。以后毕了业，谁还认识谁？"

话毕，赏佩佩转身扯开卫生间的大门。刷着油漆的铁门只开了一半，走廊一阵冷风袭来，吹散了她额头的碎发。

溥跃的手还在门把手上握着，看到赏佩佩的脸后，立刻屏住呼吸松开手往后退了半步。这是第一次，溥跃把"年级第一的赏佩佩"和面前咬着牙的女生画上等号。

以前他只知道，二班有个学习很好的女生，想也知道，深受老师家长喜爱的学生都会拥有怎么样的面貌，和善、大方、带着优人一等的亲和力。

但当时他近距离看到的那张脸，实际情况和以上的形容词完全相悖。

因为瘦小，赏佩佩的脸上过早地褪去了婴儿肥，下巴像是未足月的幼猫一样尖细，眼睛明晃晃的，大得骇人。但就是这张本来雪白可爱的脸上，因为刚刚的争吵，布满了朱砂般浓重的色彩，她的眼眶是红的，脖子上也是红的。

应该是没想到门后有人，赏佩佩卸下防备的神情有一瞬间的凝固。她的眉目之间有种令溥跃过目难忘的生命力，愤怒、气恼、委屈，还有强撑到底的倔强。

但很快，赏佩佩又恢复了刚才在门内那副满不在乎的模样，她将右手指缝里缠住的几缕头发甩在身后，目光也变得像山风一样凛冽。

"这就是你们的后援？"抬眼上下扫了一下溥跃的身高，她挑起一侧的眉头侧着脸道，"真的想学课下堵人，还是去社会上找点儿有案底的流氓来吧。

"不过流氓呢，搞不好要从身边的人先下手。你们还是小心点儿。"

撂下这几句话，赏佩佩推开门外的溥跃，大步流星地离开了。

只剩下溥跃靠着走廊的围栏，大张着嘴巴，妄图向视线中越来越虚焦的赏佩佩解释自己。

门内的一名女生委屈地啜泣起来，同伙们围着她悉心安慰，共同谴责"加害人"，为首的高马尾认得溥跃，立刻向门外的他求助。

"溥跃！你都听到了吧？她先骂的我们，你看啊。"

"如果老师问起来，你一定要为我们几个作证！"

"是啊，你看她像个疯子一样，脑子有病吧？"

蓝色的 MP3 在零下十几摄氏度的冷空气中还能正常使用，正在窗台上对着耳机循环播放着歌曲。溥跃的近视好像更严重了，他根本看不清门内几个女生的表情，一把抓过自己的东西，想都没想，就喊了一句："我什么都没听到！"

溥跃脚步快了再快，可是空荡荡的操场上空无一人，十字路口的公交车站，学校外的文具店内，通通没有赏佩佩的踪迹。

应该是从那天起，他总是不自觉地在所到之处寻找着赏佩佩的痕迹。他像是执着的侦探，想要从她面对同学和老师纯良的表情中，找到一丝那天的凶狠。他想向自己证明，那天他看到的不是误会。

功夫不负有心人，在提早上学的路上，在早操的操场上，甚至是在刻意放缓脚步的二班窗前，他都找到了赏佩佩的影子，她笑起来很好看，她解题时更好看。

直到后来，他们从一楼升到三楼，度过了那么多你追我赶的期末考试，他都忘记了自己为什么会开始成瘾般地关注着她。

少年唯一确信的是，他有些在意她。

溥跃隐去了个中细节，让故事发生在千里之外的越城，赏佩佩不可能知道故事中发着光的女主人公就是她自己。像她这样普通的女孩想破脑袋也不会知道，她万般挣扎的生活中，竟然曾经也有过长久注视的忠实观众。

所以赏佩佩听着别人的故事，评价起来也丝毫不会客气，笑得像只单手拍肚子的海狮，赏佩佩拍完自己还不够，又豪迈地抬手拍了拍溥跃的肩膀："不是吧？这就是你的初恋故事，好傻，你喜欢的人到最后毕业也不知道你一直在关注她？你说你到底图什么呢？她得长得多好看呀？"

因为体寒，赏佩佩在冬日里很容易手脚冰凉，手掌刚碰到溥跃的皮肤，她就觉出两人之间的体温差了，怕凉到溥跃，立刻缩小手掌的面积，蜷起五指往回缩。

溥跃提前洞悉了她的意图，右手松开了猫，一下就捉住了她的手腕，再重新贴到自己的胸口，不仅紧贴着，还把她的手指一根根掰直，像是烙饼般，焐热了正面，再去焐反面。

他的眸光大大方方地落在她的脸上，点头肯定："好看。特好看。"

不确定自己是不是要生气，说不吃味是假的，但作为准女友，赏佩佩还不至于和十年前的往事较真。他们连未来都是未知，注重当下，就够了。遑论溥跃马上发自真心地讲自己不后悔，眼睫垂着，他贴近了一点儿，继续帮赏佩佩暖另一只手。

"后来想想，那几年不就是我爸妈刚分开的时候，其实说是我在意人家，倒不如讲是我给自己找了个分散注意力的方式。"

因为有了赏佩佩，他可以不那么频繁地去计较思念寇菌和憎恨寇菌的区别，因为想要和赏佩佩成为所谓一个世界的人，他还会督促自己努力学习，试图追赶她年级第一的脚步。

"她让我在无形中变成了更好的人，但对于她来说，这种感情根本没有什么用吧。默默无言的喜欢和没有行动的应援，都太廉价了。"

其实感情是双向的，最起码要真正地付出些什么，才能要求对方有些许的回馈。不然就会像他曾经在少年时做过的那些行为一样，他想了那么多，观察了那么多，苦恼了那么多，但他所描述的一切有关于初恋的美好，都不如一次真正的接近和帮助来得有效。

当年的赏佩佩，最需要的仅仅是善意的援手。

就算不能做拦下家暴父亲的手，应该也要做可以哭泣倾诉的肩膀才对，而他，选择了站在自己的舒适圈内做了最不费力的那双眼。

"对吧？"

溥跃的手真的很烫，等到四只手都拥有了同样的温度，仍然还在紧紧交握。

赏佩佩拱进他怀里，看着他的眼睛发了会儿呆，平复了骤起的纷乱思绪，才笑着替他反驳："也不对吧。你这么说太理想主义了，世界上可是很少会有你这么善于反思的人，实际上谈到感情，大多数人都是抱着在早市选菜的心理。"

"没有回报的喜欢，就是沉船投资，也只有小孩儿才会做吧？"

想到曾经自己上护校后的几段恋爱，赏佩佩忍不住要作为"爆笑事件"分享给溥跃。

在被送养之前，她专注于学习和挨打，根本没有对任何异性产生好感的闲余，等到被送到赏双明所在的临县时，她的生存环境中没有了施暴者，也缺失了一直以来的奋斗目标。她原以为自己会进入的大学，也变成了遥不可及的梦。

一开始，她和姑奶的相处并不愉快，老人的脾气固执，她也不差，度过了冲突不断的暑假，她带着怨气离开赏双明家进入护校后，才算是真正有了大把属于自己的时间，开始了对生活各个方面的体验。

可惜情感开窍，不代表客观条件足够。赏佩佩当年所就读的护校就和全国大部分的护校一样，男女比例严重失衡。她在现实生活中没有机会遇到心仪的男性，但是在网络上收获颇丰。

第一段网恋维持了三周，对方使用了网络假照片并以没钱充话费为由骗了她打工赚来的两百块钱，并将她拉黑。害得她当月充不起饭卡，对着电话里的赏双明大哭了一场。

第二段网恋历时三个月，对方没使用过假照片，也没有卖惨问赏佩佩要过任何钱，但对方总是对她忽冷忽热，动辄还会在重大的节日来临前直接玩消失。想也知道这种人肯定有问题，幸好在两人奔现之前，另一个自称是男孩儿正牌女朋友的女孩子找到了赏佩佩，对她进行了抓小三式的拷问，最终分手。

所以唯一可以称得上是初恋的，应该就是赏佩佩的第三任男友。

第三任男友也是唯一和赏佩佩在现实中交集最多的一位。两人相识于学校网络的表白墙，临近毕业季，赏佩佩在食堂窗口打饭时的照片被对方匿名上传至学院的千人大群内，对方还写下长达五百字的表白情书。

这条投稿被整理发表在 QQ 空间动态后，一时间，跳出来帮男生寻找赏佩佩的围观群众比她本人还要兴奋。所有有关赏佩佩的信息，都被大家分享在表白墙上当众展览。自然，被展览的也包括赏佩佩这几年来，在护校内一直低调保持着的优异成绩。

春日草长莺飞，年轻女生的粉红少女心也是一样躁动，现实生活中学霸学姐和奶狗学弟的桥段要比小说中的爱情更吸引人，所有人都在为学弟的告白加油打气。很快，当年已经准备在蓟城第三人民医院进行实习工作的赏佩佩接到了男生的联系。男孩名叫季俊杰，跟赏佩佩同年，因为上学比较晚，所以晚她一届。

两人第一次真正通上电话时，季俊杰简单介绍了自己的情况后，没有对她的条件进行过多盘问，而是一直在告诉赏佩佩他对她是怎么样地一见倾心，也许是最卖座的爱情戏码等同于痴情和苦恋，赏佩佩还没被打动，当时宿舍里另外的七名室友，已经握拳尖叫，举起手机把两人的恋爱进程记录下来分享到网上。

而且，她们早就帮赏佩佩打听过了。季俊杰的父母都是东城的医护人员，家庭条件不差，而且小学弟自己硬件也不错，身高优秀，样貌端正，从入学起一直不缺女生追求。但人家以年龄太小家教很严为理由，一直保持单身。

这一次之所以会全网寻找赏佩佩，一定是缘分天注定，真的动了心。何况他们两个人的老家都在一起，简直太巧了！

每一段恋爱的伊始都是烟花乍现，外加小学弟还有整个学校的"粉丝"们打配合，睡前的晚安，日出的早安，还有手机里源源不断跳出屏幕的"在干吗"和"想你了"，都是赏佩佩难以抵挡的轰炸机。

第二周两人确定关系时，季俊杰在女生宿舍楼下点燃了九百九十九枚心形蜡烛，并且穿着不合身的西装抹着发蜡，成功引起了近千名师生的围观。赏佩佩刚拎着洗澡筐从学校的公共浴池走到楼下，就被一群人推搡着站在了心形蜡烛的正中央。外放的大喇叭，刺目的闪光灯，还有耳边一直在起哄叫她快点儿答应人家的助威声。

面对着光鲜亮丽喷着香水的季俊杰，当天穿着袖口起球连帽衫的赏佩佩显得那么自卑和窘迫，她头发滴着水，将洗澡筐内的换洗内裤挪到身后，试图抬起手臂遮挡自己还在滴水的额角。

她问："你怎么来了？"没人听。

她想说"我还没考虑好。"没说出口。

因为围观群众，都在朝着不懂风情的赏佩佩重复季俊杰单膝跪地时的那句话。

"赏佩佩！答应啊！快答应他！"

当天，赏佩佩到底以什么样心情答应了季俊杰的请求，她不太记得了。她只知道，拥抱结束后，季俊杰想要当着所有人的面吻她时，她立刻偏开了脸。

在一片嘘声中，赏佩佩像是逃命一样地往宿舍楼上奔跑，行为举止像个情绪失控的精神病患者，只留下季俊杰，体面优雅，余光扫过那只孤零零的拖鞋，露出百分百完美的笑脸，对大家解释：一定是赏佩佩太害羞了，他们以后会很幸福的。

至此，季俊杰和赏佩佩的名字在护校成就了一段佳话。

回忆告一段落，注意到溥跃五官挂着一层霜，抱着自己的胳膊越来越僵硬，赏佩佩还是保持着轻快的语气，轻轻用自己的额头撞了撞他的，可谓是对他毫无保留地敞开心扉："先别急着吃醋，你不会真的以为这段恋爱已经取得了大成功了吧？"

　　说过很多次了，再说都会嫌烦，成功不存在于赏佩佩的生活中，也不存在于任何一个不幸运的普通人身上，老天对待他们真的很不公平，如果一个人遭遇悲剧，悲剧就会像是滚雪球般接踵而至，像是某种杀身成仁的试炼。

　　就在她恋爱学业双丰收，正准备依照科室老师的推荐，进行五年制连读并签署蓟城第三人民医院的用工合同时，赏双明悄无声息地过世了。

　　没有离开父母家之前，赏佩佩每年只会在大年初二那天中午，在老家女人吃饭的小桌上和自己这位讷口少言的姑奶见上一面。姑奶是赏佩佩爷爷终生未嫁的妹妹，也是奶奶和父母口中的老怪胎，是家族的耻辱。过年饭桌上的女人们总是喜气洋洋，吃着边角料的小碗菜和主屋里的男人们一样愤慨激昂，只不过喝酒的男人们聊的是国家大事，她们则聊着东家长和西家短。

　　赏家亲戚几十名，唯有赏佩佩和赏双明，一老一小，埋头吃饭，从不主动开口说话。

　　但赏双明显然要比赏佩佩更加孤僻古怪，不同于赏佩佩跟着母亲一去就是整个寒假，她每次回自己的哥哥家都不会过夜，不多不少，也就是待一顿饭的时间，老太太搁下碗不和任何人打招呼，就会裹紧身上的外套离开，给桌上的女人们腾出讲她闲话的位置。

　　赏佩佩爷爷因病去世后，赏双明就再没有回到过那个人多是非多的老家。

　　多年未见，赏佩佩对她的印象，也一直停留在那张与自己爷爷非常相似的、布满沟壑的脸上。老人总是穿着一件长到脚踝的深色外套，而围巾和手套，是刺眼的正红色的。

　　赏佩佩对这样一位老年人本没有任何感情可言，当年之所以会答应搬去与赏双明同住，是因为陈梦和告诉她，因为父亲坐牢，家里也负担不了她继续学习的费用。

　　乡下的弟弟也到了要读书的年纪，摆在他们娘俩面前唯一可行的方法，就是暂时把赏佩佩过继给无儿无女的赏双明。只要赏佩佩肯配合母亲演一场乖巧听话的戏，那么她就可以顺利地在赏双明的资助下，读完高中读大学，最后依靠知识改变命运后再凯旋。

至于赏双明以后的养老问题，他们大可以等到以后再说。反正，老眼昏花的赏双明年近七十，这样一个孤独痴傻的老人，很容易被骗，且在发现上当后，不会有任何还手的余地。

带着这样不可告人的目的，不良少女赏佩佩怀揣着无限的希冀，被母亲和拉货司机打包送到了赏双明家。但是整顿好自己在姑奶的小房子里住下，不需要两天，赏佩佩就发现这个由大人精心设计的局里，只有她自己才是瓮中的鳖。

赏双明的家，可谓是家徒四壁清贫至极，就是政府救济底层人士的廉租房，而陈梦和所讲的，老太太终生省吃俭用深居简出积攒出来的万贯家财，早就被这些年不停上门来借债的赏家人挥霍一空，而且年迈的赏双明根本没打算资助她继续去深造。

老太太虽然老但是不傻，她明确表示，她和陈梦和有约在先，自己那点儿微薄的退休金勉强只能支持自己过活，她之所以会一直给自己那个不争气的侄子拿钱，接受赏佩佩的到来，是因为她需要赏佩佩暑假结束立刻就去一所职业技校，以最快的速度在毕业后赚钱为她养老。

她的身体每况愈下，总不能独居一辈子，她需要人来照顾。

赏佩佩哭过，闹过，整个暑假里愤怒的她都在和赏双明作对。

但是每当她跟对方大吵一架，冲动地跑出赏双明家的大门后，一无所有的少女也只能坐在楼道里啃着手指平复心情，等到傍晚再重新用赏双明给她的备用钥匙把门打开回到那个家。

而那个家里总是飘着卫生熏香的清苦气味，还会响着赏双明在自己卧室的电视机中反复播放的老电影，看似什么都没有的房间，却填满了照料。

因为无论两人白天吵得多凶，赏佩佩有多放肆无礼，客厅的八仙桌上，总是留着三四样温热的饭菜和一杯红茶。

假期临近结束，赏佩佩松口了，她身上的棱角被磨平了。

她认真地挑选了老太太给她指出的几条路，并对入学考试进行认真地准备。带着赏双明给她的学费离开东城的那天，赏佩佩拥抱了这位瘦小、佝偻、不善言辞的老人。

因为她也知道，除了走出火坑堕入冰窖的绝望外，赏佩佩痛恨的并不是自己背着的卖身契，不是面前需要回报的赏双明。她终于搞清了，她十几年来一直想要尽力融入的、保护的那个家，其实从来没有真正属于她。

她对家的向往，是种可怜的一厢情愿。她和面前的老人一样，只是家庭中的边缘人物，横竖是一笔人情世故债罢了。她也没有想过，赏双明的死讯会对她的生活造成海啸似的毁灭。她幼时扛过了家暴，少时经历了欺骗和抛弃，但她却没办法直面赏双明的死亡。

她仓促地请假，回家，再重新失魂落魄地回到蓟城。

赏佩佩第一时间为自己决定了未来，她婉拒了老师的培养，她撕掉了第三人民医院的用工合同，她不想接着在蓟城上学了，她要在毕业后立刻回东城就业。

她急迫地需要安定，她想要个家。

"人在悲伤的时候真的很容易就感到寂寞。寂寞和苦痛混在一起也太难熬了，难熬到在撑不住的时候，就会想要急切地挽留身边的人，想要从错的人身上得到肯定和安慰。"

赏佩佩当时确实那么做了，她在人生的岔路口，将全部的感情都投射在当时的男友身上。原本一直在感情关系中原地踏步的她突然向对方表达了在未来想要和他共筑家庭的意图。

可恰巧是在这么关键的时机，总是满口挂着"未来"的季俊杰退缩了。

说到这里，赏佩佩的声音变小了一点儿，她垂着眼睑遮盖着眼里逐渐消失的光："你猜怎么着？在反复劝说我不要和医院毁约失败后，他在我回到东城前跟我提出了分手。"

　　一句安慰也没有，一句体谅也没有，两个人最后一次吵架也像第一次联系一样，是当着整个宿舍的面。

　　一个精致的利己主义者要花多久才会卸下完美男友的假面呢？

　　答案是不需要一秒，在眼见自己的利益遭受了侵害之后，季俊杰对待赏佩佩的态度急转直下，他的爱没了，根本不需要任何理由。

　　在赏佩佩失心疯似的反复追问下，季俊杰终于给了她一个痛快。

　　他不耐且粗鲁的声音从电话里吼了出来："赏佩佩，你还真以为自己是个人物？要不是有第三人民医院的合同，你还真以为我爱上你了？

　　"跟你说实话吧，我上学前我爸妈早就说过了，让我找个蓟城本地人留在大城市打拼。问题是蓟城本地女的家里但凡有几套房的，都把鼻孔顶到天上去了，能看上我吗？

　　"所以我这不就找到你了。

　　"你知不知道第三人民医院已经多久没有定向培养咱们学校的学生了？上一次还是几年前，只要你上满了五年班，回头连医院家属区的房子都有你一份儿！

　　"知道在蓟城有套自己的房子意味着什么吗？多少人做梦都得不到的机会，你白白扔了！

　　"你回东城干啥？你年纪轻轻不赚钱你回去等死？要死自己去死，我为啥要回老家让人笑话？

　　"你姑奶死了，你跟谁装有情有义呢？她死了你不活了？再说了，你不是说你爸妈把你卖给她了？她死了你不该放鞭炮吗？

　　"你跟谁装有情有义呢？我真是搞不懂，是不是有摄像机对着你个傻子拍啊！"

　　天然的乳胶床垫被颠出席梦思的弹簧感，赏佩佩话没说完，溥跃一个鲤鱼打挺就坐起来，捞起手机，迅速在搜索引擎里点开赏佩佩就读的护校的网址。溥跃真的错了，他完全错误估计了自己会有的应激反应，相比他现在的怒火中烧来说，在赏佩佩开口前，他心里的好奇和嫉妒根本就是小儿科级别的担忧。

原来真正全身心去喜欢一个人，是宁愿她好，不仅默默期盼她未来会好，也好希望她没有自己参与的过去，也得到了世间最温柔的垂问。说真的，就算前男友们是电视剧里风度翩翩的豪门二代，也好过这种猪狗不如的男人，他宁愿赏佩佩用绝美爱情酸死自己。

太生气了，溥跃额上的青筋暴起来，他像是让人踹了饭盆的恶犬，已经掀开被子准备弯腰捡裤子，嘴里跟打枪似的念念有词。

"叫什么杰？这孙子在蓟城毕业干吗了？我现在立刻坐飞机过去堵他家门口。

"我倒是要问问他，是不是天生残疾眼睛瞎了，软饭硬吃的人居然还有脸活着，我赶快带他去结扎了算了。"

"恕我直言，骂女人的都是这个。"比完小指甲盖那么大一点点的手势，溥跃还咽不下这口气。

他确实急了，他栓个链子揣在兜里都怕把赏佩佩弄丢了，他给赏佩佩发个信息都要思前想后琢磨好几天，他想重新学习礼貌百科就为了能配得上赏佩佩，结果怎么着，世界上竟然曾经有一个不知道来路的烂货，敢对他的心上人实施不入流的精神打压法。

那个混蛋怎么敢？他不发疯才怪。

赏佩佩也不知道几秒前还在自己身边躺着的溥跃怎么就突然气炸了，在床上愣了几秒，直到看见溥跃背着她穿不上裤子在地上乱蹦，她才搞懂对方生气的点在哪里。

喔，溥跃要鲜衣怒马，快意恩仇，去为当年的赏佩佩打抱不平。

先不说他们两个人不生活在武侠尚存的江湖，赏佩佩也没时间为六年前的无关人士耿耿于怀。再者，听着溥跃的意思，他为自己报仇的方法，就是不顾患者本人意愿强制对方暂时丧失生育能力。

这叫什么报复？他懂不懂男性结扎可以复通？

恕赏佩佩很难感动，大概是学医学多了，她在关乎自己专业的方面是理性而严谨的，但不妨碍她感性而马虎地认为，溥跃为自己着急的样子很可爱。

尤其是他宛如烧着了眉毛时，整个人气急败坏，内双都被瞪成了单眼皮，裤子没穿好就四脚着地，趴在地上找袜子，像只小狗一样。简直毫无人类的常识，可爱得像个外太空入侵的傻瓜。

赏佩佩重新换了个姿势，把两只已经热乎乎的手同时放在枕下，眼睛弯着，跟床头的猫一起，居高临下地望了溥跃一会儿，才接着说："季俊杰啊。季！俊杰！"

她拖着长音故意把前男友的名字念清楚，供溥跃在浏览器里搜索。

赏佩佩黑白分明的眼睛转了转，声音清脆："可是怎么办，你现在去学校，在档案室里也找不到他了耶。当年分手时，他跟我说的那些话都被我室友给录下来了。"

本来大家是想着顺手记录一下高光情侣之间的小打小闹，谁知道，他们的收场结局不仅是一场闹剧，还是大型连环车祸现场，一时间把八个女生一见钟情的感情观都给撞飞了。

在耳边传来辱骂时，赏佩佩就皱眉将手机与耳朵之间拉开了一定距离，她当时只是短暂陷入了情感恐慌而已，像是暴食症患者吃垃圾食品，吃多了消化不了，多亏季俊杰酸臭的戾气，让她一下就吐了出来。

她的生活从来不需要这种不懂得尊重她的人。赏佩佩舒展眉头，分手的余下过程中没有再讲话，相反，她还走到室友跟前，示意她不要停止视频。

看到溥跃动作缓了，那张好脸慢慢转过来看向她，赏佩佩才耸肩表示无奈："他不是最喜欢在表白墙哗众取宠吗，那作为好学姐，我当然是助学弟一臂之力呀！"

不算是因果报应，因为赏佩佩只是单纯地以其人之道还治其人之身。既然恋爱的开始，是由近千名观众的欢呼和鼓励来的，那么两人分手退场，也该给大家一个坦白的交代。

被几千名女生同时攻击绝对不是美妙的体验。在谩骂声中，季俊杰在网络上道歉、求饶、捏造事实，被推翻后，再次重复道歉、求饶。

赏佩佩已经不那么在意了，因为分手的那天，她就学到了人生中重要的一课。

浪漫是艺术家为普罗大众捏造的超现实传说，爱情相比吃饭喝水来说，根本是种华丽的伪装，世界上不存在不明原因的爱，也不存在永远高于一切自身需求的爱，爱情是一种更新换代的比较，也是一种当下最具有诱惑力的性价比。

一个精神健全的成年人，如果真的在爱人身上毫无所求，那他为什么不能去爱一粒灰尘，或者一滴水珠呢？如此可证，一旦爱情周围出现高于伴侣的更优选，需求会被更大程度地满足，爱情就会移位，这是优胜劣汰的法则。

爱情的崇高性，大约就是智商佼佼者们用来捕获愚蠢俘虏的陷阱。

人人歌颂，但人人都心怀鬼胎。

这种煞风景的爱情观赏佩佩固然不会对溥跃说，因为掰开了揉碎了，她的欢喜一样掺杂了贪图：眼馋对方的男色和陪伴。与男生谈感情也是一种高阶的为人处世之道，她可是职场老油条，懂得怎样交谈才会让沟通顺畅，捷径就是绝对不要讲对方不会感兴趣的事。

所以，裤子穿了又脱，在溥跃重新讪讪地躺回她身侧时，赏佩佩只需告诉他，自己毕业后入职阅湖疗养院那年，隐隐约约听留在蓟城的室友告诉她，学弟最终在当年就从学校退学了。

"和这种人没必要太计较，只能说感谢他让我早点儿看清事实。"

被现实打得猝不及防，总好过傻乎乎地做个蒙眼瞎。

溥跃躺回被子里，眉宇间的愤怒有被明显冲淡的痕迹，他怎么忘了？面前的赏佩佩看起来再怎么柔软，也是朵带刺的玫瑰，她身上始终会带有她少女时代的缩影，而那个在女厕里挥舞着拖把以一敌四的赏佩佩，有着一颗比普通男人还要强大的心脏，似乎永远不需要他来充当挡在她面前的豪杰。

溥跃自认为绝对不是大男子主义的践行者，但这种感受还是让他有一点点挫败。他也很想做她可以依靠的港湾，只是他还没有机会。不过他的沮丧是他自己要解决的问题，眼前，他只想走进赏佩佩的世界。

溥跃用手指充当宽齿梳，拂过她脸侧垂落的黑发，溥跃再开口的声音不大，说不好赏佩佩听到的话语是由骨传导还是空气传播，总之声音共振后的速度一定远超 346 米每秒，而且掷地有声。

溥跃问她的问题很简单，却那么一针见血。

这也是赏佩佩当时发现赏双明死亡时第一个从脑海中冒出来的问题。

"老人是怎么走的？意外，还是疾病？"

她怎么会毫无防备？

因为并不是那种传统意义上的亲密祖孙，赏佩佩在异地求学时没有每天和老人联络的习惯，一走就是几个月，当中难免有时也会挂念她的身体，但赏佩佩每次打电话回去，赏双明第一句话都是问她："这次又要多少？"

执意再聊下去，老太太就会问她是不是又被油嘴滑舌的男人骗了，说些非常直白的大道理来教育她。例如女人最大的价值，就是赚钱自立，千万不要做梦一有困难就会有男人来为她解决。再不然就是讲她的生活习惯有多么不好，不吃早餐是罪大恶极，穿得像个男孩同样也是。这样下去，老太太怀疑到底会不会有好男人会看上赏佩佩。

赏双明像是每一位固执的老人一样自相矛盾，她好像很希望赏佩佩可以努力提升自己的一技之长，但在让赏佩佩追逐自身发展的同时，她又希冀赏佩佩可以学着像个大家闺秀一般温柔贤惠。

她自己没有组建家庭，却盼望未来有一天赏佩佩可以风光出嫁。

长此以往，赏佩佩也知道隔代人沟通起来很困难，除了放假回去尽心尽力地照顾赏双明的饮食起居外，也很少主动打电话回去找骂。反正她总是什么也做不对，她就是讨不到老太太的欢心。

她最后一次拨通廉租房的座机，是在赏双明去世的前一个月，届时她得到了第三人民医院的实习机会，并受到了老师的青睐，而她唯一能够分享喜悦的最亲密的人，不是她的男友，不是她的父母，而是远在东城的老太太。

那一天也没什么不同，老太太听后不仅没有为她感到开心，还对着电话发了一通脾气。

她先是问了赏佩佩再读两年大专需要多少钱，听到赏佩佩说自己拿到了奖学金，再加上勤工助学不需要她出钱后，又像是松了口气，随口嘱咐了几句有的没的就急急地挂上了电话。赏双明告诉她自己很忙，没时间听这些啰唆事。如果她再不好好改改自己的性格，那放假也不用回去了，女孩子读再多书也没用，一辈子孤苦伶仃有什么用？

这些细节其实是赏双明最后的嘱托，可落在赏佩佩敏感的耳朵里，无异于是一盆冷水，她敏感地以为，老人是在埋怨她不守约定没有尽孝，可是他们祖孙俩还有很长的时间可以慢慢把生活越过越好。

赏佩佩还没来得及告诉赏双明自己的计划，两年后，她毕业后会在蓟城努力工作，最多五年，她就会回到东城找个待遇最优的职位，在市郊买一套大房子让赏双明在里面颐养天年。

赏佩佩记得，赏双明说自己小时候曾经有过一只三花猫，因为家里太穷猫被父母扔到了村外，到时候他们也可以在房子里养很多很多的猫，这一次，赏双明不必再担心有人会抛弃她的宠物。

好心当作驴肝肺，所以整整两个月，赏佩佩都赌气没有再和家里联络过。

可是等到她终于在这场冷战中败下阵来，说服自己还是要尊重长辈率先低头，毕竟老太太吃过的盐要比她吃过的饭多时，她发现家里的电话变成了空号。

而她千方百计才联系上的廉租房的邻居在电话里惋惜地告诉她：赏娘，好像是在一个月前就去世了，具体的过程她也不是很清楚，但是对面的房子，已经被专人收拾过，再次住进了新租户。

不记得拨打了多少遍手机里那个存成"家"的空号，直到回程的飞机起飞，空姐非常有礼貌地请她关闭手机电源，赏佩佩还在机械性地在黑掉的屏幕上按着那几个熟悉的数字。

她不认为自己是回家奔丧。也许，一切都是老太太的诡计，她只是要自己服软。

赏佩佩最终还是服软了，在飞机飞行的三个小时里，她不断对着窗外的云层和太阳发誓，只要赏双明肯好好地待在那个家里安然无恙，她以后再也不会离开赏双明半步。

她可以不深造，她可以不积累经验，她们两个人，就在廉租房里过一辈子，她也愿意，只要电视开着，桌上有饭，那里就是她们的容身之所。

可饶是她再怎么一厢情愿地祈求，死人不可能还魂在活人的世界里。

千里迢迢地赶回东城，赏佩佩不仅没能用手里的钥匙打开家里的门，她甚至没能见到老人的最后一面，廉租房被收回，赏双明的户籍被注销。所有的事情都发生在四周之前，身亡、火化、丧葬，连吊唁都不必，整个下葬的流程在有心人的操办下只用了两天。

在赏佩佩苦恼着恋爱问题时，老太太从一个活生生的人，变成了派出所开具的一页死亡证明。

也就是捏着那张复印纸时，赏佩佩才开始悲痛。她从派出所飘出来一屁股坐在盛夏的台阶上，头顶是炙热的太阳，周围是嘈杂的蝉鸣。赏佩佩双眼发白，头重脚轻，眼泪不值钱地顺着下巴淌到水泥地上。

她好像晕倒了，又好像没有。

直到被惊呼的路人扶起来之前，她都在发了疯似地反复张合着双唇问自己："怎么会这样，她怎么会死？她到底是怎么死的？"

她精于算计的姑奶明明还没被自己赡养一天，连债都没收回一分，怎么可能情愿去死呢？

带着这种疑问，赏佩佩不吃不喝在几天内连续跑了很多地方。

街道办事处、肿瘤医院、接收过赏双明的太平间和殡仪馆，可调查清了赏双明的死因，她心中的问题更加没有了答案。

老人的去世，是意外，也是疾病。虽然赏双明的最终死因是大量吞食止痛片而引起了肾脏的中毒反应，但过往病例也显示，意外发生在三年前的一次社区体检中，赏双明被当地医院确诊为乳腺癌中期，老人拒绝了医生提供的治疗方案。

老太太明知自己的恶性肿瘤会发生大规模地扩散，还是毅然决然地放弃了治疗。

用医生的话说，就算没有这次意外，以赏双明病情的严重程度，三年零四个月，也到了老人能够生存的极限。

　　震惊之余令赏佩佩更加不解的是，以病例的看诊记录推算，当年，赏双明同意接受赏佩佩前往临县与自己共同生活时，已经知道了自己的身体状况。

　　既然是这样，赏双明为什么还会同意拿出积蓄中的最后一笔钱，来资助她去蓟城上学？她分明了然，自己等不到赏佩佩的回报。为什么？不是头脑里真的没有答案，而是但凡压在心底的答案变成了真的，赏佩佩将会没办法自处。

　　她的小打小闹，在老人的大爱下显得那么自私自利。

　　尤其是，在社保局她亲眼看到领取赏双明死后那六万块丧葬费的签字人，正是自己的父亲。

　　天边亮起鱼肚白，赏佩佩的鼻音因为困意而模糊，她闭着眼睛，让溥跃看不到她湿润的眸光："所以我回到锡矿厂找他们。"

　　"我也知道，我不是她的谁，不过是另一个从她身上榨到好处的人，那时候我好愤怒，愤怒地认为，他们不配拿那笔钱。她死后连正经的棺材都没有一副，根本没有人有资格用那笔钱。"

　　至于她会把属于老人生命里最后的一点利益讨要回来要做些什么，她也不知道，总归不是留给包含她自己的这样一家人。

　　溥跃支起身体关上床头的灯，重新将被子给她掖好，不用问也懂，赏佩佩没有成功，不仅没有成功，她还被父母恶语相向，他们用最难听的词骂她，还告诉她作为姐姐，作为家中的顶梁柱，必须出一份力。

　　他们四个才是一家人，赏双明，只是天上掉下来的乐透奖券，刮过，兑过，很快就可以被抛到脑后，无须记挂。

　　而从小被打到大的赏佩佩，突然成了他们口中唯一的依靠，她摇身一变，成了父母口中的好女儿和好姐姐。这么坏的她成了好人，可那么好的赏双明，却成了死后都没捞到一句好话的人。

　　从锡矿家属区的楼道里逃出来时，赏佩佩没有讨回属于赏双明的一分钱，甚至她都没有问出赏双明墓的具体位置，她只知道，姑奶被潦草地葬在了郊区的二道沟里。

"那天我在墓地里一行行走，一个个看，从上午走到了下午，眼睛都花了，才找到了她的碑。"想起了那天寂静无声的墓地，赏佩佩有点冷，她裹紧被子，"所以我撒谎了，从医学上来说，我生物学的父母没有被宣告死亡，但是在我心里，他们已经死了两次了。"

抛弃她时算一次，没有好好为赏双明送终算一次。所以她真的不在乎他们是否过得差，如果可以的话，她甚至希望他们可以生活得再悲惨一点儿。就像是赏双明生命中最后那几年要忍受的疼痛一样，她期盼着所有利用过赏双明的人都可以尝尝那种被反噬的滋味，包括她自己。

因为她知道，姑奶在孤独死去前一定在后悔，后悔没有用那些钱提早治疗，后悔长期资助了侄子一家，后悔养了赏佩佩这么个白眼狼，后悔她可怜又孤独的一生就这样变成了空洞的躯壳。

无论溥跃再怎么安慰赏佩佩人死如灯灭也没有用，她就是知道。

本以为揭露这些长久腐臭的伤疤会令赏佩佩再次陷入狂躁和苦痛。

没想到临近天亮，赏佩佩竟然睡了个好觉，梦里她在一片暗无边际的森林里慢慢前行，越过了灌木，跨过了小溪，最后在一片灿烂的晨光中，她在丛林深处看到了年少时曾经梦想过的郊外别墅。

一切的布景都美好得太过诡谲，色彩艳丽，精美绝伦，像是童话里反派用来引诱孩童的糖果屋。可赏佩佩愿意成为魔女的盘中餐，她几乎是以百米冲刺的速度跑过去，用力拽开了房间的大门。

梦里的人没有嗅觉，可赏佩佩闻到了一股熟悉的熏香。而且，她听到了耳边悠扬的歌声，就是赏双明最喜欢反复观看的那部老电影的插曲，欢快的曲子也没能缓解赏佩佩的紧张。

第一视角的密室逃脱不过如此，她推开一扇扇的房门，登上楼梯，再反复寻找着周围的线索。

大家都做过这种入戏不深的梦，赏佩佩的大脑固然明白自己在做梦，哪怕知道梦会醒，还是奢望着拥有哪怕一瞬的现在。

还好，在音乐停止前，赏佩佩最终在三楼的露台上发现了那个熟悉又陌生的身影。老太太背着身，发丝花白，依然佝偻着腰，正在逗弄着围栏上的一只肥猫。

赏佩佩双眼满含泪水，两条腿却如千斤重。面前是一扇桃木串制成的细碎门帘，她却怎么样也不敢轻易惊动，她怕猫跑了，也怕梦醒了。

就这样注视了良久，身后突然有细微的脚步声，赏佩佩不舍得回头，可是"赏双明"回头了。她的目光没有与赏佩佩交织，更像是，赏佩佩只是透明的空气，对方毫无波澜地越过她看向楼梯口。

老太太和猫，都不怎么惊讶。老太太看起来和记忆中不差丝毫，因为并没有开口啰唆地骂人，所以更显出面目慈爱。

赏佩佩在看到她回身时，眼里的泪珠从眼眶滴落。等到她也忍不住回头看向自己身后时，梦醒了。

睡了太长的一觉，赏佩佩在午后斜阳里睁开眼睛，不敢相信自己的梦，又重新闭上，反复几次，才啼笑皆非地掐了自己的胳膊一把。

因为，她梦里最后一眼看到的，竟然是溥跃抱着姑奶小时候的三花猫。一人一猫亲昵的样子，就好像是他们早就认识了很多年一样。但现实是，昨晚之前，溥跃甚至都不知道自己和赏双明的关系到底是什么。

溥跃，只是她人生中意外发生的浪漫，怎么可能会和一个死去的人有任何联系。身边的溥跃不知道什么时候已经离开了，但猫咪还在，看样子是吃饱了，正在打呼噜睡觉。

伸个懒腰彻底清醒过来，赏佩佩难免要吐槽一番上学时为了丰富阅读量看过的《梦的解析》，梦到底是梦，是潜意识的投射，更像是随机组合的凌乱碎片，根本没有任何意义。

赏佩佩掀开被子才注意到茶几上放着一只绿色的崭新保温桶。

她从床上下来，在地毯上正襟危坐，她确信，这样丑陋的保温桶不是自己的财产，但既然会放在她家，应该是溥跃给她准备的。尤其是保温桶的旁边，还有几管烫伤膏。溥跃心细，昨晚一定注意到了她脚上的小水泡。

保温桶一共有三层，第一层摆放着整整六只烧卖，第二层铺满了绿色的青菜，第三层也是容量最大的一层，盛着一碗还在冒热气的皮蛋瘦肉粥。

赏佩佩"哇"了一声，已然把今早的梦抛到九霄云外，立刻蹦蹦跳跳地去厨房拿餐具。

十分钟后，她的嘴里塞满了食物，左手也没闲着，划开手机没忘记和溥跃道谢。

溥跃的信息是早上发来的，他说早点是楼下买的，保温桶也是，恐怕她要睡很久，所以就把吃的装在保温桶里，但叫她放心，保温桶有好好清洗过。可能是怕她认为自己敷衍了事，还多了句嘴，说下次真的亲手做给她吃。

如果还有下次的话。

下次当然会有，尤其是醒来就有饭吃已经很幸福了，谁还会在意外卖和家常菜的区别？能填饱肚子的，就是好饭。

只不过看时间不早了，她还想着昨天和溥跃一起去上坟的约定。

你这么早走，是有急事？

今天你不和我一起去上坟了吗？

溥跃今天信息回得不快，但也赶在她吞下最后一只烧卖时发来了两条信息。

嗯，不去了。我胸口痛啊，昨天好像被你踹骨折了。

骨折是不可能骨折的，没人能肋骨骨折还进行激烈运动，赏佩佩对着空气翻了个白眼，沾着水的手指还在艰难地按着：不好意思哦。

"哦"字还没打完。

溥跃接下来的几条信息干脆让她删掉草稿直接把对话框关了，不仅关了还要把手机即刻静音才能抵御脸红。

因为溥跃根本不是要和她装可怜那么简单。他无耻的程度简直毫无节制，令人发指。怎么会有人在微信里一本正经地说这种话？

我头也好痛，出不了门了，让你的膝盖弄的。

你说我会不会是脑震荡啊？

十几公里外的修车店内，溥跃面无表情地握着手机专门捡着赏佩佩不爱听的话连发了好几条，脑子里的低俗词儿都快用光了，赏佩佩才忍无可忍地给他发来了一句两秒钟的语音。

语音转文字，赏佩佩语速还挺快，"赶快滚吧，你爱去不去"这九个字，竟然能被她的嘴巴在两秒内说完。

看来她是真的烦透他了。想着赏佩佩买花上坟外加嫌他烦，一时半会儿应该不会再理睬他了，溥跃这才收起手机点了支烟，专心致志地接着处理面前的麻烦事。

今天店里照例是没有什么生意，本来溥跃也没想爽约，提前起床下楼买吃的就是预备着给石头打个电话，让石头今天自己看店，但是没承想店里头却来了几位不速之客。石头实在招架不住，只能搬救兵。

事情说大不算大，但说小也绝不算小。起因还是溥跃之前在石头面前多了那么一嘴。

同样是周天休息日，昨天独自看店的石头和在家休息的小晨都过得不怎么愉快。周六晚上两个人从店里离开时并没有和好，相反，溥跃给石头好心转账的那笔钱还成了小情侣之间争吵的导火索。

他们吵架的原因一如既往不是任何原则性的问题，小晨嫌石头对她不够细致，石头则觉得小晨是生理期快来了所以小题大做。

以往两人的生活圈里都是和他们差不多的同龄人，谈恋爱最大的花销也只限于柴米油盐酱醋茶。可现在他们有房了，虽然解决了人生中最大的难题。但他们好像也没有向着幸福和快乐前进，他们的手头更紧了，也更容易生气了。

恰恰此刻石头身边多了一对年长又有钱的情侣，才让小晨突然意识到，自己和石头的恋爱有多么穷酸。

回程时小晨心里不太平衡了，所以在石头哄她哄到终于不耐烦，直接冷着脸把溥跃转给他的钱当着她的面在旗舰店给她买了一瓶精华液，问她"可以消气了吗"之后，小晨看着那笔订单，开口就是一句："窝囊废。"

怪不得她父母总是反对他们一起，是她瞎了眼睛，才会跟着石头耗费了这么多年的青春。

小晨只顾着发泄怨气，没注意面前石头的脸色。当天石头握着拳头，一言不发地把车停在路边，等到她下车，留下小晨一个人在冷风里傻眼了半个小时，反复确定石头不会回来找她了，才抽噎着自己打车回了家。

周六分开后，小晨一直在等石头向自己道歉。可是整整二十四小时，石头根本没有试图联系过她。她开始想起石头对她的百般呵护，虽然他们两个人没有钱，但是他们之间有比钱还珍贵的岁月。

可再后悔再难受，小晨这些年被石头惯坏了，还是隐隐地怀疑着，石头是不是偷偷变心了？

一整个周天，小晨什么都没干，在冷战和胡思乱想中备受煎熬，所以周一一早，她想到了石头之前拜托自己帮溥跃查的那个人名，也就是这个人名，和这个举手之劳，让她一不小心倒了个大霉。

一早上班，小晨特意提前四十分钟下楼，天蒙蒙亮就绕路上班，全是为了在人民广场老头的煎饼摊儿上买两套煎饼果子带到单位。自己那套煎饼常规安排，另一套里头加油条，打两个鸡蛋进去，葱花洒满，特意多花了宝贵的四块钱。

小晨拎着早点到单位，拿钥匙进了办公室，墙上的电子钟还不到九点。她打开电脑和饮水机，坐在自己的位置上小口小口地咬着煎饼喝豆浆，眼巴巴地瞅着办公室外头的走廊，等自己的远房表哥上班。

小晨的表哥就是她口中常说的马胖子，马胖子人如其名，大腹便便，走路带喘，也长了一张如盆大的肉脸。但别看人丑，马胖子可是他们锡矿派出所户籍科内的唯一一名带星民警。

先不说他们表兄妹之间的工资和福利待遇的差距。最重要的是，小晨想查的户籍系统，只有他们真警察才有那个权限。

她的爱情危在旦夕，她必须要拯救处于水深火热之中的自己！

九点整，马胖子一从走廊露头，小晨立刻站起来假忙活，先是帮人家倒水冲茶，随后又点头哈腰地把今早预备的煎饼果子搁到马胖子眼前。

"哥，还没吃呢吧？你看，我正好买了你爱吃的那家煎饼果子，前几天还听你念叨呢，尝尝还是那味儿不？"

马胖子眼睛一斜，就看出小晨脸上的猫腻来了，虽然俩人上学时不亲，但工作后他毕竟带了她两年，知道她的习性。

漂亮话不管用，马胖子摆手打断，他接过煎饼果子吃得满嘴掉渣："别扯些没用的，就说你要干啥吧？"

小晨面上还堆着笑，但她想着石头那张脸，忍了装着很听话的样子道："徒弟请师傅吃早点不是天经地义的吗，再说了，师傅您这么多年照顾我也挺辛苦的，我就是……"

"就是你U盘先给我用下……"

马胖子心情不错，一听是借U盘这种小事，点点头，马上从裤腰上取下钥匙串捅开了办公室的抽屉，把里头的电子密钥扔给她。

耳边还飘着成吨的絮叨，小晨对着电脑屏幕做鬼脸。她操作着鼠标键盘快速调出户籍系统，权限打开，对着搜索引擎输入了"赏双明"三个字。

小晨没见过那位长相纯良的姐姐，但在石头的叙述下，先入为主地认为那位姐姐可能是个骗子。以前这事儿她在单位没少见过，多发于恋爱中的诈骗案，犯罪人不仅欺骗受害者的感情，还会借亲密关系骗取一笔不菲的钱财。

赏双明，大概就是骗子的真实姓名。

所以好不容易要来了电子密钥，却发现赏双明已经在今年前变成"注销户口"时，小晨可谓失望之极。

一个年过七十，死亡多年的老太太，无儿无女，根本不构成诈骗的基本要素，石头那些个自作聪明的推理完全不成立。

虽然一大早竹篮打水一场空，但忙总不能白帮，该邀功的地方小晨绝不手软。划开手机偷偷冲着电脑屏幕照了张相，户籍系统都懒得退出，小晨就借口去卫生间琢磨着怎么利用这个"大忙"和石头讲和。

抱着手机下楼梯，小晨刚左拐进一楼的卫生间，赏岳林就在他老婆陈梦和的搀扶下，挂着拐棍推开了派出所的大门。

三个人错身而过，赏岳林夫妻还没到二楼的户籍科，就开始哭天抹泪地号。吵闹声一如既往惊动了全楼，各科室一听这动静就知道是户籍科的常客，纷纷关门避让，唯恐被他俩盯上。

不是派出所不为人民服务。生病以来，赏岳林几乎把锡矿派出所内的所有科室都闹腾了个遍，最后，他家这档子烂事儿，当然是被踢到了人微言轻的户籍科。可户籍科对寻人也有严格的流程要求，以赏家人当年的复杂情况，没有刑事立案，没有失踪申报，他们根本不可能依照赏岳林夫妻的口头要求，就随随便便透露公民的个人信息，所以这里就成了赏岳林夫妻俩时不时来告冤的地方。

马胖子刚才也听到赏岳林的哭声了，他的第一反应也是尿遁，可无奈小晨先走一步，他仰天长叹等着这对夫妇一步步从楼梯上走进来。

不是他没有同理心，谁看着得了癌症的病人都会心生几分怜悯，尤其是赏岳林本来就腿上有疾，又拖着一副干瘪衰老的身体，像是随时就会被风吹走的稻草人。可规定就是规定，不知道是第几次了，马胖子再次耐着性子跟二人告知了户籍科办事的正规流程。

可赏岳林和陈梦和就跟听不懂人话一样，并且越讲越激动，说到女儿赏佩佩时，原本就呼吸困难的赏岳林还用力捂住脖子咳嗽起来。陈梦和心疼丈夫，红着眼圈地从破旧的棉袄内掏出一瓶止痛药，向马胖子讨要一杯温水。

胖子嘴唇咂吧一下，接水时余光看到陈梦和右手上流着脓的冻疮，想到今天短信上的未来一周低温预警，说了一句："要不然你们找个律师吧，到法院起诉试试，也许他们那边有办法。"

陈梦和这次是真的流眼泪了，她直愣愣地朝着办公桌对面的年轻人跪了下去，无不凄惨地讲："警官同志，但凡我们有办法，也不会来一次次麻烦你们。

"你也看到了，我家这口子真没几天可活了，我们现在也不想着治病了，我们当年也是没钱为了她有学上才会送她走的，我们现在就是想见女儿最后一面啊。

"不怕你笑话，养条狗十六年还有感情呢，她就那么狠心，一直躲着我们？刑警队不给我们立案，你们也不给我们查人，那我只能一头撞死在这了！"

一层楼之隔的小晨刚挂断石头的电话。

年轻情侣之间的矛盾像龙卷风，来得也快去得也快。石头当天吵架后确实是生气了，但他是气自己二十多岁了还是这么没本事。周天一天，他都在积极给店里拉客，晚上睡不着，还出去跑了几单外卖赚外快。上楼时小晨彻底消气了，乐得不知天高地厚，刚走进办公室，就被眼前的闹剧吓傻了。

定睛一看，躺在地上喘气的是最近一个月未见的赏瘫子，而跟表哥扭打在一起的是赏瘫子的老婆陈阿姨。而自己的电脑，不知道什么时候翻倒在地，屏幕已经发黑漏液了。

原本还在奋力挣扎的陈梦和余光看到小晨，立刻挣脱了身上的束缚，直奔着她跑过来，一下子掐住她的胳膊尖叫："你和她认识是不是？你们串通一气。不是说不能随便调查个人信息？你电脑上为什么有她的信息！"

人人心里都揣着杆秤，年轻冒失的小晨也不例外。在表哥和石头之间，她可以无条件选择自己交往多年的男朋友，但是要她在自己的工作和外人的安危面前做抉择，她只会在乎个人的得失。把溥跃引起的麻烦重新踢给溥跃，摘清自己，是她处世的本能。

趁着事情还没闹到所长那儿，小晨就抽噎着将来龙去脉对着二人说了个一清二楚。至于赏双明那页户籍上，曾经有赏佩佩这名新增人口的细则，她根本没有注意到，她和男朋友都是无辜的，只不过是代人帮忙。

小晨的说辞没能令赏岳林夫妻俩百分百地信服，但病急乱投医，他们除了撒泼耍赖也没有更好的办法，意外得到一条可用的人脉线索总好过没有。半小时后，二人匆匆离开了派出所，即刻打车回到了锡矿家属区。

溥跃掀开修车店的棉门帘时，赏岳林和陈梦和已经盘踞在沙发上跟石头诉了不少的苦。还是那一套逢人就说的话术，先是为他们将女儿送养到亲戚家找各种正当理由，之后再进一步表达他们夫妻二人对女儿的思念，血脉亲情大过天。

石头一开始听得晕头转向，但不需要太久，他就搞明白自己和小晨无意间捅了什么篓子，他不仅没帮上他师傅的忙，相反，赏瘸子失踪多年的女儿赏佩佩，就是他师傅正在追求的那个小护工，也是赏瘸子家里头的那个置人伦于不顾的不孝女。

不像小晨，石头到底跟溥跃亲近些，他打心眼里对他师傅是有情意在的，他不可能把他知道的全盘托出，所以只能蹲在地上左右为难。

溥跃拎着头盔走进来，石头缩着脖子，起身时搓着手指可怜巴巴地叫了声"哥"。

石头唯恐溥跃大发雷霆，但溥跃没有，他从走进来，到对着沙发上的俩人叫了声"叔叔，阿姨"，再到他拎了板凳端坐在他们对面，帮他们依次倒茶。

全程，溥跃都客客气气的，甚至在对方说起赏佩佩的诸多不是时，他也古井无波。他就听着，点头，不反驳，像是全盘接受，也像是早就预料到会有和他们相见的这一天。等到陈梦和说到唇边泛起一层白皮，赏岳林开始支撑不住精神闭眼假寐时，溥跃这才开口了，他不可能告知他们赏佩佩的下落，但他同样没办法拒绝帮助他们。

溥跃敛着眉眼，声音如水，用一句话就结束了今天这场牵连众多的纷争："赡养费要多少？你们说个数吧。能凑出来我尽量。到时候打个收据，你们和她两不相欠。"

溥跃话一出口，店内其余三个人都是一愣，谁也没想到，溥跃会用这种方式解决问题。钱难赚，饶是溥跃再怎么有钱，他也就是做点儿小本生意，用劳动力换钱，他不是顶了天的亿万富豪，可以用收入的千万分之一来做慈善。

陈梦和侧目和撩开眼皮的丈夫交换了一个眼神，环顾店面内的四周。免费的午餐自然好，但找到女儿，才是他们当下的活路。再者讲，谁知道溥跃对他们的承诺，是不是真诚的呢？赏岳林拄着拐棍站起身，浑浊的眼神中已经掩住了精光，只剩下衰老和疲惫："我们不要钱，我们……"

还未完全张口拒绝,他的亲情牌又被溥跃挡了回去。溥跃人从板凳上站起来,茶杯也挨个收了,低着头道:"您和阿姨回去再好好想想,得病需要钱也很正常,脑癌要花多少我也不懂,但我的店就开在这儿,一个月十来万的流水,一时半会儿也跑不了。"

"我的电话您记着,有需要,联系我。实在不行,石修杰做担保,您两位放心。大家低头不见抬头见,总归都是熟人。我不是啥好人,但也不至于空口白牙地骗你们。"

别看溥跃一直保持着涵养,但这就是下了逐客令了,钱可以给,人不可能见,这就是他给出的条件,没有商量可以打。

溥跃站起来要高赏岳林一头,尤其是那外套下的线条极具压迫感。目光接触,赏岳林眼皮跳了一下,心想这小子长了个好模样,但那眼神里头泛邪气。

从刚才,他就发现,对方时不时看向自己的目光里透着一股浓浓的冷意,就像是后来赏佩佩被打时,不哭不闹,会睁大眼睛死死盯着他看似的。那眼神他至今还记得,孔武有力的人是他,挥舞着皮带的人也是他,但赏佩佩的眼神始终带着不着痕迹的蔑视,即便是被打到站不起来,被打得嘴角渗血,不给她吃饭,也不给她喝水,她眼里也没有敬畏,她看他,不像是在看一个人,而是在看阴沟里的一条臭虫。

没人会喜欢不被尊重的感觉,尤其还是被自己下的崽看不起,他可是赏岳林,他可是生她养她的爹!世界上最不该看不起他的人,就是他自己的孩子,他厌恶极了赏佩佩那个死样子,于是每次打她时下手只会更狠。

甚至进监狱前,赏佩佩只是用她那双眼睛瞄一下自己,他都感到不悦,如果不是被保卫科的人抓住,也许,赏佩佩早就被他打死了。

这些年赏岳林犯过罪坐过牢,他干过的不齿之事不计其数,他非常精通这世界上大多数人趋利避害的心理,但凡他不讲理,那么讲理的人,多半是输的。可面前的溥跃不跟他们讲道理,他根本不往他们的逻辑陷阱里钻,而且也丝毫不怕自己。他们两口子好像没办法用卖惨打动对方，赏岳林拿不准溥跃的想法。

但他不可能拖着病弱残躯用暴力制服一个比他年轻高大的小伙子，他现在，只有一张嘴和还算灵活的脑子可以用了。所以，在妻子再一次不满地叫嚷时，虚弱的赏岳林拉住了她的胳膊，答应溥跃他们先回去想一想他的条件。

临走前，赏岳林回过头，像是才想起来，突然问了溥跃一句，他和赏佩佩是什么关系。

溥跃手里的茶杯已经丢进了垃圾桶，他头也没回，束好垃圾袋，淡淡地说："什么关系也不是。我以前欠她的债，现在想补给她。"

十二月底，寒流来袭，西北风像凛冽的耳刮子，赏佩佩一出门就被打得全身都疼。天气太差，还没太阳，骑摩托去郊外显然没有可行性，从花店出来，她拦了一辆出租车，讲好往返价格就快速坐了上去。

今天她依旧带了平常上坟用的那些东西，只不过简装的花束里多了一大捧白玫瑰。铃兰是赏双明喜欢的，白玫瑰则是她要代替溥跃送给寇菌的，虽然她并不知道寇菌生前喜欢什么鲜花，但想来溥跃的五官长得那么漂亮，他妈肯定也是活脱脱的大美女。大美女配什么，那肯定是卖价最贵的雪山 Avalanche。

因为路边有车等着，赏佩佩这回没敢耽误时间，本来她烧纸时想开口和姑奶说自己好像谈恋爱了，可是余光里再一瞅隔壁寇菌和杜江的合葬墓，她又把嘴闭上了。不仅抿着唇一言不发，她在余下的时间里还在快速回想着，上一次她有没有在人家母亲的墓碑前说什么大不敬的话。临走前恭恭敬敬地对着两个墓碑鞠了个躬，赏佩佩这一次从墓地出来时，收紧下巴，目不斜视，走得特别稳重，活像是见完家长的准媳妇。

出租车大哥不算迷信，但多少有点儿害怕来墓地，这会儿从窗户看到赏佩佩的人影由远及近，赶快把钥匙拧了半圈，重新把热风吹起来。

赏佩佩一拉车门，大哥就拿出抽纸回头递给她问："冷吧外头？"

赏佩佩刚才还冻得发僵的鼻子，一遇到热气立刻湿了，她抽出一张纸擤鼻涕道谢："谁说不是呢。"

应该是没有发现赏佩佩身上有什么异常情绪抑或是突变成女鬼的潜质，大哥开着车子压着枯草离开二道沟的路口，好奇地和年轻乘客搭话："咋今天来上坟啊？我寻思也不是啥日子，是忌日？"

赏佩佩看了一眼后视镜笑着摇摇头："都不是，就是今天是休息日，有空就来看看。"

大哥一听也笑了："上坟也有讲究的，咋能随时来看呢？你也是个胆儿大的，小姑娘一个人老来墓地？"

车子加速，窗外那些无规则排序的墓碑逐渐变成了点状网格，赏佩佩看着远去的墓地，沉默了一会儿："就是觉得挺奇怪的。人活着的时候，随时都可以见面，节假日或休息日的时候，只要想见面，腿没断，走着就去了。

"但人死了，大家都赶着清明节那一天去见，人挤着人，水泄不通，像互相壮胆似的。忌日其实也不算节日吧，死掉的那一天怎么反倒变成了纪念日呢。

"就是单纯想见面了，何况以前还总要凑时间，约个两人都可心的日子。现在不是更方便了吗？"

反正死去的人就永远待在那儿，走也走不了，见与不见还不是都随着赏佩佩。大家常说人死了但爱还留在心里，但心里装着爱的活人却只有在一年中少有的那几天，才会想到去见一见已经逝去的人。那这种爱，到底还剩多少呢？

大哥眼皮耷拉着，应该也想到了自己过世的亲人，张了张嘴，最后从镜子里看了一眼低头玩手机的赏佩佩，他没再说出什么教条性的意见来。

眼见车子驶入东翠路，挡风玻璃上落下几颗灰尘似的雪点，大哥放缓了油门，脸贴着方向盘向上看，嘀咕了一句："下雪了？"

专职司机当然是在抱怨开车路况，他可不想在结冰打滑的路上发生车祸，可乘客不这么想，赏佩佩的心脏陡然因为这句话热了一下，想到了几周前的那个雪夜。那天过后是冬至，溥跃拎着热炸糕专门跑了一趟给她送到单位楼下，之后，他们再次一起上了六楼，不知道这一次，雪是否还会和上次下的一样大。

方才还冷白的脸这下子有些微微发烫，赏佩佩切换了手机界面，暂时放弃搜索"送男生不会出错的圣诞礼物清单"转而给溥跃发了条消息。即便她刚才确实有些怪他没有前来赴约，但她也必须大方承认，她现在很想见到他。他临阵逃脱和低俗的小缺点，在这种强烈的思念中如螳臂当车。何况赏佩佩不想抵挡，她要在感情的巨浪中随波逐流。

浮生若梦，为欢几何？

外面又下雪啦。

不夸张，就在同一秒，被骂后安静了好一会儿的溥跃也给她来了条信息：**今晚肯定超冷！**

心有灵犀不过如此，紧接着，两个人再次同时向对方发送了两个字。

喝茶？

喝茶？

赏佩佩唇角扬起，一扫刚才的沉闷和伤感，和喜欢的人见面从来不是负担，即便早上他们才从她家分开。这种令人头脑眩晕的感觉很新鲜，好像真的是坠入了爱情一样。赏佩佩眯起眼睛，指尖敲击屏幕，像快乐的钢琴练习曲。

你在店里？我去找你。

你还没回来？我在你家楼下。

共享定位，溥跃还真的在万达广场附近，赏佩佩临时改变方向，告诉司机大哥她不去东翠路，打表加钱换到中山大道。有钱赚，大哥来劲儿了，不到十分钟就甩开身后的车流，将赏佩佩安全送到楼下。

短短十几分钟的车程，外头的雪已经彻底下大了，关上车门赏佩佩还没扣上帽子，已经有雪钻进了她的衣服领子。凉丝丝的，好像奶油冰沙。

鹅毛大雪从天空中铺洒下来，周围没风了，反而不那么冷，视线略微受阻，面前的车子开走，赏佩佩刚缩了一下肩膀抄着两只手挡住额头，就看到不远处的大楼前，溥跃正站在废弃的报刊亭旁抽烟。

不是赏佩佩没见识，但溥跃真的是男人中爱花哨穷讲究的类型。撑死三个小时未见，溥跃又换了身衣服，昨天那身偏潮男的行头已经变成了少年气十足的运动套装。

宽大的连帽卫衣是朱砂红的，运动裤和羽绒外套都是奶白色的，鞋子赏佩佩看不清，但周围白茫茫的一片，步履匆匆的行人非黑即灰，报刊亭是翠绿色的，整条街的雪景里就显出他一个人独好。而且这么刁钻的配色，他那张脸都能压得住，真是活见鬼。

挺大个糙老爷们，说话不干不净，这么纯的颜色也敢往身上套，羽绒帽子上还有一圈儿柔软的白毛，衬得他五官精细极了，像只雪貂似的。

行人中有不少女孩儿抬头瞧他，可他吞云吐雾，只顾着低头发信息。

赏佩佩站在对街看了他好一会儿，像欣赏艺术品，直到手机响了，她哈着气掏出来，才看见"市井杂糅艺术品"是给自己发信息。

到了吗？车牌号你记了吗？

司机不是绕路吧？

哎下次我还是和你一起去吧，叫人怪不放心的。

真是唠叨个没完没了，挺好个男的就是长了张碎嘴，跟老妈子似的。赏佩佩嫌冻手，懒得打字，把手机放回兜里，直接圈起嘴巴做喇叭，隔着一条街大喊他的名字。

蓦然间，溥跃抬头望过来，就一眼，他脸上的五官就温柔了，方才他一张脸板得像关公，现在笑得可得意了，像是新生的太阳，炙热得不行，连周围的冰雪都能融了。

赏佩佩勾起唇角，身体往前凑，溥跃马上掐了烟，朝她指了指马路右侧缓缓驶来的车。赏佩佩不解地摇了摇头，溥跃已经朝着她的方向跑过来了。赏佩佩晃神的工夫他就立在了她对面，解开自己脖子上的羊绒围脖往她身上系。

赏佩佩今天也穿得极厚实，黑色的羽绒服是短款，但除了充了白鹅绒外，内里还衬着一片式的羊羔毛，瑰粉色的伞裙是毛呢料的，廓形伞裙方便罩住内里的加绒打底裤和长长的翻毛雪地靴。

不刮风的情况下，赏佩佩这身衣服还挺保温的，所以一见到溥跃把自己的围脖解开，她就后退几步躲开他的动作："欸！你别冻着自己，刚不还说冷吗！"

溥跃听了这话，就露出一副吊儿郎当的坏笑来，他低头一把用手里的圈套网住她的头顶，声音被周围不停落下的雪花吸收了一些，显得更轻柔："心疼我冷了？那晚上你给我焐焐。"

一个被窝里，两人紧紧地贴着，你抱着我，我抱着你。

"谁心疼你啊！"赏佩佩声音是甜脆的，像是冬天刚切开的沙窝萝卜，不是进口超市里貌美贵价的水果，但比水果更有滋味，她使劲儿瞪了溥跃一眼，主动凑到他跟前，伸着脖子让他给自己系，嘴巴撇着，鼻音还重："我是嫌你身上有烟味儿。你刚在那儿抽了几根？"

"半根。"溥跃仔细把围巾给她系在帽子外面。自然而然地，他拉着她的手揣到自己兜里领她过马路，低头问她，"干吗，你烦我抽烟？那你可得想好了，戒烟是大事，只有我媳妇才能管得着我。你想当啊？"

"谁想当你媳妇！真是的。"斗嘴不过两个来回，赏佩佩就败下阵来，只因为媳妇这两字，有点儿烧嘴。她才说了一遍，就害羞得不行，溥跃反倒得逗了，笑得更坏了。

赏佩佩说是不想当人家的老婆，但问的都是体己人会问的话。

"你又不上班啊，老不在店里能行吗？"她记得，他店里不是一直很忙吗？

溥跃从看到她开始，脸上的笑容就没止住，捏着她的十指逗猫似的摸着："那不还有石头看着吗，没事儿，开店嘛，得熬得住，半年不开张，开张吃一年。"

"德行，生意人了不起？"

过了一条街，两人紧贴着走到楼下，赏佩佩估计着现在也就两点，又问他："咱们下午干吗？"

吃晚饭还太早，不能真的上去喝茶，大白天，孤男寡女，窝在一间小房子里，别看着看着又滚到一块儿去了，真谈恋爱也不能这么腻歪。做人还是克制点好。两人是逛街呢，还是看电影呢，总得打发打发时间。

溥跃来的路上早就想好了，不用赏佩佩操心，他瞅着西边天空太阳彻底出来了，这雪估计也快停了，头一仰像是起了玩心的孩子。

"你穿得够多，真不冷？不冷咱滑冰车去？"

东城的冬季漫长，供暖期长达五个月，从十一月到来年四月，大家都愿意挤在暖烘烘的室内。可放假的日子里，老人们在家待得住，年轻人可憋不住，个个火力旺盛往外跑。往前倒带二十年，打雪仗，滑冰车，玩单刀，就是他们这代人童年最好的室外娱乐。

几毛钱一双的滑冰鞋，孩子们在冰场上一玩儿就是一下午，跟不知道冷似的。滑单刀需要技术，是大孩子们的游戏，横冲直撞的冰车就没那么高级了，拎上两根火钳子，就是小学生们的最爱。

那时候赏佩佩的小学同学中，无论是男同学，还是女同学，人人都有自己的冰车，不管是省事的还是细心定制的，都是父母对孩子的爱意。但赏岳林对赏佩佩可没有爱，他连糊弄一下她都不愿意，他不仅不给她做，还不许她出去蹭别人的玩儿，说是给他丢人了。

可孩子毕竟有难以束缚的天性，因为滑冰车，赏佩佩没少挨揍，但凡寒假里，陈梦和发现女儿的衣服上沾了冰面上飞溅的泥水，就会立刻报告给赏岳林，教训赏佩佩一顿。

长久以往，每当赏佩佩眼巴巴地站在冰场边儿上看里头的孩子们嬉笑时，都会扭过头告诉自己：不是她不能玩，而是她根本不想玩。冰场里头又冷又脏，全是留着大鼻涕的傻孩子，一块破铁皮，两根烂签子，从东头滑到西头，指不定还连环撞上几个人，跟人拌嘴打架，她可不想摔个狗啃泥。她不怕挨揍，她是自己不想去滑。

可能从小缺爱的孩子都这样，主动压抑自己的需求，就是成长中保护自己最好的方式。道理特别简单易懂：只要是她不需要的东西，就没人能从她手里抢走。被剥夺和自我剥夺，总是后者会让人好过一点，起码还能残留一种自己为自己做了主的假象。她的悲剧是由她一手主导的，所以再怎么难受她都认，这也是一种精神胜利法。

但今天，溥跃牵着她的手，顶着一张春天般的笑脸问她要不要一起去滑冰时，赏佩佩没拒绝。不仅没拒绝这项不适宜成人的娱乐活动，她双眼亮晶晶的，呼吸急促，就像是童年第一次偷跑出家里，跟小伙伴们相约前往冰场时一样兴奋渴望。要是有尾巴，她身后现在应该摇得像螺旋桨。

"真的？走啊！"

今天周一，天上还飘雪，老大片的冰场上除了一堆染着白霜的冰车外，一个顾客都没。这位置距离赏佩佩家不远，两人是走过来的。

看场子的老大爷躲在铁皮房里头看短视频，溥跃敲了敲玻璃，他放下手机戴上手边的老花镜，拉开窗口探头问他租车还是租鞋。

溥跃遗传他妈，运动神经极好，从小单刀滑得就特别牛，但赏佩佩不会，他自己玩儿也没意思，就租了两辆单人的冰车推到了冰面上。

怎么漂移，怎么刹车，怎么用最少的力气把冰车滑得更快，不等溥跃教学结束，赏佩佩已经一阵风似的窜了出去，还回头挑衅孜孜不倦的溥老师："这玩意儿谁不会？我矮我重心低呀，你铆足了劲儿还不一定追得上我呢。"引得溥跃在后面冲她使劲儿伸了一下食指。

大话确实说得太早，十几分钟后赏佩佩在冰场上被溥跃追得像是受惊的小羊羔。溥跃就跟条敏捷的牧羊犬似的，左右夹击，让她能移动的圈子越来越小。

最后她瘫在冰车的绿色座椅上大口喘息，两只胳膊酸得像是搬了两天的砖，话都说不出来，冲着溥跃直摆手，喘了好一会儿粗气才道："休战休战，真滑不动了。您滑得比我好，我认我认。"

滑不动了但还不愿意走，赏佩佩就跟贪心的小孩一样，水平一般但又爱玩，后半程她坐在前面，溥跃站起来搁后面推她，几步助跑，再松开椅背，赏佩佩尖叫着，加速到冰场的边缘地带，再挥动着小胳膊重新拱到溥跃身边，挤着一副乖觉讨好的笑脸嚷嚷着："再推一次。"

所有大人都曾经是小朋友，在生活里吃过那么多苦的赏佩佩也一样。

只要是看赏佩佩露出无忧无虑的笑颜，溥跃就不嫌累，至今还年轻的溥跃，推着赏佩佩在冰上玩了命地跑，竟然也领悟了养闺女的乐趣。

想让冰车不要停，想让她脆甜的笑声不要停，像是年轻的父亲不厌其烦地推着女儿身下荡漾着的木秋千。

推着赏佩佩在冰场转了几十圈，直到嗓子里空气都开始发甜，溥跃还没完，俯身贴着她的粉面问："还有劲儿吗，我教你滑单刀？"

他们像是要在一天内驱逐所有空白的寒假。

溥跃还回了冰车，再付钱租鞋，大爷瞅着他帽子上的雪，摇头晃脑地咕哝了一句："年轻人。"就差说网络上时髦的"自己闻到了爱情的酸臭"。

溥跃没觉得他俩哪儿臭了，相反赏佩佩身上还有股淡淡的花香，可好闻了，他安静地蹲在地上给赏佩佩系紧鞋带，把裙摆卷到膝盖上面，再一点点扶着她站起来。

六边形的雪花从天而降，黏在溥跃过分密实的睫毛上，赏佩佩用力握着他的手，随着他的力道慢慢移动。阳光下的细雪在溥跃脸上折射着五彩的光，赏佩佩仰头，是真心实意地感叹："你怎么什么都会？以前肯定没少带女孩儿来滑冰吧。"

前一句话是赞赏，后一句话就多少带点儿嫉妒了。

溥跃噙着笑，步伐轻盈，转个半圈就移动到了她的身后，托着她的胳膊往前轻推。两个人都戴着帽子，从冰场外乍一看，像是雪地里有两只牙刷成了精。

没急着否定，溥跃挺享受被心上人吃醋的感觉，反观一个多月前，他给赏佩佩开后门修车，她是真的对自己一点儿意思也没有。

这态度，真是天差地别，还好他的念念不忘有回响，感谢天空感谢大地，感谢他们共同呼吸的空气。逮住这种机会，溥跃的尾巴肯定要翘上天的。

"嗯，也没有和很多女孩啦，"溥跃拖着长音，故意制造紧张的气氛："就一个吧。但也不好说是女孩儿，我上小学，她都二十多了耶。"

"啊？你！你上小学就和大姐姐谈恋爱？你这也太早熟了吧！"

本来赏佩佩就是婴儿学步，伸直胳膊颤巍巍地在单刀上找平衡，一听溥跃口出狂言，惊得立刻猛扭头。可她腿还歪着，胳膊失衡，整个人立刻在错乱中失去重心。还是溥跃一把搂住她的肩膀，让她摔倒时好垫着自己。

这一跤摔得真结实。两人齐刷刷地跌在沾着雪的冰面上，雪是新雪，不脏，但溥跃的全身白衣服是彻底沾上湿印子了，一圈圈灰色，看起来很明显。溥跃不在意自己的衣服是否脏了，抱着她的肩膀笑得胸腔都在振动："小学生谈什么恋爱，我是说我和我妈。我妈以前是市里滑冰队的二级运动员，后来在比赛中受伤退役了。她跟老头认识，就是在花样滑冰锦标赛上。那时候花样滑冰的女运动员就跟现在的女团偶像似的，追我妈的男的可多了，我爸还是她的铁杆粉丝呢。"

十七岁之前，寇菡穿上单刀，在赛场旋转跳跃，就是冷艳高贵的冰上女王。但在一次重大的比赛受伤后，脱下了单刀和千钻华服，女王被贬落凡间，没有了往日聚光灯下的万丈光芒，只剩下一对严重变形的脚踝和满身的旧疾。

竞技体育运动员队伍里总是有层出不穷的新星，追求过她的男人们不会再把炙热的目光倾注在一个失败者身上，只有溥凤岗，会等在她打工做前台的酒店门外，风雨无阻，骑着二八车，一次次接送脚上有伤的她上下班。

每一段爱情都有美好的开始，但不是每一段爱情，都能熬过漫长的生活。

"小时候我最爱过冬天，因为一到冬天，河边上冻了，他俩就会带我去滑冰。"

即便是膝盖做过手术，高难度的动作无法完成，但寇菡在冰上随意舞动的姿态还是那么优美，好像她和冰雪中的世界融为了一体。无论她是不是成了蓬头垢面的家庭主妇，她始终在自己曾经擅长的领域发着光。

可惜，酗酒前的溥凤岗有多欣赏这种光彩，酗酒后的他就有多么想夺走她身上不经意间的靓丽。他好像总是在怕她会离开，但他在婚姻中做的每一件事，都在驱使着对方加速离开。

赏佩佩从冰上坐起来，又拉着溥跃也坐起来。两个人搀扶着起身，赏佩佩主动替薄跃拍落身上的浮雪："那阿姨肯定很厉害。你学得也不错吧。"

"那当然，给你滑一段看看。"

屈腿用力，薄跃已经身体前倾飘到了冰场的正中央，没有音乐和鼓点，但他的动作也有惊人的律动感。赏佩佩屏住呼吸，心潮澎湃，生怕错过他在这方寸间展现的华丽风采。

一舞结束，冰场外汇聚了三三两两的围观者拍手叫好，本来是想在赏佩佩面前炫技的，被陌生人观看薄跃多少有点儿尴尬，快速滑回了赏佩佩身边。

他刚靠近，赏佩佩就抱住他的脖子，用力仰头冲着他的嘴巴亲了一口。属实是被薄跃在冰上的倜傥姿态感染到，一个浅浅淡淡的吻才够表达汹涌的爱意，刚松开薄跃的脖子，余光看到一对父女正在后面挑选儿童滑雪鞋，赏佩佩的脸颊就红透了。

可她放开了薄跃，薄跃却一把搂住她的腰。浅酌化作豪饮，他吻了她的唇舌还不够，指尖还要在她的耳朵上画圈。鼻尖贴着鼻尖，睫毛擦着睫毛，薄跃的声音里头带着欢喜和渴望："我滑得这么好吗？那我再去滑两下？"

后面逐渐逼近的小女孩穿着粉红色的棉袄，人不大，声音响，正在他爸爸身后亦步亦趋地喊："爸爸，你也能像那个叔叔滑得一样好吗？"那位父亲笑着低头不知道和女儿说了什么，小女孩还是不依不饶地非要他也表演一场精彩绝伦的花样滑冰，还要他单腿抬起来在冰上转圈。

赏佩佩笑得捂肚子，她可不想做小孩子的坏榜样，湿漉漉的唇珠抵在薄跃耳边笑："这位叔叔！给人家爸爸留点面子，下次吧，下次再来。"

起码在今天，他们都真切地感受到，彼此的感情里还有很多明天。

把场地留给真正的小朋友和她的爸爸，赏佩佩和薄跃换鞋回家。

路上碰着卖糖葫芦的摊位做促销，三块钱一串五块钱两串。赏佩佩挑了串扁的，薄跃嚼圆的。轻薄的糖壳在嘴里碎裂，好看也好吃，薄跃心情好，吃着没忘了贫嘴："家里人没和你说，扁的都是长虫的，切掉坏的压扁的，要吃就吃圆的。"

赏佩佩才不理他这茬儿，她父母除了给她塑造了一根硬的骨头外，没教给过她另外的东西，咬一口内里的豆沙馅，她鼓着嘴巴哼："切掉了还怕什么，扁的焯过水，要比圆的甜！"

"是吗？那我尝你的。"溥跃不嫌弃她的口水，低头就着她的牙印咬，赏佩佩举着糖葫芦给他尝，看着他的黑发擦过耳畔，心里柔软得不像话。

她小时候不受家里人待见，长大了也独来独往，即便后来有了赏双明这位用自己的方式对她好的家属，但他们的关系始终隔着一层。老太太表达爱意的方式，总是粗糙和冷硬的。从没有人和她分食过同一根糖葫芦，可就是这么一件小的事，让她心里如潺潺流水般触动。琐碎中无形的亲密，竟然会使人有种说不出的归属感。

因为这份溥跃带给她的触动，所以她逾越的话又多了起来。溥跃咬着她手里的山楂开始咀嚼，又把自己的给她问她要不要吃，她望着他的侧脸小声说："你要是真的有空，最近多去看看他吧，别总是周天才去。"

因为无论好坏，疾病留给溥跃和他父亲的时间不多了。哪怕多去吵吵架，也是好的。毕竟溥跃和她不同，他的人生中，一定还有些关于父母美好的记忆，不该被仇恨冲淡。

两人都没提溥凤岗的名字，但溥跃一点就透。

赏佩佩说得对，他手里的糖葫芦是不如她的甜，明明那么红的圆果子，颗颗都裹着粘牙的糖，可他怎么吃得心口都在发酸呢？沉默着将手里的糖葫芦一扫而空，溥跃把两人的竹签都扔进了垃圾桶，再走回赏佩佩身边时，他搓了搓手里发涩的糖渍，因为酸，所以牙齿发抖，因为酸，所以他声音也颤。

"他。"他说了一个字，却要用很大勇气才能接下去，"没多久了是吧？"

太阳西下，雪彻底停了，冷意裹挟着昏暗愈演愈烈，溥跃提议今晚的饭由他掌勺，赏佩佩握紧他的手掌乐得同他一起去挤超市。

其实买食材对于赏佩佩的日常生活来说很方便，她居住的公寓地下一层就连通着万达广场下的华联超市，她不用走到室外，就能进入大型连锁超市。

但说来惭愧，赏佩佩逛超市的次数十个手指都能数得来。所有日用品只要能叫上门的配送，她绝对不可能亲力亲为去超市采购。

超市和菜市场给她的感觉是一样的，下班时分，人潮汹涌，每个人都急急忙忙地排队结账，每个人拎着满当当的购物袋，都有需要离开后快速赶往的地方，有家人在等待着他们，除了她。那种另类感不好受，好像硬生生地挤入了不属于她的世界，所以她喜欢网上购物，宁愿用休息日逛超市的时间躺在床上多看两集电视剧放松自己。

两人推车进入超市时正好赶上商超客流量的高峰，有西装革履的下班族在冷冻区挑选低脂鸡胸肉，也有接孩子放学的妈妈在水果区挑选砂糖橘，更多的是有些年纪的夫妻为了到底买哪一桶油更划算而喋喋不休。所有人都在忙着生活，其实并没人会用异样的目光注意到谁是一个人，谁又是成双成对。

溥跃逛起超市来轻车熟路，先是拟定了今晚的菜单，然后迅速挑好了主食配菜调料与饭后甜点。他们脚步不快，也快不成，只能被迫挤在人流中慢慢地向前走。

熟食区挂着烤至金黄的鸡鸭和酱色的卤味，蛋糕房新出炉了蜂蜜小面包，快餐区被刚从卖场换班的小姐妹占领，她们穿着制服挤在一起吃四十元一盆的麻辣烫。站在推车里大声吵闹的小孩，水产玻璃缸翻出水花的鲫鱼，从赏佩佩身边挤过又回头说声抱歉的卷发阿姨……

心境放平了，一切聒噪和杂乱突然变得理所应当起来。

不是误入了谁的人间烟火，赏佩佩和溥跃这样挽着手，简简单单地推着车逛超市，就是这人间和烟火的一部分。尤其是身边多了个溥跃，做什么乏味事好像都不枯燥，溥跃顺手从柜台前选了一包计生用品还要用口香糖欲盖弥彰这件事都能让两个人憋笑了一路。

上电梯，开关门。赏佩佩脱掉外套去喂猫备菜，溥跃把手里花花绿绿的袋子整理拆包做饭，就像结婚多年的老夫老妻，等到了炒菜这步，赏佩佩非常自觉地抱着猫躲到了客厅里。

她展开幕布塞了张光盘，收藏一屋的典藏DVD，没有哪一部可以比面前的男人撸起袖子做饭的画面要更新鲜。

溥跃真的不是说说而已，他做饭游刃有余，光是颠她用来煎鸡蛋的小平底锅都有一股中餐厅大厨的气势。

赏佩佩这半吊子的厨房里能发挥的空间太小，连大功率的油烟机都没有，溥跃额头冒汗，干脆把卫衣脱了扔地毯上，只穿一件无袖背心。

赏佩佩趴在床上，身体还面向电影画面，可眼睛直勾勾地瞅着溥跃肩膀上的肌肉。

溥跃他这样子根本是热辣性感，难以说明美食和美色被放在一起时，到底是谁烘托了谁。

反正赏佩佩吞着口水时解决了女性视角的世纪难题：为什么男人喜欢把做饭的妻子抱上料理台。两菜一汤再怎么香也就是绿叶，站在中间操刀的溥跃才是颜色最艳丽的娇花。

正值冬季，赏佩佩遍布屋内的绿植们都处于休养生息的阶段，倒是前几日花店老板赠送给她的风信子，竟然在悄无声息中抽杆开花，厚实的叶子和根茎绿油油的，顶端的两团粉白相辉映，笔挺地招摇在茶几上方。

赏佩佩眸光里本就有一池潋滟，倒映着这一抹娇媚的颜色，更显得明媚动人。溥跃余光将她慵懒的样子尽收眼底，看风景的人不知风景也在回望着她。

考虑到饿着肚子等饭的滋味不好受，今天的菜色都不算太麻烦，二十分钟，电饭锅的快煮饭好了，溥跃也将成品摆到了茶几上。

两棵风信子被暂时挪到了书架上，赏佩佩跳起来去拿碗筷盛饭。

玄关上方的储物柜里装着白瓷套碗，她踮脚扯开柜门，还没用上小板凳，衣着清凉的溥跃就从她身后逼近，轻松地越过她，帮忙拿出一对饭碗。背脊和胸膛短暂相贴，已经有热度烫到了赏佩佩的心口。

眼神流转，掀开锅向下望是电饭煲内氤氲蒙眼的热气，向上看，则是迷人心智的雄性荷尔蒙，大概是鬼迷心窍，她竟然觉着鼻息间溥跃身上的汗味，有股子牧羊少年辛辣温暖的脂粉味以及琥珀、柑橘、烟草和燃烧过后的草本味。不用回头，眼前就有画面，张扬跋扈的干净少年，亚麻衬衫上布满泥土，从头发丝到鞋底，都让她神魂颠倒。

世界上总是有她这种不讨喜的女孩，和这样不同寻常的浪漫历程，她们的爱情没有轰轰烈烈的开场，没有一步到位的失控与疯狂，她们爱也小心恨也小心，但她们的感情也正因为这般慎重，所以弥足珍贵。一步步打地基，浇筑钢筋水泥，她对溥跃的感情就像硬要在冬天含苞的花，每一天都比前一天绽放得更加耀眼。

周六就是圣诞节，她抬头望着溥跃粗糙的双手，脑中突然蹦出一个念头，不需要再苦闷思索，她已经想到了可以送给溥跃的最好的礼物，相信他一定会喜欢。

一桌家常，饮食男女。

赏佩佩解决了送礼难题，满眼眯着笑，每尝一口面前的菜，她都恨不得举双手为溥跃点赞。简简单单的寻常食物，被她夸出了米其林星级餐厅的氛围，没喝酒，但比喝了假酒还让人醉，溥跃面对赏佩佩的笑容已经很难招架得住了，再加上天花乱坠的夸奖，他不用吃饭，都能有情饮水饱。不就是做饭？他恨不得一辈子给她做饭。

饭后洗碗的差事两人挤在玄关抢着做，最后还是赏佩佩一声令下，叫他先去洗澡。溥跃一开始还没明白她的暗示，仗着自己力气大生抢她手里的碗，可赏佩佩有法子治他，下一秒贴着他的耳畔说了句悄悄话，他像被施了魔法，立刻僵住丧失了洗碗阵地。

慢慢回味一下赏佩佩齿间嚼过的那几个字，喉结滚动，肾上腺素飙升，他舌头抵着后槽牙，还没进浴室就开始脱上衣，赤裸了上半身还不够，还要当着她的面脱裤子，声音冒着火星，还带点儿不服气："赏佩佩……"

话还没说完，脸红脖子粗的溥跃就被赏佩佩一脚踢进了对面。

手里还沾着洗洁精的泡沫，赏佩佩从来没想过，自己敢和一个异性说那种话，但说了就说了，她可不怕他。

在家做饭就是麻烦，简简单单的一顿饭，也有十几件餐具要洗。赏佩佩一边洗一边跟料理台上看热闹的小白猫埋怨，但只有她自己知道，这埋怨是种甜蜜的烦恼，对于唯恐寂寞的人来说，一地鸡毛要比一室清冷好上许多。

洗好最后一只平底锅，擦干水搁在灶台上，客厅里突然响起一阵急促的铃声。赏佩佩没有窥探溥跃手机的意图，但架不住铃声响了一轮又一轮，怕是急事，她举着手机走到浴室敲门。

来电人是石头，溥跃没有丝毫犹豫，就在赏佩佩面前按了通话点公放。要听电话，一只沾满热水的大手从门缝探出来，顺带将举着电话的人也扯进了浴室。

石头问道："哥，忙着没？"溥跃已经开始替赏佩佩解纽扣了，贴面说的是热情似火的悄悄话："一起呗？我给你搓背。"

碍于"石头"还在自己手里，赏佩佩没办法尖叫，眼神再凶狠，溥跃就装看不到。他歪头冲着话筒喊："忙着呢。天黑了没事儿少给哥打电话，都忙。"

解纽扣算什么正事儿啊？赏佩佩捏了一把溥跃的腹肌，他笑着又改了口："你说你说，说完了我再忙。"唇峰贴着赏佩佩的脸颊，很自然地用牙咬了一口她的肉，溥跃这次声音大了些："这样可以了吧？"

石头机灵着呢，一听就知道是怎么回事了，溥跃下午从店里走了果然是去找佩佩姐了，多的话石头不能当着赏佩佩的面说，这点分寸他还是有的，清了清嗓子绕开了她父母来店里的事。

石头打着哈哈道："啊，也不是啥急事，就是小晨这边有消息，说这周东城要搞飓风行动，重点查酒驾但保不齐也要查查无证摩托。我俩合计着要不这几天给佩佩姐把那辆姜戈过个户。"

石头这些话说得真情实意，不单单是他个人的意愿，小晨也是想帮帮忙的。

上午把赏岳林夫妇从派出所打发走后，小晨越想着溥跃的事儿越觉得心慌后怕。原本她早上还和石头聊得热火朝天，可往来的信息戛然而止，石头那边也没有任何回复。但她实在不敢给石头打电话问问他那头情况到底是怎么样。

辛苦了一下午，口鼻通红的小晨跟同事们告别后，才装着正巧路过的样子，顺着东翠路走到了十二号的门口。站在门口瞅着棉门帘里白色的灯，小晨双手揣着兜，在心里准备了好几套为自己辩解的说辞，可是每一套都那么苍白无力，她都能预见会被反驳的漏洞。

小晨就这么在室外罚站了二十分钟，腿都冻僵发痛，还是石头换好了最后一位顾客摩托的刹车皮，洗了把手，出来倒水时才看到自己的女朋友正站在店门口昏暗的阴影里等他。

石头拎着塑料盆跑过来扯她进屋，双手搓热贴着她的脸颊，开口第一句话就让小晨就哭了。石头没骂她，只是问她冷不冷，吃晚饭了没。就像石头觉得对不住溥跃一样，小晨会哭也是因为觉得自己办了坏事，心里焦灼，事情也真的太巧了。

石头一时走不开，关店前还要等着下午修车的顾客来取车，他在隔壁小饭馆里拎回来盒饭一起吃。还是小晨怯怯地问了一句："师傅真要给这钱吗？不是真给吧，会那么说，就是缓兵之计。对吧？

"你不是说过，他会回来是因为溥叔叔病了，他爸不是也要花钱吗？再有钱，哪能那么有钱呢，总有花完的时候。这里做生意又不像越城。"

溥跃他爹是什么样的老人，小晨不清楚，但以她对赏瘸子夫妻的认知，他们就是那种吸人血的水蛭，为了谈恋爱，跌进这滩烂泥里，实在不划算，这跟被恋爱诈骗，也没有本质区别。

小晨说的话石头何尝想不到？但他想到的，他师傅肯定也考虑到了。毕竟他师傅比他有本事，应该有脱身自保的法子。

石头重重地点了点头，也在往好的方向设想："应该是吧。我记得他早就说过自己始终要回越城发展的，先把溥叔伺候走了，回头再带着佩佩姐一走，谁还找得到？搁我我可不管赏瘸子，小心他另一条腿也让我撅了。"

石头这样说，小晨就彻底安心了，商量着怎么才能表达歉意。两人最实用的道歉方式，就是在摩托车这件事情上给赏佩佩行个方便。

石头这边电话刚挂，浴室内攀升的温度就骤然下降，多亏了石头，赏佩佩可算搞明白溥跃为什么一听到她询问修车的进程，就跟她闹情绪。敢情这小红车是个牌子货，不仅不是闲置车，还是溥跃专门买来送她的？

第一时间，赏佩佩急着用溥跃的手机搜索姜戈的售价，数过标价上的零，直接倒抽了一口凉气，惊吓大于感动。她举着手机，表情像被雷劈了，反复确认了报价车辆就是她这半个月骑着上下班的那辆车，这才扭头问溥跃："这车是你给我买的？两万两千八？溥跃，你疯了？你知道我一个月才赚多少钱吗？"

溥跃不知道赏佩佩一个月赚多少钱，他没打听过，也不记得这话是他曾经在店里讽刺着反问过赏佩佩的。那时候他对赏佩佩有很强的偏见，但现在，他了解了谜题的始末，就不在乎这些琐碎。她赚多少都不是他关心的范围，她没有，他有就行了。

一开始，溥跃还半阖着眼帘搁那装听不懂，上嘴唇碰下嘴唇，含糊了一句："跟你赚多少有什么关系呐？送你就骑呗，再说也没那么贵。"

话点到为止，他就想蒙混过去，手指擦着脖颈向下，赏佩佩马上侧身躲开了，速度之快，就像是被癞蛤蟆舔了。

手机"叮"一声振动，亮起的屏幕上是陌生号码的文字消息。赏佩佩扫了一眼，"二十万"的字眼首先蹦了出来，看样子是群发的诈骗信息。她挣开溥跃的掌心，把他的手机还给他，五官严肃，声音也是。

"没那么贵是多少？跟我的车一样不到一千？"

溥跃怀里空了，指尖属于她的温度也淡了。逼仄的浴室原本春色盎然，现在却显得有些拥挤，他绕不过去这话题，抬眼，不得不正视她的明眸，再没办法撒谎："两万二。石头倒腾来的，比市价便宜，其实成本就一万九。"

赏佩佩点点头，脸色还是那么紧绷："就当是一万九，也是我车的十几倍。我负担不起。你还是收回去吧。我的车呢？还在店里吗？我明早上班去取。"

当时赏佩佩淘换旧摩托车，就是占便宜，她在消费上有自己古怪的坚持。可送人礼物哪有收回来的道理？溥跃丢不起这个人。

眉头皱起来，他脸上一团别扭："怎么负担不起了，我送你，又没管你要钱。"

花洒停了，空气也凉了，溥跃套上衣服，还是不明白自己的感情为什么就这么难被赏佩佩接受。两万又怎么了，他愿意给她花钱难道都不行？他自然知道赏佩佩不是一心想钱的拜金女，但这个当口，话赶着话，他宁愿赏佩佩是个真心爱财的，能喜笑颜开地把他的心意收了，再抱着他的胳膊亲他一口。

"再说，你那车是真不行，今天修明天又坏了，总也修不完的破烂怎么骑啊？但凡要是你能安安全全在路上走，我都不说什么。这不你也听见了，说是这周查摩托车，你取回来不是也没用吗？

"谈恋爱不是都兴送礼物吗？照你这意思以后谁也别沾谁的，你跟我分这么清是想好了以后怎么和平分手呢。"

越说溥跃越烦躁，赏佩佩的自我界限感在他眼里就像是感情中模棱两可的狡猾与诡辩，他干脆把她的后路给堵了，平着嘴角厉声讲："你那车我早拆了卖了，没了，不用取了。"

溥跃说话不中听，都是因为他心里憋了许久的怨气。赏佩佩原本是背过身走出了浴室，因为懂得溥跃的好意，并不想跟他正面争执，可站在玄关完完整整地把他的话听完后，她忍不住要回过头针尖对麦芒。

因为这两辆车，她再次对两人之间的巨大沟壑有了清晰的认知。她的小摩托是破没有错，但选择便宜车过日子，就是她的消费水平。她的人生如此，她的选择如此。溥跃的那辆姜戈当然比她的好一百倍，可那种优越是她生活中消费不来的奢侈品，就和溥跃对待钱如此不屑一顾的态度一样。

对于他来说是善意，可对于她来说，更像是抛开自尊心接受恩赐。他越高大越夺目，就越显得她一身不堪，一事无成。满屋用来填补内心空虚的精美物品，都是她人生的照妖镜。赏佩佩声音发紧，表情还是冷静的，她没像溥跃一般耍无赖，也没有那么多情绪激昂的反问句。她平铺直叙，句句相扣。

"谈恋爱不是扶贫。我没说你不能送我礼物，你送我一束花，送我一本书，只要用心，我都会很开心。可你的礼物不该是用来帮我提高生活质量的，这次你送我一辆我买不起的代步车，那下次呢？是不是还要帮我买间更大的房，再不然供我去读我没念完的学？

"礼物是相互的，是爱情的调味剂，你明知道我手里没有等值的积蓄可以回报给你。没错，我的车在你眼里是破烂，可就算再破烂，也是属于我的。你没权力对我的生活做慈善。

"你更没权力随意处置我的破烂。"

用爱不就够了吗？溥跃跟着赏佩佩先后脚从浴室出来，这话他只敢在心里大声地喊，他再怎么不懂谈恋爱，也明白感情是由心的，没办法被言语勒索。

每个人都想要从自己爱的人那里得到更多的爱，但意愿再强烈，也只是一种美好的希冀，他也不可能抢来。赏佩佩不肯给的情感和信任，他喊再多也要不来。他不是他爸，也不想犯溥凤岗犯过的低级错误。他应该尊重赏佩佩的不需要，克制自己的需要。爱应该是一种让对方感到舒适温暖的情感，而不是尖锐和禁锢的。

两人所在的玄关没有吊顶灯，恰巧也在两人中间，亮着一盏二十颗灯珠的吸顶灯。这种灯很便宜，但很亮，两人站在一起时，灯光像皎白的纱衣把两个人罩在一起，两人好像是飞起来无限逼近了月球，甚至能将影子驱逐到脚下一寸。

可像他们现在这样，因为观念不合怒目而视，灯光就变成了一条泾渭分明的河，不是黄河，是浩瀚银河，赏佩佩在河的这边，溥跃则在那边。影子是他们各自拖尾的流星，暗藏神伤的心事。

溥跃嘴巴紧紧闭着，半晌，他沉着眉眼先低了头看向一侧躲起来的猫咪，语气显得受伤："我不是那个意思。没有说你的任何东西不好。"

"破烂"只是个相对赏佩佩而言的形容词，他只顾着申诉"破烂"的摩托车配不上他的赏佩佩，却忘了车是赏佩佩的，归属层面来讲，赏佩佩也不是他的。没有一个人应该完全属于另一个人，感情是自由的，爱情也是流动的。婚姻都是可以结束的，何况他们只是刚开始恋爱而已。

"真的。"真的什么呢？真的就只是想对她好而已，他表达感情的方式，没有赏佩佩想的那么复杂。他的爱没有要什么等价的回报，如果非要说有，就只是她和他能好好在一起。

像是笨手笨脚的巨人爱上了一片霜花，在太阳升起之前，他远远近近地欣赏它，破晓之时，他急切地想要保护它，可太阳东升前夕，他伸手碰上去一瞬，霜花竟然消失了。霜花没有死于阳光，反倒是死于他的急切。

溥跃还想说点儿什么，兜里的手机再度振起来了。他说了声"抱歉"低头抬手，看到再一次出现在手机内的陌生号码时，这一次他没有选择在赏佩佩面前直接接听，也没有立刻挂掉。溥跃按了一下关机键，将电话静音，但眼神还在上下地飘。

看得出他在犹豫，赏佩佩深吸了一口气放下自己满怀的冲动道："你先听电话吧。我们的事不着急。"

"好。"溥跃转身先换鞋去拉大门，这个电话，他没办法在赏佩佩面前听。

虽然处于吵架中，赏佩佩身体还是先于思维，上前一步拎起他的羽绒服递给他，眼神难堪地盯着自己的脚尖，声音也不自然："楼道里冷，先穿上。"

"谢谢。"

门在身后落锁，溥跃避讳着走开几步，确定隔音足够后，才清了清嗓子接听了电话。对面人开口不善，他也没有反感情绪，叫了一声"叔叔"。

赏岳林今天回家后，一直躺在床上做试卷。试卷的内容无外乎两部分，社会调查和小学数学。他先是打电话给自己以前在厂里的老同事打听了一圈溥跃他们家的情况，无奈第一步就出师不利。

他当年进监狱服刑后，陈梦和一个人独自生活没有收入来源，用以前夫妻俩存下的微薄积蓄抚养两个孩子属实不易。虽然她趁着赏佩佩高中毕业，将她打包处理给了赏双明，但富养儿子并没有让她节省下多少开销。

积蓄分文不剩后，她曾经向很多锡矿家属区内的熟人借过钱。可借钱容易还钱难，这么多年过去了，每当有人要账时，赏岳林总是推脱这笔烂账。再后来，日子久了，赏岳林仗着自己吃过牢饭，连坑蒙拐骗都不藏着掖着了，大家也就默认了：自己好心借出的钱财是彻底打了水漂。对于这种人，还是先躲为敬。

近几年赏瘸子的名声坏了，愿意跟他们家联系的人也就极少了，最后还是当年和他一起坐牢的狱友在赏岳林的软磨硬泡下，不情不愿地向他透露了，溥跃的父亲是谁，母亲又是哪个，余下的算术题就好办了。

赏岳林对溥风岗这个名字没什么印象，但狱友口中那个跟着大款跑了的女人他记得，个子不矮，唇红齿白，就住在他家前面一栋楼，人很漂亮。

话说回来，既然这女的是溥跃他妈，那溥跃手里的钱指定少不了。就算他亲爹得绝症了，也花不了许多。只要他妈会经营，后爹的钱还不都是他这个便宜儿子的？

他可得好好算计，到底能分几次，从溥跃手里骗出多少钱，所以琢磨了一下午，赏岳林最后还是按照溥跃自己说的那个数字，翻了个番。

既然溥跃自己说店里一个月十万的流水，那把两个月的收入孝敬给女朋友的亲爹看病应该不是问题。何况他可是脑癌，这么重的病，要钱的名头还多着呢。

考虑好了报价，赏岳林就迫不及待地编辑了一条还算谦逊文雅的短信发给溥跃。大意就是自己和妻子并不是爱财的人，他们的本意仍是和女儿认亲，但无奈家境过于贫寒，实在是无法医治自身疾病，所以如果溥跃愿意伸出援手，他们感激不尽。赏岳林自认为骗术高明，文字叙述也无懈可击。

但吃完饭，喝了茶，又冲着老婆端来的痰盂撒了尿，溥跃居然没回复。

赏岳林不知道溥跃正忙着和赏佩佩拌嘴，他在床上翻来覆去地将自己的短信从头看到尾，他怎么看都不觉得自己花心思书写的短信有问题，又叫来老婆跟他一起看。

看来看去，还是陈梦和的一句话，让他的耐性彻底爆炸了。她问他："那男的是不是根本没打算给我们钱啊？我就说了不该先走，现在好了，我们走了他要是再跑了，派出所肯定不会再帮我们了！怪你，都怪你！"

赏岳林怎么可能咽得下这口气，一巴掌将自己的手机夺过来，对着她啐了一口，骂了一句："蠢驴。"随即就有了他按捺不住，主动给溥跃拨电话要钱的这一出。

电话里，赏岳林没了发短信时那个骄矜的推辞劲头，一张口就是威逼利诱地问溥跃要钱。如果溥跃不给，他就要上吊！上吊还不算，他要向电视台留下遗书，向世人公布自己的女儿是怎么弃自己于火坑不管不顾的。

溥跃一听就乐了，看小丑表演也就这种兴致了。他还真不是骗赏岳林，他没像石头和小晨想的那样推脱或拖延，听完了赏岳林的诉求和价位，磕巴都没打，很快就应允了。一周之内，元旦之前，他周转一下，马上就可以和赏岳林签民事协议。协议的内容还是跟他之前要求的一样，他们放弃向赏佩佩索要赡养费的权利，因为这些钱，就是赏佩佩跟他们结算的赡养费。而且这个数字，可比东城最低人均收入要高上许多。足够弥补赏岳林和陈梦和这些年没受到过的赏佩佩的赡养，他会说到做到。

安抚好赏岳林的情绪，挂了电话，溥跃松了口气，能够帮赏佩佩私下解决这件事，其实他是自觉自愿的，而且从没想过让赏佩佩知道。所以就更不存在什么等值交换的可能性。

虽然他觉得自己这样做很有道理，但让他现在走回去，敲开赏佩佩的房门，重新跟她接着上个话题吵下去，他又十分抗拒。不是像小晨一样怕挨骂，他是想在彻底捏碎霜花之前，先缓和一下两人之间的对抗情绪。

他是一万个不想跟她结束。但他怕赏佩佩的想法跟他相反，吵好了这架，他们也就非常自然地结束了，如果都结束了，那他还要什么赢面呢？

匆匆在手机上和苏医生预约了今天的看诊，他下楼前将截图发给了赏佩佩，因为需要定期心理咨询，他不得不离开，还有，他松嘴了，新摩托不要就不要吧，他丢人就丢人吧。他说自己刚才说的是气话，其实赏佩佩的摩托车还停在他的店里。如果她一定要换回去，他没意见。

晚上九点，与万达公寓一街之隔的名雪网吧内，赏磊照常在自己的专座上打游戏。桌面左侧堆着吃完的泡面盒与干瘪的可乐瓶。赏磊的头发很久没修剪或吹洗过，油腻的发丝已经超过了肩膀，用一根皮筋系在脑后。

今天下午赏磊在熟人那接了一单三百五十块钱的王者荣耀代打，赏磊今年才刚成年，但他对离开家独立生活有莫大的渴望。所以他瞒着父母为自己做的第一个决定，就是拓展自己独立赚钱的业务。他还签约了直播平台，每天固定开播四小时，虽然每个月的收入只够他在网吧包月。

但他很快乐，因为只要再坚持坚持，他就可以永远不用回家向赏岳林伸手要钱，理所当然地，他就再也不用听父母的唠叨。而且，网吧没有人会在他耳边不停地抱怨和哭泣，也没有人在乎他在现实生活里是什么样的人。只要打开电脑，进入游戏，他就是人人口里的全能选手和游戏大神，在这个虚拟的世界里，他是 V10 贵族，几乎没有烦恼。

从钻石打到星耀，客户的账号被防沉迷系统强制下线，赏磊伸了个懒腰，冲着麦克风说了一句"还有没有舰长要上车？没有的话我先吃口饭"。这个时间段，观众不多，赏磊的直播间人气本来也不高。弹幕上弹出寥寥几句批评他的话。

赏磊早就习惯了，这年头弹幕里说什么的都有，他从来不和这些人生气。他举着手机点外卖，还没决定好是点汉堡还是点包子，屏幕一亮，是他妈陈梦和。

少年眉头紧皱，下意识点击了拒绝接听，随后又发了条信息给她说自己在直播，让她别烦。但他猜错了，今天陈梦和不是叫他回家吃饭，或是让他过年前把头发理了，也不是跟他哭诉赏岳林的病情，更不是在他面前辱骂赏佩佩，而是十分兴奋地给他发来一条好信息。

信息上这样写着：儿子！我们找到你姐了！他们答应给咱们家

二十万，你不用做那个直播了，妈准备拿这笔钱送你出国读书！

赏磊的外卖没吃成，读完短信后，他心思根本不在老板的单子上，打了几把游戏都没手感，还罕见地跟弹幕上嘴臭的粉丝对喷了几句，差点儿又把老板的号掉离钻石，草草下播离开网吧，他站在路边打车回家。

赏磊吃住睡在网吧的这段日子，这还是他第二次回家。至于他上一次回来，还是过年时，赏岳林喝了点儿酒，几句话不合便指着赏磊骂。赏磊劝不动他，又气不过自己受委屈，鞋都没穿就从家里跑了。

从那之后，只有陈梦和会偷偷等在网吧外面和儿子隔三岔五地见面，每一次，她都会翻来覆去地说起她和赏岳林的计划。可就是这个父母口中天衣无缝的计划，让赏磊无比反胃，当然，陈梦和说的大多数话，他也都不愿意听，无论好坏。

赏磊下车后阴着脸重重把门摔上，在冻硬的路面上急速奔跑，跑到了四处漏风的楼道里还不算完，他一鼓作气登上了顶楼。顶楼是赏佩佩生活过十六年的家，也是陪伴着赏磊度过了小学初中和高中的家。

但与赏佩佩正好相反，赏磊被父母从老家接来的时候已经八岁多了，小时候他经常在老家向爷爷奶奶哭喊着找爸爸妈妈和姐姐，可是真正到了东城的"家"，姐姐不在了，他反倒是有一种来到了寄宿学校的陌生感。东城的鸽子窝，并不是他想象中的大城堡。

曾经上学时，语文课上的老师们曾不止一次布置过有关于"家"这个题材的作文。可他感受不到这些美好的情感，也写不出来动听的句子，因为他理不清哪里才能被他称之为"家"，是老家那栋破旧但宽阔的平房，还是东城这间人挤人的小楼房。

每次他啃着指甲绞尽脑汁试图写出一两个完整的句子时，心里都像是堵着一朵要下雨的云。上学时他痛恨语文连带着痛恨所有学科。但现在，他不困惑了，他确信，无论哪一个家都没有他在网吧长期租用的专座舒服，虽然他的历任老师可能会被他气死。

知道儿子要回家，陈梦和特意把门留着一线，橘色的光从门缝逐渐扩大，像把带着热气的扇子。赏磊刚踏进客厅半步，陈梦和就满脸堆笑地招呼他上桌吃饭："饿了吧？肯定没吃，网吧里头的东西哪有妈做的香？快来尝尝，妈做了鱼汤、牛棒骨、炒鸡，都是你爱吃的！"

赏岳林生病后，身体虚弱，经常需要卧床休息，这会儿听到卧室外儿子回来了，心里头也十分高兴，还撑着家长的派头侧躺在床上，重重咳嗽了一声。

陈梦和喜笑颜开，太知道丈夫的意思了，她就是他肚子里的蛔虫。用力拉着儿子的胳膊将他拽到卧室，踮脚按着他的头冲着丈夫行礼："看看谁回来了？咱儿子来看你啦！"像是后脑上长了眼睛，赏磊头一歪躲开母亲的动作，不自在地整理了一下衣领，叫了一声"爸"。

赏岳林本来就是在床上假寐，撩开眼皮看了赏磊一眼，即刻，得到二十万的快乐就被赏磊这副鬼样子给冲淡了，他开口就一句骂："你头发怎么回事儿？还不赶紧剪剪，像什么样子，不男不女！丢我的人！"

赏磊冷笑一声，正要回嘴问问赏岳林，他是什么人，还有面子可丢吗，就被陈梦和一把又从卧室拉了出来。冲突被暂停，战火冷却。

客厅里饭桌摆好了，鸡鸭鱼肉满满当当地摆了一桌，筷子白瓷碗和汤匙一样不差，乍一看比过节还丰富。陈梦和弯腰从桌下抽出凳子，讨好又招摇地笑着，对儿子说："咱先吃饭。吃完饭再洗个澡，网吧没热水是不是？

"这回咱们家有钱了，让你姐给咱买个大房子，你就不怕挤了！

"在外面住有啥好的，还是回来住。"

赏磊用勺子盛了一口米饭，还没动筷子，陈梦和就把几样菜挑好了，分门别类给他放在了米饭上头，像是顶了一座小型的美味富士山。

赏磊把饭菜塞进嘴里咀嚼了两下，表情麻木，对他妈口里说的都不怎么亢奋，他之所以会回来，是有另外的原因。吃了半碗饭，少喝了口水，他才埋着头问："她哪来的二十万？在蓟城发财了？"

赏磊问这句话时，心头有种微微刺痛的紧张。他这话是种半露骨的刺探，不得不问，但他又不想他妈对他的疑问有所察觉。

好在陈梦和怎么会想得到，与她亲密无间的好儿子会对她撒谎隐瞒，没觉出不妥，支着头一脸天真烂漫地晃着腿道："不是她，是她的相好。你还记得高老头那儿吗？"

一听这话，赏磊的眉头立刻皱起来，他和赏佩佩的五官一样，有种天然相似的钝感，不是时下审美吹捧的锋利，而是圆脸，圆唇圆眼，加上微微上挑的眉梢和眼尾。

他五官因为不解而挤在一起，更显得稚气，反口又问道："她和高老头在一起了？你开玩笑呢？"

陈梦和坐在儿子身边，几乎是看金条似的看赏磊，好久没见，她不觉得自己儿子头发脏污身材瘦弱，看起来既不阳光也不磊落，相反，她觉得自己儿子就是电视里的大明星。

一个五十岁的女人，在儿子面前露出少女的娇羞，她捂着嘴巴笑了一气，才拧了一把赏磊的胳膊道："怎么可能，高老头不是早死了吗？再说以她的性子，能回到东城？指不定在大城市吃香喝辣。

"我是说那个修车店，现在被一个年轻男的给盘下了，那个老板，说要替她给咱们二十万。虽然说有协议，但协议顶什么事，撕了就是了。

"咱们收了这二十万，顺藤摸瓜，再用些日子怎么也找到她了，到时候叫她出个肾，不怕她不同意，不同意咱们就闹。"

这回，赏磊听懂了，原来赏岳林和陈梦和没见到赏佩佩，是半路冒出个冤大头，他姐一直在东城工作生活的事情，父母还并不清楚。

这下松了口气，赏磊敞开肚皮专心吃饭，紧接着陈梦和又唠叨了什么，他都装聋作哑，甚至在陈梦和像是跟闺蜜聊天一样，无所顾忌地凑到儿子脸边，小声抱怨起赏岳林生病后两人没有夫妻生活时，他心里厌恶，也只是沉默着换了个座位。

吃完饭，他抬脚就要走，陈梦和挤出两滴眼泪，抱着他的胳膊，死活要他今晚在家睡，又再三向儿子保证，她不会再说他不爱听的事情。胳膊拧不过大腿，何况赏磊也看到了陈梦和手上的冻疮。他下楼去药店买药，看着她涂了，这才去卫生间里洗澡。

久违的，洗漱后孱弱的少年穿着起球的秋衣秋裤钻进自己的被窝，他已经很久没有真正在床上睡过一觉了，躺下时脊椎终于被拉平，发出"咔嚓"的动静。可平时窝在沙发里再怎么难受都能睡得着，一旦舒舒服服地躺好，他竟然失眠了。

他不仅思念网吧的沙发，还在想，以赏佩佩在疗养院伺候老年人的工资，不吃不喝五年都不见得能攒出二十万，而那个冤大头年轻老板，是不是真的像陈梦和说的那么有钱，能够为了他姐平白无故地给他爸这笔巨款。就算后者是真的，赏佩佩又怎么会同意给钱呢？难道就真的因为赏岳林得了脑癌？

脑海中几年前赏佩佩从这个房间跑掉的背影，和她骑着摩托车去上班的背影渐渐重合在一起，但怎么想，少年都觉得离奇。

同样感到离奇的，还有越城的苏林。

今年除夕来得异常早，临近一月底的年关，各行都进入了休整期，可谁能想到，接踵而至的节假日也能成为压垮心理脆弱病患的最后一根稻草。

连续一周，苏林所在的私人诊所迎来了一年中看诊量的顶峰。

家人，并不总是能成为人生的慰藉，也有可能成为生活的毒瘤，你没办法将他们当作一份不如意的工作、一盒过期食品，随意拒之门外或扔进垃圾桶处理干净，所以当至亲之人给你造成严重的困扰，这种无法割舍的持续性侵扰会更为致命。

周一工作日，苏林从早到晚的日程就已经排得很密集了，临近下班时间，又有一位新患者突然临时到访，其他医生都已经收拾下班了，只剩下性子软的苏林被前台护士央求着，留下来加班。

新患者是一位面容姣好的年轻女生，她穿着不合身的宽大男装，戴着压低的棒球帽。她一进门就很有礼貌地向苏林道歉，说她实在难受，心理状态非常差，不然不会不顾预约时间提前到访。

苏林关上门，非常绅士地帮她挂起了帽子和大衣，随后坐到了治疗椅的对面。心理疾病也应该被当作急诊处理，这一点苏林非常同意，自从行医开始那天，他的手机二十四小时就没有关闭过。

女生的创伤背景很典型，童年长期被继父猥亵，当被害次数突破一定界限，病人终于鼓起勇气向母亲吐露了自己的被害经历。可母亲却将女儿视为竞争对象，将她赶出家门。

女生离家后经过治疗已经好转了很多，这一次会找到苏林，是因为她年迈的母亲被继父抛弃，在一周前辗转联系到她。女生的母亲说，自己很孤单寂寞，现在非常痛苦后悔，想要从老家搬来与在越城小有成绩的女儿同住。女生虽然很痛恨母亲，但也被母亲口中的亲情和忏悔打动了，她的本能告诉她不欠母亲什么，但又非常想要弥补曾经倒塌的亲情。

患者的上一任心理医生是一位上了年纪的女性，女医生非常认同传统家庭观念会赋予个人社会归属感，她认为这是女生打开心结与母亲和解的最好机会，同时，女生可以彻底抛下过去，从伤痛中走出来。

可女生抗拒着，迟迟没有下决定，在这种两难的抉择中，她的心理问题又变严重了。这就是为什么她突然想要更换心理医生。她想知道，是不是只有自己将亲情关系重建，才会像正常人一样开始平淡的生活。

面对这种教科书般的亲情勒索，苏林的建议是，立刻同母亲切断联系。因为他认为一个人连爱护自己的能力都没有，是很难带给别人关爱的，病患连自己内心的伤口都没办法自愈，就更没有办法谈赋予他人亲情。女生要先医好自己，自爱满溢了才能去照顾别人。

换句话说，想要被感情勒索，起码也要有可以被勒索的感情才行。苏林不否认家的观念对于人来说非常重要，心理学上的大量样本表明与家人拥有稳定的亲密关系，也确实是人走向幸福的有利条件之一。但这其中的因果关系，是健康的家庭滋养出幸福的人群，并不是不幸的人群为了追逐幸福而本末倒置。

将情绪稳定下来的女生送走，苏林接听了溥跃的远程视频。

最近溥跃的恢复进展犹如神速，他不仅彻底摆脱了对黄昏的恐惧，即便是父亲的状况每况愈下，他除了正常地表达悲伤外，最近也很少流露出不好的倾向。更多的时候，他会说起对未来的计划，他和赏佩佩的未来。

一个人一旦有了情绪稳定的固定伴侣，竟然真的能加速自愈，对生的希望是滋养心灵的永动机，可以支持患者每天起床吃饭，努力地活下去，做一切普通人觉得再正常不过的事情，做抑郁症患者觉得不可思议的事情，这也是一种新的家庭式观念。

今天苏林和溥跃还是简单轻松地聊聊生活近况，溥跃说起了今晚自己和赏佩佩吵的那一架，也说起了他准备把自己的摩托车卖了，向赏岳林尽快汇款。

前半截对话，苏林还能做到安静地聆听，恋爱是共存的过程，两个独立的人格互相兼容时不可能没有思想观念上的碰撞与争执，只要不上升到攻击，都是很常规化的发展。

可是当溥跃非常轻松地说到二十万的数字，和他打算瞒着赏佩佩替她尽孝的决定时，无可避免，苏林立刻联想到了上一位从诊疗室内离开的患者。只不过溥跃遭受的是非典型性的亲情勒索，他对自己父亲的无理要求可以做到丝毫不动摇，但对于赏佩佩的父母，他竟然有求必应。从这一点来看，很难单单从"陷入爱河"与"爱屋及乌"来解释他的行为。

近四十分钟的看诊，苏林多次给出与刚才开导女生时相同的分析和见解，但溥跃很固执，他心绪很平静，并不接受医生对他的诊断和引导。挂断视频之前，他非常斩钉截铁地告诉苏林，他没有被赏岳林的病情勒索，他不是疯了，他只是认为，赏佩佩并没有她表现出来得那么坚强，如果他不这样做，他怕等到赏岳林真的去世了，赏佩佩会突然后悔。

"我不想她像我一样。"

每个人都关注着身体上的健康，希望福如东海，寿比南山，可是心灵上的疾病也是终身难疗的慢性疾病，溥跃不想赏佩佩走自己走过的路，时时刻刻都踩在钢丝上，生怕掉进由自己挖掘的深渊里，那可不是什么好路。

溥跃的咨询结束了好一会儿，直到女友在楼下等不到他下班，上楼推开办公室的门，苏林还沉浸在自己的笔记里，一直反复思索溥跃这句话的含义。

从溥跃过往的病例来看,金钱一直对他来说非常重要。他爱财如命，可以说他从离家出走开始，就在没日没夜地赚钱，甚至苏林以往有这种结论：如果不是因为需要赚钱，溥跃可能早就没有活下去的动力了。

但如今，他又把这笔钱，轻轻松松地送给不相干的人，这其中肯定有什么苏林没有注意到的关键线索。

苏林的职业素养告诉他，非典型性的抑郁患者薄跃，一定还有他忽略了的疑难杂症。他的笔尖在母亲死因、出轨、恋爱和金钱上反复画圈。

苏林太专注了，专注到连女朋友走到他身边，窥探到了他对薄跃建立的个人档案都不自知。不到一分钟，女友就粗鲁地侵犯了病人的隐私，随后笑着拍了拍苏林的后背，她贴了水晶的延长甲点了点苏林的笔记本。

长发从肩头滑落在苏林的指缝，表情奚落道："大医生，这就是你最爱的头号病人？"苏林一惊，立刻将笔记本合上，同时关闭显示屏上的电源。

指尖被夹痛，女友直起腰。一边揉着手指，一边报复性地快言快语。

"我还以为多复杂的案例，负性情绪记忆，移除触发环境后抑郁有明显好转，但钱这方面不是典型的过度代偿吗？自我过往矫正导致的认知偏差。"

苏林抬头，女友低头，两人四目相对，眸光发亮，同时说了一句话："他妈妈的死因，大概率是钱？"

周二一早，赏佩佩在上班路上偏航先去了趟东翠路。

前一天晚上，薄跃还心存侥幸，想着赏佩佩不会真的来跟他换车吧，但七点半天还没亮，赏佩佩就已经推着那辆红色的姜戈站在了修车店的门口给他打电话，问他方便不方便来趟修车店时。他的回答是：**方便，怎么不方便**。

薄跃从沙发上坐起来，简单套了件外套，开门前，还没忘记整理了一下自己的头发。拉开卷帘门之前，他左手使劲儿搓了搓僵硬的脸颊，试图做出一个和善喜人的表情。可他长得有姿色，却没实力派的演技，待到他看清了外头的赏佩佩和赏佩佩跟前的摩托车，是真的笑不出来。

赏佩佩挺惊讶薄跃是从店里面开门的，她不记得，他说过自己是睡在店里的。至于他为什么会睡在店里，赏佩佩没开口问，薄跃也没张口说。

空气静静流淌着，只有店内的热气与屋外的冷气在发生对流。赏佩佩推车往店里走，溥跃就闪了个身，上坡时赏佩佩推不动，溥跃搭了把手，赏佩佩就错了个身。

区区二十四小时，昨天两人站在一起还有很多亲密的话可以分享，但今天两个人在店内偌大的空地上笨拙地交错身体，努力沉默地维持着安全距离，跳着绝望探戈，又像是他们的感情已经没有了明天。

新车搁在维修间的正中央，溥跃磨磨唧唧地走到置物架旁边，一把掀开上面的塑料布和被单。灰尘飞扬，但下面赏佩佩的小破车却被擦洗得干干净净，保管得十分妥善，甚至以前发灰掉漆的白色区域，都被溥跃仔细地重新打磨抛光后补了车漆。

溥跃昨晚确实没说实话，油箱、发动机，包括经常容易断裂的齿轮都被修好了，她的车，他怎么可能拆掉呢？虽然事实胜于雄辩，她的车是没有他买的牌子货好。

赏佩佩一看到自己的车就消气了，一码归一码，吵架的事情先不讲，溥跃能尽心尽力维修她的小摩托，她还是很感谢的，人不能太不讲理。从溥跃手里接过自己的车把，赏佩佩脆生生地说了声谢谢，主动从包里掏出预备好的二百块钱，礼貌地递给他。

溥跃没松手，也没接钱，像个要糖吃又没吃着的孩子，拎着张睡眼惺忪的脸扯着车后座上的行李架。憋了几秒钟，他才满心难受地接了钱。接完烫手似的，马上扔到了不远处的账本上。

银货两讫，修车的和小店主都有心说点儿什么，但搜肠刮肚了半天又发觉没什么话好讲。赏佩佩便皱着眉推着车往前走了几步。溥跃跟着她手上这股劲儿也往前走了几步。本来十分钟就能结束的换车，硬是让他俩演哑剧似的磨到了八点。

赏佩佩眼看着要迟到，溥跃右手没松开她的车，她撩开棉门帘时到底还是回头嘱咐了一句。

"跟你说常来疗养院，你来吗？"

听了这话，溥跃终于松开了车，不像是不让妈妈上班的小朋友了，帮着赏佩佩撩开门帘，头点得像打了鸡血一样："来，你说我几点过去方便？"

中午病人们吃完饭就开始午休，下午两点半溥跃准时拎着果篮上电梯。

上午他跟石头说要把自己的车卖了，让石头抓紧点儿给他找个下家。石头一瞅店里那辆小红车就傻眼了，一听卖宝马更是满脑门问号，反复跟他师傅确认了他是要卖车筹钱去送给赏岳林时，才一脸苦大仇深地编辑了一条卖二手车的信息发给自己的几个发小让帮忙转发。

一上午，石头都在做沉船管理。先是联系人把店里这大半年来淘换下来的旧机油旧零件卖了，给店内入账了几笔小钱，眼看着这点儿钱根本是杯水车薪，他又开始跟溥跃讲他的生意经。他心疼他师傅那辆好车贱卖，想了不下十几个主意，能让他师傅从赏瘸子家的泥潭里脱身。

可皇帝不急，太监再急也没用。石头跟嘴碎的婆娘一样念了一中午，溥跃就跷着二郎腿装听不见。

石头的心疼不是没有道理，溥跃的车确实好，职业修车选手亲自花心思改来自用的，毕竟和大众卖品不一样。溥跃那辆双 R，就是市面上的终极玩家隐藏款。

即便石头的圈子再小，消息发出一上午，就开始有人陆陆续续给他拨电话询问车子的细节，想要上门看车。

石头接了个电话的工夫，再转头溥跃已经从店里走了。清闲老板倒是给他留了个纸条贴在账本上。溥跃把他的话听进去了，但没完全听进去，反而一句话就摧毁了石头内心卖车的抗拒："加油卖，不白卖，卖出去给你十个点的提成。"

今天是周二，下午两点三十二分的阅湖疗养院里不如往日那么死寂。

护士台内空着，溥跃在 801 陪着溥凤岗看电视，赏佩佩忙着在803 给张阿姨的加湿器里加入她喜欢的玫瑰精油。

周天两点半

Zhou Tian Liang Dian Ban

恰逢四年一届的冬奥会，临近开幕式，体育台又在轮播往年的冰上项目。溥跃换了几十个台，都没找到溥凤岗喜欢的节目，干脆放下手中握得发热的遥控器，把电视锁定在还算有点儿生机的体育频道。

溥凤岗非常意外儿子会突然在非周日的时间来到疗养院探望自己。但考虑到几天前两个人的对话还剑拔弩张，又想到赏佩佩告诉过他，溥跃亲自给他做油炸糕那档子事，他看到溥跃时只是点了点头，没阴阳怪气地问溥跃为什么既然觉得自己不是个好爸爸，还会赶着来尽孝。

两个人是不吵架，但也不怎么会说话了，心里都琢磨着对方的逆鳞，生怕哪句不过脑子的话，又会激起新旧掺杂的矛盾。他们都有点儿害怕，他们所剩无几的时间里，会见一面少一面。

屏幕上冰壶赛场上挪威队大获全胜，溥凤岗来了兴致，皱着眉头点评了几句，叫溥跃把他的床摇起来，他要吃水果。

801能闻到淡淡的玫瑰香气，803自然也能听得到爷俩逐渐变大的拌嘴声。

两人说的话根本不在一个水平线上，犹如鸡同鸭讲，可就是这样也能你一句我一句地聊起来，逗哏捧哏就跟讲相声似的。

赏佩佩在803把两个人说的话听了个满耳，人没过去，但也能想象到这爷俩拌嘴时是什么表情，她听着都要忍不住摇着头笑。

赏佩佩给张阿姨打完胰岛素，张阿姨重新拾起床边看到一半的书，戴上了银边的老花镜。一天不见，张阿姨那天回光返照的状态竟然奇迹般地延长到了现在，她像是挺过了寒冬的梅花，今天一整天都有着渐渐绽放的精神头。

从上午赏佩佩把清单上的几本书拿给张阿姨后，张阿姨就一直在阅读书中的内容，认真专注的程度，不亚于年轻人熬夜玩手机。

赏佩佩看了她一眼，这才想着她喜欢听溥跃的闲话不代表病人也喜欢听，溥跃和他爸的声音可能会影响到803的休息。

张阿姨上午输完了液，下午还有最后一项红光理疗要做，赏佩佩插上烤灯，有意要将803的房门关上，省得801的声音打扰到她静心阅读。可张阿姨仰起脸，嘴角也带着浅浅的笑容，她对赏佩佩摆了摆手，语调虚弱但轻快道："留着门吧，难得医院里这么有人气儿。"

灯头对准张阿姨经常感到剧烈疼痛的背部，赏佩佩瞥见张阿姨用笔在书籍上写下了许多批注，字是蝇头小楷，即便用的是赏佩佩借给她的廉价中性笔，字迹也非常漂亮工整。统觉、本原、四线段，都是一些她似懂非懂的术语。

离开病房前，赏佩佩看了一眼手表记下理疗开始的时间，并且婉言相劝，让病人先放下书籍休息四十分钟。张阿姨好不容易摘下眼镜，恋恋不舍地把书搁在床头。赏佩佩细心地帮她调整了刚才书签变更的位置，出于钦佩，赏佩佩合上书时问了一句。

"阿姨，您以前是教什么科目的？您让我带的这些书，好像都是哲学类的吧。"

张阿姨侧着身，半阖眼睛，一放下手中的精神食粮，她干瘪的脸颊立刻充满肉体痛苦的痕迹，回光返照是假的，精神能支撑肉体才是真的，但即便这么痛苦，她还是非常耐心，扯动嘴角笑了笑道："我是社会学系的老师，主要给学生带《社会心理学》和《人类行为与社会环境》这两门基础课。"

自从学校体检她查出胰腺癌后，张阿姨就在学校挂了病假，虽然学校领导经过讨论，让人事科按照带薪假给她算工时，但她自己也知道，她这一假过后是永远也不可能回去了。这个假期，是她和世界诀别的假期。

太久没和任何人谈过社会学相关的内容，说着张阿姨眯着眼睛咳嗽了两声，小声轻笑着说："以前，我们系和哲学系最不对付，虽说都是研究相同的问题，但我们总是自诩要比哲学系实干。我们对现象的研究方法有数据支持，定量定性，是真正的科学，而他们就是坐在家里空想。"

说着，张阿姨声音更小了："可现在，我这个老顽固也愿意读哲学了。科学，毕竟是冷冰冰的。"

而脆弱的精神状态，始终没办法用冷冰冰的学科逻辑来抚慰。

拉上隔帘走出 803，赏佩佩路过 801 的时候往里看了一眼，溥跃正对着电视机伸手指不耐烦地挑眉，侧目看到赏佩佩，眉毛舒展，坐正身体，又把手放下来了。

余下半小时内，溥跃心思不在电视上，嘴里也就消停了，溥凤岗不知道他儿子在偷偷谈恋爱，还仓皇地踏入了雷区，反倒是觉得溥跃终究是被自己给说服了，所以他越说越高兴。

探视结束，溥跃起身搓了搓手掌，今天爷俩挺和睦，一切顺利。

本来溥跃以为赏佩佩有发现他今天表现甚佳，作为奖励，会进来跟他说两句话，可等到了探视时间结束，赏佩佩坐在外面也没有进来的打算。

好不容易得到的见面机会，溥跃可不能放过，但用什么开场白来打招呼说再见，又是非常有难度的。溥跃在病房里站了几分钟给自己打草稿，最后还是鼓足勇气，效仿上一次，双手背在身后主动走出病房靠近了护士台。

护士台内的赏佩佩可没工夫猜测溥跃心里的小九九，她正在为溥跃的圣诞礼物做攻略，眼下找到了适合溥跃的礼物心情极佳，根本没注意被送礼人已经从 801 出来了。抬眼看到溥跃正立在自己面前，她慌张之余马上将手机屏幕扣在桌面上，生怕破坏了溥跃的这份节日惊喜。

溥跃不这么想啊，赏佩佩这行为看起来非常见外，他眼神带着冷气儿，从她手机上盯了一阵，又移到她脸上。想问她藏什么呢，又不太好意思，抿唇半天，他从背后掏出一盒淡雪白草莓隔着柜台递过去，没等赏佩佩伸手，就搁在她面前。

他说话时耳朵有点儿发烧，胸腔鼓噪，像是人生中第一次跟赏佩佩说话似的磕磕绊绊。溥跃把目光从她脸上挪开，飘到柜台旁边的花束上，手指没地方放，回程路上戳了戳百合黄色的芯蕊，倒是沾了不少甜蜜的花粉。

"吃的能送吗？我看你这最近天天有花和书，我也不知道你爱看什么书。"

吃的嘛，是人都得张嘴进食，这下子总不算是疯了吧？以她的工资，草莓总不算负担吧？

两人都是第一次正儿八经地动心恋爱，对于到底要怎么化解吵架后的隔阂也没有个标准答案，赏佩佩没想好要怎么回应溥跃的话里有话，"阿嚏"一声，旁边的溥跃突然捂住鼻子用力打了个喷嚏。紧接着，他腰都没直起来，很快又捂着嘴巴打了第二个、第三个、第四个，关键是他缩成虾似的身体还没有停下的意思。

赏佩佩急忙站起身来，视线内溥跃何止是打喷嚏，结膜都因为充血而肿胀泛红了，她第一时间想到他刚才摸过的花粉。顾不得什么社会阶层的壁垒和价值观不同的矛盾了，过敏可不是小事，救人要紧，赏佩佩使劲儿扯着溥跃往洗手间跑。

楼道内的公共卫生间只有护士和护工会使用，狭小的室内没有窗户，只有换气扇和照明灯二十四小时工作，白瓷墙面和地面都洁白如雪，还飘着淡淡的消毒水味。

不锈钢的水龙头倾泻出急速冰冷的水柱，溥跃先是接着赏佩佩挤给他的消毒液洗手，然后又被赏佩佩出声提醒着俯身洗脸。男厕的水可真冷，才洗了两把，他发痒的鼻子和肿胀的眼皮就失去了知觉。花粉被冲洗掉了，短暂性的过敏反应也无碍了，但被自来水冲击过的冷意却没办法消解溥跃内心的热度。

溥跃关上水龙头起身时眼睫还滴着水，他迫不及待地开口，赏佩佩也是。两个人近距离看着对方，第一句话都是憋了许久的问句。只不过赏佩佩的，撑死憋了五分钟，溥跃的则憋了几十个小时。

"你不是说你从来不过敏吗？"

"我们现在还不算是分手吧？"

犹如照镜子，赏佩佩和溥跃面对着问句都是一愣，紧接着嘴角上扬，露出整洁的牙齿，谁也没忍住面部肌肉的运动，逐渐扩大了灿烂的笑容。

溥跃屈起手指碰了下刚才被花粉侵袭的鼻尖，声音还带着湿意，另一只手在身上蹭干净了水珠才去拉赏佩佩的手，两只手牵起来，像秋千般摇摇晃晃："一点点，不算特别严重。但我对猫是真的不过敏，对你家也不会。"

赏佩佩就知道他当时上楼帮她开门说的那些话就是在耍小聪明，这下真的得到了关键性的口供和事实证据，但对于溥跃想尽办法想要和她亲近起来的行为，她内心却并不讨厌。不仅不讨厌，她还觉得溥跃有些可爱，虽然可爱好像不应该被用来形容一个男人。

跟着溥跃的力道晃动着身体，眼下小小的波澜不足以冲淡她对溥跃持续上扬的欢喜，护士帽昂起来，赏佩佩皱着鼻尖儿睨着面前比他高出一个头的溥跃，也非常肯定地回答了他的疑问。

"当然不算啊。在一起前都要那么长的预备时间，怎么可以因为吵了一架就这么草率地分开？"

说着，赏佩佩像是成熟睿智的大姐姐一样，踮脚拍着溥跃的肩膀："看来咱们跃跃真的是没有恋爱经验，分手呢，怎么说，就像签合同再毁约，总有一方要提出意向，另一方表示同意才能够解约吧，契约精神懂不懂？"

"哦。这样吗？谈恋爱好麻烦哦。"溥跃露出整洁干净的牙齿，犬齿的尖角上反着白光，他点着头眉头颦着，非常配合赏佩佩做出个非常好学的模样。

他不介意自己是初学者，师傅领进门，修行还不是看个人。

"所以我们真的是在一起了？"

低语后一秒，溥跃伸手将赏佩佩的腰肢贴向自己，鼻尖蹭着脸颊，唇峰挨着唇珠，吻下去的前夕，他像是低吠的犬，甩着尾巴胡乱叫了一句。

"那我永远不要分手不就好了？"

午后四点，距离赏佩佩下班还有两个多小时，护士长从楼上下来巡视，并没有在八楼的护士台看到赏佩佩。转了一圈病房，护士长仍然没发现她的踪影，而护士台内的值班记录，还停留在二十分钟之前。

没人会想到长期单身的赏佩佩会在这个时间段躲在卫生间的门后，和男朋友热吻。

护士长拧着眉，一个电话拨给她，听着铃声不远，就在附近。眉头松开，护士长怒气消解，看来不是脱岗。

护士长寻着铃声往卫生间的方向看，正在好奇为什么赏佩佩会挂断电话，"咣当"一声，赏佩佩已经冲进她的视野。从男厕出来一看到几米外的护士长，赏佩佩腿都吓软了，立刻将右手从身后背过去死死扯住了男厕的门把手。护士长瞠目结舌，反复确定了赏佩佩是从男厕冲出来的，扶了扶黑框的近视眼镜惊讶道："赏佩佩，你怎么去男厕？"

门后的溥跃听到外面的动静后没再试图跟出来了，赏佩佩松开门上前几步，大脑飞速运转，急中生智道："我，我拉肚子。女厕太远了。"

护士长不赞同地重新将眉攥起来，但人有三急，她也不好说什么，何况赏佩佩和她的女儿一般大，所以只是轻描淡写地对赏佩佩的不稳重批评了几句。护士长了解完八楼病人的情况，临上楼前，特意叮嘱赏佩佩："少吃点儿辣椒，你看你嘴都肿了。闹肚子，是不是又上班偷吃辣条？那个辣条，用的都是地沟油，你就跟我家闺女一样，说不听。"

届时溥跃已经从容地走到了电梯门前按下电梯，全程目不斜视。他和护士长此刻共同站在两部电梯的门前闲适地等电梯，而赏佩佩站在护士台内笑得像戴着痛苦面具一样，蜂鸣一声，她手机亮了，对面电梯门也开了。

护士长在左，溥跃在右。

护士长面孔严肃地指了她一下，意思是自己随时会下来考核。而右边那个始作俑者正对着她笑得春光灿烂，他不仅幸灾乐祸，还发信息给她鼓劲儿：

辣条真好吃！

从周二到周四，连续三天，溥跃每天都会在下午探视时间开始时到阅湖疗养院探望老爷子。父子两人似乎都找到了和平相处的窍门，只要把电视调到体育频道，他们俩的谈话内容就始终可以维持着浮于表面的和睦。

近期生活对溥跃未免太偏心，寒冬腊月里的爱情和亲情都欣欣向荣。他上一次感到如此无忧无虑和满足时，还是个未成年没有世俗欲望的小男孩儿，那时候他还不懂什么叫幸福。

周四一早，为了过节，溥跃特地在去大众浴池之前骑车先到市中心剪了个头。下午从疗养院出来，他就摩拳擦掌地预备着跟赏佩佩过圣诞。昨天晚上他借口要洗澡，管赏佩佩要了她家钥匙。

下午四点多他从店里扛着早就买好的雪松和成包的装饰物，找了个小面包车一起拉到她的公寓。上下楼运了至少三次，他才开始在赏佩佩床边的空地上，布置会发光会唱歌的圣诞树。挺大一个人跪在地板上挨个给细碎的挂饰穿麻绳，他嘴里还念念有词，不停教育着吃冻干的小白猫可不能对他的艺术作品搞破坏，这是给它妈妈的惊喜。

"妈妈"两字一出口，溥跃耳尖就红了，但好在猫不会告状，他挂好了手里的独角兽玩偶，马上捏起猫咪的后脖颈拖着猫屁股把它团在自己掌心，近距离地吩咐它，那自己就是它的"爸爸"，以后它要乖乖听爸妈的话，做只快乐的小猫咪。

一下午，猫到底学没学会叫溥跃爸爸咱不知道，但被迫成了"老母亲"的赏佩佩完全没工夫去解救自己被"亲情"绑架的宠物。

阅湖疗养院，赏佩佩今天下午掐着点取到了她加急配送的圣诞礼物。

下午给八楼的三位病患配药、喂药、倒尿盆，又按时给张阿姨注射完了胰岛素，她就躲在护士台内包装给溥跃的礼物。包装纸是哑光墨绿色的，上面点缀着反光的金箔，缎带则是朱红色的，宽度足有一寸，系上蝴蝶结后，赏佩佩还特意在尾端系了两只会响的铜铃铛。

明知今晚赶热闹的年轻人们会宛如朝圣般涌入各大过节圣地，东城又小，稍微好一点儿的餐厅肯定全都会等位，但两人仍然不能免俗，还是约了当地单价最贵的西餐——凯宾斯基柏林咖啡厅的平安夜豪华自助。

黄金节假日餐位紧张，用餐时间是提前预约过的。本来溥跃是计划布置好圣诞树后先到阅湖疗养院等赏佩佩下班，然后两个人一起出发。可赏佩佩奉行实用主义，觉得大堵车期间完全没必要让溥跃绕路，为了方便快捷地过节，干脆和溥跃商量着兵分两路。

七点整，两人同时向着目的地出发，这样在七点半就可以准确无误地在预定时间内接头，谁也不耽误。

计划很完美，赏佩佩甚至还提前五分钟交接好了今日的工作。

六点五十五分，提着包好的礼物，补好妆，今早出门前精心打扮过的赏佩佩哼着歌下电梯。刚推开一楼的大门，手机里那句和溥跃讲的"我也出发啦"还没发出去，人就被一旁等候多时的赏磊叫住了。

年纪小的人要称呼比自己年纪大不了太多的女生，无外乎是用"姐"，而且从血缘关系上来讲，赏佩佩确实是赏磊的姐姐。可是赏佩佩从听到这一声不太确定的"姐"后，就开始以一个抵御的姿态颤颤巍巍地一点点转动着身体往回扭。

脖子像年久失修的零件，等到她在冷风中看清了叫她的人，心脏都快炸开了，鼻翼急速地翕动，不管三七二十一，第一句话就是告诉他："你认错人了。"

自从三天前得知赏佩佩要给父母二十万现金后，赏磊就一直在考虑着自己是不是应该要找赏佩佩说清赏岳林的病情，以避免她和她男朋友的损失。

这几天，他犹豫过，徘徊过，预想过很多次赏佩佩看到他时会做出的反应，无一例外，都是非常负面的，比现在要糟糕很多。原因很简单，他从很小的年纪开始就明白了赏佩佩之所以会被父母送走都是因为他。

计划生育的年代，重男轻女的思想一旦生根发芽，被付诸现实，就会产生各种恶果。而这些大人们种下的罪孽，全都是由赏佩佩吞下去的。所以，作为动机的一部分，赏佩佩有各种理由讨厌他，憎恨他。

被讨厌的人没有理由不清楚自己被讨厌着，可是，赏磊却很难说服自己也对赏佩佩同样抱有敌意。他不是"赏岳林二代"，更加不是父母的代言人。

即便看上去，赏磊和父母是共同利益体，但如果他有得选，他不会想要出生在这种家庭，承担这种被强制附加于他身份的愧疚和收益。

不是所有男孩儿都甘愿做父母的人偶，他也有很多自己的想法。当父母的想法和他的产生巨大鸿沟时，他只想不顾一切地离开这两个世界上最宠爱他的人。

他与赏佩佩算是惺惺相惜吧，虽然这些笼统缥缈的姐弟情感是时常感到寂寞的少年单方面产出的。

所以此时此刻，他不在意赏佩佩急于否定的态度，他也假装自己没有被她眼中的惊恐刺伤。因为从赏佩佩回过头的那一刻，他就从她的反应中确认了：关于二十万的事，赏佩佩并不知情，而她的男朋友被自己的父母诈骗了。他决定找上门的选择，做对了。

赏磊要说的话不长，并没有耽误到赏佩佩的行程，撑死五分钟，少年就闭上嘴巴扣上羽绒服的帽子急匆匆地往来时的侧门跑。

赏佩佩在这五分钟里，给予最频繁的回应，就是三连否定，不可能，不是的，别瞎说。她不仅不想承认赏磊和她的关系，多重震惊之余也不想聆听少年要说的话，无论他是真心还是假意。

但等到赏磊真的把话说完，一脸轻松地走掉时，赏佩佩又像是被他在无形中牵动的磁铁，突然向前半步高声叫了他的名字。赏磊没可能认错自己的姐姐，就像不管过了多少年，赏佩佩第一眼看到他，就能认出他的脸一样，血缘对他们来讲好像是种冥冥之中永远割不断的线。

零下二十一摄氏度的室外，赏磊瑟缩着脖子隔着黑漆漆的灌木丛同灯下的赏佩佩回望。冬日的天极短，姐弟两人一明一暗，只有赏磊可以看到赏佩佩的模样，而赏佩佩的眼里只有一个细长模糊的黑影。

今天赏佩佩穿着她衣橱内最贵的一套衣服，格纹羊绒衫和配套的超短迷你裙。在经典复古的红棕配色下，赏佩佩看起来是那么贵气，连黑棕色的卷发都透着复古意味，像是从九十年代走出来的留洋派。

但就是看不到，赏佩佩眼底仍然能拼凑出赏磊的满身落魄。

他就跟小时候一样瘦，大冬天里不爱穿秋裤，一年四季永远是一双船袜，旧款的羽绒服宽大漏风，窄窄的牛仔裤下露着一对冷到乌青色的脚踝。

赶去过节的赏佩佩与急于回到网吧赚钱的赏磊看起来是天差地别，被扫地出门的流浪狗赚到了一身华丽的皮囊，而养尊处优的公子哥连个像样的窝都没有。

如果赏佩佩是个头脑简单的恶女，她应该会得意地哂笑，在胞弟面前大肆炫耀自己的成功。她也应该要开怀，因为她长久希望的报应终究为赏双明主持了正义。

但她非但笑不出来，内心还感受到一种非常复杂的伤感，酸甜加苦辣，分不清味道，而这种杂糅的情感，很难让她心安理得。

赏佩佩想问的其实还有很多，她想知道赏磊是怎么知道自己的工作地点的，也想问他到底知道了多久，她还想问问他现在还有没有上学，他是不是跟自己小时候一样时常感到不快乐。

但她忍住了抓心挠肺的好奇，忍住了想要留下他联系方式的冲动，在赏磊回过头时，她别开脸，只是指着疗养院大门的方向，像一个好心的路人般不带任何情感地告诉他："侧门六点半就锁了，出不去，你从这边走吧。"

七点二十分，溥跃提前到达柏林咖啡厅，核销了双人餐券，由服务员指引着入座后，他就开始演练今晚的台词。

礼物是他一早就准备好的，薄薄的一枚信封，从外观来看，叫人捉摸不透。美好的提议被包裹上动听的措辞，溥跃有十成的信心，他和赏佩佩只要心在一块儿，就可以一点点摆脱现状，告别过去的苦痛，踏上通往幸福的正轨。

赏佩佩在他回到东城陷入泥潭时拉了他一把，他也乐得做她的保护网。无论何时，她从再高的钢丝上掉下来，都有他在下头接着。说起来可能很土，但真的是赏佩佩让他从一个再普通不过的俗物变成了血肉丰满的超级英雄。他现在有种天不怕地不怕的骁勇，无论未来是输是赢，只要他旁边的位置有赏佩佩就行。

七点半整，餐厅内的所有情侣都陆陆续续开始用餐，整个餐厅只剩下窗边的溥跃还没动筷，单开了瓶干红小酌了半杯给自己润喉。

两个人昨天没有约好穿搭统一，但为了过节，溥跃也拿出了自己压箱底的绝活儿。他翻箱倒柜，找到了去年朋友结婚请他做伴郎时他做的一身鸦色西装。

相信他和赏佩佩站在一起，不需多言，他们就是最登对的。

今天穿着西装，和美女出入凯宾斯基的男士不少，但溥跃这一身行头丝毫不输给任何人。霸道总裁和金融精英穿真丝混纺的阿玛尼，小老板穿的则是老裁缝铺量体裁衣的朴实定制。好看不好看不是他说了算，四面八方由异性投来的视线能说明一切。

但质地上好的璞玉没能笑到最后，从七点二十分活活坐到了快八点，餐厅里已经不是只有女生在偷偷打量他了，全场的男士包括倒酒的服务生也都在用怜悯的目光对他进行从头到脚的扫视和审判。

男人们戏谑的眼神很容易懂：帅也没用，还不是被放鸽子？男人果然还是不能光靠一张脸。

手机上，溥跃和赏佩佩的聊天页面还停留在七点钟，赏佩佩说她已经出门了，就是有点儿堵车，溥跃说不着急，让她慢慢来。可等到了七点四十，赏佩佩再也没有给他发过消息。

电话打了好几遍，都是无人接听，溥跃也开始着急了，他没闲工夫在意周围的人怎么看他，起身拎起衣服走出餐厅，迅速下楼拦车准备往疗养院走一趟。过节已经不是他的首要侧重点了，他有点儿担心赏佩佩的安全。

刚坐进出租车的副驾，赏佩佩的电话来了，溥跃已经提在嗓子眼的心脏落回了原处。他吐出一口浊气，尽量平稳地把电话接通，让自己的态度显得无可挑剔。

赏佩佩人没事，就是摩托车没了，眼下正坐在交警大队的冷板凳上，办公桌对面就是今晚把她抓回来的小交警。

赏佩佩生平第一次因为违法而被警察铐起来装进警车，眼睁睁看着车窗外刚修好的小摩托被拉上了平板车，却毫无办法，人还有点儿傻。她被拦车，检查，抓捕，全程都没想着狡辩或是逃跑，嘴像是被502速干胶水粘住了。

这会儿一听到溥跃的声音，她就呆呆地对着手机讲："溥跃，我好像被'飓风行动'了。"

小交警一听赏佩佩说话就得慭笑，他们当交警的逢年过节也没个休息日，尤其是这种容易发生酒驾的夜里，交警队是一定要设卡的。但开罚单也不会总是那么顺利。

酒驾司机无法突然从密集的车流中掉头逃窜，但很多有问题的摩托车一见到远处闪烁的警灯，就会立刻掉头从非机动车道开溜。

所以七点多他们一队人刚摆好锥桶，赏佩佩戴着头盔招摇地从他们身边骑过的时候，所有交警都愣了，还是这位年纪不大的小交警眼疾手快，立马拿起大喇叭让她靠边停车。

多亏了赏佩佩的无牌上路和无照驾驶，小交警可以提前带人回队办手续，不需要在冷风中站满四个小时。执勤顺利，指标进度有了个开门红，小交警心情能不好吗？连带着他看赏佩佩这位违法人士的目光都和善了许多。

但执法总归要有个执法的样子，依照《道路交通安全法》第九十九条规定，赏佩佩这种情况除了没收违法车辆，开罚单外，人也是可以送去拘留所行政拘留七到十五天的，但规定是活的，执法的力度由交警个人掌握。

快过年了，拘留所里也没多少空位，不至于把所有逮住的人都装进去。他抹了把脸强迫自己做出严肃的表情道："不是你被'飓风行动'了，是我们队开展'飓风专项整治行动'，你落网了。你这严重程度，款单怎么也得两千块。而且无证驾驶人按规定是要拘留的，知道吗？"

电话那头的薄跃也听见交警说话了，他马上让司机掉头往交警大队赶，又压低声音叫赏佩佩别着急，先听自己说。

赏佩佩一开始以为自己今天完了，肯定是要被拘留了，对着电话点头，点头，又摇头，最后挂了电话后，她才大梦初醒，明白过来交警的意思是让她交钱赎车赶快回家。缴费，还是拘留，这是二选一的命题。

拘留所固然可怕，但两千块对于赏佩佩来说也如同割肉。她挂了电话，怎么想怎么都觉得不划算，她为了一辆几百块的车，竟然还要搭进去这么多，这不是捡芝麻丢西瓜吗？早知道"飓风行动"不是闹着玩的，她也不会坚持跟薄跃换车了。

面对即将失去的两千块，赏佩佩真的是心如刀绞，她难受得眼泪都快出来了，指甲紧紧抓着手里的礼物纸袋，对着交警可怜巴巴道："那请问，我要是不赎车了，是不是就不用交罚款了？"

交警刚才还觉得赏佩佩看起来老实巴交，是他执勤这些年来难得一见的配合案例，这会儿听出来她不准备缴费了，不太高兴地用笔点着她的罚款单说："先别说车的事，你无证驾驶可是犯法的，你要是这么不配合我们工作，那没办法，只能拘留了。

"我看你这也是要去过节吧？不怕男朋友等急了？这大衣貂皮的吧？得上万吧？咱都有钱消费奢侈品了，干啥还省这千八百的呢？赶快签了字去过节不好吗？你省事我也省事，大家都方便。"

交警不提还好，一提起过节，赏佩佩的心开始滴血了。

平安夜的西餐厅哄抬价位，一位餐费八百六，两位就是一千七百二十块，也不知道不用餐的话能不能退全款。她怎么就这么倒霉，还连累溥跃跟她一起丢钱？

别提她身上的皮草了，小交警是看走眼了，这世界上不只是成功人士满身名品，也有不少想要效仿成功人士的冒牌货，他们之所以会花大价钱消费，都是为了提前透支成功的喜悦。

而赏佩佩更是善于捡漏的极品小抠门，当年她买下这件成色一般的二手衣服时不过花了七百块，干洗费五百块，换发霉的内衬两百块，加上最便宜的国际运费和关税，总共也就是一件奢侈品的零头。

本来想着今晚可以花小钱装大门面，在男朋友面前阔气一回，谁承想竟然被执法交警倒打一耙。生活拮据的中年妇女在菜市场和商贩为了一根芹菜讲来讲去，眼下赏佩佩也在干同样的事。

十五分钟后，溥跃托石头跟小晨打好招呼后在交警大队找到赏佩佩时，她还在不依不饶地同交警讲价，看架势，是不惜要用蹲号来省钱。应该是觉得害臊，溥跃一出现，赏佩佩立刻噤声，拉紧衣服，乖乖地坐在板凳上低下头抠手指甲。

小交警双眼一翻，可算是看到赏佩佩的家属了。敢情刚才在来队里的路上，赏佩佩一直不说话，是在对他缓冲胡搅蛮缠的技能呢。

好在溥跃是个痛快人，看起来他心疼自己的家属胜过爱财，是断然不可能因为两千块让她进拘留所的。可罚款单扔过去，搁在赏佩佩面前，赏佩佩后槽牙咬得咯吱响，始终没签下去。溥跃进门时还没看明白状况，这会儿看到她的样子也懂了，二话没说，放弃了刚才小晨给他的事后解决方案。

溥跃握住她冰冷的手指拍了拍，回头给小交警递了根烟。

小交警睨着溥跃想听听他能说出什么花样，是不是能比赏佩佩讲得还新鲜。可等到溥跃低声跟他说完那两句话，他立刻把手放下了。

念在赏佩佩是初犯，罚单从两千块改成了五百块，合规合理。

他一口一个溥跃哥，写罚单时还唠家常似的讲："你看咱们，都是一家人还说见外话。之前小晨就跟我说想找我帮个忙的，这也是赶巧了，咱们以后常见面，走动走动也就熟了。"

其实按照石头的意思，这罚款他们事后处理一下就成，但溥跃顾及赏佩佩吵了这么久的面子和感受，干脆正经认罚。

小交警也明白，保住了指标总比一场空强。开完单据递给溥跃，他冲着桌子对面低头思过的赏佩佩努了努嘴问他："那这位是？"

看着这面相也不像是兄妹或姐弟，五官到身形，没有一点儿相似的地方。果然，溥跃想都没想，平静地冲他来了一句："我媳妇儿。"

从进交警大队捞人，再到带着赏佩佩出来，溥跃全程没有责问过赏佩佩一句。

只是在出门前，冷风从脚下吹起的时候，他转身挡着寒气，把赏佩佩大衣上从脖颈到小腿的扣子一颗颗都扣上，推门搂着她的肩膀往自己怀里藏时，还真像是一名儒雅的丈夫。

两人坐进门口等候的出租车内，溥跃还在手机上选出几个备选餐厅问她："咱还去吃西餐呗？自助可能赶不上了，我看这家也不错。"

赏佩佩没有溥跃这份强撑的兴致，她眉梢挂着苦意，连喉头都像吞了黄连，一听到溥跃说起餐厅，她心里就像止不住火烧般难过。

谈恋爱对于独身人士来说就是有这点坏处，一个人要是孤独久了，那么她的情感起伏也会相对平淡许多，无论快乐与否，这种感情都是由她一个人来品味的。即便是有些时候，没办法感受到生活的乐趣，那也是一种慢性麻痹似的疼痛。像是风湿，抑或是蛀牙，虽然难挨但也可以负重前行。没有人会因为这种非致命的慢性病而在大街上撒泼打滚，涕泗横流，甚至在难过发作时闹着要结束一切。

可一旦像赏佩佩这样，放任自己进入了亲密关系，你就会懂：快乐是成倍的，痛苦也是。世界上有一种最坏的难受，就是因为心爱的人在遭殃而难受。

偏偏，溥跃遭受到的不幸，都是由她牵连导致的。他们今晚之所以会沦落到这种地步，都是因为她；如果赏磊说的是真的，那么溥跃之所以会被自己的父母勒索，自然也是因为她。

所有的症结，都是她。

赏佩佩双眼涣散，思绪如乱麻，溥跃说了什么，她都面无表情充耳不闻。

溥跃不知道赏佩佩今晚的全部遭遇，他不知道赏佩佩被抓之前有姐弟相认的那五分钟，用他的思路，自然而然地认为赏佩佩的无精打采肯定是因为刚才五百元的重大损失。

至于赏佩佩为什么穿得这么漂亮没有打车反而还要硬骑摩托，大概是因为疗养院楼下不好打车吧，关于这一点，他归责于自己。要是他坚持去接她，眼下这点事也不会发生。

溥跃没提之前两人因为破摩托吵的那一架，也绝对不会跟她说那些马后炮的陈词滥调。他的处事法则不算深奥，既然他们俩在一起了，那么赏佩佩的问题就是他的问题，对于共同问题，要共同处理，就要有个设身处地的态度，没有必要对人生盟友进行打击报复。

他生平最看不起男人跟自己的女人一遍遍讲"我早就跟你说了，谁让你不听我的"，这都是事后诸葛亮的大废话。要溥跃说，他之所以喜欢赏佩佩，就是因为赏佩佩不爱听他的，她跟那些看人眼色的人不一样，跟他对着干也能让他喜欢。他就还真乐意给她捡烂摊子，不然怎么能显出自己除了那几两肉外还有别的用处呢？男人嘛，不拘小节才像个爷们。

　　所以溥跃挤着眉毛舔了舔槽牙，舒展眉头换了个话题。他捏了捏赏佩佩的手指唤醒她的注意力，看到她转过头来看自己，这才说："醒醒了我的祖宗，还想您那车呢？能要回来，一般被没收的摩托没有一趟趟送的，等今天晚上车子统一拉回去编号入库了，我去给你找回来行吗？今天，咱们就好好过，明天再想明天的事。"

　　赏佩佩缓缓摇着头，溥跃还没领会她的意思，抱着她的肩膀像晃婴儿一般上下地颠，口吻也是故意放缓了放柔了，用哄三岁小姑娘的那一种语气："哎呀，不另外要钱。你石头弟弟的女朋友就在那儿工作，他们都认识。不信你问前头的大姐，我说的靠不靠谱。出租车职业司机可比我懂行吧？扣车一般都是这么办的。"

　　前面的司机师傅是爱打扮了一点儿，但师傅确实是个男司机，关键是，刚才溥跃去交警大队时明明就坐在司机的右手边，他是全程瞎了吗？

　　这会儿一听到溥跃说的话，司机可不爱听了，鼻子不是鼻子眼睛不是眼睛地问："你叫谁大姐呢？损不损呢？"

　　粗眉毛大鼻子，还衬着一副公鸭嗓，司机师傅长得像关公，这会儿不用验身也看得出确实是位男性。

　　溥跃一愣，赏佩佩也愣了，等再回过神来，还是赏佩佩插诨打科道："大哥！你看着点路上的行人！口误，他刚才口误了。哈哈，大过节的，咱都别生气。"

　　大哥翻个白眼转过去接着开车，有了台阶下，但还不解气呢，一下把音响拧到最大，表示自己的不满。蹦迪神曲震天响，赏佩佩张嘴假笑时溥跃在后面笑得快背过气了，声音断断续续地从白牙红唇内往外冒。

　　窗外的霓虹灯不停擦亮他狭长的双眼，那里头藏着比灯光还令人注目的缱绻，他偏着头跟赏佩佩耍赖："还真不是口误，我以为是个新烫了头的大姐。"

　　这年头司机暴怒引起的交通事故还不够多吗？赏佩佩怕他胡说八道

影响司机开车，气急败坏地捂着他的嘴不许他说话。

谁知道溥跃根本不挣脱，反客为主按住她的手腕，用力在她掌心亲了一大口。

"啵"一声特别响，也特别痒。

等到赏佩佩蜷缩着濡湿的掌心，眼尾泛粉，重新把手从他脸上挪开，溥跃才凑到她颈窝跟她咬耳朵："大过节的，你也别生气呗。哄别人挺会的，你也哄哄你自己。我都哄不好的人，只能您亲自上手。"

"我可没生气。"赏佩佩声音很细，蚊子叫似的，小到只有溥跃贴着她微微发烫的面颊才能听到。紧接着，她垂眸拉起他的手，十指交握，慎重又诚恳地说："反正就算生气了，也不是气你。"

她是气她自己。

"那车，我不要了。你要是愿意，我还是想骑你送我的那辆红的。

"考驾照，办过户，都按你之前说的来，但我不白要你的，我分……"

分期付款这四个字溥跃哪儿能让自己的女朋友说出口呢，他在赚钱方面脑子活泛，占情感便宜也甚是熟练，赏佩佩话没说完就被他堵住了。

"行啊，你租房给我呗，算点房租水电。我最近在店里睡得可难受了，我这么长的腿，沙发那么短，今天起来肩膀还落枕呢，家里吧，又不能回。心理医生说……"

溥跃的话也说了半截就被赏佩佩斩断了，心理医生说了什么他们俩早就聊过，但赏佩佩可不是要想方设法地拒绝溥跃，她是顺坡下驴。

关于下午赏磊所说的，自己父母的事她姑且都可以相信，他们这辈子想尽办法地找歪财，能干出用肾病冒充脑癌来打幌子寻亲的行为确实不足为奇。

但是她还是对溥跃向他父母所说的话抱有怀疑。她不理解溥跃为什么要给自己父母二十万，恋爱一周，让男人给自己花二十多万，这种御男之术赏佩佩可没有学过，她可不是网上骗人上课的"男学"高手。这其中的问题，不是赏磊撒了谎，就是溥跃骗了她。

赏磊在她心口洒下的冷意此刻已经被溥跃的双手驱散了，她不愿意相信，面前这个用真心待她、成天对着她笑的人骗了她。

骗子怎么能有这么好看的笑？再说他骗她能有什么好处？倒贴二十万是傻子才干的事，溥跃多机灵啊，诡计多端的只能是她爸妈的儿子赏磊。

像是鸵鸟在风沙来临前将头塞进了洞里，赏佩佩也是，她不想去考虑自己的感受了，就像溥跃说的，今天一起好好过个节，高高兴兴地填饱肚子，与他亲亲热热地过家家，演一出新婚夫妇的戏码也很不错。

溥跃前前后后照顾了她这么多回，她那间小公寓，让人家暂住一阵子也没什么损失。何况溥跃那么爱做家务，光是想想有这么个大宝贝在她家天天劳作，她就赏心悦目。

劝好了自己，赏佩佩跟着溥跃一起痴痴地笑，心脏贴着心脏，额头撞着额头："行，那今天我陪你回家收拾行李吧。咱们也别去外头吃了，冻死了，我现在就想吃口热面，买两包泡面带去你家煮吧。"

溥跃眉头颦着，还没开口，左手已经被赏佩佩牵引着摸到了她的膝盖。突出的喉结上下滚动，溥跃突然有点眼热，赏佩佩看他就跟看开卷试题一样简单易懂。明明是张纯良的面相，她非要像小狐狸似的用眼睛吊起来瞧着他，几个字说得像嚼冰块那么干脆："你媳妇儿腿冷，等你给煮面呢。"

"一句话，回不回？"

"回！"溥跃捏着她的膝盖，一闭上眼睛面前就有幅画。他今晚喝的那半杯酒好像现在突然上劲儿了，他脸烧得比赏佩佩还厉害。

再睁眼，溥跃眼眸雪亮，他说话也恶狠狠的："你今天不吃撑了都不行！"

还是溥凤岗那一间老屋，脏兮兮的楼道布满垃圾与蛛网，可这次在回家的台阶上，溥跃搂着赏佩佩像是在走他们成婚时的红地毯。

五连包的方便面和一众配菜在红色的塑料袋里哗啦啦地响，声音也如放鞭炮般聒噪，但溥跃再次打开那扇铝皮门时心里一点儿也不怕，反而很踏实，像是整个人从龙卷风中脱离出来，终于脚踏实地站稳了。

进门把赏佩佩的大衣和随身物品都扔到了屋里，溥跃连衣服都来不及脱就跑到厨房去烧水。午餐肉切片煎，生鸡蛋沸水煮，溥跃蹲在地上忙着处理那把绿油油的大葱，赏佩佩就帮着他在浴室收拾洗漱用品。

赏佩佩拿起溥跃的电动牙刷时，心里还在琢磨着要不要在自己的洗手台上再加一个墙面置物架。正好她的洗漱杯也该换了，或许可以买个情侣款的，虽然也不是不能放在一个杯子里，但是学医人多少得讲究卫生。

等到溥跃抻着脖子在厨房问赏佩佩喜欢面硬一点儿还是软一点儿的时候，赏佩佩才想起来，自己给溥跃准备的礼物还在她包里。

赏佩佩吼了一声"硬的"，也不听溥跃在那儿噙着坏笑说些什么不着调的玩笑，就跑进了溥跃的房间。

摩挲着墙面打开灯，她一眼就看到溥跃那张小床上面，自己的大衣和包都被妥帖地放在床边，好像是怕她的大衣染上油烟的味道，衣服还被翻过内衬整齐地叠成了小包子。

赏佩佩眯着笑眼，坐在床边把溥跃的礼物从包里拿出来，再一转头，她的视线与书桌齐平，除了灯头被掰歪的台灯，赏佩佩立刻发现了简易书架上正放着一整套《元气少女缘结神》。

就像每一个陷入爱河的女孩子一样，赏佩佩想要知道自己男友的童年是什么蠢样。赏佩佩在内心偷笑，心想溥跃可真是出奇地幼稚，喜欢看少女漫画还不敢和她说，拿动漫人物做头像还瞎找借口，真是可爱死了。

当初说什么头像是随便找的网图，他怎么可能不认识巴卫？明明连这一套漫画的前几本书皮都被翻破了，怎么说也跟她一样是这部漫画的铁杆书迷。

赏佩佩右手捏着溥跃的礼物，轻巧地踱步到溥跃老旧的书桌前，踮一踮脚，毛衫下露出一截莹白色的腰肢，就将高架上左手边的第一本书拿了下来。书本在偏小的手里掂了掂重量，随后被搁在桌面上随便翻阅了几下。

看了几页，赏佩佩心中有关这些故事情节的回忆也再次浮上心头，心血来潮地掏出手机，她决定仿照溥跃，把自己的微信头像也换了。溥跃那张是黑白的，她干脆也从书上找一页照下来好了。女主奈奈生从高楼下坠，被男主巴卫从天而降抱住的那一幕就足够精彩。她忘记在哪一部了，也许是第八本。

可松开书页掏出口袋的手机前，赏佩佩的表情僵硬了。发黄的漫画书被合上之前，突然在扉页上停顿了下来，那上面，赫然写着她的名字。

手中的圣诞礼物掉在了地上，赏佩佩俯身睁大眼睛，近乎颤抖地用右手的指尖一点点触摸签名的字迹。紧接着，她抬头把一整套二十五本漫画从溥跃的书架上搬下来，一本一本地打开，翻到扉页对比。

从第一本到第十五本，无一例外，都在正中央的空白处写着她的名字。不是现在的赏佩佩在记录册上的潦草字迹，而是当年她还是个学生时，刻意模仿过字帖的娟秀笔迹。真真切切，都是她曾经亲手写下的。

捧着这些漫画，回忆像是疯长的乱草，一下子将她拽回了那个暴雨天。

那一天，锡矿高中高三（2）班的赏佩佩弄丢了自己这半套心爱的漫画书。

七月，临近高考，东城的天气燥热了整整一周，室外的空气中连风都没有，只有教室内八小时不间断旋转的吊顶风扇在吹动书桌上还未合上的课本。

赏佩佩正处于生理期的第二天，也是身体最不舒服的那一天。小腹坠胀，后腰酸痛，在这种蒸笼般的郁热中，她虽然身上湿热黏腻，但额头却冒着冷汗。

那一年，赏佩佩经历了从少女到成人的蜕变，但陈梦和并没告诉她要怎么做才能避免痛经，只是一脸嫌弃地扔了一包没品牌的廉价卫生用品给她，告诉她千万不要弄到裤子上，因为血迹是最难清洗的污渍。

第一节课后，赏佩佩拖着不适的身体和班主任请假不参加跑操，在桌子上趴了一会儿想睡觉，但紧接着，窗外嘹亮的国歌声又将她的睡意打散了。

今天是周一，她差点忘了，升旗过后校长和学生会主席还要上台讲话，并对上一周违纪的同学们进行通报批评，同学们大概还有二十分钟才能回到教室。

赏佩佩揉了揉肚子，睡不着，干脆拿出一直塞在包里的漫画打发时间。转移注意力就是她的精神止痛片，只要不去想，就不会感觉身体不舒服了，就像她以前在家挨打的时候，总是在想着窗外的星星和月亮一样。

不过现在她不会再挨打了，因为一个月前她成功把赏岳林送进了警察局。法院的判决书早就下来了，赏岳林再怎么努力劳改，大概也要四五年的光景才能重返社会。

想到这里，少女惨白的面上浮起一点碎冰似的零星笑容，她翻开手里的漫画书，趴在桌上歪着头津津有味地享受着闲散的阅读时光。

不知道翻到第几页，书中的情节正令她万分紧张，就在男女主人公接吻的前一秒，身侧靠近走廊的窗户外突然传来一阵异响。

锡矿高中的教导主任以严苛令学生们闻风丧胆，他不仅对待学生的违纪行为非常严厉，还有过站在走廊的窗户外偷窥学生们课上行为的"变态"先例。

赏佩佩唯恐自己被抓住，立刻坐正身体，惊慌失措地将漫画书塞进书桌。慌乱中，不仅手指被书桌的毛刺刮破，她还不小心将一摞试卷扫落在地。赏佩佩来不及弯腰捡，只能看着试卷被头顶的风扇吹得像蝴蝶纷飞一般四下散落——试卷没救了。

可待赏佩佩蹲下身子缩着肩膀回过头，没想到窗外站着的人并不是矮小的教导主任，而是高三（4）班的那个像黄豆芽一样的讨厌鬼。赏佩佩一看到他握着暖水杯看着自己的样子就气不打一处来，连带着看对方蓝光镜片下的眼睛都觉得有几分鬼鬼祟祟。

少女板起清瘦的脸用力瞪了他一眼，然后捂着肚子蹲在地上挨个拾起沾上了灰尘的卷子拍打。她完全不知道，这个方向，夏季校服敞开的领口下是什么样的景致。

戴眼镜的男孩儿移开视线，在门外徘徊了一会儿，来来回回几次都拿不准行走的方向。直到赏佩佩整理好试卷站起身来，他仍然像个呆瓜立在窗外，紧紧捏着保温杯，试图说些什么。

赏佩佩看到了他手里的粉色保温瓶，以为他是路过去水房打热水，便坐下来，重新将漫画书从书桌里掏出来。

翻看了几页，身后的人仍然未走，再回过头时她不耐烦地问他："看什么看，没见过闲书？"

"不是，我是，水壶……你……"

赏佩佩把书翻得哗啦啦响，不想理他，更不想听懂他在讲什么。上一次期中考试，对面的讨厌鬼以非常大的优势在语文上反超她十二分，还拿到了大作文满分，要不是她在英语和数学的总和上多过他两分，对方险些就把她的年级第一给抢走了。

想到这一层，赏佩佩更气愤了，她面颊通红，耳根泛热，不用猜也知道对方要说什么讥讽的话，不是说她违纪，就是说她看闲书浪费时间，再不然就是向她宣战，说自己马上就会拿下年级第一的名次。

所以昏了头的赏佩佩头也不回地说道："打你的水去，别在这儿讨人嫌好吗？想告状赶快去，没人拦着你！"

说是这么说，但赶走了年级第二，下午放学后赏佩佩还是被班主任叫到了办公室。

当着所有办公室老师的面，被老师从书包里搜出了那十五本漫画书的时候，赏佩佩才知道自己失算了，她还是小看了那个讨厌鬼。她都已经看出他的意图了，赤裸裸地讽刺了他，他竟然还是把她告发了，简直无耻至极。

整整三年，赏佩佩每一次进入年级组办公室都是面带微笑接受老师的夸奖。只有那一次，她因为不务正业被班主任批评了好久，之后又被勒令坐在办公室角落的空桌上，红着眼睛面对白色的墙壁书写八百字的检讨书。

赏佩佩紧紧咬着牙齿，连篇的悔改，心里真正后悔的却不是把漫画书带到了学校，而是没有提早把她的宝贝漫画书转移阵地。要不是那棵豆芽菜，她就不会遭受今天这一番羞辱，错的是他。

她明明是老师眼中各方面都出类拔萃的三好学生，结果竟然一棋不慎，被当成了开小差的现行犯。幸亏班主任是在放学后才把她叫到了办公室训斥，如果这件事发生在课堂上，几十双眼睛盯着她挨训，她可能会觉得很丢脸。

墙上的钟表走到五点，广播通知所有老师前往顶楼参加周一例会。班主任夹着记录本走出办公室前，特意走到赏佩佩跟前，告诉赏佩佩今天必须把检讨书认真写完才能放学回家，不然她就会拿出撒手锏——请家长。

写检讨不是大问题，尤其是办公室一空，赏佩佩的行为就没那么拘束了。

赏佩佩花了十分钟把自己的错误罗列出来，又花了十分钟叙述自己将来会怎么样知错就改，最后十分钟里，赏佩佩从头到尾检查了一遍文章中的错别字，大功告成。

赏佩佩恭恭敬敬地将检讨书搁在班主任的办公桌前，提着书包跑得比兔子还快。少女裙摆飞扬，一鼓作气从三楼跑到了一楼。

临出大门前，天空中乌云密布，突如其来的风吹乱她的碎发，赏佩佩突然想起来，自己忘记从办公室带走写检讨用的钢笔了。

趁着老师们还没散会，赏佩佩重新跑上三楼，人刚从三楼的拐弯处冲出去，就听到四楼密集的脚步声。身体一顿，赏佩佩像只躲避危险的小动物，蹲在三楼的扶手下面按兵不动，立起耳朵。

果然，是班主任他们提前散会了。老师们推开办公室的大门，陆陆续续进入办公室，赏佩佩也垂头丧气地往下走。看来只能明天趁着交作业的时候顺路把钢笔带走了，钢笔放在空桌上，应该没有人会注意到的。

可是下一秒，她脚步硬生生地停了，不仅如此，她还如木偶般被提线牵引着，尽可能地将耳朵靠近办公室的方向。因为她听到了，班主任正在当着所有老师的面，讲评她的检讨书。

如果说前一小时，赏佩佩湿漉漉的眼眶是为了骗取班主任对她会悔改的信任，外加对物品损失的委屈，此刻，少女眼眶中的湿意就是货真价实的痛苦。

班主任才念了两三句，就"啪"的一声将她的检讨书扔在了一旁，开玩笑似的对旁边的老师说："一个小姑娘家家的，天天看漫画书，她爸被判了七年，也不放在心上，还在学校看闲书呢。"

随着一声声的附和与谈论自己的讥笑，赏佩佩已经分不清在说话的是谁了。

那一句句见血的话像是刀锋，一下下往赏佩佩的皮肤上刮，她又痛又怕，整个人抖得像是被捕猎器夹住脚踝的羚羊，在台阶上摇摇欲坠。最后，她用力捂住耳朵，强迫自己恢复力气，支撑着身躯远离那些来自大人们的恐怖点评。

那一天，少女的整个天都塌了。

她第一时间想起了自己曾经写过的那些作文，虚假的措辞和叙述无一不是在歌颂她幸福美满的家庭。那些引经据典的高分作文除了骗到了自己，根本没有骗到任何人。

老师们对她笑、夸奖她，她都以为是真的，她在这种造作的虚荣感内以为自己得到了很多喜爱。可是，她忘记了，假的就是假的，永远真不了。撒谎成性的孩子，根本逃不过成年人的慧眼。

她忘记了那天自己是怎么走出学校大门的，也不知道天上的雨是什么时候下起来的。赏佩佩只记得，当她背着书包恍惚地望着十字路口变换的红绿灯时，身后的书包突然被人用蛮力扯住。

急速通过路口的三轮车溅起半人高的水花，赏佩佩被开车的老头咒骂了一句"睁眼瞎"，再回过头，她的头顶多了一片靛色的伞，面前正是那个她厌恶了三年的少年。

赏佩佩眼睛红肿，刘海像海藻一样贴在光洁的额头上。她全身上下都湿透了，像是刚被从水里捞出来，很难分清正在从她下巴滴下来的，到底是泪水还是雨水。

所有的愤怒都被发泄在了面前突然出现的少年身上，只怪他存在的地点不对，时机不巧，所以他成了赏佩佩心中怨气的发泄口。

赏佩佩不管他是不是在红灯前拦住了自己的脚步，她用力将自己的书包从他的手中扯出来，愤愤地瞪他一眼，擦了一把脸转身过马路。

可模糊的视线里，少年直接拉住了她的肩膀，吼了一句："红灯！你不要命了？你身上都湿透了，会感冒的，伞给你再走。"

"还有今天上午，我泡了红枣茶，想给你……现在还热，你要不要回家喝一点……"

虚伪的关心太刺耳，就像赏佩佩在学校中曾经看过的所有笑脸一样，什么红枣茶，什么会感冒，通通都是看她笑话的借口。

放学一个小时了，天气这么可怖，他专门等在校门口这么久，不就是为了看看她被老师整治成什么样子了吗？所有人都在偷偷笑她，连骤降的暴雨也是。

瘦弱的少女回身和少年用力扭打起来，她动作特别狠，声音冷极了，像把钢针，使劲儿往少年的心口插。

"收起你的假好心，我知道你把我告到班主任那儿去了。那是我花了所有零花钱买来的，一到十五册全没了！你赔给我！你赔给我啊！"

早就过了放学的时间，再加上暴雨，连文具店和小吃店的爱财老板都提前关门了，除了赏佩佩和等在雨中的溥跃在如动物般撕扯，校门口一个逗留人员都没有。

"我没有！"少年高喊一声，来回闪身躲避着她的攻击，还要扯着她的书包，将她从危险的马路拉回安全区。

混乱中，少年挨了几下打，他像是终于忍受不住赏佩佩的歇斯底里，呜咽着讲了一句："我怎么可能会做……"

"那种事"三个字还未出口，"嘶啦"一声，赏佩佩的书包带被扯烂了。白粉色的书包掉在地上，滚了一地泥水。她的校服裙摆后，渗出了丝丝殷红的血迹。

赏佩佩盯着自己脏掉的书包，像是受了重伤的野兽，她耳内仿佛有尖锐的鸣响，根本听不进任何解释。她抬头一巴掌打落少年的伞，用尽全身的力气将他推倒在地，把自己刚才从老师那里受到的创伤，全都还给了他。

"你妈跟人跑了，你以为我不知道？你比我强在哪儿？就凭你也想看我笑话？"

"滚啊！有多远滚多远！别再让我看到你！"

厨房里，溥跃满身油烟味，硬是把简单的泡面做出了三种吃法。摆盘的当口，溥跃的手机响了，他用围裙擦了擦手划开屏幕。是好消息，石头告诉他，他的摩托车已经找到了买家，最迟明天，四十三万就能划到他的卡上。

买家是个四十多岁的老大哥，家里做生意不缺钱，纯属欣赏他的爆改作品，他还跟石头说想跟溥跃这种有才气的年轻人交朋友，就是图一个高兴。

有人欣赏自己的手艺，溥跃挺开怀，主动加了买家的微信寒暄几句，又嘱咐石头，今晚带小晨吃点儿贵的，明天成交后，他第一时间就把提成给他打过去。

没人不爱钱，在社会中摸着石头过河的年轻人亦是。石头也指着这笔提成改善自己的恋爱生活，但他还是有点儿心疼那辆车，专心过节前，跟溥跃最后撂下一句："哥，还有一个晚上，不然你再考虑考虑，现在毁约还不算违约金。"

溥跃没有石头那种对好车的占有欲，他十六岁去外地闯荡，什么生活没过过？穷的时候，他也像赏佩佩一样，天天骑着破摩托走街串巷地给老板打杂。他吃过的苦头，石头根本想象不到。

后来他用一身浸透皮肤的油渍味和太阳下晒到黢黑的皮肤赚到了钱，钱又生钱，也就有了那些他花钱买的身外物。车子从几万块换到十几万，再后来为了招揽生意，给店里当活招牌，他又接手了这辆九成新的宝马。

房子从布满蟑螂的棚户区换到了高层公寓，但他好像一直没有染上娇贵的病，毕竟他知道自己没有富贵命。

他始终记得自己小时候是怎么被寇菌带着艰苦度日的，一分钱都要掰成两半花。他是从小镇厂区爬出来的底层人物，由奢入俭难的这条规律在他身上行不通。

钱对他来说是必要的，是只要还活着，就必须要努力去赚来的东西。

没钱他活不下去，但享受物质向来只是连带效应，他不会因为少了辆耍帅的车子而丧气。

所以搁下手机，溥跃一点儿也不心疼，洗了两个杯子倒完饮料，他才脱了围裙和西装，叫赏佩佩上桌吃饭。

开口叫了几声，赏佩佩都没反应，溥跃这才从饭厅走出来，在旧屋里找了一圈，最后在自己的房间里找到了赏佩佩。

房间狭小，溥跃没有在第一时间看到赏佩佩身后的漫画书，反倒看到了赏佩佩正在从地上捡起来的礼物。他眯着笑眼靠在门框上，神情自然地问她送了自己什么。

回忆如雾气般消散，参透过往的赏佩佩面色已经像纸一样白了。她生硬地举起双手将礼物递给他，蹩脚地朝着他微笑了一下道："你拆开看看喜不喜欢。"

第一次收到来自女朋友的礼物，溥跃对自己的兴奋和鲁莽都不加掩饰。包装纸被暴力撕开，蝴蝶结和铃铛落地，溥跃在看到包装盒的那一秒，睫毛颤了一下。

真巧，赏佩佩送他的礼物是他最喜欢的摩托车周边品牌 Knox 长款外骨骼的四代，经典的红黄黑配色，是他一直准备入手的机车手套。

以前在越城，天气不会太冷，他的手套只有轻薄的短款方便活动。回东城后，他事情多到忙不过来，即便骑行中很缺这么一副长款手套，他也没时间去买，而赏佩佩给他买来了。

不得不说，赏佩佩真的很细心，只要她想去观察他，总是那么细致入微。

只不过，就在刚才的几秒钟，骑手失去了他的摩托车，所以三千块的机车手套，也成了一个相互错过的笑话。

冷却的表情须臾便被更大的热情淹没了，溥跃极近夸张地说了句："牛啊。"随后他立刻把手套戴上，举起双手向赏佩佩展示。

"你别说，还真合适，我可太喜欢了，一丝一毫都不差，这码数挺难选的，你晚上偷偷量我手了？

"啧啧，女朋友，礼有点儿贵重了吧，第一次过节就送我这么贵的礼物，那我必须回个更贵的是不是？"

溥跃右手从后屁股兜摸了一下，快速伸到赏佩佩耳后，说："欸，你看这是什么？"他将红色的信封变魔术似的举到赏佩佩面前，"你的。也拆开看看？"

赏佩佩低头时眼里已经开始凝聚水汽了，她点了点头，揭开了信封后的火漆。

信封很薄，里面只有一张纸，展开后内里夹着一张名片。纸上是溥跃在元旦假期内为赏佩佩预约的后背祛疤项目的电子回单，名片上则印着越城医科皮肤病医院资历最高的罗永寿医生的联系方式。

他想送她一次祛疤手术。

本来想对着一桌西餐美酒跟赏佩佩说这番话的，氛围感足的地方，话语也更有说服力，但在破旧的房子里，没有了灯光和华服加持，溥跃说起心里话反而更有种孤注一掷的勇敢和直白。

他的情话很动人。

"元旦假期，我们去越城面诊，我发誓不会耽误你的工作，要不要定下手术日期还是看你，你不想做也无所谓，我就是想带你看看我在那边的生活。"

他在外漂泊近十年来吃过的老字号，交过的好朋友，半夜会下楼光顾的二十四小时便利店，还有他睡过的床和每天都会拉开的窗。那窗外的景色特别棒，能看到大片的云和海天一线的风景。每当日出日落，就像幅画一样让人心情愉悦。

越城很热，有更广阔的发展空间。人口密集，每个人都在用力往上爬，努力享受生活。如果赏佩佩愿意，他们可以一起在新的地方扎根，过上全新的生活。

"我们都试着把过去忘了吧，好吗？"

背上的疤痕如果令她难过，那就没必要留着，既然回到东城做护工是一种赎罪，那放过自己何尝不可？忘记过去，重新开始，真的是一种非常美妙的提议，有关未来，有关希冀。如果不是发现了真相，赏佩佩可能真的会被溥跃的提议动摇。可溥跃所谓的重新开始，是他准备用二十万替自己赎身的价格买来的。

悲惨的命运被包装成了意外的浪漫。

如果一个人过往的脓疮被暴露于现实，那么所有光鲜亮丽的假象都会被撕碎。赏佩佩的独立是假的，硬骨是假的，包括与她"突然相遇"的溥跃也是假的。

她后背的伤原来从来没有愈合过，那些被虫蚁啃噬的痛楚至今还遍布全身，从十几年前就犹如阴魂不散的鬼魅尾随着她，只需她回头看一眼，就即刻现形挣扎着将她吞没。

她不勇敢，也不坚强，她不过是自己过往的逃兵，寄居在谎言的泡沫里。回忆轻轻一吹，她就像片枯叶掉进了泥潭。

在溥跃屏息等候的时间里，赏佩佩低头捏着手里的回执单没有一点儿动作。柔软的发丝从耳后散落下来，温婉地描绘着她的眉眼，让溥跃看不清她的表情。

原本一片漆黑的窗外突然亮起一盏高瓦数的灯泡，将赏佩佩的轮廓点亮。溥跃视线越过赏佩佩，一下就看到陈梦和正拎着几件羽绒服挂在衣架上，试图用棍棒敲打令它们恢复蓬松。

锡矿厂家属区如今没剩几户常住人口，就像溥跃注意到对面的人影，陈梦和也好奇地转过头，往他们这面亮着灯的窗子里窥探。

唯恐陈梦和认出赏佩佩的背影，溥跃立刻将房间顶灯的开关按下。一片黑暗中，赏佩佩随着窗外的光源回头，溥跃紧张得几乎要叫出声，冲过去用力抱住了她。

手掌托着赏佩佩的后颈，手指插入发丝的缝隙，溥跃用力制止着赏佩佩的动作，而赏佩佩则试图用蛮力从他的怀里挣脱。黑暗中没人讲话，只有窸窣的声响，还有因为用力而发出的闷哼。他的唇抵着她，连坚硬的牙齿都在颤抖着。

一对男女在灯光下像是在近身格斗，就跟十几年前的那一天，他们两个人曾经在校门口打架一样狼狈。

大自然对男女力量分配不均，成年后的赏佩佩和溥跃始终无法势均力敌，溥跃才用了三分力气，就能将赏佩佩的一切小动作轻易制住。

　　一吻结束，身体没力气挣扎了，赏佩佩也放弃挣扎了。不用想她也知道身后有什么溥跃不想让她看到的东西，她的那个家，和家里的那些人。

　　她总是反复强调着，已经跟她无关的那些人。殊不知，不会动摇的信念，是不必反复强调的，只有撒谎的人喜欢反复打磨自己的口齿。

　　赏佩佩大口喘息着，用力汲取氧气，指尖的信封和名片飘落在地上。她刚才有多抗拒这个拥抱，此刻就有多贪恋这个拥抱。因为她知道，她马上就要失去这段一开始她并不想建立的恋爱关系了。

　　这种巨大的心理崩溃难以言表，上一次赏佩佩感受到如此翻江倒海的绝望，还是在赏双明死后，她发现自己在不知情的状况下，榨干了老人生命中最后一点儿活路。

　　她这种人不该呼吸，因为呼吸都是浪费空气，她也不该接受溥跃的感情，因为她根本没有资格得到谁的偏爱。甚至在用力拥抱着溥跃健康的身体时，她开始怨恨自己的存在。

　　没有她的世界里，所有她爱的人都会得到祝福，包括她怨恨的家人。

　　滚烫的眼泪在眼眶里来回打转，如果不是因为溥跃，赏佩佩一定会号啕大哭，哭得像末日来临般悲怆。可是正因为溥跃还在她的咫尺之间，她没办法崩溃，她只能硬着骨头，挽回溥跃的损失，帮助他做正确的决定。

　　这个决定，就是舍弃他们这段不健康的，关乎痴迷和解救的感情。

　　溥跃感受到她的拥抱，欣喜若狂，吻着她的耳朵问道："你同意了？"

　　赏佩佩笑了一声，也将吻落在他的耳畔，反问他："同意什么？同意抹掉我身后的疤，同意跟你一起搬去越城，同意让你出二十万，买断我以后的幸福生活？"

　　火热的眼泪无声坠落，赏佩佩的声音却冷得像冰。她还保持着拥抱溥跃的亲昵姿势，但话语却像是毒蛇吐出的信子，顷刻反咬他一口："溥跃，装陌生人骗我好玩吗？开上帝视角拯救我的人生有趣吗？"

　　牙齿寸寸用力发出尖锐的摩擦声，赏佩佩像是要将他的好心打入十八层地狱永远不得超生才会快意："你以为你是谁？收起你高高在上的傲慢。以前和现在一样，我根本不需要你同情。"

"你说什么？我听不懂。误会，你肯定误会什么了，佩佩，先听我解释。"

切肤的快意化作蚀骨的惶恐。

窗外，陈梦和关上了阳台的灯回到室内。溥跃松开赏佩佩，在漆黑中像盲人般一点点用力摩挲着她的脸。那张脸凉凉滑滑的，像立在三九天里巧夺天工的冰雕。鼻子还是那只俏丽的鼻子，唇还是那瓣鲜嫩的唇，但除此之外，溥跃的指腹摸不到任何纹路。

紧接着，赏佩佩身体后倾，整个人靠坐在书桌上借力，她跷起二郎腿用足尖和他拉开一段距离，将刚才灯头方向古怪的台灯打开。

果然，一束强劲的光源，比月光还亮，不偏不倚地照射到对面的阳台上，就在赏佩佩人生前十六年里多次盘踞的杂物旁。溥跃书桌上摆放的是一盏阅读灯，但它的作用不是点亮屋内的书本，而是帮助对面的少女借光。

书桌上属于赏佩佩的漫画凌乱不堪，不远处赏岳林的家距离过近，被曝光的一切都太明显了，明显到溥跃没有申辩的余地。

有什么晶莹剔透的物件碎了，不然何以解释他们之间如狂风般卷起的晦暗。

赏佩佩唇角平平，她像是天边居高临下的月亮，冷眼看着溥跃，看着他的谎言无所遁形地烧起来，包括他长久暗藏的欢喜也是，大火烧得蹿天红。

他这几个月所做的一切努力，都是无用功，一下子变成了灰烬，只剩下感情的尘土扬了一地。

他要怎么样剖析自己的意图才够贴切？

溥跃身形晃动了一下，丧失了组织语言的能力，在赏佩佩的目光中艰难地开口道："如果可以，我希望你不要把我想那么卑鄙。我的本意不是想让你欠我什么，我只是喜欢你。"

因为喜欢，所以忍不住时刻想着你，忍不住看到你就要照顾你。

"钱对我来说真的是很重要的东西，但你比钱重要，我才……"

无逻辑的措辞是最下等的，话语连接起来，成不了章，没有半点儿可信度，前言不搭后语的断句，再往下说，溥跃自己都觉心寒。

可是钱就是他用来表达真心的工具，即便赏佩佩不相信，他的心理医生也不相信。

赏佩佩缓缓点着头，唇边卷起一抹冷艳的笑："才会用钱帮我做我自己都不想做的事？二十万啊。"

赏佩佩侧目瞧着不远处赏家微弱的灯光嗤了一声。她没有失去理智，她空洞的身体里也只剩下理智，她主动帮溥跃填补上了他话中的缺失："我懂，这二十万，是你心里对我的评判。说到底，你也和他们一样，你认为这些就是我欠下的感情账。你在替我尽孝不是吗？你打心眼里，觉得我很差劲不是吗？"

"还了这笔钱，我在你眼里就干干净净了是不是？我就配得上你的喜欢，配得上高贵的新生活了，对不对？"

男人至死爱初恋，爱的不过是那个被他们一厢情愿描述为纯真无邪的少女，可赏佩佩自知与他想象中的角色天差地别。

她怎么会是那个让他喜欢许久的初恋呢？她阴险又狡诈，她没有心，怎么会被他记挂了十年之久？

"可是怎么办，溥跃，不是每个人都像你那么善良。我一分钱也不会出，你想给？那你就去给啊，我可不会领你一毛钱的情。别做梦了，我更不会跟你去越城！我可没想过跟你长长久久在一处！

"我说过很多次了，我没想过跟谁结婚，和你也一样。我对我独身的生活很满意。

"不对，你更差，现在你让我连谈恋爱的兴趣都没有了知道吗？"

话锋一转，赏佩佩的目光重新刺进他的眼睛里，表情锋利得像把出鞘的刀，一点儿也不留情面："我们还不是什么关系呢，你倒是急着帮我尽孝，可你的孝顺是你爸想要的吗？你就那么完美吗？"

两只刺猬想要在没有颜色的冬日里抱团取暖而已，可没想到后果竟然会是这么惨烈的遍体鳞伤。

赏佩佩太会伤害人了，溥跃的心脏像是被人从胸腔里扯出来油炸了一般疼。他颤抖着睫毛长长吐了一口气，强迫自己冷静，从一到十数了三个来回，但仍然被赏佩佩的"步步为营"挑起了怒火。

那个雪夜之前，溥跃对待她的态度虽然不算太好，却是寡淡而闲适的，他不远不近地隔着一层距离看着她，隔岸观火，像是最熟悉的陌生人。

雪夜之后，溥跃揭开了心头那层密不透风的膜，他认定了她，待她是满满的殷勤与热切。即便是吵架拌嘴，他目光里始终映着一抹柔软的颜色，叫她沉醉在他似海的缱绻里。可这是头一次，赏佩佩见到他在她面前如此赤裸地表露着愤怒。

男人的温柔多情是块棋高一着的遮羞布，当他露出狠厉的獠牙时，可以轻易将她开膛破肚。尤其是溥跃这样的市井之徒，他们没有社会精英的修养。

溥跃的脸色本就白，此刻因为滔天的怒气而泛着阴郁的青色，他那双狭长的眼睛里有种强悍的匪气呼之欲出。溥跃平日里风姿清隽，动怒时那张脸也是极其好看的，带着不羁的狂妄。

但就是这张脸，此时此刻，让赏佩佩有种被老虎直视的心惊与陌生。她自以为聪明，可不料，从一开始，对方就把她看了个底掉。

肝火上头，溥跃喉头腥甜，一瞬间他什么都不顾了，甚至忘了自己要达到的目的是和赏佩佩携手去美好的未来。这未来在眼前，明明是那么唾手可得。可他发了疯地苦行，就是怎么也够不到个边。

他和赏佩佩，就像是在沙漠里相拥相伴着，在追逐着昙花一现的海市蜃楼。

他们的关口，靠他一个人，永远闯不完。

"是，我不完美，我多差劲，我哪儿能是完美的呢？我但凡有点可取之处，你也不会这么不待见我。"

赏佩佩此刻看起来越游刃有余地不要他，推开他，就越令溥跃受伤。爷们也是人，心也是肉做的，他愤怒到什么斯文的伪装都不想要了，就痛痛快快地把自己的想法说出来，要她给句心里话。

"赏佩佩，不是我想跟你吵，但你身上矛盾的地方太多了，你老说谈恋爱是相互的，但从精神上，你真的好好想过自己的问题吗？

"说实话，你所说的这辈子不想恋爱不想结婚，我理解不了，什么独身主义？在我看来就是种自我防御，自我阉割。

"你那张嘴里说过的话可太多了，可有几句是真的啊？"

赏佩佩说她信人有往生，时不时就去坟地烧钱祭拜，可是她难道不清楚祭拜故人最忌讳的就是太阳落山的时候去？她根本不信人死了还会留下灵魂，她会频繁地过去探望死人，不是因为心里有愧？

"你在这里伺候老人当护工，是不是因为没有见到赏双明最后一面，所以要用这种方式惩罚自己？"

赏佩佩还说赏岳林和陈梦和在她眼里早就死了，她一点儿也不想跟过去的事情有任何联系，那既然已经诀别了过去，为什么还要刻意留着背后的疤？

溥跃看得明明白白，她不是没钱做手术，而是对他们还有感情，那些感情不全是坏的，甚至恨的起因是得不到的爱，她需要留着那些证据提醒自己永远不要对他们心软。

恨人很容易，但想要做到完全痛恨自己的亲人，又不带一丝扭曲地去爱，对她来说太难了。

溥跃越说眼越热，他像是杀红了眼的暴徒，话语烫嘴似的不停往外倒："我不觉得你很差劲，我只是觉得你和我一样，需要给自己一点时间承认伤痛还没有开始愈合。不然你问问自己，你到底有没有真的从过去的生活里走出来。

"你说我不懂你所说的独身是种快乐，是，我土，我没文化，我的精神也没高度，我这种人的想法都是低级下等的，不懂你们这些高贵的灵魂要怎么快乐。

"但你真的觉得，一个人，一辈子不接受任何人的爱，她会很快乐吗？这不是懦弱是什么？

"你但凡说一句，你跟我在一起没有快活过，没有我，你以后过得会比现在开心一万倍，我也不死皮赖脸地缠着你。

"但这二十万我就要给，你不跟我在一起，我也要给！我爱到处撒钱，你管不着！"

许是久病成医，溥跃的架吵得非常有水平。他像是野路子的心理医生，直接把她心里最隐秘的想法全都拆开了揉碎了摊在她面前给她看。

面对溥跃的质问，赏佩佩分明可以对他冷面无情地再接一句假话，告诉他，她就是铁打的。但在溥跃滚烫的眸光下，她固若金汤的面具化了，她胆怯了，她不断吹气的气球被戳爆了，话未出口，有泪花先从眼角翻涌出来。

溥跃握着拳头，就这么死死地端详着她的脸，他像是豪赌了几天几夜的狂热赌棍，他倾其所有，要赌赏佩佩嘴里的那句话。

这段感情他可以不要了，但他看不惯她这么浑浑噩噩地活！

一刀而已，只要手稳，下一秒赏佩佩就可以斩断他们之间的联系，给自己一个解脱。可是她说的都是气话，她想溥跃不会做无谓的牺牲，只要她肯从这段关系中抽身，溥跃就没理由再去填补赏岳林的贪婪。

可蜜糖化了，美梦醒了，她站在悬崖峭壁上看着那朵由她用心跳和情动亲自浇灌滋养的濒临枯萎的花，却仍然舍不得将它揪下来扔掉。没有了溥跃，她的生活不会更好。

海啸般天摇地动的爱情是互通的，她和溥跃一样，已然成了爱情的俘虏，好像由风月主导的，行尸走肉的痴人。

谎话到底还是没说出口，赏佩佩没有否认两个人在一起的时光是快乐的。良久后她兀自避开溥跃的目光，说了一句投降般的软话。

"囊性肾病。"

"什么？"

赏佩佩扭头用手指抹掉了泪渍，再转过头来时像是看天下最蠢的白痴一样看他叫道："赏岳林不是脑癌，他确诊了囊性肾病，需要做移植手术。他要的，是我的肾！"

话毕，赏佩佩拎起自己在床边的外套和提包就往外走，一眼也不想看到溥跃。她渴求冷静，再与他共处同一个空间内，她怕自己会像个泼妇般一哭二闹。

她想跑，可溥跃不肯。

　　他锲而不舍地跟在赏佩佩后面抢她手里的衣服，抢完了衣服又扯她的包，可是这一次他不可能像小时候一样用蛮力撕烂赏佩佩的书包。

　　最后他急得没办法，只能用后背堵着大门，双手撑着门框拦住她，表情生硬蛮横，像个正经的流氓："你说清楚行不行？什么叫要你的肾，你怎么知道他不是脑癌的？"

　　溥跃抛出十万个问什么："他们找到你了？不是答应我说签完协议就不会再纠缠你了吗？

　　"凭什么你出肾啊，医院不是可以登记配型吗？再说不是还有你弟弟吗？男的和男的不是更好移植吗？"

　　赏佩佩咬着牙不吭声，对他的胡搅蛮缠没有反应。

　　溥跃干脆让开了大门让她走，错身的时候冲她来了一句："你不说是吧？那我去替你做配型。不就是肾吗？我的好用，我给他。"

　　赏佩佩本来还准备着用力踩他的脚，让他别挡路，可下一秒，一听这话心疼得不得了。溥跃简直是要用自己的霉头逼死她。

　　忍无可忍，赏佩佩回过身"哇"的一声就哭了。衣服和包全都掉在了地上，赏佩佩一边哭一边捶打撕挠他的肩膀和脖子，就跟猫被踩了尾巴那么疼，她满面狰狞："我不出，那你凭什么出？你不许出！

　　"我家的事，我怎么管不着？二十万你不许给，配型你也不许做！

　　"你听到没有，我不许你做！"

　　二十万不行，一个肾更不可以。不知不觉中，她心中的天平竟然已经倾斜得如此严重，她原本荒芜的感情像是涨潮的大海，足以将她兜头溺死。

　　"你不是喜欢我吗？你要是喜欢我，你就发誓，你发毒誓！"

　　赏佩佩发了疯，歇斯底里的胡言乱语没有任何道理可言，她在他怀里扑腾，就像是大街上蛮不讲理发脾气朝着父母要玩具的小孩，依仗的，不过是宠爱。

　　溥跃抱着她，承受着她的大部分重量。她那么小一只，就让她捶，让她打。赏佩佩捶的那几下并不重，但他是真的疼。他不心疼自己的钱，也不心疼自己的肾，但他心疼赏佩佩为他掉下来的眼泪。

他发誓想让她过上每天都笑的生活，可是他又把她弄哭了。他明明想做点好事，却总是弄巧成拙。

看似简单的恋爱题真的太难了，布满的荆棘比他们曾经在生活中接受的任何测试都要多。

世界上根本不存在偶像剧中的满分恋情，每个人都是特立独行的个体。他们冷漠自私又热忱怜悯，像是一早就破碎的拼图，怎么磨平了去拼凑，好像也组不出皆大欢喜的结局。

爱越真挚，越折磨人，越不受人心掌控。

童话故事里人鱼公主的泪珠是珍珠，那赏佩佩的眼泪就是岩浆，一颗颗滴在他身上，能把他那点心肝肺全都烫熟了。

刚才溥跃吼得有多硬气，现在服软得就有多像个孙子。他脸上的冷和硬都变成了天边渐淡的云，他粗糙的指腹试图抹掉她眼角的泪，反而在粉白的皮肤上留下一道红痕。

一开始赏佩佩还在嘶吼，后来只用一双凄凄的眸子凝望着他，一下下掉泪珠，凄惨得不像话。溥跃抱着哭泣的赏佩佩手足无措，最后只能让她靠着自己的胸膛，一下下拍打她的肩膀。

"我发誓"这三个字是从喉咙里冒出来的，"听你的"则是从鼻息中飘出来的。随着他的迁就，两人看似亲密的拥抱之间多了一道看不见摸不到的隔阂。

溥跃再一次在赏佩佩面前妥协了，虽然这种妥协是违背他意愿的，是赏佩佩哭着讨要来的。

得到了保证的赏佩佩总算控制住了自己的情绪，她刚才哭得太厉害了，止住眼泪，但身体还在一下下抽搐，她推开溥跃去厨房找卫生纸，溥跃则像寒冬里的枯槁植物矗立在原地，惶然无措，没有方向，左与右，都是错。

蹭掉指尖的湿意，溥跃弯腰拾起她的大衣。他的电话突然响了，可能是急于修车的客户。他俯身，不知为什么，眼皮突地一跳，胳膊乏力，手里的大衣脱手掉在地上。

他没在意，再次俯身捡起赏佩佩的女士包，右手拍打着赏佩佩衣服上的灰尘。耳畔一阵急促的脚步声，赏佩佩已经举着他的电话跑过来递到了他耳边。

屏幕上的号码看起来是个陌生的座机，但赏佩佩认得，因为认得，她的声音才听起来惊恐万分："溥跃！是疗养院！"

07

午
夜

午夜已过，前往疗养院的出租车上，窗户外有急速倒退的光影。

溥跃盯着玻璃上的雾气有些走神，一路上，他看起来一点儿异常也没有，但当他第三次问"今天是几号"时，赏佩佩喉头酸楚着主动将他的双手捧在怀里紧紧握住。

她从刚才得到消息后，就收起了眼泪，换上一副职业性的应对病人家属的和蔼面孔，耐心地再一次告诉他："二十五号了，溥跃。"

溥跃握着赏佩佩的手无意识地反复摩挲，可是四只手握在一起，都是冰凉一片。在这个关乎人命生死的夜里，爱情变得非常渺小，谁也烤不热谁。

下车前，溥跃大概也意识到了，他垂首抚平身上的褶皱，恍惚着笑了笑道："三十号是老头的生日，我还提前给他订了蛋糕。"

在赏佩佩从事临终关怀行业的生涯中，曾耳闻民间有这样一种说法：生死簿上其实并没有具体死期，但人的寿命是既定的，所以将死之人很难顺利地度过生日和新年。因为如果一旦度过了就意味着他们的生命也就顺利地被延长了一岁。

坎儿难过，命难求。

但迷信毕竟是迷信，溥跃说得不错，赏佩佩以前从没信过这种说法，今天这种日子，她更加不想去相信这种荒谬的言论。她只得承认，人一旦死了，就什么都没了，留下的，只有萦绕在活人心里无法开解的疙瘩。

电梯上行，赏佩佩心头酸胀，还在回忆着培训时的种种话术，可数字跳跃，从1变成了8，赏佩佩也没能找到说服自己开口的理由。

肝癌晚期患者的存活率太小了，她没信心告诉溥跃"没关系，叔叔还能吃上你为他准备的生日蛋糕"这种话。

她也不知道，这一次会不会就是溥跃和父亲相见的最后一面。如果一定要她说点儿什么，她可能只会直白地告诉他"节哀顺变"。

还是今天下午溥跃到访过的病房，可是没想到，深夜过后，静谧无比的疗养院会比白日更加嘈杂。

临终关怀的疗养院，在夜里看起来更像是一座渡人的奈何桥。

如果不是身旁还跟着赏佩佩，溥跃几乎要觉得自己是行走在地狱里。还好有赏佩佩，他绷着濒临崩溃的神经，暂时还撑得住劲儿。

801的病房里亮着三盏白炽灯，几分钟前，值班医生已经结束了对十四床病人的第一轮抢救，虽然挽回了生命体征，却没有办法唤醒病人已经陷入沉睡的意识。血氧、血压与心率，都在缓慢衰败，等待着另一轮抢救。

夜间特护在第一时间发现了老爷子的状况，给溥跃打了电话，得到许可后签署了抢救单。

此刻，护工正坐在溥凤岗身边的凳子上，呆滞地盯着老人的心电监护仪。那表情，似乎是在看一条即将干枯的河流。一条人命在逐渐流逝的尽头内，总是让常人感到无比压抑，即便这个人只是他口中不怎么可亲的雇主。

见到赏佩佩穿着便装和病人家属拉着手一起走进病房，男护工有些惊讶，但八卦消息并不是今晚的重点，以他的经验来看，十四床病人可能撑不到明天。

在绝对的死亡面前，活人的努力是蚍蜉撼树。

他严肃地朝赏佩佩点了点头，目光交错，嘱托的意味很浓。他把病人的状况尽可能详尽地叙述了一遍，随后主动走出病房带上房门，给这对父子一些独处的空间。

大概有整整五分钟，溥跃站在距离病床三米之外，没有任何动作，就盯着床上的溥凤岗一言不发。

赏佩佩猜测他应该有些话对父亲说，自己不方便在场，于是准备转身，悄无声息地离开病房，去楼下帮他买点吃的回来，即便溥跃可能根本吃不下。

可在她转身时，溥跃放下了水杯，用力握住了她的手腕。赏佩佩再抬眸，溥跃漂亮的眼角有些泛红。

他把赏佩佩的手塞到自己的颈窝蹭了蹭，嗓音中没有流露出任何哀恸，只是有些好笑地开口说："早就知道他得了这个病，也知道他有这么一天，你之前跟我说，剩下给我们的时间不多了。可是，做了再多的心理准备，现在看他这样躺在这里，反倒是有些不习惯了。"

他堂堂七尺男儿，竟然也会害怕，害怕与他即将死去的父亲独处。

"陪陪我吧，陪我和他说会儿话。你也知道，他脾气多差。我们每次见面都吵……

"估计你以前也没见过他这种病人。"

赏佩佩沉默着点了点头。她深吸了一口气，五脏六腑像是挤满了冰块，咯吱咯吱地互相摩擦。病房内的暖气很足，可她冷得头重脚轻。

她一个外人尚且如此，溥跃又会好到哪里去？

于是赏佩佩也装作并不那么伤感地靠着他的后背说道："何止，我也从来没见过你这种家属。"

因为她这句无害的玩笑，溥跃又笑了一声。很快，他脸上淡到不真实的笑容再次恢复沉郁。

"你说，他现在是不是就跟被关在盒子里了一样？我说什么，他都听得到，只是不能反应？"

前一句话非常抽象，但赏佩佩知道溥跃想要表达什么。溥跃想知道，

他父亲是不是已经彻底失去了意识，精神死亡一定程度上等同于肉体
死亡，而他还没有跟他父亲做一次最后的道别。

赏佩佩望着他的侧脸，无限温柔地开口解释："理论上来讲，休克
初期病人仍然有听觉，但陷入昏迷后，会有意识障碍。但你可以试试，
刺激意识对唤醒病人有一定帮助的。"

很官方的一种说法，更接近于白色谎言般的安慰。

溥跃点了点头，仍然紧紧抓着她的一只胳膊，像是抓着一根救命的
稻草："也好，不算全说给他听，也想说给你听。"

赏佩佩今晚感到愤怒的真正原因来源于她自身的过往，但不可否
认，起因是他的隐瞒。明明在谈同一段恋爱，赏佩佩的一切秘密在他
面前都如冰凌般透明，而他披着"意外相遇"的斗篷，将自己的一部
分隐藏了起来。

因为知道他的抑郁状况，又照顾着他有疾病的父亲，赏佩佩在了解
他的过程之中，一直非常耐心。她小心翼翼地保护着他的情绪，从来
没有探究过他的秘密。

而今晚，溥跃想要把自己和父亲心底从未见光的丑闻，毫无保留地
说给她听。

"你被送走的那天，我其实看到你了。"溥跃的目光落在赏佩佩的影
子上，随后又降落在溥凤岗苍老衰败的面容上，"那天也是我在家和他
打了一架，决定离家出走的日子。"

没人知道，十年前的那个夏天，跟着情夫毅然决然离开了东城的寇
菌曾经瞒着男友，从越城只身跑回了东城。

那日，她穿着一身合体的天蓝色贵价绸缎裙，拎着一只名牌提包，
站在锡矿厂那个她发誓永远都不会再回的家里，辛勤地张罗了一整天。

傍晚，夕阳将天边的浮云染红，与同学相约打球的少年迎着晚霞恋
恋不舍地归家，溥跃叫了一声"爸"。他左手还没来得及用衣服下摆擦
掉额角的热汗，右手握着的冷饮就被面前的场景惊到跌落地面。

黏腻的芬达流了一地，是青苹果的绿，而那个被他和他爸造得臭烘
烘的"狗窝"焕然一新，冒着久而未闻的香气。他许久未见的母亲寇菌，

竟然亲昵地和他爹坐在客厅的饭桌上交杯换盏。

　　一看到儿子进门，寇菡眼神闪躲，不由自主地往溥凤岗身后的阴影里缩了缩。还是溥凤岗抬手饮下一杯由寇菡亲自斟给他的二锅头，大掌一挥，豪迈地招呼着溥跃洗个澡再来吃饭。

　　寇菡离家南下的这两年中，溥跃曾经不止一次诅咒过她。可是不知道从何时开始，钢铁般坚硬的愤恨软化了，反而变成了一种内疚和后悔。溥跃开始希望他的母亲可以找到回家的路，届时他会站在家里为她开门。

　　他愿意帮助她管教父亲，也愿意做她被欺负时的靠山。

　　溥跃不知道溥凤岗在那几年独身的日子中有没有思念过寇菡，但儿子对母亲的思念像是缠绕的藤蔓，不停在他的胸口盘踞收紧，始终是要驱散阴霾的。他似乎可以原谅母亲的出轨了，只要她现在肯回来，因为她在，这个家就显得格外温暖而美好。

　　那个傍晚，溥跃短暂地错以为他的期盼成真了。

　　冲凉的少年欣喜若狂，擦掉满身冰冷的水珠套上衣服冲出了浴室。他全程没叫一声妈，但眼神里写满了眷恋。一家三口其乐融融就像是以前的日子一样，不，比以前的日子更好。

　　可是一瓶白酒下肚，待溥凤岗眼神热辣飘忽，寇菡突然侧面捂着下半张脸，风情万种地朝着他的耳朵说了几句话。

　　溥跃听不到两个大人说了些什么，但溥凤岗的酒杯忽地歪了，不过几秒钟，待寇菡从他的耳边离开，他将酒杯握紧，送到唇边一饮而尽，随后突然起身掀翻了面前的餐桌。

　　除了瓷碟碎裂外，溥凤岗的声音也像是裂帛，他手里的酒杯仿佛一把利剑要将寇菡穿透。他叫嚣着让她滚出这个家，说她如今的生活是咎由自取，叫他出一分钱帮她，那才是做她的春秋大梦。

　　满地狼藉，溥跃唯恐父亲耍酒疯伤人，立刻丢掉手中的筷子起身将父亲抱住。昔日的小男孩已经开始有凶猛生长的势头，他用尽全力，壮年的溥凤岗竟然不能撼动他半分。

　　而寇菡在叫骂和侮辱声中平静起身，她似乎早已预料到了这种结果，踏着一地泥泞，走到卧室取走了她随身的手机和拎包。

出门前，她在脖颈间系上丝巾，没忘记从门口衣架上薄凤岗的钱包里抽出了一沓人民币——不多不少，是她来回东城的机票钱。

寇菡的脸上还留有那般明艳动人的红晕，但她的眼睛里无光了，死寂又绝望。她不忌惮家中这个混蛋，也不避讳几年未见的儿子，勾起唇角朗声道："既然你不同意，那我就走了，但这钱是你该给我的。"

夜风徐徐，吹散湿热暑气，少年顾不得安顿醉酒的父亲便提起双腿下楼追人。崴了脚也不在意，终于在家属区外的道路上，他瞥见了正在拦车的寇菡。

出租车刹车停靠，眼见着寇菡马上会消失在浓浓的夜色中，少年心头恐惧，一声撕心裂肺的"妈"，终是阻止了寇菡拉开车门的动作。

薄跃奔跑至母亲面前，张口就是替他父亲游说："妈，别生气，他就是说胡话。只要不喝酒就好了，我以后和你一起看着他，不让他喝酒。"

寇菡背着身，抬起手臂在脸上蹭了一把，回过头时脸上噙着毫不在意的冷笑。她望着儿子与自己越来越相似的面容，有一阵寂寥的恍惚。

她抬手想要触碰薄跃的面颊，但手指在空中停滞了一下。短短几年，儿子长大了，她好像也老了。当年在爱情和家庭中，她毫不犹豫地选择了前者，无形中她已经丧失了再次关爱儿子的资格。

寇菡不接薄跃的话茬儿，只是看着他的眼睛，强迫自己轻描淡写地说："你戴眼镜了？长丑了。"

薄跃闻言将鼻梁上的眼镜摘下来捏在手心，模糊着视线咧开嘴继续自己的话题："他这几年一直没有别人，真的！他其实还是爱你的，只要你不走，以后会好的。"

可能是"爱"这个字刺痛了寇菡，她眉头皱起，锋利的眼神剜着薄跃的五官："他不爱我。"

"他爱！"

"他不爱！如果他爱我，就不会不给我这笔钱。你忘了，以前他是怎么把钱锁在抽屉里，连买菜的吃穿用度都吝啬于我？"说着，寇菡笑得不无讽刺又花枝乱颤，"是我傻了，以为他会幡然悔悟念及旧情。你爹根本不会爱人，他守着那些破钱，拿鸡毛当令箭。他只爱他自己！

"你是他的儿子，你应该知道他存折上有多少吧？这些年，没有几十万，他手里总有十几万可以借给我救急吧？可他不给我，他不肯给我留活路，他宁愿我死！"

出租车司机才不管这对母子之间的爱恨情仇，等了一会儿，便不耐烦地鸣笛催促。寇菡收回目光，没有一丝温情，重新拉开后座车门。

溥跃没想到，寇菡这次回来的目的是借钱。

他眉宇之间的痛苦烧灼着，像是荒野的蓝色鬼火。少年弯腰一把按住车门，俯身与母亲对视，孩童般的眷恋没了，只剩下出离的愤恨。他好恨，他愤恨这世界上所有成年人的利益纠葛，痛恨这世界上男女感情中的尔虞我诈。

"钱能代表爱吗？你就这么肤浅？你那个姘头就爱你吗？你怎么知道这些不是一时的？

"你以前不是也爱过我爸吗？"

少年的脸被路灯照着，一半明媚一半幽暗。寇菡蜷缩在没有光亮的车座内，最后看了他一眼，指甲掐进掌心，痛意很尖锐，她的答复也很坚定。

"当然，他爱我，我也爱他，而我和你爸之间根本不算爱，等你长大了你就明白了，世界上最廉价的，就是用嘴讲来的爱情。这个世道，没有钱，活着都难，怎么爱啊？"

时过境迁，寇菡已经不是溥跃童年记忆中的那个温暖又贫穷的女人了。越城改变了她，抑或是她爱上的男人改变了她。

车门"砰"的一声被甩上，溥跃对着消失在道路尽头的缩影咬牙切齿地咒骂着："不就是十几万块钱吗？谁给你你就跟谁是吧！你还是人吗？"

末了，等到泪流满面，他才想起，他忘了问她。那自己呢，儿子对母亲的爱在她眼里也是那么廉价吗？也比不上那区区十几万吗？他也想让她留下的。

"那天回家时，我撞见你搬走。一瞬间，好像所有我在乎的人都要挣扎着从潦倒的东城离开。我回家质问他，为什么不把钱给她，这样我们一家三口还能回到最初的样子，我还能有个完整的家。"

溥跃低下头，年轻的面孔上挂着深深的落寞。

"但他叫骂着，给了我一巴掌。"

溥凤岗告诉他，寇菡根本没有想过要回到他们父子身边，她之所以演这么一出，是为了她那个在越城做生意的男人。男人的生意周转不开，急需十几万救急，她竟然为了别人回家骗他们父子的养老本。

子不承父情，父子俩大打出手。明明是至亲血脉，却像是仇敌般厮打翻滚在地上，最后打到两个人都像死狗般毫无力气，这才停了下来。

"后来我就去越城了。我撒谎了，我去越城不是我妈带我走的，她不要我，是我自己追着去的。我去赚钱，我一心要赚到那十万块，然后砸在她唯利是图的脸上。

"我恨她，但谁说那又不是爱呢。"

而溥跃去爱的筹码，就是赤裸裸的钞票。

"一开始，钱可真难赚啊。"

每个最终在社会中平步青云的登顶者都会告诉你，人生中最难赚的不是后来的一百万，而是一穷二白时的那一两万。大钱生大钱太容易，谁都会，可本钱都没有的穷小子，花了整整三年才摸到了生钱之道。

攒够了第一个十万块，溥跃兴奋地来到了寇菡和杜江的住所——杜江建材公司。

昔日红火的公司已经被贴上了银行拍卖的封条，四下问了一圈，原来公司老板杜江半年前欠款畏罪潜逃了，他行迹不明，更没人知道他那个半路夫妻寇菡的下落。

从日落等到了日出，整整两周，溥跃没去上班，终于等来了办公楼的法拍现场。封锁大门的铰链被打开，溥跃混进几十名竞拍者中，戴着帽子走进这栋房子，伺机得到一点儿母亲的消息。而竞拍者之一，真的知道这里头的内幕。

女人毕竟是情感动物，穿着宽大衣衫的胖女人掩着口鼻，不无惋惜地对着身边的闺蜜讲："欸，这杜老板也是情种。爱上那么个病秧子，还带回来治病。

"说是两人同居的第二年，这女的就发现有病了，卵巢癌，切了子宫还是转移了。

"杜老板一开始用积蓄给她治，后来遇到个外国骗子，说是有特效药，给人骗了大半。再后来，所有人都放弃了，可他说什么都要给她治，从那时候开始挪用了公司账目里的钱。

"平常生意几百万的呀，最后压垮他的就是那周转不开的十几万。女人没了，生意没了。这真是江山和美人一个都没守住。"

闺蜜皱着眉，有些动容，语调也讪讪："那也算有情有义了，怎么还跑了呢？他还完债务，从头再来不难，何必躲着债主们？我看就是没担当。"

胖女人撇了撇嘴，一副大有内情的样子摇了摇头，凑到她耳边讲："那是银行放出的假消息，怕这房子拍不上价格。人死了！听我老公说，女人没抢救过来的那天晚上，他就从医院天台上跳下去了。苦命鸳鸯，还真是生死相随了。"

"杜老板这辈子也没有个妻小，那女的姓寇，也是个背井离乡的。保不齐连给他们厚葬的人都没有呢，真是惨极了。"

窗外的湖面上不知何时反射出一丝日出的亮光，赏佩佩站在溥跃身后，死死地捂住嘴巴，才能止住喉咙里支离破碎的声音。

溥跃从他的兜里掏出了他最后一点秘密，赏佩佩也明白了，他为什么执意要拿出那二十万去孝敬自己的父母。

被扭曲的价值观令他憎恨爱情，也令他厌恶贫穷，他背负的愧疚令他内心腐烂得不成样子。这就是为什么他求助心理医生，这就是为什么到现在他和父亲的关系都无法因为绝症而缓和释然。

他们父子之间，隔着寇菡的一条人命。是溥凤岗的无动于衷和溥跃的贫穷弱小，间接加速了寇菡的死亡。

年少的溥跃对母亲的病情并不知情，他对她口中的爱情不屑一顾，但等到真相大白的那一天，他才恍然顿悟，寇菡说的没错。

杜江是真的爱她，爱得绝望又疯狂，不仅散尽千金家财，还为她舍了一条命。而这些，躺在他面前的溥凤岗永远也做不到。

寇菡是幸运的，也是不幸的。天生为情而生的女子有了无法撼动的归宿，她在生命中最后那几年里，找到了为她愿意付出一切的男人。即便抛夫弃子的行为遭万人唾弃，她一定也很快乐吧？

溥跃的问句没有人回答，如今的溥凤岗已经没有了反击他言语的力量。就像个刚出生的婴儿般躺在那儿，一下下轻微地靠着呼吸机吸气喘气。

溥跃身体前倾，靠近病床上的父亲，伸出手缓缓摸了一把他所剩无几的白头发："其实我说的这些你也知道的，你什么都知道，你就是嘴硬。你承认你的爱不如人，你也承认，你对不起她。

"我去过墓地了，别想瞒着我，到了最后还是你为他们操办了后事，花钱买墓地立了碑，对吗？"

寇菡离开东城时仓皇得很，溥凤岗一开始还心存侥幸，以为她会回来与他复婚，可后来他和很多女人有了露水情缘，但也从来没有再娶，他已经不再相信婚姻了。

没想到当年把寇菡贬低到尘埃里的溥凤岗，竟然给她和杜江立了夫妻合葬的碑。

坏人恶得不够彻底，好人又善得不够剔透，就如这世间没有一个真正的坏人，也没有一个真正的好人。人的一生太渺小了，如水中的浮萍，随波起伏，本就这么难以评判。

赏佩佩在溥跃身后已经泪如雨下，但溥跃没哭，他还是平着嘴角，俯身用极大的力气拉住了溥凤岗的手。溥跃的声音沙哑至极，像是破掉的管弦，他一字一顿地说："爸爸，我原谅你，你也原谅她吧。"

这好像是这大半年里赏佩佩第一次听到他叫爸。

"如果还有下辈子，我们换个活法，咱们做十全十美的好人，我们一家三口，还在一起过。"溥跃话毕，像是顶天的支柱被抽掉了脊椎，趴在父亲身上，死死拥抱住了他。

赏佩佩奔出病房，躲进休息间，再也忍受不住体内横冲直撞的悲怆，双手掩面，放声痛哭。

没人看到，已经陷入昏迷，根本没有意识反应的溥凤岗，眼角划过了一滴一闪而过的泪。

男护工猜得不错，十二月二十八号凌晨，在昏迷中挺了近七十个小时的 801 十四床病人被医护人员宣告死亡。

这期间溥跃吃睡都在病房里，寿衣则是二十五号赏佩佩在老人第一次休克后，照着老爷子的身材在寿材店内提前选好的，买来后就一直搁在她休息间的换衣柜里。

赏佩佩这三天下班后都陪着溥跃待到半夜才回家，第二天一早，天不亮，又会提前起床迎着天上还没落下的月亮上班。

今天也是，早上六点十三分，十四床彻底停止心跳时赏佩佩已经换上了护士服，丧葬服务人员接到电话后还要半小时才能赶来。

男护工摘了溥凤岗的氧气面罩，赏佩佩来不及观察溥跃是否流露悲伤，第一时间跑到护工休息室，拎出了那一包寿衣。回到病房后，她神情麻木，迅速招呼着特护和溥跃，将老人需要下葬的衣服换上。

溥跃整个人垂首站在床边，还处于大脑空白中。

赏佩佩决不允许死后不体面的事情发生在溥跃父亲的身上。

不到三分钟，赏佩佩满头大汗地帮溥凤岗换上了丝绸寿衣，男护工刚才为溥凤岗套上了新的纸尿裤，打开了病房内的所有门窗通风。

溥跃看着赏佩佩站在床边忙活着，心中涌动着一阵滚烫，也大概明白了她在替自己做什么。她在尽自己所能，帮他把父亲送走得更顺利些。

窗外天色还未亮，黎明前总是黑得不见五指，白炽灯反射在柔软的寿衣上，凝聚了不少以假乱真的光点。不知道从哪里飘来两只灰扑扑的蛾子，被这些光晕迷惑了，专注地在溥凤岗的寿衣上乐此不疲地上下飞舞。

赏佩佩和溥跃眼眶都是炙热的，望着这两只飞虫没有讲话，不过十来分钟，两个人手下的温度逐渐变冷。窗外的日头升起来了。那两只飞蛾也在天亮前骤然消失了，像是从来没出现过一般。

按照东城当地的丧葬流程，人死后要在殡仪馆停尸三天。因为溥家人丁稀疏，需要溥跃一个人在灵堂为他爹守上整整三天。

石头作为溥跃回到东城后接触最多的小兄弟，得知消息的当天就替他接手操办了一切需要来回奔波的琐事，面面俱到。

第一天夜里，赏佩佩下了班就来到殡仪馆帮着溥跃守灵。

赏佩佩在吊唁厅找到溥跃时，他正跪在香炉前点香。整整三天，需要三炷香不灭，每间隔二十分钟就要换一次香炉，守灵的家属几乎没办法睡觉。溥跃原本就不胖，体型偏精壮，可这几天经历了父亲的昏迷与死亡，眼见着人像是脱了一层皮，麻布孝衣下的身上连一丝脂肪都没了，只剩下硬邦邦的肌肉。

鸦色的胡茬遍布半张脸，就连他的眼眶都凹陷得如干枯的湖。他的脸绷着，始终是青白的，亮眼的五官显得尤为羸弱和病态。

石头的父母白天来过，刚刚石头又带着下班的小晨前来吊唁，两人带了整整两大饭盒的水饺。可这些溥跃一口都没吃，他说不饿。

石头本来要陪着他一起守灵，溥跃感谢石头跟自己师徒一场，帮了许多忙，叫石头不用麻烦。石头却坚持，目的是想让溥跃在夜深人静时有个说话的人，把哀悼的情绪往外发泄发泄，别老憋在心里。

这会儿小情侣看到赏佩佩来了，想着有赏佩佩陪着，溥跃心里头可能更舒服，终于松嘴说要走。临走前，石头还特意跑回来跟赏佩佩说让她帮忙劝劝，让他师傅多少吃点儿。

明天得到消息来为溥凤岗吊唁的人会越来越多，溥跃身体再好，不吃饭始终怕是会体力不支。这才第二天，第三天的出殡流程还会更繁杂。

赏佩佩来时也拎着吃的，他们都心知肚明，在这种时候，外人除了照顾好他的吃喝外也没有更多了。痛失亲人的悲怆，是他们再怎么有心也分担不了的。

吊唁厅二十平方米左右，空旷的墙壁四周摆着十来个白色的花圈，上头的挽联除了挂了赏佩佩、石头和小晨的名字，再就是无名的，是石头买来为溥跃充场面的。

今夜殡仪馆内有三户办丧事，但入夜后，也就只有溥凤岗这一处因为人少而显得分外凄凉，陪着溥跃吃过饭，两人跪在灵堂外烧了些纸。赏佩佩叫溥跃先睡一会儿，溥跃没有拒绝赏佩佩叫他吃饭，也没有拒绝她留下来陪自己。

其实从溥凤岗昏迷后，他就一直很听赏佩佩的话，这种听话，有种无所顾忌的信任在里头。就好像，世界上与他最亲密的人，就只剩下赏佩佩一个了。他依恋着她，也依靠着她，离不开她。

线香在空中蜿蜒成盘旋的网，赏佩佩坐长椅上，目光所及之处是冰棺旁大片的装饰用花，而溥跃在靠近她一侧的海绵垫上缩成了小小的一团。

门外有不停嘶吼的风声，赏佩佩大约点了十来次香，溥跃突然惊醒着坐了起来。他胳膊胡乱地摸索，迷茫地环顾四周，待看清周围的物件后，他狠狠地打了个冷战。

赏佩佩放下打火机跪坐在他身边，伸手帮他按了按太阳穴，声音轻如柳絮："做噩梦了？"

溥跃摸上额角，抓住赏佩佩的手掌挡住自己的脸，随后侧身枕在了赏佩佩的腿上，像孩子一样把面孔埋在她的怀里。呼吸了半响，溥跃咧开嘴，声音嘶哑："没有，就是梦到我爸昏迷了，咱们在车上，我笑着说他到底是吃不上我给他订的蛋糕了。"

何其讽刺，溥凤岗的最后一个生日，是他出殡下葬的日子。

梦里，溥跃以为这一切是在做梦，好像为溥凤岗抓住了一线生机，他不停安慰自己醒来这一切都会有所不同。可是挣扎着醒来时，他赫然发现，他没有做梦，都是真的。真相永远比梦境要残忍，他已经永远地失去了父亲。

他做过了道别，该无憾的，可是为什么还会压抑不住地难过？

曾经在外漂泊数年的溥跃再怎么桀骜乖张，也永远还有一个不那么着调的爹。可现在偌大的世界里，再没有一个同他血脉相连的人。他的根被斩断了，他真正成了在外流浪的无家之人。

赏佩佩没说话，这几天里她在溥跃身边也很少讲话，她只能用肢体动作告诉他，自己在他身边。不知道盯了多久的线香，她的怀里突然下起了淅淅沥沥的雨。雨水是微凉的，伴随着压抑的哽咽，将她的手掌和手腕浸得濡湿一片。

赏佩佩没有低头，她学着溥跃安慰她的方式，一下下摇晃着这场绝望的瓢泼大雨。风刮得好孤独，雨下得好寂寞。溥跃大概也觉得这场冬日里下的雨太冷了吧，所以他的身体才会像筛子一样抖个不停。

苏林在二十八号晚上结束门诊后直接坐上了前往东城的航班，行医以来，这还是他第一次在法定节假日还没到来之前提前休假。

当天收到噩耗与他搭乘同一班飞机的，还有老城区陈生车行的几十个伙计。

溥跃曾经轮换工作过的一家车行总部、两家车行分店都被拉上了锁链，上头贴着"老板家中有事，一号复工"的告示。

苏医生出行，自然是坐公务舱，而公务舱装不下整个车行，只有丰腴的陈太太带着保姆和小孩儿坐在位置相对宽松舒适的座位，陈先生则和手下的年轻人们一起挤经济舱。

两拨人马，为了溥跃要赶往同一个目的地，还加上溥凤岗生前有交集的旧识。所以第二天下午赏佩佩请假赶到七号吊唁厅时，溥凤岗的冰棺周围喧闹异常，已经嘈杂得足以驱散寒冬。

陈先生大手一挥，冰棺周围的花圈比日前多了三倍不止，每一条挽联上都有名有姓，中晚饭时溥跃不便离开灵堂外出用餐，陈先生便叫了整桌珍馐美味送到旁厅。

桌上摆着鸡鸭鱼肉外加海鲜羹汤。白天来吊唁故人的女眷，都被善于交际的陈太太请到旁厅叙旧饮茶。男人们则被陈先生招呼着在旁厅发烟抽烟，烟雾缭绕。

这是溥跃在越城十年培养的主顾感情和朋友情谊。

即便陈老板夫妻并不是溥凤岗真正的亲人，但两人应酬场面的能力一向令溥跃钦佩。他们知道溥跃心力交瘁，在这种日子里特别需要安宁，便主动陪着来人讲话聊天，情到深处还用纸巾拭泪，代替溥跃耗费精神。

溥跃就安安静静地看着灵堂旁繁杂的人影交错，听着昔日的哥们儿聊近况。毫无疑问，越城这座欣欣向荣的城市，在下一个春暖花开之际，又会催生无数年轻人的美梦。

寒冷的东城和潮热的越城，就好像是世界的两个尽头，突然有了一线交汇，东城的死气沉沉也变得生动了一些。

下午前来吊唁的亲友陆续离开，陈太太与苏林搭一辆出租车回市区酒店。苏林回房间应对女友的责问，陈太太则是要照顾因赌气而不肯吃晚饭的女儿。

灵堂里只剩下一伙男人，不必避嫌。面目温润的陈先生拍一拍溥跃的肩膀，没有多言，开了一瓶啤酒递给他，炉里的三炷香由店里最小的一名伙计看管着。

赏佩佩推门进来时，溥跃已经喝了半箱啤酒，但怎么也醉不了。

她从没想过自己会是在这种情况下和溥跃所谓的新生活撞个满眼的，但很奇怪，所有来自越城的面孔都是那么和善。他们说话的方式连语调都是绵软的，像是溥跃的一部分，与她相处自然，好像早就认识了很多年。

不过是一顿饭的工夫，赏佩佩甚至认为自己不需要去到溥跃生活过十年的地方，眼前都有了溥跃在那里生活的画面。那里温暖如春，那里蓬勃朝气，那里才是最适合溥跃未来生活的温床。

第二天夜里，灵堂里横七竖八地睡了一片人，呼噜声此起彼伏。几个身强力壮的青年轮番换着香炉，七嘴八舌地向溥凤岗祷告。

有的求阿叔让自己的女友回心转意，有的求阿叔托梦告诉自己下一期彩票号码。太年轻的后生仔还不懂敬畏生死，死亡距离他们荒芜的青春太远，个个都把溥凤岗当作面善心软的神仙来念，想在死人面前讨个好彩头。

吊唁厅熙熙攘攘门庭若市，溥凤岗不孤单了，溥跃也是。众人拾柴火焰高，冷风再怎么凛冽也吹不进这扇门，雨水更是亦然。赏佩佩无须再留下来帮忙照看香火，饭后溥跃打车把她送回公寓楼下。

天边的月亮如细细的弯钩，溥跃鼻息中的酒气很浓，可是他的眼睛仍然非常清明。正因为清，赏佩佩才能将那里头逐渐复苏的生机看得真真切切。

分别时，溥跃抱着赏佩佩，在她的眉心落下一吻，他说希望她明天可以和自己一起送父亲一程。

没想到活人会对死人松口，他讲，哪怕是骗骗他爸也好，他想让溥凤岗放心，而溥凤岗生前多看重赏佩佩，他很清楚。他的身边，多了一个她，溥凤岗九泉之下应该会十分满意吧？

赏佩佩方才也在年轻人嫂子长嫂子短的起哄中喝了一点儿酒，但微醺中，她红着脸还是没有说多少话。她好似不胜酒力，粉面被冷风一激，太阳穴便尖锐地胀痛起来。

上玄月，高楼下，赏佩佩将发抖的双手藏在袖口里，踮着脚用全身的力气仰面冲着溥跃的下巴重重一吻，点头答应下来。

溥跃不知道，这也是她在分开前想为他做的最后一件事。

翌日是个阳光明媚的晴天，天空中没有一丝云彩，湛蓝的天色下空气却是无比寒冷，这也是北方特有的冬日。

清一色的黑色车辆从殡仪馆出发到达墓地，溥跃抱着父亲的黑白遗照，旁边的赏佩佩亦步亦趋地跟着他走。

越城人讲究大办丧事，陈先生带了溥跃十年，自然知道溥跃的脾性，他这个徒弟不是情感外露的类型，可他作为师傅，生怕老人的葬礼被活人横加议论。所有的安排都是最好的。

下葬时公鸡被抹了脖子发出惨叫，亲属们跪在墓碑前不能抬头。阳光从众人背后升起来，墓碑上是无数人头的倒影。

赏佩佩跪着，头点地，余光望着溥跃的侧颜。好一场风光大葬，她心里想的却是还好溥跃悄悄哭过了。哭过了就好，不然她真的怕他会憋坏。

无论南北丧葬习俗多么迥异，但葬礼结束之后，都是要宴请宾客的。陈太太带着年幼的女儿不便到墓地行礼，于是十点钟左右安顿好了酒楼，就扯着孩子等在酒店大堂外指挥伙计们停车。

知道溥跃整整一周没好好洗漱过自己，临开餐前，她还塞了一张房卡递给溥跃，叫他带赏佩佩先上去稍作休整。

脱了孝服，换上干净衣衫，溥跃对着酒店的镜子刮着胡子，赏佩佩则掏出兜里的孝牌帮溥跃别在胳膊的衣料上。像是终究了却一桩沉重的心事，搂着赏佩佩进入餐厅的溥跃焕然一新。

虽然面孔依旧留有颓唐的痕迹，但他的身姿有涅槃重生的巍峨。他说到做到，他回到东城，陪他的父亲走了最后一程，自此以后，再无遗憾。

方才短短一面，陈先生的小女儿并没有认出满面胡茬的溥跃，这会儿溥跃洗漱干净，恢复了好相貌，她在饭桌上一看到他，立刻从陈太太的腿上溜下地，小跑着奔向溥跃。

四岁的小姑娘粉雕玉琢，满面惊喜。她背着两只小肉手挡在溥跃跟前，上上下下瞧够了才嘻声问道："你还认识我？"

溥跃松开赏佩佩的手，蹲下来，他学着小姑娘的神态，也抱臂上上下下地睥睨着打量了她一番，才狐疑着开口："那你还认识我？"

"当然了！小舅舅！我是阿玉呀！"

小孩子的耐心有限，阿玉不再矜持，露出一副顽皮精怪的模样像只鸽子一下扑进溥跃的怀里，"吧嗒"一声亲在他的左脸，义正词严地声明："小舅舅，阿玉很想你。你都没有想我！"

没人会拒绝孩童的示好，这是世间最纯粹的不需要花心思的情感。何况陈先生与陈太太的工作都很忙，小姑娘出生起就被扔在车行，是被保姆和伙计们轮番带大的，店内的猫咪是她的玩伴。她最亲近的，连毛发柔顺的品种猫都抵不过的，就是样貌出众的溥跃。

溥跃笑着托起她的身体，一下将她抱在怀里举起，附和着童言童语："真的想我？我不信，那你有没有哭鼻子？"

小姑娘笑嘻嘻地仰着身体。她说自己都已经四岁了，妈咪说过，大孩子才不会哭鼻子。

阿玉让他像以前一样抱着自己举高高，溥跃将她短短的身体举到头顶，再下落几回，在孩子银铃般的嬉笑声中，没忘记回头跟赏佩佩介绍："陈哥的孩子，小丫头，皮得很。"

陈生车行的陈先生五官周正，身量不高，但胜在气质稳重。阿玉的面孔更像陈太太，皮肤雪白，瞳仁漆黑，天真烂漫，可爱至极。

赏佩佩不知道自己什么时候也开始眯着眼睫，随着他们二人的动作微笑，闻言点点头仍是不言不语地安静着。

溥跃看了她一眼，应该是不习惯她最近身上流露出的娴静得体，故意低头凑到阿玉耳畔说了句悄悄话。他对待小孩儿很有一套，所有小动物和小朋友，都是溥跃忠诚的拥护者。

阿玉闻言立刻抻着脖子望向赏佩佩，看了片刻，丝毫不认生地大喊："小舅妈！有没有人说过，你和小舅舅很登对？"

童言无忌，引得众人哄笑。赏佩佩红着两只耳朵，先是伸出手指摸一摸阿玉的发梢，随后再去拧溥跃腰间的软肉。

宴客厅里满满当当地摆了九桌，觥筹交错，赏佩佩跟着溥跃与陈氏夫妇坐在同一桌吃饭。饭才吃了一半，阿玉就缠着溥跃带她到院子里堆雪人。

再三确认了赏佩佩怕冷不想跟他们一起出去，溥跃这才把阿玉的外套拎过来，里三层外三层地把她裹住，带着阿玉到酒店外头干枯的喷泉里去找雪，走时没忘记吩咐石头照顾好赏佩佩。

陈先生在和石头大聊越城的生意经，陈太太怕赏佩佩尴尬，主动把果盘转过来，用水果叉取一块肉质饱满的橙子递给她。

女人之间的攀谈不就是那样，赏佩佩与溥跃怎么认识的，陈先生与溥跃是怎么结缘的，所有无害的见闻，都可以拿来说说下饭。

溥跃之所以被阿玉称为"小舅舅"，也是因为当年陈太太早产时陈先生正在国外处理一批损毁的进口车，她在急诊室哭成泪人，陈先生一个电话打给自己的心腹溥跃，凌晨三点，溥跃二话不说，迅速到医院陪着她办住院手续。而家属签单上，他不怕追责，直接在与病人关系那一栏上填上了姐弟。

赏佩佩细细地聆听着溥跃的过往，件件桩桩，都是侠肝义胆，十足的有情有义。

陈太太深知丈夫此行的目的，她心头一热，反手将五指覆在赏佩佩的手腕上，语气热络感慨："这么多年，我们待阿跃早就不是老板和下属那么简单了，有时候更觉得，他就像是我们的亲弟弟。

"这次他回来照顾父亲，我和陈生都在细细为他考虑将来。老人走这一遭花费不会小，可活人还要更好地活下去呀。车行的生意这一年来越做越大，我们也想在越城找个可靠的副手，可是思来想去，怎么会有人比阿跃更合心意呢？

"进账三七开，阿跃技术入股。我总是和陈生讲，我们也老了，钱是赚不够的，错过孩子太多成长才是真正叫人后悔的事情，以后就想放手给你们年轻人干了。

"利润很可观，足以支持你们在越城买房安家。

"而且我听说你是护士，如果不愿意做他的贤内助，那这行在越城也是很好找谋生的。

"年轻时就是要奋斗的，等到人过中年，就可以收获了。

"你觉得呢？"

陈太太精明，这两日观察下来，直觉溥跃的决定到底还是拿捏在面前的女孩子手里。英雄难过美人关，她是在替丈夫打探赏佩佩的口风。

在对面陈先生和石头喝了不少。石头酒量不差，但也不是祖师爷的对手，这会儿一抹脸竟然大声痛哭了出来，双手抱着脑袋呜咽着和陈先生赔不是："陈哥，我对不起我师傅，也对不起你。我把你转给他的车卖了。四十三万，我还拿了四万提成。"

四十几万在财大气粗的大老板面前不值一提，陈先生大笑着拍了拍石头的肩膀给他倒了杯茶醒酒。

心口像灼了一滴滚油，赏佩佩目光涣散地望着落地窗。正午的阳光泼洒在溥跃的脸上，好像一层温柔如水的纱。阿玉确实生性顽皮，她趁着溥跃给小雪人安装鼻子的时候，偷偷掬了一把雪用力砸在他的面孔上。

溥跃的眉宇一瞬变得花白，像是老了几十岁。他起身逮住小姑娘抛到空中再重新接住的时候，五官上的雪化了，取而代之的是闪动着无比温柔耀眼的笑意。那光彩无关风月，而像是刻骨铭心的新生。

这是越城的溥跃，有事业，有前景，有朋友也有难得的伯乐。他少年时过得太苦，曾用了十年的时间，咬着牙，在越城开天辟地，闯出了一番属于他自己的境遇。

一瞬间，赏佩佩眼角发酸，她似乎有些理解了溥凤岗将死时口中不停为儿子灌输的观念。

人活好坏，只有这一辈子，但新生命不同，孩子寓意着个人价值的最大延续。而越城的溥跃听起来是那么鲜衣怒马，不可一世，他不该和自己一样惶惶度日孤独终老。

他还很年轻，很有为，值得这世界上所有美好的事物，金钱、家庭和孩子。他前二十六年的人生已经足够跌宕，往后只需要迎接光照，驱散晦暗，而不是和她一起窝在这个衰败糜烂的东城，一天天熬，他不属于这里。

半晌，赏佩佩没有说话，陈太太顺着赏佩佩的目光看向窗外，恰逢阿玉坐在溥跃的脖子上，冲着室内的赏佩佩做鬼脸。而赏佩佩也弯着嘴角将拇指抵在鼻子上，四指晃动，吐出舌头，逗得阿玉捧腹大笑。

等到阿玉发现街对面的糖葫芦摊位，"驾"着溥跃去买甜食时，赏佩佩回头郑重其事地回应了陈太太："您说得对，我会劝他与陈先生合作，尽快回到越城。"

溥跃的鸿鹄之志需要有可施展的平台，溥跃不该为了她而留下来。爱情从来不该是谁的拖累，这道理，她明白。

天下没有不散的筵席，时间接近一点，东城的亲友们陆续离开，越城远道而来的客人们也要赶飞机回到他们的日常生活中去。

生活是不停旋转的陀螺，争分秒努力过活的人们不会因为一件伤心事而停下匆匆脚步。

结账时陈先生叫住溥跃在吧台说两句贴己话，赏佩佩很自觉地避让开，与已经上车的阿玉招手道别。小姑娘的脸颊挤在玻璃上，变了形，赏佩佩看着她，眼底始终荡漾着笑意。

酒店大堂鎏金的旋转门无声开合，一阵冷风吹过来，掀起衣摆摩擦作响，赏佩佩面前多了一只象牙白的手。

苏林手里握着一枚刚拆开的发热贴，递给赏佩佩时，颔首示意："赏小姐。"

"苏医生。"

两人打了个照面都认出了对方，溥跃没向赏佩佩隐瞒自己的病情，而他在苏医生面前对自己的恋爱现状也不加避讳。

这是他们第一次交谈，但内心都存有待对方的温情。

赏佩佩接过苏林递来的发热贴道了两声谢谢，第一句，为的是他远道而来，第二句，为的是他尽心尽力治疗溥跃。

苏林收起探寻的目光，与赏佩佩一同站在房檐下等车。两张漠然的脸，一起看着萧条的长街和缓慢走过的陌生人。

算是心理医生的职业病吧，苏林讨厌安静，突然在冗长的寂静中多嘴问了一句："刚才不巧听到你和陈太太聊天，你们打算一起定居越城？"

或许他们可以试试双人咨询，总比自顾自地盲人过河强上很多，心理商谈也是一种便利生活的工具。

虽然苏林不肯在女友面前承认，但他与溥跃在无形中已经超越了病人与医生的距离。苏林对待溥跃更像是老友般为溥跃的生活应援。

溥跃在一定程度上，确实是苏林最喜爱的患者，因为他们都拥有同一种父亲和童年开始就被外力破坏的家庭。所以这一次溥凤岗离世，他很欣慰能看到溥跃在迎风的巨浪中可以站得很稳。

赏佩佩点头："是定居，但不是一起。"

苏医生失神片刻，就知道赏佩佩的决定了。

不难理解，赏佩佩不认为爱情是生活的全部，更不认为爱情是一切苦难的灵丹妙药。她不会因为爱情抛下一切，为了一个男人跑到异地他乡重新来过。

很多儿童期遭遇创伤的男患者，在择偶时倾向寻找与母亲类似的伴侣作为情感上的替代品，但很显然，赏佩佩与寇菡，是迥然到极致的两种类型。

这一点，苏林并不为溥跃担心。在一定程度上，溥跃因为赏佩佩拥有了更坚韧的灵魂，即便最后这段感情无疾而终，但拥有过，发生过，就能鸿爪留痕。

人的一生太漫长了，没人能对爱情上锁，即便是心理医生也不能。

远处，苏林的网约车缓缓驶入酒店门口的环岛。

看惯了悲欢离合，苏林应该保持缄默的，但他还是回身对赏佩佩温声道："医生和护士一样，拿钱办事，没高明多少，赏小姐这两声谢谢我只担得起一声，其实溥跃的状态最终稳定下来与我没有太大的关系。"

"一个人只有想要自救，才能得到救治，不清创的伤，没办法愈合的。

"他始终有努力生的意志，我才帮得到他。不过话说回来，这点道理我也不必在赏小姐跟前卖弄，说到底，学医的都懂。

"讳疾忌医才是最难治。"

人都散了，茶也凉了，一切都尘埃落定。

溥跃一出门就张开自己的外套把赏佩佩裹住，英俊的面容埋在她颈窝里测量她的体温。赏佩佩不冷，她穿得很多，何况兜里还揣着正在发热的暖贴。冬日刺目的阳光里，她反手抱住溥跃的腰，以身体做软尺丈量着他的身形，嘟囔了一句："想你了。"

就在这区区五分钟，她的思念如草长莺飞。

溥跃鲜少有这种被赏佩佩主动亲昵的待遇，他唇角卷着笑，在她唇瓣印下一吻。

每一寸皮肤，每一丝精神，赏佩佩爱他的全部，以后也会用很久的时间去思念他的全部。

溥跃全身都在滚着沸水，他松开她的肩膀，立刻握住她的手跑到路边伸手打车。其间他的眼睫颤抖，甚至需要打火点烟才能克制冲动。而赏佩佩就抿着笑，欣赏他的急躁不堪，欣赏他的欲念深重。半支烟的工夫而已，溥跃度日如年，酒店门口无一辆空车，他长指干脆灭了烟重新扯着赏佩佩回到大堂。

这是他们第一次像普通情侣般在酒店登记身份开房间，没有羞耻，只有热切，一气呵成。电梯与走廊都留下他们缠绕的身影。

掌心的温度滚烫，头顶晃动的光影密集颠簸。

没人记得时间，也不必挂念，从白天至黑夜，窗外的世界似不复存在。只要悉心收好对方急促的呼吸，就可以不在乎未来以后。因为他们在此刻，完全拥有了对方。

等到溥跃枕着赏佩佩柔软的小腹听到她的肚子"咕咕"叫，才舍得从床上爬起来问她晚饭要吃什么。赏佩佩望着玻璃内溥跃洗漱的背影，轻轻问了一句："你什么时候走？"

溥跃吐出口中薄荷白茶味道的泡沫，歪头眯着笑眼问了一句："去哪儿？"

赏佩佩拎起自己的衣物，有条不紊地穿戴整齐，眉眼与他一样，别无二般的缱绻："陈先生想让你回去帮忙他的生意，好像很急，你何时启程？"

溥跃眼中有一瞬讶异便恢复了平静："我何时启程？主语怎么是单数，你该问，我们何时启程？"

赏佩佩立在玄关处俯身穿着鞋袜，再抬头时，她笑得很自然，目光坦荡："我不可能去的，你知道。我在这里有工作，有生活，新的地方对我来说没有那么具有诱惑力。"

溥跃猜到了赏佩佩的决定，这也是为什么他并没有立刻答应陈老板回越城帮忙。他收回目光，仍然有条不紊地拧着那一条温热的毛巾："好，你不去，那我也不去。"

赏佩佩不愿意为他远赴他乡，他知道，但他愿意为了她留在东城。

三餐四季，细水长流，赏佩佩握紧拳头再度放开，她内心很平静，面容也是一样："可是我不愿意你为了我留下来。知道你和你父母的过往，我更不可能叫你为了我留在这里。钱对你来说很重要，虽然你现在觉得，我比钱重要，但日子久了，爱情趋于平淡，我就成了阻挡着你和财富的唯一障碍。"

届时，赏佩佩和她令人厌恶的原生家庭，也会成为溥跃心头的悔不当初。

"拜托，别让我做那个拖你后腿的人。我不想。"

情侣不能一起向前奔跑，那么爱情也会在矛盾与拖沓中被磨平。她似乎笃定了，他们的爱情无法战胜一切。她可以做他情绪崩溃时的菩提树，但他不能做渡她过苦岸的那一叶扁舟。

溥跃手指还抓着毛巾，关于他和赏佩佩在感情中的错位倒置，他曾经耍过无赖，闹过情绪，尽可能地延缓两人之间的矛盾爆发，但如今，话已至此，赏佩佩心意已决，他不可能重蹈覆辙，再用创可贴去试图挽救已经见底的裂痕。

那追求不同的隔阂，始终存在着，没有消失。溥跃也有脾气，他的骄傲不允许他再一次低头。

而刚才一切的疯狂都是赏佩佩给他离别前的镇痛剂，学医的人是不一样，真会治病，连刀切下来前都会先为他打个麻醉针。

灯光在溥跃密实的睫毛下投射出两片蝶状的阴影，他突然抬头对着镜子里的赏佩佩笑了。他的笑是笃定的，也是清冷的，他的话语发自肺腑，失望又讽刺："你到底还是不相信我。你对我没有一点儿信心。"

赏佩佩欲走，手指搭在门把手上，肩膀僵硬了几分，再回头，她不愿意溥跃记住她的哭脸，薄薄的眼皮弯起来，唇角上扬，也是无比灿烂地笑着说："不关你的事，我是对自己没有信心。"

甜食

Tian

Shi

Sun.
14:30

　　溥跃在溥凤岗出殡的一个月后离开了东城。

　　他是在去年初春时回来的，也是在这样一个倒春寒的日子里走的。来时他跟着拖车司机一起拉着他的摩托车跨越了数千里疆土，他们看着沿途的风景逐渐贫瘠干枯，车窗外的颜色尽失，像季节更替。南方的小司机咂舌摇头喊冷，溥跃却不以为然，内心嘲笑着没见识的越城人。

　　但走时他坐在赶往机场的出租车后座蜷成一团，不住地要求司机再把热风吹暖一点儿。东城的寒冷突然变得那么无孔不入，他如今更像是土生土长的南方人，根本忍受不住这些刺骨凛冽的风。

　　按照当初的计划，他把东翠路十二号的修车店盘给了石头。事情敲定当天，小晨摇身一变，成了店里坐镇收银的准老板娘。她和石头商量着，冬天生意不好，来年可以安装个简易洗车棚，等到他们一起攒够了十八万的彩礼钱，就能顺利地喜结连理。

　　而溥跃答应交付给赏岳林的那二十万，最终也没能兑现。除了父亲过世那几天，赏岳林曾经对他关机的电话进行过狂轰滥炸，后来，他们一家三口再次消失在东城不知所踪。直到溥跃临行前注销了东城的电话号码，赏家人也没有再次找上门来。

溥跃走的那天赏佩佩没来送他，他也并没有通知她。

这一个月内，他不是没有试图挽回过赏佩佩。除夕那天夜里，溥跃大包小包地上了万达公寓的六楼，可是面对那扇冷冰冰的防盗门，他站了许久也没有伸手去敲。隔着一扇门，他给赏佩佩发了一条信息，问她今天晚上要不要一起过个年。

热水杯打翻了，磕掉了把手，赏佩佩在门内踌躇了许久，不知道是不是在斟酌拒绝他的措辞。等了几分钟，她委婉地拒绝：*我有点儿累，已经休息了。*

溥跃盯着这一行字，眼睫发痒，猛地吸了下鼻子，再大着胆子说：*那我明天过来，走之前再看看猫。*

可赏佩佩告诉他：*不用了，猫已经被好心人领养了。*

溥跃，我们算了吧。好吗？

这些他在东城的日子里，除了修车外，赏佩佩没求过他什么。所以那天溥跃拎着他买的东西从哪里来又回了哪里去，即便是下楼时，他知道一抬头就能看到赏佩佩的窗户亮着，他也没有抬头。

他和那只猫一样，都是赏佩佩捡起来把玩了一阵，又决定不再需要的东西了。既然她的生活里不需要他，那就算了吧。

溥跃走后，赏佩佩的生活意外地度过了一段非常平静的时间。成年人的恋爱本就该这样，好聚好散，不需要太多的撕心裂肺，也不需要太多的彻夜难眠。在感情中善于纠缠的一向不是好人，而溥跃没让赏佩佩失望，他从始至终都爱得非常克制，他尊重赏佩佩的选择。他知好赖，他无声退场。

而赏佩佩虽然不舍，但只要知道对方正在全力奔向他的新生活，会过得很幸福就可以了。

城与城之间的距离，只是一个数字罢了。

她没有做好用感情绑架溥跃留在东城的准备，也没有去到越城即刻自给自足的勇气。更现实的是，她不确定自己是否要选择陈太太口中那种生儿育女从此筑巢的生活。

801 的病人走后，紧接着是 802 的病人，反倒是一住院就被所有护工推测着命不久矣的 803 坚持到了翌年的春天。

春分那天，阅湖波光粼粼，绿化带内的碧桃绽放得喜气洋洋，美得玉骨冰肌。赏佩佩午饭后花了很大的力气将这位女教授安置在轮椅上，推着她到湖边散步。

赏佩佩蹲下来帮病人扫去毯子上掉落的花瓣，随后托着头蹲在轮椅旁边和她一起晒着太阳发呆。应该是春天的气息太浓了，令她突然想到了温暖的越城，想到越城，赏佩佩难免思及溥跃。

从他离开东城的那天起，赏佩佩就开始了她的按月分期还款计划。贷款物品自然是她已经超前享受了几个月之久的姜戈摩托车。虽然他们当初曾提议过以房租代偿的同居计划没有成功实施，但亲兄弟明算账，分手男女也有账目需要清算。

即便暂时没有能力一次付清这两万块，但赏佩佩永远不会赖溥跃的账，大概是出于自尊心，她仍然很在意溥跃是如何看待她的为人。还好，溥跃这个月也接受了她的还款。

在这样适合约会的天气，春暖花开，溥跃摘了她亲手别上去的孝牌，大概已经找到了新的女朋友吧。毕竟他在人群里再怎么藏都是那么耀眼，像块未经打磨的宝石，如今他身上曾经经历苦痛的切面一定令他锋芒毕露。

总之，只要有溥跃在的地方，都是一幅很养眼的画面。

喉咙微酸，赏佩佩眼睫低垂，那种单纯存在于对方手机联系人里的转账记录，突然不足以令她心安了。先说分手的人也许只是给自己的怯懦找了个漂亮的借口。她收养的流浪猫没送人，反而有了新名字和新项圈，但她的感情却失去了可以寄居的窝。

他走了，好像也带走了她内心中那一部分极端炙热的痛苦和快乐。她如今的情绪可以始终维持着模糊的平静，即便是时常会产生的思念，也变得可以忍耐。

赏佩佩用力抠着路边的泥土，突然开口问："张老师，我能问您一个问题吗？"

最近赏佩佩读完了张老师标注过的那些哲学书，物欲似乎到达了临界点，以往买东西的时间，都被她用来研读社会学书籍。因为尊敬，所以她也称呼803的病人为老师。

这样一来，好像显得她的生活也不是那么无知与落魄。

张老师眯着焦黄的眼睑，微不可闻地点头，赏佩佩认真地思索着自己的疑问，向她请教："社会学中总是讲资源分配不公，您说，先天弱势的底层女性如果选择一辈子不结婚不生育，是不是就能避免很多悲剧呢？即便过程很孤独，没有爱情，但最终也可以寻求到心灵上的平静吧。"

拿自己的全身价值去换取后半辈子的安稳，听起来太飘摇了，更像是把自己的命运交由他人之手的赌博。

即便对方是溥跃，她也不敢。

听到张老师的咳嗽声，赏佩佩拍掉手中的尘土如梦初醒，她是在为自己提问，但却忘记了身边的张老师也是至今未婚。她这种问题听起来十分冒犯，很容易被误解为满满的恶意。

所以赏佩佩立刻起身补充："我不是说您，是说我自己。"生怕不够充分，她又着急地掏心掏肺，解除误会，"还有我爷爷的妹妹，在那个年代也终生未婚。我一直觉得，她的决定很勇敢，独身在不可挽回的悲剧面前，已经是很大的恩赐了。一个人一辈子守着心，好像也不是那么难。"

说起上一代人选择终身不婚的女性们，张老师恢复了一些精神，她眸光还是一片柔和，她没有生气，只是单纯地与赏佩佩分享她的学术见解。

"明代中后期，蚕丝业兴起，女性获得独立谋生的机会，自梳的习俗沿用了三百余年。经济独立的女性不满婚事上的父母之命，便自行束髻以终身不嫁，这种行为听起来是不是非常前沿？很具有反抗压迫的精神？"

看到赏佩佩聚精会神地颔首，连护士服蹭脏了都不知道，张老师笑了笑摇着头："自梳女也有自己的组织，受到礼法管制。这些独立女性并不是没有被社会化的家庭制度剥削。"

话毕，张老师扭头看着赏佩佩略带恍然的脸，沉声道："孩子，女性要真正地拥有本我意识，可以依据自己的感受对她的人生做出选择，才算是精神独立，才能得到幸福。如果两个精神独立的个体，为了兴趣爱好，以爱为前提共同建立不受传统世俗观念束缚的现代婚姻，并不是什么大错特错的事。

"结婚生育只是一种生活方式，不婚不育也是一种生活方式，你的生活始终是你自己过的，不必为外界纷纷扰扰的声音感到焦虑。虽然我选择把我这辈子的时间用来提升自己，投身教育行业，没有选择花费时间和身体成本养育孩子，但是我是从来不抗拒爱情的。

"爱情是美好的，是精神的吸引和碰撞，这辈子没有被爱过的人是永远不会感受到内心无一恐惧的富足的。

"人无论何时都要尽全力努力生活，不是虚晃一枪，这样才能体会生而为人的意义。"

803 的张老师死于一个温暖湿润的春夜，生前患病时，她拒绝了所有学生和朋友们的探望，虽然没有孩子，但得知她的死讯后，连夜从全国各地赶来为她办理后事的学生不计其数。

她被众人簇拥着带走的那天，正是赏佩佩在她的鼓励下，开始读夜校的那天。赏佩佩没有再自作主张地替病人的一生感到不值，只是在回家的夜路上，因为闻到了细雨过后，空气中飘散的一阵浓重花香而良久站立。

春天真的来了，即便寒冬再冷，春天总是如约而至。世界万物的法则就是如此，更替交换，永不停息。

天气逐渐回暖，赏佩佩的生活更忙碌了。她在工作上更加尽心尽职，以往偷懒的时间，如今都被她用于看书做题。她戒掉了熬夜的坏毛病，也开始在每个清晨早起半小时，喂猫后下楼晨跑，用酣畅淋漓的有氧运动和热水澡开启新的一天。

上班时她总是精神奕奕，她的时间变得好短，一天二十四小时像是不够用，下班后她甚至没空浏览花边新闻，因为急需火速骑着她的摩托车赶往十公里外的夜校上课。

所以赏佩佩也是最后一个得知赏岳林接受了肾脏移植手术的人。据小晨讲，赏瘸子是在溥叔出殡那天一早被 120 的急救车从锡矿厂家属区拉走的。

因为多囊肾确诊时赏岳林的病变已经到达晚期，即便他这两年来一直有用药物控制，但效果并不好，除了剧烈的疼痛外还经常出现尿血症状。本来配合透析治疗，他的病况还能稳定存活五至十年，但和所有肾衰患者一样，最后等待着他们的最终治疗方案仍然是肾脏移植。

得知父亲确诊当日，赏磊和陈梦和就主动在医院做了配型化验，不幸中的万幸，赏磊与父亲血型相同，且配型点位吻合，并且他没有赏岳林拥有的先天肾脏发育不完全的病灶。

可是面对这样的结果，赏瘸子夫妇后悔了。尤其是陈梦和，她大叫着，她宁愿丈夫死也不肯接受自己的儿子身体残缺不全。但登记肾源遥遥无期，且届时手术前还要支付五万以上的捐赠者补助。

赏岳林夫妻这才将希望寄托于女儿身上，目的除了省下这五万块钱，也是为了保全儿子的身体。他们对外谎称确诊脑癌，也是为了确保不会打草惊蛇。

但人算不如天算，正是溥跃答应他们的这笔钱，令贪婪的赏岳林选择暂时缓兵不动。赏岳林生怕自己在医院定期透析治疗会暴露病情，整整一周，他没有按时去医院治疗，就等着溥跃给他汇款。

可是等过了月底，到了约定日期，溥跃却销声匿迹，再也没有了音信，就连东翠路那家修车店，也彻底关门了。暴怒的赏岳林挥舞着扫把将家里的所有物件都摔了个稀巴烂，就连抱着他让他保重身体的陈梦和都被他打掉了一颗门牙。

"应该是囊肿大出血了吧？高血压导致的？"小晨一面给赏佩佩的摩托车打气，一面和她幸灾乐祸地挤眉弄眼："我也不懂这些，反正啊，就是自己给自己作进医院了。生命危急，他当天就被送到几百公里外的三甲医院了，手术也就那时候做的吧。现在应该都恢复好了，昨天我还看到他老婆出门买菜，路过我们店门口。"

赏佩佩今天休息，自从去年在青山公墓假扮过一次溥跃的妻子之后，赏佩佩就没再去过二道沟的墓地给谁上坟了。

因为每当她想要带着花束和满腹牢骚到墓地上发泄自己时，脑海里总是想起溥跃骂她的那几句话。溥跃说，她不分白天黑夜，天气好坏，频繁去墓地的行为，是对过去愧疚心理的补偿。这几句话非常不中听，她当时一点儿也不爱听，但渐渐地，她的生活被健康的习惯充斥，却也真的很少再主动想要去对着墓碑倾诉了。

抱怨，不如切实行动。她想要把自己生命中的每一分每一秒都认真地利用起来。

今天碰巧是清明节，赏佩佩和所有人一样随大流，一大早骑着小红车买了花和纸，准备做一次快速的扫墓。可车子刚驶入东翠路就骑不动了，她下车一看，后胎完全瘪了，胎面外侧扎了一根生锈的螺丝钉。

车子被推到了老地方，石头不在，没想到小晨一个女孩儿做事竟然一样麻利，二话不说直接戴上手套，热情地帮赏佩佩换下了车胎修补。

车胎修好，听到小晨口中的话，赏佩佩付钱的手顿了一下。虽然小晨口中的换肾手术令她非常震惊，但她第一时间还是有些紧张地问她："然后呢，路过店里，没找你们麻烦吧？"

不知道从什么时候开始，溥跃的习惯竟然跑到她身上来了，她很怕因为自己而麻烦到别人的生意。她已经差点儿对不起溥跃了，更不可能去连累其他人。

小晨扬起笑脸，得意地耸肩："没有啊，她哪敢！我掀开门帘一盆水泼出去，她立刻一溜烟不见了，估计以后都得躲着店门走。都是平头百姓，光着脚，我怕她？"

小晨还在愤慨激昂，外出的石头一掀门帘就从大门进来了。他先是看到了赏佩佩，尴尬地叫了声："佩佩姐。"

再摘头盔一听小晨说的话，他就开始冲她疯狂使眼色。小晨还在说，他干脆背过身把食指抵在嘴唇上叫她噤声。

赏佩佩的车修好了，不便多留，道了谢骑上车重新杀入上坟的车流中，而东翠路十二号的店里，小晨掐着腰问石头怎么又不让自己说话。

石头挤着眉毛说："那毕竟是人家爹妈，你说话也太难听了！"

小晨一个白眼翻到房顶，用石头给她兑的温水洗手："那叫爹妈？一点爹妈的事都没做，还想享受爹妈的待遇，我不信佩佩姐对他们俩念旧情。真有，就叫溥跃哥把钱给了。"

"啧。"石头给她递了毛巾，又挠挠头，"都过去了，还提这个干吗？你不是知道她和我师傅分手了吗？这男女分手了就是陌生人了，没必要。"

"哼！"小晨给石头的茶杯里续了半杯热水，了然于心的样子道，"那你师傅干啥还隔三岔五跟你打听赏瘸子的事？就许你和他讲赏瘸子做手术的事，我就不能和佩佩姐说呗？"

"再说了，"小晨手指屈起，往修车间角落里那几个纸箱斜了一眼，"你师傅走之前不是让你有空把那包东西给她，你咋还不给？"

石头"啧"了一声，那纸箱里的东西他翻过了，就是一套半新不旧的漫画书。二十万都解决不了的男女关系，一套书就能了？他觉得给不给都没用："这不是没空吗，店里天天这么忙，五一吧，五一假期我送过去。"

小晨嘟囔道："反正我跟你说，他俩迟早还得在一起，说分手，谁都没放下，不信打一千块钱的赌！"

赏磊的直播间里最近出现了一位行事低调的"总督"。

年初肾脏移植手术后，在医院观察了十五天，他毕竟很年轻，身体恢复得不错，没有术后炎症。赏岳林的康复表现也非常好，不存在需要透析的情况。

住院的两周里，陈梦和尽心尽力，把儿子和赏岳林照顾得无微不至，每天变着花样地学着网上的菜谱，给儿子和老公做补肾的病号饭。所以两周之后，还在恢复期的赏磊没有立刻回到东城，而是跟着母亲搬进了那间出租屋。

因为心疼儿子腰上的伤疤，陈梦和那些日子几乎每夜是以泪洗面，话不能言。她一边剁肉馅，一边恨不得把女儿和那个骗子千刀万剐，嘴里骂得念念有词，她回到东城一定要把薄跃的修车店搅得天翻地覆。她要给丈夫和儿子报仇！

离开出租屋的那一天，是赏磊跟直播经纪人请好一个月假期的最后一天。他终于从床上爬起来了，一大早趁着防盗窗外的阳光大好，主动走到街上去理了个发。

老旧发廊里的洗头妹调试好水温，把廉价的大桶洗发水挤在他的头顶上。粗糙的手指来回穿梭在他的长发中，头皮被刮得生疼，眯上眼睛，赏磊没吭声，盯着房顶的油渍，似乎一下回到了童年。

那年他还很小，忘了几岁，白天在稻田里烧麦秆，晚上睡在火炕上尿了裤子，凌晨醒过来他怕挨大人的打，哆嗦着脸颊摇醒身边的赏佩佩，哭唧唧地跟她说自己好像尿床了。本能地，他想向比自己大不了几岁的同类寻求帮助。

赏佩佩揉着眼睛，一脸嫌弃和鄙夷，那是她小学六年级放寒假回老家的日子，她张嘴就骂他笨，多大人了还尿床，但骂完她还是从被窝里爬起来，把他的衣服全都扒下来拿到院子里去洗。

日出将整个院子点亮，门口的大鹅扑闪着翅膀高声叫。

窗边的水哗啦啦地流，赏磊裹着干净的被子靠在床边打盹。他的被子被赏佩佩晾在院子里，身上的是她盖过的，有一股雪花膏的味道，模糊的视线里，玻璃外赏佩佩的面孔已经不那么清楚了，像个面团，但他把她的一双手记得很清晰。

那是一双倒刺横生、布满颜色的手，新伤盖旧伤，一看就是经常干粗活的手，就跟发廊里洗头妹给他洗头剪发的手一样。

陈梦和早上买菜出门，拎着菜篮子回到出租屋时吓了一跳。赏磊穿上了来时的一身衣服，剪了短发，就在客厅的沙发上坐着等她。陈梦和脸上带着笑，她的笑容因为缺失了一颗牙而漏着风。她怪他怎么自己起床了，从兜里掏出一袋小笼包塞给他，又夸他这头发剪得可真好看。

她儿子真的太帅了，以后她怎么舍得给他娶媳妇，把他拱手让人？

可是等到赏磊告诉她，自己要启程回东城接着干游戏直播后，她立刻哭了。

哭的时候她没忘记骂赏佩佩，她说等自己讨到了二十万，就不让儿子工作了。赏佩佩以后得赚钱养着他，他们一家三口都得为赏磊今后的人生负责。

赏磊面无表情地看着窗外的阳光变成栅栏样，把陈梦和的面孔割碎，他以前多次在母亲的眼泪攻势下退缩，但这一次，他轻声告诉她："这钱他们不会给你了，因为我告诉她了，爸得的是肾病。脑癌都是你们编出来骗人家钱的借口。她不欠我的，我不用她养，从此以后我也不欠你们的了。"

赏岳林总是说，他们当爹妈的就是天，因为他们给了孩子一条命，这就跟神迹一样，是恩赐，是施舍，是这世界上最大的人情债。

这次，赏磊也给了赏岳林一条命，他想换来往后余生的耳边清静。

他不需要父母帮他规划人生，为他买房娶妻，然后再周而复始地重复这些看似挣不脱的生命轮回。如果陈梦和不同意停止骚扰赏佩佩，他就再也不见她了。

生活似乎也并不都是坏事，总归对于赏磊来说，复工的第二个月开始，他就走了好运。

短短一周，这位粉丝就经常在他的直播间里给他送礼物。原本他还是个游戏区的透明小主播，因为有了人气，他的账号迅速登上了 PK 榜单前五十。

可名为"啥是 ADC"的总督自从加入赏磊直播间的粉丝团后，除了定点上线给他送礼物外，很少有存在感。这个人就算有时候发发弹幕，也是问一些连游戏内容都不清楚的搞笑问题，一开始，还有热心粉丝帮她耐心解答，到后来不少粉丝都蹲在赏磊的直播间，天天等着看"ADC"

大佬来表演十万个为什么。

当月赏磊靠着"ADC"的打赏赚了不少钱，他给自己在网吧附近租了一套二居室的小房子，房东听说他是做游戏主播的，还给他留下了一台自己不要的电脑。

有了床，有了电脑，煤气灶还能简单热点儿剩菜，赏磊整个人都特别满足。不仅满足，他简直对直播间的这位总督感激涕零，所以主动要了好几天她的联系方式，最终他加到了她的微信。

总督年纪不大，她的微信头像是个黑白的卡通女孩儿，赏磊搜了一下，是部J国漫画里的人物，朋友圈里三天可见一道杠，比赏磊的脸还干净。

微信加了，但两人也没有联系得很频繁。总督的工作很忙，最近晚上还要学习，每天只有在赏磊上播之前吃饭的时候，才会发文字随便聊几句。

总督懂得挺多，好像尤其爱听他的事，赏磊投其所好，就和对方分享了很多自己小时候的经历，拿她当作《国王长着驴耳朵》里的树洞一样，无所顾忌地倾诉。

两个人聊得最深刻的一次，是有天傍晚，外面突降暴雨，东城大停电，整个城市都处于半瘫痪的状态。赏磊没办法直播，总督也没办法上课。

他们聊起各自对待爱情的态度。总督说她渴望爱情但又害怕爱情。赏磊则告诉她，关于男女之间的事情，陈梦和经常对着他张口就来，因为这个，他和母亲吵过很多次，可是每一次的结局，都是她哭着告诉儿子，她不是故意的，她的生活就只有儿子和丈夫，她没有任何一个朋友可以分享这些事情，她以后不会说了。但是下一次，她想要抱怨丈夫，还是会说。

直到现在，因为家庭的原因，他这辈子应该没办法像个正常人一样去恋爱了。

赏佩佩窝在床上，耳畔是咆哮的大雨，怀里是柔软的猫咪，她咬着牙齿看着对话框里赏磊的叙述，好像被一只无形的大掌扼住了喉咙，紧接着，她看着对方打下一行字：做手术期间我无聊，看短视频才知道，有个学心理学的博主说，这也是父母针对孩子的一种语言暴力。

赏佩佩所遭受的毒打，是身体暴力，可没想到，过分溺爱也会产生畸形的言语暴力，这种侵害是针对孩童精神发育的。

那个博主还说，所有对他人使用暴力的施虐人通常都有伐木效应。伐木工人根本不记得他摧毁了多少棵树，可是每一棵树都会为自己的伤口刻骨铭心。

所以手术之后，我本来想和妈说清楚，我想告诉她这些年我被他们伤害了，你也被他们伤害了，这就是为什么我们都从家里跑出去了，不愿意再和他们联系。

两个人，对着不同的手机屏幕，看同一个聊天窗口，都哭了。

赏磊用手背擦掉眼泪，他怕发现他识破后，赏佩佩会把自己拉黑，但他也要把话说完。

可是她就是醒不了，她好像是个周而复始的机器人，就只会抱着我哭，哭完了就是骂。她骂我像你，像你一样冷血无情。她说她不知道自己到底哪里做错了，才生出咱俩这种怪物，但我还挺高兴的。

姐，救不了的人就别救了，他只会拉着你一起往下掉。你给我的这些钱我一笔一笔都记着呢，等我有钱了，第一个就还给你。

看不懂直播就别看了，你想联系我，随时给我发信息，别假装粉丝了行吗？

你不尴尬我都替你尴尬。

六月初，赏佩佩在夜校顺利拿到了成人本科一整年的课时，四月她考下了健康管理师，五月参加了初级护师考试，就等着七月查询成绩。

她在工作上的勤恳态度得到了护士长的认可，况且她医护技术扎实，不需要等到成绩公布，经疗养院院内领导一致点头，已经提前将她的工资上涨了百分之十。

为了培养下一批主管护士，同时加强疗养院之间的交流沟通，赏佩佩作为青年骨干被安排进入阅湖疗养院年中特派组到分院学习交流。

备选地点分别是疗养院规模最庞大的蓟城、越城和江城，为期三个月，可根据小组成员的意见决定最终行程。匿名投票时，赏佩佩右手捏着中性笔，心脏久违地悸动着，不假思索地，她就在票根上勾下了越城。

暑气蒸腾着大地，午后蝉鸣，沙面的石板路上压过一辆全身哑光奔驰 S 级。车身是纯黑的，乍一看没什么起眼，但细节很满，除了银色的车标外，连轮毂都是同色的，别出心裁。

车内冷气很足，车窗玻璃倒映着越城民国滋味最浓厚的老城区。溥跃来这家老字号的茶餐厅内买早上新鲜出炉的蛋挞。

甜品窗口打包的是茶餐厅阿婆的小女儿，这不是她第一次偷偷观察溥跃了，却是女孩第一次见到溥跃穿着量体合身的正装。

女孩的偷瞄变成了大胆的注目礼。这一次溥跃还未开口，靓丽的女孩一边望着他的双眼一边问他："老样子，八只蛋挞外加一杯冻柠咖？"

溥跃诧异地点头，她抿唇偷笑："你叫什么名字？"见到溥跃并不积极应答，她歪头收回胳膊，还不死心，"你中意甜食？还是买给他人啊？"

溥跃掏出手机扫码付钱，很有礼貌地接过食品袋淡笑着道："谢谢，我不怎么吃甜。"

暗色的车子绝尘而去，阿婆的女儿望着车尾灯噘嘴甩发。

阿玉一早就跟着陈先生来到总店看账，这会儿正巴巴地坐在二楼拐角的沙发上，用力望着楼梯口等她的小舅舅上班。

溥跃一见到阿玉，就把左手拎住的蛋挞藏在身后，眉头一颦装作懊恼："怎么办，今天出门太急，没买到蛋挞。"

阿玉与去年冬天相比长高了一大截，她眯着笑，没有因为溥跃的话而失望，反而一伸手，指着楼梯镜面示意溥跃回头："我都看到了，你身后有纸袋，小舅舅好笨！"

阿玉心满意足地吃上了今日份的甜食，溥跃也整理好了衣襟走入商谈室与供货客户会面。

新分店今年开业后在溥跃的帮衬下经营红火，溥跃的胃口很大，他的野心不满足于此，预备将车行生意的经营范畴再拓展得宽些。风水轮流转的道理没人比他更懂，没人能预料到生意场上的未来，所以他要将所有的火力都对准当下。

商谈结束，送走客人，溥跃还没上楼，就在一楼把脖子上的领带扯开了。他到底还是不喜欢这身束手束脚的行头，虽然溥跃不在意，但是生意场上，博弈的对手们在意这个。有钱人的圈子里，没有这身行头做盔甲，合作伙伴很难把他的话当回事。

陈先生赶时间，还要带着女儿去学游泳，从办公室一出来，看到溥跃正嫌弃地把西装外套扔到沙发上，便笑着问他刚才和客户谈得怎样。三言两语，劝他万事不用太拼，最后主意仍然是交给溥跃来拿。

分别时陈先生似乎想起什么，回头问溥跃晚上要不要去他家吃饭，溥跃想着处理完事情后早点回家休息，闻言摇摇头，说不去了，改日再上门探望。

陈先生心下了然，今天是六月二十八号，溥跃的生日。这十几年来，溥跃有个习惯，他不庆生，每次生日都是当寻常日子来过。看来今年还是一样，没什么不同。

午饭草草在车行解决，今日楼下餐厅的例汤是海带猪骨汤，溥跃还没下口，手机强振动了一下，他立刻放下汤碗，余光扫过屏幕，他微信只有一位被星标的联系人会令手机振动加强，是赏佩佩。

从去年分开后，两个人唯一的交集就是每个月的这笔还款记录。每个月的第四个周天，准时准点，赏佩佩会在拿到工资的第一时间，给溥跃转账一笔八百元的摩托车预借款。

她发，他收，半年来，五笔收款记录，除此之外，聊天对话框里没有人多讲一句话。两个人都没刻意屏蔽对方的朋友圈，但从那一天起，谁也没在圈子里发过任何动态。

原本以为今天也是轻松收账的一天，可是等到溥跃看清赏佩佩给他的转账金额后，他反手将手机扣在了桌面。饭扔进垃圾桶，冷着脸处理好公事，溥跃跟车行的伙计打过招呼后直接开车回家。

还是那间拉开窗帘就能看到大海的公寓，溥跃泡了个澡，换上了宽松舒适的家居服，把空调开到极低，握着冰啤酒坐在沙发上，还是全身燥热。冰啤酒被他一饮而尽，捏瘪扔到茶几，窗外的晴空万里也不能使他平静。

时针指向两点，溥跃把聒噪的电视关了，干脆站在飘窗前对着景色深呼吸。

深呼吸没用，冥想没用，原地做俯卧撑更是没用。他搓着头发还是不能理解，赏佩佩还钱就还钱，为什么突然擅自改变了转账金额。明明按照她的速度，两个人还有十七个月的时间，可以存留在对方的手机里。可是今天，她突然一下子给他转账了一万八，一万七的尾款还清了不说，还给了他一千块的利息。

什么意思？他收了，他俩就彻底两清的意思呗。她手机联系人里，连他存在的位置都没有了？她难道不知道今天是他的生日，她就这么给他过生日？亏他在五一劳动节当天，发现赏佩佩换了微信头像，乐得半夜打电话请全车行的兄弟出去喝酒。

他还以为，她是终于要想通了，他只要耐心地等，赏佩佩会主动跟他服软。服什么软？她这是憋着坏呢！

忘记自己在过去十几年来是怎么不在意生日的，手机再一次提醒溥跃还有未接收的转账，溥跃终于忍无可忍，拿起手机对着赏佩佩的微信就是一通退款。退款不算完，他还打字外加截图。

我没同意过分手知道吗？你说算了吧，我根本没回你。

我过生日你就用一千块敷衍我？我有想好的礼物，可比这贵多了，你别磨叽赶快送我。

发疯只需一秒，来不及撤回，赏佩佩已经回了个"好"。

她说：好，你要什么，我送。

墙壁上的时针指向两点半，午后的阳光好刺眼。溥跃半眯着眼睛，心脏剧烈地跳动起来，对着语音输入，小声地讲了个单字："你。"

对话框内赏佩佩语音输入了十几秒，但最后，只发了一个自己的共享定位给他——越城陈生车行总店。点击进入，偌大的地图上，溥跃与赏佩佩之间，直线距离只需步行五分钟。

为期三个月的学习结束，当晚，车行的一众伙计扯着溥老板说要为小老板娘践行。等到家已经是凌晨两点，窗外的越城失去了白日的光线，像是在黑暗中匍匐的巨大野兽，这座城无论夜多深，也不会稍作休息。可是赏佩佩需要休息。溥跃心疼她还要赶早班飞机，将醉酒的她打横抱进浴室，一边将洗发水在她头顶揉出泡沫，一边盘算着，就算什么都不发生，她今夜也只剩下四个小时可以睡。

都怪那帮兄弟，他都没有时间好好和赏佩佩诉说衷肠。

十五分钟后，溥跃围着一条毛巾从浴室赤脚走出来，像猫咪一样乖巧侧卧在他床上的赏佩佩，已经沉沉入睡。他没敢吹发惊扰她的好眠，轻手轻脚上床，将她唇缝里的一丝头发取出挽在耳后。

赏佩佩睡梦中似乎感知到旁边的热源，伸手缠住他的肩膀，溥跃伸手环抱着她，重新给她盖好被子，嘴唇抵在她的发旋间道："今晚开心吗？"

赏佩佩半睡半醒地"唔"一声把头靠在他的胸膛，声音含糊："最近每一天都很开心。"

溥跃关掉床头灯，胸腔微微振动，挑起她的头发在掌心把玩："可是我不开心，明天你就回去了，异地恋想想就好苦。"

赏佩佩也笑，努力嗅了嗅他身上刚沐浴后的香气，告诉了他一个秘密。

一周前，她交流学习的越城双福疗养院突然有了新的职位空缺，未来一年，双福计划开展高质量的养老一对一服务，届时他们需要高薪聘请一批有营养师资格的主管护师作为团队主力军。

赏佩佩对此很感兴趣，他们的异地恋，应该不会持续太久。

二〇二一年，"躺平"作为新词汇，在年轻人的社交圈内迅速蹿红。

可也就是这一年，赏佩佩卖掉了曾经她视为精神支柱的所有无用固物，处理好了东城的公寓，摆脱停滞不前的现状，带着她的猫只身南下，去为她人生的奋斗目标寻找下一个上升期。

　　她有事业、有积蓄，她要用双手，为自己创造一个全新的未来。

　　不止如此，她不再轻信这世界对爱情和婚姻的道听途说。

　　面对挑战，她选择主动迎接。

　　她选择和溥跃带着毕生热情，亲自一探虚实：婚姻这种东西，是不是真的能够打败时间，陪着他们行至耳鬓斑白。

End

番外

Sun.
14:30

◦ 始终 ◦

一九九四年初夏，临产前的寇菡在一个下着小雨的傍晚感到了阵痛。

当天并不是她的预产期，进入怀孕后期，她也经历过几次子宫收缩的假阵痛，所以她没有打电话给正在上班的丈夫，反而拖着不适的身体挤进了狭窄的浴室，准备在吃晚饭前洗个热水澡消暑。

怀胎十月没有令寇菡失去美丽的容颜。

因为个人体质不同，她甚至没有过大多数孕妇在孕早期的呕吐和孕中期的发福现象。她的脚腕和手腕依然如少女般纤细，只有隆起的肚子内住着一个指标健康无比的小胎儿。

孕期寇菡好动，她肚子里的孩子也非常皮实，禁不住寇菡的央求，下午上班前的溥凤岗才骑着二八自行车，带着寇菡到北农场去摘瓜果蔬菜，有当季的西红柿、豆角，还有沉甸甸的南瓜。寇菡穿梭在布满植物的农场，顶着太阳足足摘了两大包，看到天空变得乌云密布才肯收手。

今天她的晚饭就是豆角南瓜炖排骨，还有酸甜爽口的凉拌西红柿，最近天气燥热，她总是没胃口，好不容易下了点儿小雨，今天可算是可以好好吃碗米饭了。从浴室出来，她的疼痛越发频繁，一开始是十几分钟一次，不过半小时，就变成了五分钟一次。

套上宽松的吊带连衣裙，寇菡将微微濡湿的头发用毛巾包起来缠在头上，她走到厨房，高压锅内的排骨已经软烂得足以脱骨，她把配菜扔进去接着煮，在案板上切开西红柿搁进碟子里，摆盘后撒上一层白砂糖，还没来得及捏起来一片尝上一口，她腿下一湿，再低头，羊水已经把她布艺的拖鞋浇湿了。

从寇菡到达锡矿厂厂医院妇产科，到顺产生出宝宝，全程只用了十五分钟。年轻的溥凤岗在门外听到一声响亮的啼哭，随后就被护士叫到了产房内。

他人还穿着厂里的劳保工作服，双手颤抖，眼眶通红，没有第一时间去看望襁褓中的孩子，而是帮着护士把床上虚弱的寇菡推回了病房。

护士带着婴儿去接种疫苗。溥凤岗拨开妻子脸上的发丝，俯身亲吻她的额头，不住地对她说"辛苦了，要不要喝水，饿不饿，要不要吃饭"，最后又非常懊悔地说，孩子之所以会不足天数早产，都是因为他下午带着寇菡去了北农场。

她一定是太过劳累，被太阳晒坏了，所以才会发生这样的事情。

他真的很对不住她。

寇菡意识清醒，她疲倦的双眸中也满含泪水，她伸手抱住溥凤岗的头，轻轻地摩挲着他的短发，在丈夫的关怀中，她似乎可以忽略一切自身经历过的苦痛，只是摇着头向他表达着对新生命到来的惊喜："凤岗，孩子很健康，你听到了吗，护士说是个男孩。"

从抱着寇菡冲进急诊开始，溥凤岗就一直害怕着妻子会遭遇不测。

刚才护士说的话，他一概没听到，这会儿得知自己有了个儿子，兴奋的情绪也不如劫后余生的后怕来得强烈，他端着一杯温水递到妻子身边，把跟隔壁病床之间的帘子拉上，小声嘀咕："男孩儿女孩儿不都一样吗？只要是我们的孩子，我都很喜欢。"

确实，在寇菡的整个孕期里，溥凤岗不止一次这样说过，那也是他们整段婚姻中最浪漫的一段时间，寇菡怀孕后辞职在家，溥凤岗对她的照料可谓是无微不至。

那天也是他们夫妻二人婚后最值得纪念的一天，因为当晚他们在病房里，共同为儿子取下了溥跃这个名字。

"跃"字出于范仲淹的《岳阳楼记》："长烟一空，皓月千里，浮光跃金，静影沉璧。"

寓意着溥跃对他们的人生来说，犹如月光照在水面上那般动人瑰丽，金光跳跃。

但不同于那一晚寇菡和溥凤岗的欣慰与幸福，对未来充满希冀，隔壁病床上的陈梦和在待产中可谓是经历了九九八十一难。两天前入住医院时，她已经开始了产前阵痛，但她的宫口开得极慢，外加孩子胎位不正，她活活在疼痛中煎熬了将近五十个小时，都没有能够顺产的迹象。尤其是见到护士抱着孩子送到隔壁床上，她再也忍受不住了，啜泣着祈求丈夫同意她进行剖宫产手术。

那一年为了怀上男胎，陈梦和在备孕中找了很多算命的，每一位算命大师都告诉她，她命中会有一个儿子。所以当她怀孕期间挺着尖尖的肚子，又非常喜欢吃酸时，她和赏岳林都非常确定，她肚子里的胖宝宝一定就是儿子。

而听说顺产有助于新生儿的大脑发育，为了儿子的健康，赏岳林绝对不允许妻子打麻药进行剖宫产手术。

当晚，隔壁床的夫妇已经早早睡下了，陈梦和的宫口也终于开了七指，被护士推进了产房。整整折腾了一宿，陈梦和的生产过程没能像寇菡那么顺利，孩子发育偏大，她盆骨天生窄小，以伤口撕裂缝了二十多针为代价，顺产生下了一名八斤重的女婴。

而在反复确认生下的是女儿后，陈梦和因为惊吓而晕倒了，赏岳林青着一张脸夺门而出，再也没有到医院探视过。

同一间病房内，一帘之隔，虽然两位年轻母亲都在长达几个月的孕育后见到了自己肚中的孩子，但陈梦和的悲剧远远还没有结束。

　　怀胎十月不是母亲苦难的终结，相反，随之而来的，还有哺乳、产后疗愈和诸多耗费体力的育儿劳动。

　　第二天一早，寇菡睡了个好觉，醒来时已经开始在护士和母亲的陪伴下接受母乳指导，而陈梦和身下有伤，联系不到丈夫，心情焦虑，她还没开始为孩子喂一口奶，就得了令人痛不欲生的乳腺炎。因为哺乳期无法使用抗生素，医院也不建议奶粉喂养，陈梦和的乳腺肿大结块并导致发烧，无论怎么被暴力通乳都没有一滴奶。

　　第三天，四十八小时没有进食的女婴被饿得哇哇直叫，躺在小床上，整个脸都憋成了紫色。

　　寇菡奶量多，身体恢复得好，虽然溥跃提前预产期两周降生，但是营养跟得上，在医院观察的这几天内，体重上涨得很快。

　　今天就是寇菡出院的日子，母亲去帮她拿孩子的足跟血化验单，丈夫则去大厅缴费，为了今天迎接妻子回家坐月子，溥凤岗还特意叫了一辆出租车等在医院门口。

　　喂好溥跃将孩子搁在小床上，寇菡心有恻隐，拉开帘子，看到陈梦和正望着小床上的孩子在默默流泪。

　　都是当妈的，她实在不忍隔壁床的母女受罪，而且三天了，根本没有任何人来探望旁边的陈梦和，甚至她好几次下床去卫生间清洗，都需要自己的母亲帮忙扶着才能勉强走路。

　　寇菡心口酸楚，看了一会儿，干脆提出让陈梦和的孩子吃一口自己的奶试试。

　　老这么饿着，对孩子也不好。都是母乳，应该没有什么差别吧？

　　陈梦和惶恐地将女儿递给寇菡，寇菡抱着孩子，小不点长了一张圆圆的脸，不同于他儿子的内双、高鼻梁，小姑娘的双眼皮非常深，鼻尖儿小小的，似乎是闻到了气味，立刻对着陌生的寇菡大张着嘴巴挥舞手脚停止了哭泣。

　　她乖巧地往她怀里凑，十几分钟后，陈梦和女儿的脸色终于褪掉充血的红紫恢复了白净，她整个人吃饱喝足困得几乎要睡过去了，还在时不时地用力吮吸一下，好像是在提醒着寇菡，她还没结束进食，生怕下一秒寇菡将她搁回自己的小床。

病房内，寇菡抱着陈梦和的女儿左右晃动，唇角带笑，只觉得这孩子可爱。

可病房外，拿着化验单推开门的寇母一看到面前这一幕，就竖起了眉毛，大声呵斥女儿。自觉女儿性子软，被人家捡了便宜，当着外人的面，她不好说出难听的话，马上把没有血缘关系的孩子抱着还给隔壁床的陈梦和，用力拉着寇菡的手腕埋怨："你下床干什么？不是叫你等着我和凤岗回来吗，下就下，还抱着人家的孩子干什么？没跟你说吗？坐月子受不得累，回头等到老了，你一身都是病，可别怪我没嘱咐你！"

回身扯上帘子，阻隔了陈梦和的视线，寇母立刻趴到小床上去瞅自己的外孙，看到溥跃睡着了，这才俯身在女儿耳边狠狠地数落着："你傻啊，你是嫌自己的奶太多了？你给她个外人吃，我外孙吃什么？你不知道前几天的奶都是好的，到后面越喝越稀！"

寇菡摸了摸被她妈骂热的耳朵，满不在意，脱了病号服小声回嘴："看你那点儿小心眼，我还不是看她孩子可怜，生男生女也不是咱们女人能选择的，哪有这种丈夫！

"见到自己的孩子都不亲，是女儿就不管了？那这以后还不得离婚？"

寇母丈夫走得早，这辈子自己一个人把女儿拉扯大真的不易，她最羡慕人家夫妻双全的家庭，顶不爱听离婚俩字，收拾着行李皱眉道："离什么啊，哪个男的能不喜欢儿子呢？忍忍不就过去了？再说了，这不是派人过来照顾她了吗？人家婆婆拎了奶粉来了，还用你去给人孩子喂？多管闲事！"

寇菡嘴一撇，不屑跟她妈这种老顽固争执，偷偷掀开门帘一看，果然，陈梦和的病床旁边是来了个老太太，穿身长到脚踝的黑裙子，还拎了几罐奶粉。

她放心地收回视线，溥凤岗也缴费回来了，三个大人、一个孩子喜气洋洋地出了医院坐上出租车。路上，寇菡头上裹着橘色的丝巾，抱着孩子坐在后座，车窗外闪过她之前工作的大酒店，她心情愉悦，下意识回头跟她妈说："妈，回头等我哺乳期过了就回去工作，以后孩子用钱的地方可多呢，还得麻烦你给我看两天孩子，等跃跃去幼儿园，一切就轻松了。我给您零花钱。"

寇母的脸又皱起来了，她知道之前女儿上班时，就老和女婿吵架，来回看着女儿和女婿的脸色，注意到溥凤岗的眼皮在后视镜里耷拉下来了，有发怒的趋势，她立刻帮着女婿说话："酒店里那么忙，你不是老说站得腿疼吗？

"你身子那么弱，能受得了？

"再说，隔三岔五地要出差，要不，你换个轻松点儿的工作？养孩子也花不了多少钱，一口饭的事儿。"

寇菡不以为然，当初怀孕她答应丈夫辞职，是因为工作需要外调，她的身体不允许她远程颠簸，可现在孩子生出来了，她没有顾虑了，自然是要回去上班了。

她怀孕前赚得也不少呢。

可是那天，没等她开口，前座的溥凤岗就回头把她的话堵住了。

他眼睛看着寇母，但话是说给寇菡听的："妈说得对，再花钱又能怎么样，一个两个我都能养得起。娶老婆不就是用来宠的，在家带孩子轻轻松松不是挺好的吗？"

下一句，他把目光转向寇菡，语重心长："你别麻烦妈了，妈这么大岁数，身体也不好，你忍心让她给你带孩子吗？

"咱自己带。"

当年寇菡望着丈夫深情款款的目光，迟疑着点了点头。但殊不知，爱情东倒西歪，余生的十几年里，她都在为当日鲁莽的决定而后悔。

在为期三个月的外省学习中，赏佩佩把自己养在东城公寓的猫咪托付给了赏磊。

少年一成不变的生活因为这只七斤都不到的小猫咪，突然有了一丝改变。

以前，他一个人，除了没日没夜地对着电脑屏幕打游戏外，最大的事情就是吃饭和睡觉，但出租屋里突然多了一个比他还弱小的动物，他没办法，半喜半忧，必须承担起照顾对方的责任。

他以往不吃早点，一觉睡到下午才起床。可是小猫咪才不管这些，它有自己在赏佩佩家里养成的生物钟，每日准时准点，天一大亮就爬到他身上喵喵叫，如果赏磊不起床给它喂饭，它就用屁股压着他的脸不让他呼吸。

小猫能有什么坏心思？他只能先起床喂饱它的肚子，再冲个麦片煮个鸡蛋喂饱自己。

赏磊原本独自在家也不怎么爱出门，可是自从有了猫，他每天除了定时为它喂饭喂水外，还要一天两次地给它铲猫砂盆。不养猫的人不知道，猫的屎尿，那是真的臭。

就算是用了再高级的吸味猫砂，那结块的排泄物也犹如生化武器，连系紧的垃圾袋都不能阻挡它的臭味，拜猫咪所赐，他每天在直播后都会下楼一趟，专门扔掉当日的垃圾，顺便呼吸一下新鲜空气。有时候，他还会顺便到楼下二十四小时经营的超市里逛逛，买点打折水果回来吃。

对于这种生活负担，赏磊理所应当该感到厌烦的，可是不知不觉中，他每天和猫咪一起腻在电竞椅上的时间变得越来越多。一开始，他只会在猫咪跳上他的膝盖时，尝试着拍两下它的头，以做互动，敷衍着打发它。但后来，他习惯了打游戏时怀里抱着一团温热的毛球，猫咪不来找他，他反倒还会主动用零食把它吸引到自己腿上，然后趁着猫咪昏昏欲睡，他像个精神病人一样把头埋在猫咪的肚子上猛吸。

怎么说呢，小猫咪身上的味道竟然会让一个沉默寡言的男孩上瘾，每次他揉着它油光水滑的皮毛，就觉得异常快乐，全身都特别放松，连打游戏上星的速度都变得更快了。

为期三个月的寄宿而已，待赏佩佩重新回到东城到他家来接猫的时候，赏磊居住的环境已经彻底变了样，除了赏佩佩当初走时留给他的猫砂盆和猫粮外，他的房间里竟然多出了近百件猫咪用品。大到占据客厅半面墙的豪华猫爬架，小到十几根颜色各异的逗猫棒，这还不包括赏磊给猫买的各种零食罐头。

眼看着，当初身段极佳的小白猫，已经胖成了小白猪。

被照顾得太好，就连跳上沙发朝着赏佩佩示好时，它都需要蹲在地上蓄力很久。

赏佩佩抱着小白猫哑然失笑，临走前把猫装进猫包时，她注意到赏磊刻意掩饰过的失落眼神，回过头装作丝毫不在意地说："现在社会上还是有很多好心人的，上次我带它去做绝育，那家宠物医院的院长救助了好多流浪猫。

"收养代替购买，挺好的，就在延安路的东北角。不过养宠物是很一个严肃的决定，你要不要再考虑一下？

"养了可不兴反悔了，不然我的猫再给你养两天？"

赏磊本来还跟在赏佩佩身后摆弄着她给自己带的越城特产，闻言脸色一红，立刻起身在客厅里踱步，此地无银三百两一般地放声大笑着讲："我才没有想要养宠物，很麻烦的好不好，这几天我都快被它烦死了，每天都冲我喵喵喵。没见过这么啰唆的猫！

"养猫只会影响我拔刀的速度！"

男孩子怎么能养猫？这种软乎乎的小动物只有心软的女孩子才会喜欢。他可是国服登榜 ADC，他是游戏里的顶级射手，他养猫陪自己睡觉吃饭打游戏？这辈子是不可能的，高处不胜寒，真正的勇者都是孤独的。

"哦。那算啦。"

赏佩佩对着猫咪做鬼脸，故意跟赏磊拖长音，她可是他姐，看透他的小心思还不简单，有些游戏大神在直播时人模狗样，背地里其实偷偷吸小猫咪的肚子！

背起猫包，赏佩佩扬长而去。

赏磊目送她消失在楼道里，关门前，他突然吼住她，穿着拖鞋蹭下楼，从自己的书包里掏出一本破旧的牛皮笔记本递给她。赏佩佩不明就里，赏磊的脸色比刚才被揭穿时更红了，他磕磕巴巴，也不知道要怎么解释自己的行为，但亡羊补牢总好过一直隐瞒，他把笔记本塞进赏佩佩的提包，挠着脖子干巴巴地说："一直没想起来。这是姑奶的遗物，当年去临城给她办后事的时候，我也跟着他俩一起去了，在她床头的抽屉里，我找到了这本日记，他们没发现，我就给偷偷带走了。"

这本日记本他装在包里挺多年了，其实还是留给赏佩佩会更好些。

赏双明写得一手好字，日记本里抄写了很多电影台词，但最让赏磊触动的，是那里面夹着的两张老照片。

一张，是姑奶年轻时和另一个男人的黑白照片。

镜头下，眉目温柔的姑奶穿着旗袍，将头靠在男人宽厚的肩膀上，而那个男人戴着眼镜，一身书卷气，正对着镜头款款微笑。

照片背后落款是赏双明十八岁的时候，那段时间，赏双明曾经为赚钱离开东城与同乡的小姐妹一起到江城打零工，家里人曾听说她在江城和一名日报记者在一起，两人还私定终身了。但后来没人见过这位传说中的记者，社会动荡结束后，赏双明也从江城只身回到了东城，远离兄弟姐妹独自居住。

而这张照片后面的一行小字解释了老人这辈子所有的选择，当年那段感情并不是无疾而终，也不是查无此人，而是在拍摄照片的半年后，教她读书写字看电影的爱人，在一场有计划的爆炸中意外牺牲。

　　第二张照片的日期没有那么久远，是赏佩佩出生后的第三天，一身黑色长裙的赏双明抱着赏佩佩与陈梦和在医院病房里的合照。赏双明没有看向镜头，她那时看起来已经不年轻了，垂着面颊满眼宠爱地望着怀里的赏佩佩，她的眼角有很多纹路。

　　而背后的注解简单明了。

　　正平曾教我，女子当如佩，看似小巧而精致，是系在衣物上的装饰，但玉佩坚硬，佩刀锋利，女人也可以是这世间出类拔萃的人物。特为孩子取名佩佩。

回南

三月底，回南天碰上大暴雨，氤氲稠密的水汽从四面八方涌出包裹着越城，无论室外还是室内，目光所及之处，都是潮湿一片，分不清是屋内起了雾，还是窗外下了雨。

衣物没法晾干，墙壁上凝着水珠，瓷砖亦是如此，泥泞的脚印和绿色的霉菌层出不穷，如果不是车行内二十四小时开着几台大功率的抽湿机外加空调，简直无法想象室内会是何等境况。

溥跃就是在这样一个令人沮丧的天气里，顶着暴雨重操旧业，身着一件宽松的 T 恤，下班后蹲在陈生车行总店的摩托修车间，加班加点地带徒弟，指导新伙计拆车修车。

小徒弟手上的摩托车是辆二手的宝马，成色不算新，没有大毛病，只是雇主改车的要求十分严谨完善，小到螺丝钉，大到漆面用色，几乎没有可以讨价还价自行发挥的余地。光是接过溥跃手中的顾客要求清单，小徒弟就眼前一黑，觉得这位车主，大概要比他还要懂玩车。

此刻已经连续工作了三个小时，窗外的天色完全黑下来。

抹一把额头的汗珠，溥跃裤兜中的电话振动，他摘掉一只布满油污的手套，将手机接通夹在耳畔，听到里头传来赏佩佩柔软的声音，才想起自己还没吃晚饭。

拍了拍小徒弟的肩膀让他休息，又扔给他一摞外卖单，溥跃走出修车间到门外同赏佩佩讲话。

暴雨转为小雨，车行外的路面上浮着一层不停泛起涟漪的镜面，随着车辆行驶，闪烁着无数亮光。

前后经历了四轮面试，赏佩佩于月前正式拿到了双福疗养院的录取通知，薪资待遇优厚，还能在疗养院内分得一套五十平方米的单人宿舍。

书面离职，交接工作，再过一周，赏佩佩就会启程前往越城定居。

对此，溥跃内心的澎湃与憧憬不比赏佩佩少，他已经迫不及待地要将赏佩佩填满自己的整个生活。

而他计划要和赏佩佩一起体验的事情，都写在那本旧账本上，数都数不完。

"我还是请个假过去接你吧。"小徒弟还在犹豫今晚要吃哪一种夜宵时，溥跃的思维已经飞到了数日之后，恨不得自己有穿越时光的能力。

赏佩佩近期在二手平台上出售了大量的闲置香水和全新餐具，所有难以打包的 DVD 都送给了赏磊，没想到断舍离后，她生活中真正的必需品，也就只能装满一只 24 寸的行李箱而已。

人这辈子最重要的所有物，始终是个体本身，身外之物怎么会比她自己更珍贵？

轻装上路，她提前为猫咪的航空托运做好了准备，单程机票都已经订下了，关于溥跃不需要来东城专门陪她去越城这件事，他们也早就讨论过许多次了。

赏佩佩躺在已经空荡荡的公寓里，上半身横在床垫上，发丝从床边垂下来，随着呼吸而轻轻晃动。东城干燥，近日白天阳光明媚，但晚风还是有些冷意，所以她没开窗。

睡衣从肩颈滑落，露出一截冷白的肌肤，赏佩佩没注意，面孔上充满暖春般的笑意，声线婉转动听，像是跟大人撒娇的孩童："哎呀，说了不用的。你不是讲最近在带学徒？有个客户很麻烦？改车条件很苛刻？"

电话这头，溥跃干咳一声，手指抚上眉心，再糟糕的天气也掩不住他眼尾的狡黠，顿几秒，才为自己开脱："也不算苛刻吧，就是顾客念旧，喜欢的样式比较，嗯，复古。"

如果两年前的样式也算古老的话。

小徒弟选好菜后便走出来询问老板的意见，椒盐濑尿虾、沙姜花螺再配盘干炒牛河应当不错，就是不知道溥老板对海鲜有无忌口，入职时他曾听店里的老伙计说了一嘴，溥跃不是越城本地人。

可好心的徒弟举着菜单刚迈步到门侧，就张开嘴巴呆住了。

他以为雨点打击玻璃的声音已经足够绵软，但竟然不如面容冷峻的溥跃正在对着唇边手机讲的话语更加缱绻。

"想我了吗？"背影挺拔的老板轻笑道。

退回半步，小徒弟摸着发烫的脸颊暗自咂舌，他自然知道这世间所有人在爱人面前都会拥有另外一副温柔的面孔，但他确实没想到，威严如溥跃，也会对着电话旁若无人地撒娇。

宝马工期结束那天，也是赏佩佩在新单位开始上岗培训的那一天。

彻底进入四月后，暖气流铺天盖地地烤着整个越城，回南天结束，鲜花与裙摆争先恐后在大街小巷盛放，凉茶铺重新打亮招牌，须臾入夏。

一上午，小徒弟都没等到自己入行以来第一位客户来总店提车，中午吃过饭，他和三五伙计躲在车行门口的阴凉处吸烟。

烟雾缭绕，热气扑鼻，周边同事聒噪地谈论着附近新开的酒吧和限量款的游戏皮肤，小徒弟心不在焉，猛饮一口冰镇可乐，再起身，想去问问老板，客户什么时候会来。然后他竟然看到那辆由自己精心改造了二十来天的摩托，被溥跃利落地推出了修车间。

点火，上车，溥跃的起步速度太快，一眨眼的工夫，他只捕捉到一抹鸦色的背影。

愣了半天，小徒弟讪讪地重新蹲下，怪不得溥跃要亲自指导工作，原来这车的主人，是溥跃自己。捏着可乐瓶转过头，小徒弟问道："咱们小老板还骑摩托吗？我以为他只开汽车的。"

话题扯到溥跃身上，几个伙计七嘴八舌地开始讨论起来。

"还真是，我来店里一年了，没见过他骑摩托车。要不是这次他带你，我都不知道他还会修车呢？"

"哈哈，以前他跟大老板就是做摩托车发家的，手艺好，会骑是肯定会，但骑车毕竟没有开车舒服。你们见过哪个霸道总裁骑着摩托车上下班？风吹雨淋的，不合适吧。"

"而且现在车行的几个分店也主做汽车了，人都要往高处走呗。能赚大钱谁还看得上那千八百的呢？"

小徒弟还是不明白："那他怎么又搞了辆摩托？"

大家面面相觑，还是资历最老的伙计掐了烟，指点一二，虽然大家都不清楚溥跃当年为什么突然就不玩摩托了，但从东城回来之后，他办公桌上就多了一副崭新的机车手套，还专门郑重其事地搁在一只有机玻璃的收纳盒里。

溥跃之所以会再次骑上了摩托车，大概也和那副一放就是两年的手套有关。

下午开工前，小徒弟趁着找单据的工夫专门跑到二楼溥跃的办公室旁，装作路过时，透过玻璃门往里看了一眼。

确实，以前搁在他电脑旁边的那双手套不见了，收纳盒内如今空荡荡的，只剩下空气。

周天下午两点半，赏佩佩结束入职培训，与邻座几个同伴匆匆道别擦肩而过，便逆着人流朝着远离宿舍的方向加快脚步。

宽大的帽衫是灰色的，袖子有点长，连虎口都盖住了，下半身她胡乱套了一件脂粉色的五分卫裤。

这两天赏佩佩从下了飞机就没闲过，忙着布置宿舍，熟悉手册，昨晚她在宿舍和溥跃连麦学越城话，实在太累，溥跃耐心教学的声线又足够催眠，书才看到一半就掉到旁边，手中的中性笔在纸张上留下半截墨痕，人已经倒在枕头上睡着了。

今早还是溥跃掐着时间打电话喊她起床参加培训。

她的脸上还顶着框架眼镜，厚重的长发被拧在头顶扎成丸子。赏佩佩面孔白净，背着双肩包站在门口朝着停车场的方向踮脚张望，整个人看起来就像是稚嫩的学生。

溥跃从主路靠边时一眼就在喷泉前看到她，强压水柱冲上半空，细小的水珠在阳光的折射下组成了一道弯弯的彩虹。

天边飘浮着白云，而赏佩佩，就无比真实地站在那里。溥跃心中妥帖，停车仔细地望了她一会儿，才摘下头盔朝她招手。

赏佩佩哪里想得到他今天是骑摩托车过来的，围着他和他的摩托车绕了整整一圈，才蹙着眉头若有所思。

"眼熟？"

赏佩佩点头："嗯。"

溥跃拍了拍后座，从脚下拎起一只和自己头上一样的头盔，递给她时，嗓音充满调侃："就是没扶手的那辆破车呗。"

思绪被拉回东城，那晚她第一次坐他的后座，和他从修车铺一直吵到了墓地。回程时，她抱紧他的身体，像是在风暴中将头扎进坑洞的鸵鸟。确切来讲，应该就是从那一天起，她对他有了超出病患家属外的感情。

而那一点趁着情绪裂缝生根发芽的种子，如今竟然可以长成撼动人生选择的大树，她想想仍然会觉得不可思议。

赏佩佩接过头盔，抱住他的腰跳上后座，光洁的膝盖碰着他的双腿，唇角和下巴贴在他的颈窝，趁他重新戴上头盔之际，她在他脸颊落下重重一吻。

溥跃戴着她送他的手套，拉着她的双手把自己的腰际锁得更牢靠一点："下午休息，想去哪儿？"

天气真好，桥头庭院可见大片的紫荆与木棉，在这样的周日，他们可以去划船，去踏青，甚至也可以躺在家里，什么都不做，学猫咪睡个慵懒的午觉，再做一顿晚饭。

看着对方的眉眼上染上夕阳的余晖，已经是忙碌生活中足够好的消遣。所以，她眯着眼睫，在提速的风声即将淹没她的声音前，大声地朝着前喊："都可以啊！"

因为是和对的人在一起，所以哪里都可以去。

图书在版编目（CIP）数据

周天两点半/喜酌著.
—武汉：长江出版社，2022.10
ISBN 978-7-5492-8519-8

Ⅰ.①周… Ⅱ.①喜… Ⅲ.①长篇小说－中国－当代
Ⅳ.①I247.5

中国版本图书馆CIP数据核字（2022）第181777号

周天两点半 / 喜酌 著

出　　版	长江出版社			
	（武汉市解放大道1863号　邮政编码：430010）			
选题策划	熊　璐			
市场发行	长江出版社发行部			
网　　址	http://www.cjpress.com.cn			
责任编辑	李　恒			
特约编辑	李苗苗			
总策划	幸运鹅工作室			
插　　画	-YYYe- 听弦弦	开　本	635mm×940mm　1／16	
装帧设计	许　颖　邵艺璋　徐昱冉	印　张	18.625	
印　　刷	恒美印务（广州）有限公司	字　数	290千字	
版　　次	2022年10月第1版	书　号	ISBN 978-7-5492-8519-8	
印　　次	2022年11月第1次印刷	定　价	48.00元	